HEINZ G. KONSALIK

Schlüsselspiele für drei Paare

Buch

Alarm in den Zentralstellen der Sicherheitsbüros – bei der Münchner Polizei, beim CIC! Ein Agent mit unbekanntem Spionageauftrag soll, aus Südamerika kommend, in München landen. Doch niemand weiß, wer er ist, es existiert kein Foto, keine Personenbeschreibung. Ministerialrat Bruckmayer vom Bundesinnenministerium wird mit der Aufklärung des Falles betraut. Doch wo soll er beginnen? Unterdessen ist Peter Ostra, der Mann, der für so viel Aufregung sorgt, mit seiner höchst attraktiven Begleiterin Rita Camargo in München eingetroffen. Er, der einst als Sturmbannführer Fritz Ollenhoff dem Dritten Reich diente, veranstaltet »Gesellschaftsabende für tolerante Ehepaare«, und die eindeutigen Fotos und Tonbänder, über die er danach verfügt, liefern ihm seine Opfer ans Messer. Ministerialrat Bruckmayer steht vor der schwersten Aufgabe seiner Laufbahn …

Autor

Heinz G. Konsalik, Jahrgang 1921, stammt aus Köln. Nach dem Abitur studierte er in Köln, München und Wien Theaterwissenschaften, Literaturgeschichte und Germanistik. Nach 1945 arbeitete Konsalik zunächst als Dramaturg und Redakteur; seit 1951 war er als freier Schriftsteller tätig. Konsalik ist der national und international meistgelesene deutschsprachige Autor der Nachkriegszeit. Seit dem »Arzt von Stalingrad« wurde jedes seiner weiteren Bücher ein Bestseller. Insgesamt schuf er 155 Romane mit einer Gesamtauflage von über 86 Millionen verkauften Exemplaren in 46 Sprachen!
Heinz G. Konsalik verstarb im Herbst 1999.

Von Heinz G. Konsalik ist bei Blanvalet bereits erschienen:

Dschungel-Gold. Roman (35309)
Geliebter, betrogener Mann. Roman (32107)
Sommerliebe. Roman (35703)
Wen die schwarze Göttin ruft. Roman (35449)
Das Geheimnis der sieben Palmen. Roman (35564)

gemeinsam mit Susanne Scheibler:

Das wilde Land. Roman (35909)

KONSALIK

Schlüsselspiele für drei Paare

Roman

BLANVALET

Umwelthinweis:
Alle bedruckten Materialien dieses Taschenbuches
sind chlorfrei und umweltschonend.

Blanvalet Taschenbücher erscheinen im
Goldmann Verlag, einem Unternehmen der
Verlagsgruppe Random House.

3. Auflage
Taschenbuchausgabe Januar 2003

Dieses Taschenbuch erschien früher unter dem
Autorennamen Henry Pahlen.
Umschlaggestaltung: Design Team München
Umschlagfoto: Mauritius/Age
Satz: DTP Service Apel, Hannover
Druck: GGP Media, Pößneck
Verlagsnummer: 35793
UH · Herstellung: Heidrun Nawrot
Made in Germany
ISBN 3-442-35793-4
www.blanvalet-verlag.de

Es war an einem sonnigen Tag des Jahres 1967, als eine Maschine der »Air Argentinia« pünktlich nach Flugplan über den Flughafen München-Riem einschwebte, zur Landung ansetzte, über die Piste glitt, beidrehte und mit gedrosselten Motoren in einem weiten Bogen zurück zur Abfertigungshalle kam. Elektrogepäckwagen und die Gangway rollten heran; in den Wartehallen klang die helle Stimme der Bodenstewardess aus den Lautsprechern.

»Flug 168, Buenos Aires, Rio, Dakar, Casablanca, Paris, Köln, Frankfurt, München ist soeben gelandet. Flug 168 –« Friedrich Volbert stand neben der Zollgepäckabfertigung und sah hinaus auf den in der Sonne sich silbern spiegelnden, riesigen Metallvogel. Nur wenige Reisende kamen an, die meisten waren in Paris und Frankfurt schon ausgestiegen, und so war es leicht, die ungefähr zehn Personen zu überblicken, die nun auf das Gebäude der Abfertigung zukamen.

»Das muß er sein«, sagte Volbert leise und trat näher an die große Glasscheibe heran. Er trug einen hellbeigen Anzug und einen flotten Trenchcoat mit Gürtel, obwohl der Sommer längst vorbei war und nur heute ein ausnahmsweise sonniger Herbsttag war.

Die Türen zum Flugfeld pendelten auf, die Elektrokarren mit dem Gepäck fuhren zur Zollrampe, die Reisenden stellten sich hintereinander auf, um das Zeremoniell der Zollkontrolle geduldig über sich ergehen zu lassen.

Volbert hob beide Hände und winkte. »Hallo!« rief er. »Herr Ostra! Herr Ostra! Willkommen in Deutschland!«

In der Reihe der Wartenden, die jetzt ihr Gepäck bezeichneten und beteuerten, nichts Verzollbares im Koffer zu haben, winkte ein Mann zurück. Er war groß – Volbert schätzte ihn auf 1,90 Meter –, breitschultrig und sah genauso aus, wie man sich einen erfolgreichen Geschäftsmann vorstellt, der in Südamerika sein Glück gemacht hat. Ein markantes, braungebranntes Gesicht, leicht gewellte, braune Haare, an den Schläfen silbrig glänzend, ein schmaler Mund, energisches Kinn, blaue, strahlende Augen, die aber auch eiskalt blicken konnten, und auf der linken Wange eine Narbe, die aussah wie eine Mensurverletzung aus seligen Korpsstudentenzeiten. Neben ihm stand eine elegante Dame im Leopardenmantel. Lange, schwarze glänzende Haare flossen über das Wildkatzenfell, und wer ein Gefühl für Frauen besitzt, wußte sofort, daß das Raubtierfell zu ihr paßte. Man brauchte nur ihre glühenden Augen anzusehen, das schmale, braune Gesicht mit einem Schuß Oliv darin, als sei einer ihrer Vorfahren ein Indianer aus den Urwäldern des Matto Grosso gewesen. Ihr schlanker, mittelgroßer Körper steckte in einem engen, dunkelorangen Kleid, und wenn der Mantel bei einer Bewegung aufsprang, drückten sich herrliche, hochangesetzte Brüste hervor. Sie lachte, als sie Volbert mit beiden Armen winken sah, hob die schlanke braune Hand und winkte zurück.

»Sieh an, dieser Ostra!« sagte Volbert zu sich. »Na ja, er hatte ja Zeit genug im Flugzeug, mit ihr anzubandeln ...« Er lächelte der schönen Frau zu, machte eine galante Verbeugung und wünschte sich, daß Ostra sich nicht gleich verabschiedete, sondern ihm die verführerische Dame vorstellte und ihm die Gelegenheit bot, ihre Hand zu küssen.

Die Koffer wurden aufgemacht, Wäsche wurde kurz angehoben, die geübten Finger der Zollbeamten tasteten herum. Weiter ... der nächste ...

Man durfte Deutschland betreten.

Mit großen Schritten kamen sich Volbert und Ostra entgegen. Sie hatten sich vorher noch nie gesehen, aber es war, als seien sie uralte Freunde. Mit beiden Händen begrüßten sie sich und strahlten sich an.

»Willkommen! Willkommen!« rief Volbert. »Genauso habe ich Sie mir vorgestellt. Wie man sich doch brieflich genau kennenlernen kann. Wie war der Flug?«

»Interessant. Danke.« Peter Ostra sah Volbert wie ein Bild an, das er kaufen will. »Ich habe Sie mir ähnlich vorgestellt ... Ich gestehe, daß ich freudig überrascht bin. Zuerst dachte ich: Das ist ein typisch deutscher Fabrikdirektor. Ihr erster Brief war korrekt, steif und in Habtachtstellung, um einmal militärisch zu sprechen. Dann lockerte sich der Stil etwas ... aber ich habe nicht erwartet, einen Menschen zu treffen, der ein
Blick an ein Freund sein kann.«

»Ihre Ehrlichkeit ist herrlich.« Volbert zog an seiner seidenen Krawatte. Die Dame im Leopardenfell wartete etwas abseits und lächelte ihm zu, als er hinüberblickte. »Ich bin überzeugt, daß wir uns – auch über das Geschäftliche hinaus – gut verstehen.« Er räusperte sich und blinzelte Ostra zu. »Ich glaube, Ihre Reisebekanntschaft wartet auf einen Abschied.«

Peter Ostra lachte. Sein männliches Gesicht war in diesem Moment faszinierend. »Kommen Sie, lieber

Freund!« rief er, nahm Volbert unter den Arm und schob ihn zu der Leopardendame. »Das ist unser lieber Friedrich Volbert«, sagte er. »Unsere Ahnungen waren falsch, Chérie … er ist ein toller Kamerad.« Und dann, zu Volbert gewandt, der etwas starr und hilflos vor der schönsten Frau stand, die er je in seinem Leben gesehen hatte: »Das ist Rita Camargo. Meine – sprechen wir ganz offen – meine Begleiterin seit drei Jahren. Rita ist mein lebendiges Kreislaufmittel. Niedrigen Blutdruck gibt es in Ritas Gesellschaft einfach nicht. Sie ist eine verteufelt gute Managermedizin.«

Friedrich Volbert nahm die hingehaltene schlanke Hand Ritas und küßte sie. Ihm waren die offenen Worte Ostras in Gegenwart Ritas peinlich. Was auch immer sie ist, dachte er, als er den Hauch des Parfüms genoß, den ihr Handrücken ausströmte – ein Gentleman behält Haltung und spricht es nicht aus. Und eine Frau, die so aussieht wie Rita, kann es sich ohne Ehrabstriche leisten, die Geliebte eines Mannes wie Ostra zu sein, dem die Millionen unsichtbar wie Ketten um den Hals hängen.

»Es freut mich, daß Peter einen neuen Freund gefunden hat«, sagte Rita Camargo in einem fließenden, fast akzentfreien Deutsch. »Wollen wir auch Freunde sein?«

Durch Volbert strömte es heiß. Er bekam sogar einen roten Kopf, was ihn maßlos ärgerte. »Der heutige Tag ist wirklich ein Glückstag! Gnädige Frau, ich möchte die Arme ausbreiten.«

»Tun Sie's!«

Rita Camargo beugte sich vor. Und Volbert gab ihr, symbolisch durch zweimaliges Nicken, zwei Küsse auf jede Wange. Er sah ihr dabei in die Augen und erschrak vor Freude. So blickt nur eine Frau, die bereit ist, sich zu verlieben, dachte er heiß. Himmel, sollte es jemals wahr werden, diese Frau in meinen Armen zu halten?

Ostra lachte wieder. Voll, siegesgewiß, ungeheuer männlich. Dabei tippte er Volbert auf die Schulter.

»Rita ist gewohnt, über gebrochene Männerherzen zu gehen. Sie pflastert ihren Weg damit. Sehen Sie zu, mein Lieber, daß Sie nicht auch bald ein Pflasterstein sind.«

Volbert lächelte Rita etwas unsicher an. Hier scheint man keine Geheimnisse voreinander zu haben, dachte er. Natürlich, man weiß ja auch genug voneinander. Versteckspielen wäre kindisch. Man ist dort angelangt, wo Ehrlichkeit nicht mehr brutal und verletzend ist.

Es war etwas, das Volbert ungemein gefiel. Es erinnerte ihn an zu Hause. An seine Ehe. An Eva. An sein eigenes Leben. An die Leere hinter einer glänzenden Fassade. Also auch Ostra, dachte er zufrieden. Ob in Buenos Aires oder in München – einmal hört das Leben auf, abwechslungsreich zu werden, und es bleibt nur ein ständiges Gähnen.

Wer wußte in dieser Stunde, wer Ostra war und was er wirklich in Deutschland wollte?

In dem Wagen Volberts, den er selbst lenkte, fuhren sie kurz darauf ab. Volbert bewohnte eine Villa in Grünwald. Hinter einer hohen Hecke, die noch durch eine Schilfrohrmatte verstärkt wurde, lag – von der Straße aus unsichtbar – das langgestreckte, weiße Haus mit dem breiten Außenkamin, dem Schwimmbecken, dem Teehaus im Rosengarten und einem Tennisplatz. Unter den hohen Bäumen, die die Rasenflächen umstanden, sah man nur das rote Dach, wenn man sich draußen vor der Hecke auf die Zehenspitzen stellte.

Volbert hupte dreimal, das Einfahrtstor rollte elektrisch zur Seite, dann glitten sie zwischen Holunderbüschen und Rotdorn langsam eine Auffahrt hinunter und hielten vor der mit Marmorplatten ausgelegten Eingangsterrasse.

»Donnerwetter!« sagte Ostra, der neben Volbert saß. Der Ausruf galt nicht dem Haus – im Millionärsviertel von Buenos Aires sind solche Häuser, wie das von Volbert, fast Armenwohnungen –, sondern Ostra straffte sich im Sitzen, weil in der geöffneten großen Glastür eine junge, rothaarige Frau stand und hinaus in die Sonne trat. Sie trug ein enges, weißes Kleid mit kleinen Streublümchen, unter dem die langen, schlanken Beine besonders vorteilhaft hervorsahen. Das rote Haar trug sie modern aufgesteckt.

»Meine Frau Eva«, sagte Volbert stolz und bremste.

»Noch einmal: Donnerwetter! Mein Lieber, wie kommen Sie an solch eine Frau?«

»Nicht nur in Argentinien gibt es Schönheiten.« Volbert blinzelte Rita, die hinter ihm saß, durch den Rückspiegel zu. »Eva war früher Mannequin. Auf einer Modenschau in Düsseldorf lernte ich sie kennen. Wir führen eine glückliche Ehe.«

»Mit solch einer Frau, kein Wunder!«

Peter Ostra sprang als erster aus dem Wagen und kam Eva Volbert entgegen. Sein Charme, sein Auftreten, sein faszinierendes männliches Gesicht, seine grauen Augen, sein athletischer Körper überrannten Eva wie eine Sturmflut. Stumm, mit großen Augen, empfing sie den Handkuß und hörte Ostras Worte wie durch Watte. Es waren Komplimente, wie sie jede Frau erwartet. Dann sah sie Rita Camargo aussteigen, aus dem Wagen geholfen von Friedrich Volbert, der sich spreizte wie ein Pfau. Die Andeutung eines Lächelns erschien in ihren Mundwinkeln.

»Ich freue mich, Herr Ostra«, sagte sie mit einer dunklen Stimme, die gar nicht zu ihrem roten Typ paßte. »Willkommen in Deutschland. Ich hoffe, daß Sie sich bei uns bald wie zu Hause fühlen werden.«

»Das tue ich bereits, gnädige Frau. Die Herzlichkeit, die mir entgegenschlägt, ist so, als ob wir uns schon jahrelang kennen.« Ostra beugte sich vor, behielt Evas Hand in der seinen und sah ihr tief in die unruhigen grünen Augen. »Darf ich Ihnen sagen, daß Sie wundervoll sind?«

»Sie dürfen.«

»Daß ich fasziniert bin seit dem Augenblick, wo ich Sie in der Tür sah?«

Eva lachte laut. Es war ein hartes Lachen. »Mein Mann scheint in der gleichen Lage zu sein. Ich habe ihn seit Jahren nicht so besorgt gesehen, daß eine Frau stolpern könnte.«

Ostra drehte sich um. Volbert hatte Rita untergefaßt und geleitete sie wie eine Gehbehinderte zum Haus. Man sah es ihm an, daß ihm die Berührung ihres Körpers äußerst gut tat.

»Rita ist eine Schlange«, sagte Ostra fröhlich und legte seinerseits den Arm um Evas Schulter, als sei er wirklich schon ein alter Freund. »Nur Kenner bewundern nicht ihre schillernde Haut, sondern denken an ihren Biß. Wie anders sind Sie, Eva: das rote Haar, die grünen Augen, die weiße Haut – ich bin wirklich glücklich, so etwas wiederzusehen nach den langen Jahren unter Indios, in Urwäldern, in Dschungelsümpfen und überwucherten Bergmassiven. Sind die roten Haare echt?«

»Echt.«

Ostra lächelte, und wenn er lächelte, gab es keine Frau, die nicht ihr Herz zucken spürte. Eva Volbert erging es nicht anders.

»Ich habe mir schon immer gewünscht, einen Vulkan zu bezwingen«, sagte er leise.

Eva schwieg. Aber ihr Schritt wurde tänzelnder, als sie durch die breite Glastür in die große, mit dicken Teppichen bedeckte Diele gingen.

So kam Peter Ostra in Deutschland an.

Es war ein Tag wie jeder andere ... und doch begann mit diesem Tag ein ungewöhnliches, ein schreckliches Abenteuer.

Ungefähr vier Stunden vor der Landung des Flugzeugs der »Air Argentinia« in München-Riem lief in der Fernschreiberzentrale der Außenstelle Bonn des Bundesverfassungsschutzes ein Schreiben aus Paris ein. Es hatte einen Umweg über Köln, den Sitz des Verfassungsschutzes, gemacht, war dort übersetzt und dann weitergeleitet worden.

»Mit einer unbekannten Maschine trifft in diesen Tagen ein Mann in Deutschland ein, der illegale Waffeneinkäufe tätigen will. Die Waffen sind für drei unruhige Staaten in Süd- und Mittelamerika bestimmt. Der CIC bittet um Amtshilfe bei der Fahndung nach diesem Mann. Der Auftrag ist hochpolitisch und Geheimstufe I. Name und Beschreibung des Mannes liegen nicht vor, da die V-Männer auch nur einen Wink und keine genauen Informationen bekommen konnten. Achtung! Betreffender Mann ist gefährlich!«

»Eine schöne Scheiße!« sagte sehr unfein der Ministerialrat Herbert Bruckmayer, als ihm das Fernschreiben auf den Tisch gelegt wurde zusammen mit der Order, diesen Fall zu bearbeiten. Bearbeiten hieß in diesem Fall, ein Phantom suchen; es war ein Auftrag, in dem mehr Blamage als Ruhm steckte.

»Was soll ich denn machen?« fragte Bruckmayer, nachdem er das Fernschreiben noch einmal studiert hatte, seinen Vorgesetzten in Köln per Telefon. »Glauben Sie, der Mann stellt sich hin und ruft: ›Ich bin's! Hallo!‹«

»Nein.«

»Solch eine Meldung ist doch ein Schmarren! Wo soll man suchen?«

»Darum haben wir Ihnen den Fall übertragen, Bruckmayer.« Die Stimme aus Köln klang wie Balsam, aber Bruckmayer kannte diesen Ton. So wickelt man einen ein, wenn der einen unangenehm bitteren Salat nicht essen will. Man streut Zucker darüber. »Sie sind der Experte für solche Fälle und für diese prekäre Aufgabe beurlaubt. Sie kümmern sich von jetzt an nur um diesen Waffenknaben aus Südamerika.«

»Weiß man wenigstens, aus welchem Staat er kommt?«

»Aus Argentinien.«

»Wenigstens etwas, Herr Direktor.« Bruckmayer seufzte laut ins Telefon. Es schadet gar nichts, wenn Vorgesetzte die Seelennöte ihrer Untergebenen kennen. »Also dann ... ich fange an.«

»Waidmannsheil, Bruckmayer.«

Am Nachmittag, fünf Stunden nach der Landung der Boeing aus Buenos Aires, kam Herbert Bruckmayer in München an. Er ließ sich sofort zum Büro des amerikanischen CIC fahren, um sich Arbeit zu ersparen. Er war sicher, daß die Amerikaner schon alle Passagierlisten der Fluggesellschaften in den Händen hatten und daß geheime Boten immer neue Fluglisten brachten.

Ein Major Britton aus Pennsylvania empfing den deutschen Kollegen und schob Bruckmayer gleich einen Whisky über den Tisch. Dann folgte die obligate Chesterfield und ein Päckchen Kaugummi, den Bruckmayer höflich ablehnte. »Vierhundert Namen bis jetzt«, sagte Britton und gähnte. »Und noch immer kommen mehr. Was denken die sich eigentlich in Washington? Sollen wir halb Deutschland verhören?« Britton sprach ein breites Deutsch, aber Bruckmayer hatte Erfahrung im Umgang mit dieser Sprachversion.

»Warum sammeln Sie eigentlich alle Fluglisten ein, die in Riem zu haben sind?« fragte Bruckmayer.

Britton sah seinen deutschen Gast mitleidig an. »Information Nr. 2: Der Kerl kommt in München an.«

»Gut. Das weiß ich bereits. Aber deshalb brauchen Sie doch nicht die Namen aller Personen, die in München landen. Das geht ja in die Tausende.«

»Sage ich ja.« Britton trank seinen Whisky leer. »Die Jungs in Washington haben ein Loch im Hirn.«

»Ich würde mich darauf beschränken, die Gäste aus Südamerika zu betrachten.«

Britton lachte und goß sich das Glas erneut voll. »Halten Sie den Burschen für einen Idioten? Der ist clever, mein Lieber. Wenn der nach Deutschland kommt, wird er nicht so blöd sein, die Direktmaschine von Buenos Aires zu nehmen! Waffenhändler sind Genies. Unser Mann wird dreimal, viermal umsteigen, ehe er in München auf die Erde setzt. Und wenn er ganz raffiniert ist, macht er einen Umweg zum Norden und segelt bei uns von Oslo kommend herein. Wissen wir das?« Major Britton zündete sich eine neue Chesterfield an. »Die Welt ist rund. Von überallher kann er kommen, nur nicht von Osten. Wenn man nur wüßte, wie der Kerl aussieht. Himmel, wenn er schielen würde oder wenigstens eine Knollennase hätte. Aber nichts.« Britton sah Bruckmayer mitleidvoll an. »Was wollen Sie tun, Freund?«

»Mir die Liste der Passagiere ansehen, die mit südamerikanischen Maschinen gelandet sind.«

»Die deutsche Sturheit.« Britton schob Bruckmayer eine Mappe über den Tisch. »Bitte. Drei Maschinen. Eine aus Brasilien, eine aus Argentinien, eine aus Chile. Chartermaschine einer Reisegesellschaft von spleenigen Millionären, die was vom Oktoberfest und Weinlese am Rhein gehört haben.«

»Scheidet aus.« Bruckmayer schlug den Schnellhefter auf und studierte die Namen der brasilianischen und argentinischen Maschinen. Es waren nicht so viele, wie er befürchtet hatte. »Im ganzen neunundvierzig, die in Frage kämen.«

»Wenn unser Mann überhaupt damit gekommen ist und nicht erst einschwebt. Aber bitte –« Major Britton verzog den Mund. »Ich überlasse Ihnen die Südamerikaner. Hab ohnehin eine Fotokopie von den Listen. Aber angenommen, Sie haben unverschämtes Glück. Was tun Sie?«

»Ich bringe den Knaben nach Bonn. Wer ihn dann in die Mangel nimmt, darüber sollen sich die Chefs unterhalten.«

Herbert Bruckmayer blieb noch zwei Stunden bei Major Britton. Sie aßen ein Hähnchen, tranken eine halbe Flasche Whisky leer und sahen sich die neuen Listen an, die aus Riem von der Flugleitung kamen. »Noch eine Maschine aus Südamerika«, brummte Britton und warf Bruckmayer die neue Liste zu. »PAA aus Peru. Neunzehn in München ausgestiegen, vier in Frankfurt, neun in Köln. Prost!«

Bruckmayer verabschiedete sich und fuhr in sein Hotel zurück. Die Passagierlisten nahm er mit. Es ist wirklich blöd, wie Britton sagt, dachte er, als er die Jacke in seinem Zimmer abwarf und ans Fenster trat. Unten brauste der Abendverkehr Münchens vorbei, ein Gedränge von Autos und Menschenmassen. Ein völlig Unbekannter kommt nach München. Da hilft uns nur der Zufall, der liebe Gott der Kriminalisten.

Es wurde ein harmonischer Abend bei Volberts.

Eva hatte von einem bekannten Restaurant in Geiselgasteig ein kaltes Büfett kommen lassen, Friedrich Volbert brach seine besten Flaschen Wein an und ging später zu Champagner über, Peter Ostra erzählte von Schlangenjagden im Urwald, und Rita machte dem Hausherrn verliebte Augen. Überhaupt hatte es sich ganz selbstverständlich ergeben, daß Eva und Ostra und Volbert und Rita beisammensaßen, nicht an einem Tisch, sondern getrennt in zwei Ecken des großen Wohnzimmers. Man sah sich in der Beleuchtung von Steh- und Tischlampen nur schemenhaft.

»Sie sind wundervoll«, sagte Ostra und sah Eva tief in die grünschillernden Augen. »Allein schon Sie zu sehen war den Flug aus Südamerika wert.«

»Sie haben einen Swimming-pool«, sagte Rita am anderen Ende des Zimmers und blickte durch die große Fensterscheibe auf die Terrasse. »Ich schwimme gern. Bei uns kann man immer schwimmen.«

»Mein Pool ist geheizt. Ständig 23 Grad«, sagte Volbert.

»Dann könnte man jetzt schwimmen?« rief Rita.

»Theoretisch ja.«

»Und auch praktisch.« Rita stand auf und ging aus dem Zimmer. Verblüfft und voll Ahnungen blieb Volbert sitzen und nippte an seinem Sektglas. Aus der anderen Zimmerecke tönte das volle Lachen Ostras.

»Was haben Sie mit Rita gemacht, Sie böser Friedrich?!« rief er. »Warum läuft sie weg?«

»Ich glaube, sie will sich ausziehen!« rief Volbert zurück.

»Das geht aber schnell bei Ihnen, Volbert.« Ostra erhob sich, ein breiter Schatten gegen das ungewisse Licht. Dabei lachte er noch immer. Volbert strich sich über die kurzgeschnittenen Haare.

»Sie will schwimmen ...«

»Das ist eine gute Idee.« Um Ostra herum kam Eva. Sie wiegte ihre Hüften in einer Art, wie es Volbert seit einigen Jahren nicht mehr von ihr gesehen hatte. »Ach ja, wann sind wir das letzte Mal nachts geschwommen? Friedi, mach die Scheinwerfer im Becken an! Ich ziehe mich auch schnell um.«

Sie lief ebenfalls aus dem Zimmer, und Ostra kam auf Volbert zu, der an einigen Schaltern drehte. Um das Schwimmbecken herum gingen Gartenleuchten an. Büsche schienen zu schimmern. Ein Scheinwerfer mit Farbspiel verzauberte das Wasser von Silber bis Blutrot.

»Haben wir nicht einmalige Frauen?« fragte Ostra und dehnte sich. Seine Anzugjacke knackte in den Nähten. »Seien wir ehrlich, Volbert: Was wäre das Leben ohne schöne Frauen?«

»Warme Limonade.«

»Sehr gut. Schwimmen wir mit?«

»Nein.« Volbert schüttelte den Kopf. »Es ist schöner, Nixen zuzusehen, als ihnen nachzuschwimmen.«

»Sie haben das Zeug zu einem Philosophen. Also, sehen wir zu und blasen wir unsere Herzen auf wie Luftballons.« Das Bad wurde ein voller Erfolg. Eva, in einem hellgrünen Bikini, mit aufgelösten langen roten Haaren, war das Urbild einer lockenden Nixe. Bevor sie ins Wasser sprang, ging sie erst einmal rund um das Becken, beschienen von den Scheinwerfern in allen Farben. Ostra klatschte Beifall und stieß Volbert in die Seite.

»Wie sich die Natur bei uns verändert«, sagte er. »Im Tierreich muß das Männchen Räder schlagen und Kapriolen machen und balzen – bei uns tun es die Frauen. Glückliches Menschsein. Und nun sind Sie dran!«

Rita kam aus dem Haus gelaufen. Sie trug einen goldenen Badeanzug, aber wer sie so sah, glaubte nicht, daß es Stoff sei, sondern man dachte an eine goldene Haut, über die die schwarzen Haare wehten wie zerfetzte Schleier.

»Märchenhaft«, sagte Volbert mit trockener Kehle. »Um so eine Frau kann Sie die ganze Welt beneiden.«

»Und Sie um Ihre Eva, mein Bester. Auf diesem Gebiet sind wir quitt und gleichwertig.«

Erst spät in der Nacht ging man zu Bett, nachdem man am Beckenrand mit Champagner Bruderschaft getrunken hatte – der Vorschlag war von Eva gekommen. Beim Bruderkuß hing sie an Ostras Lippen, als ersticke sie und müsse durch Mund-zu-Mund-Beatmung gerettet werden. Rita hatte Volbert umarmt und streichelte seinen Nacken, während sie ihn küßte. Es war Volbert, als schneide jemand mit einem glühenden Messer seinen Kopf von hinten ab.

»Freunde!« rief Ostra nach dieser Bruderschaft. Er hatte schon viel getrunken und schwankte etwas. »Es lebe das Leben! Und es lebe die Rückkehr nach Deutschland!«

»Wie lange bist du aus Deutschland weg?« fragte Volbert. Rita lag in seinem Schoß und kitzelte ihn unterm Kinn.

»Laß mich nachdenken ... ja, einundzwanzig Jahre.

Aber was soll die Erinnerung! Die Zukunft ist unser, Friedrich! Wenn unsere Geschäfte klappen, tut uns in den nächsten Jahren bis zum Lebensende kein Zahn mehr weh.«

Nun war dieser Abend vorbei. Im Schlafzimmer Volberts gingen die Lichter aus. Eva schlief bereits, als Friedrich ins Bett kam. Ihre Lippen brannten. Ostra hatte eine wilde Art zu küssen. Saugend wie ein Blutegel. Man spürte es bis in die Zehenspitzen und wurde wehrlos.

Im Bad des Gästetraktes duschte sich Rita noch, ehe sie nackt, ein Frottiertuch um die schwarzen Haare geknotet, ins Zimmer zurückkam. Ostra saß in einer Pyjamahose auf der Bettkante und cremte sich sein Gesicht mit Nährcreme ein. Die herrliche Nacktheit Ritas nahm er nicht zur Kenntnis. Jeder Bauer gewöhnt sich an den Anblick seiner Kühe.

»Alles nach Wunsch?« fragte Rita und zerzauste Ostra die schon gelegten Haare. Er knurrte und nickte.

»Alles. Volbert benimmt sich wie ein Hahn, der versehentlich eine Schachtel mit Hormonpillen gepickt hat.«

»Auch deine rote Pussy ist heiß.« Rita legte sich hinter Ostra auf das Bett. Sie schlief immer nackt. Ich genieße mit allen Poren, hatte sie einmal gesagt. Alles um mich herum muß ein Streicheln sein. Mit ihren langen, schlanken Beinen stieß sie Ostra jetzt in den Rücken. »Und wie soll's weitergehen? Willst du zu ihr ins Zimmer schleichen? Trefft ihr euch irgendwo im Haus? Und Volbert? Er wollte schon vorhin mit mir verschwinden. Tee kochen, nannte er es. Ich habe ihm gesagt, Champagner sei mir lieber.«

»Kluges Kind!« Ostra hatte seine Gesichtsmassage beendet und stand auf. Er schwankte nicht mehr, und auch von Trunkenheit war nichts mehr zu spüren. Man muß kleine Schwächen zeigen, die einem jeder glaubt; das hebt die Sympathien – es war einer seiner Wahlsprüche. Wein, Weib, Gesang … mit diesen Schwächen stehen einem alle Türen offen. Denn jeder versteht sie, hat sie oder möchte sie haben. Und gerade die vornehmsten Herren mit den steifsten Kragen sind da die Schlimmsten.

»Es bleibt bei unserem Plan, Rita. Hungrige Fische beißen schneller. Bei Volbert also jetzt stopp.«

»Und du bei der roten Katze?«

»Charmante Distanz. Ein gut durchgebratenes Hühnchen ist ein besonderer Genuß.«

Er zog seine Pyjamajacke an, klopfte noch einmal sein Gesicht, damit die Nährcreme tief in die Haut eindrang, und legte sich dann neben der nackten Rita, die ihre nassen Haare frottierte, auf die Steppdecke.

»Warm, nicht wahr?« fragte er. Rita nickte. Sie warf das Handtuch weg, drehte sich auf die Seite und sah Ostra aus ihren fast schwarzen Augen an.

»Guck mich an!« sagte sie mit einem Ton, der Ostra bewegte, die Oberlippe zu heben.

»Hm …« Er drehte den Kopf und betrachtete den glänzenden, braunoliven herrlichen Körper.

»Ich möchte dich lieben!« sagte Rita fast befehlend. »Du weißt, daß ich jeden Tag lieben muß.«

Ostra sah auf seine goldene Armbanduhr. »Gleich fünf Uhr früh …« Sein Ton war vorwurfsvoll und ablehnend zugleich. Rita streichelte mit dem Kopf das Kissen. Ihr schlanker Körper vibrierte.

»Komm«, sagte sie gepreßt.

»Auch das noch.« Ostra seufzte, wälzte sich herum und zog Rita zu sich herüber in sein Bett.

Die nächsten Tage waren gekennzeichnet von einer großen Betriebsamkeit. Volbert arbeitete bis zum Abend in seinen Vereinigten Elektrowerken. So sehr Eva das begrüßte, denn nun gab es lange Stunden, wo sie mit Ostra allein sein konnte – ihre Hoffnungen blieben unerfüllt. Auch Ostra und Rita waren die ganzen Tage über unterwegs, um – wie sie sagten – für einen befreundeten Millionär in Buenos Aires eine Villa in München zu kaufen, die als Entschädigung für eine bald in Ungnade fallende deutsche Freundin dienen sollte.

Diese Haussuche war nicht gelogen. Tatsächlich besuchten Ostra und Rita alle großen Häusermakler in München und ließen sich herumfahren, um freie Villen anzusehen. Sie hatten ganz bestimmte Vorstellungen von dem Haus, das sie mieten wollten: Es mußte eine Villa im alten Stil sein, mit zwei Etagen und vielen Zimmern, ruhig und abseits gelegen, in einem Garten, in dem eine Reihe Autos parken konnten. »Wir werden viel Besuch haben«, sagte Rita zu den Maklern. »Zehn Fremdenzimmer ist das mindeste …«

Wo gibt es im Bungalow-Zeitalter noch solche Häuser? Ein Makler fand es endlich, nach sieben Tagen. In Bogenhausen, in einer Querstraße. Eine alte, graue Sandsteinvilla mit verwildertem Park, großer Einfahrt und einer Mauer.

»Das ist es«, sagte Ostra zufrieden.

»Sie gehörte einem Ölhändler, der an Krebs verstorben war. Die Erben – Neffen und Cousinen, er hatte keine Kinder, war Junggeselle und ein bißchen so, na, Sie wissen ja – haben kein Interesse daran, den alten Kasten zu renovieren. Lohnt sich auch nicht. Käufer finden sich auch nicht. Macht ja doppelte Kosten. Erst das alte Ding abreißen lassen und dann neu bauen … Sie wollen diese

Burg wirklich mieten?« Der Makler sah Ostra zweifelnd an. Aber Ostra nickte.

»Sofort! Und ab morgen wimmelt es hier von Handwerkern.«

Der Makler zuckte die Schultern und überließ Ostra seinem Schicksal. Verrückte sterben nie aus, dachte er. Und wenn man sie aus Südamerika importiert …

Es dauerte nur wenige Tage, da kannte niemand mehr die alte Villa von innen wieder. Ostra war großzügig im Aushandeln der Preise; eine Eigenschaft, die jeden Handwerker bewegte, schnell und gut zu arbeiten. Schreiner, Anstreicher, Elektriker, Dekorateure sprangen umeinander und arbeiteten – was äußerst selten ist – sogar Hand in Hand. Weiche, schallschluckende Teppichböden wurden verlegt, die alten Stuckdecken leuchteten bald weiß in jungfräulichem Glanz, über die Marmortreppe legte ein Teppichgeschäft einen Perserläufer. Lampengeschäfte installierten Kronleuchter aus Kristall.

Die französischen Betten wurden von einer Spezialfirma geliefert, die in der Schweiz ansässig war. In den Fußenden waren Präzisionskameras eingebaut, die unhörbar mit Serienaufnahmen begannen, sobald das Gewicht zweier Personen einen Kontakt unter der Matratze auslöste. Die Öffnung für das Objektiv war dank der geschickten Holzbearbeitung der Betten nicht zu sehen.

Von außen wirkte die alte Villa nach wie vor wie eine düstere Burg, aber innen war sie jetzt von märchenhafter Schönheit. Stolz durchschritt Ostra, als die Handwerker mit guten Trinkgeldern abgezogen waren, alle Räume und rieb sich die Hände. »Das ist Atmosphäre, Rita, in der sich Seelen zu Nachtigallen verwandeln«, sagte er. »So muß es sein. Ich habe das Gefühl, daß man von diesem Haus bald von Mailand bis Stockholm unter der Hand sprechen wird und Rita Camargo die berühmteste Femme fatale Europas wird. So, und nun ans Werk.«

Was jetzt geschah, überließ Ostra keinem Handwerker. In jedes Zimmer baute er einige Mikrofone ein, deren Plätze genau überlegt waren.

Eins hinter der Gardine. Oft standen liebesschwere Männer am Fenster und wurden romantisch beim Anblick verwilderter Parks.

Eins neben dem Frisiertisch. Männer haben in Boudoirs die Angewohnheit, Frauen, die sich frisieren, von hinten zu umfangen. Was sie dabei reden, kann wertvoll sein.

Eins in der Lampe über dem zierlichen Rokokotisch. Beim Essen, beim Wein oder Sekt, beim Anblick des Negligés einer verführerischen Frau, die einem gegenübersitzt, werden die Zungen der Männer artistisch und erzählen Dinge, die das Hirn nicht will.

Zwei unter den Betten und eins im speziell vorbereiteten Kopfteil der Betten.

»Kontrolle, Rita«, sagte Ostra nach vier Tagen, in denen er Löcher bohrte, Drähte unsichtbar gezogen und hochempfindliche Mikrofone eingebaut hatte. »Setz dich an den Frisiertisch.« Er schaltete das versteckte Tonbandgerät ein und kam dann zu Rita, die vor dem großen Spiegel saß. Er küßte sie auf den Nacken, und ihr leises Stöhnen klang echt und war nicht gespielt. Mit beiden Händen streichelte Ostra über ihre Brüste. Sie bäumte sich im Sitzen auf und griff nach hinten in sein Haar.

»Mach mich nicht verrückt«, sagte sie heiser. »Peter, ich warne dich … laß das … ich bin kein Stück Holz … oh, du Aas, du eiskalter Schuft … hör auf … ich beiße dich in die Hand ... ich ... beiße ... dich ... in ... die ... Hand ...«

Sie wirbelte herum, ihre schwarzen Augen glühten und waren unnatürlich groß. Ostras Lächeln reizte sie maßlos. Da sprang sie auf, warf ihre Arme um seinen Hals und krallte sich an ihm fest. Er lachte mit seiner tiefen Stimme, streifte ihr das leichte Sommerkleid von den Schultern und biß sie leicht in den Brustansatz.

»Ich ... zerkratze ... dir ... das ... Gesicht ...«, stöhnte sie und wand sich in seinen Armen wie eine wütende Katze. »Laß das ... o Himmel, Peter ... laß das ... soll ich verrückt werden ...?«

Mit einem Schwung hob er sie hoch, warf sie auf das Bett und schleuderte ihre Schuhe an die Wand ...

Später saßen sie auf der Bettkante und ließen das Tonband abspielen. Die Mikrofone hatten vorzüglich gearbeitet. Alles war zu hören ... der kleinste Seufzer, das heisere Flüstern Ritas an Ostras Ohr. Es war eine Sinfonie von Tönen, bei denen selbst Rita die Röte ins Gesicht stieg. Ostra nickte zufrieden.

»Das sind Mikrofone, was?« sagte er stolz. »Das ist Präzisionsarbeit. Damit kann man das Seufzen einer träumenden Maus aufnehmen. Kind, welches Temperament du hast. Wozu so ein Tonband gut ist.«

»Es ist gemein von dir, was du getan hast«, sagte Rita böse. »Lösch das Band.«

»Erst anhören bis zum bitteren Ende. Generalproben muß man durchstehen, sonst wird die Premiere nichts.« Ostra beugte sich vor. »Jetzt muß die Stelle kommen, wo du sagst: Ich könnte mich für dich verbrennen lassen ...«

Mit einem Satz sprang Rita auf. »Ich hasse dich!« sagte sie laut. »Ja, ich hasse dich!«

»Das haben große Lieben so an sich.« Ostra feixte.

»Da alle Mikrofone in den anderen Zimmern nach der gleichen Art angeschlossen sind, können wir zufrieden sein. Der erste Abschnitt ist damit beendet. Nun kommen das Personal und die Kunden dran. Mein Gott, starr mich nicht so wütend an, Rita. Ist es denn eine Schande, daß du in der Liebe plötzlich zu lispeln anfängst …?« Ostra lachte laut. »Das habe ich nie bemerkt. Dazu brauchte ich tatsächlich ein Tonband.«

Mit verzerrtem Gesicht holte Rita das bespielte Band aus dem Versteck unter der eingebauten Hausbar des ganz in Rosa-Gold gehaltenen Salons. Dort brannte in einem offenen Kamin ein Feuer. Auch zur Probe. Sie riß das Tonband hoch, warf es mit einem wütenden Schwung in die Flammen und sah zu, wie es verglühte.

Drei Tage brauchte Ostra noch, ehe die Villa bewohnt war. Es zogen fünf Mädchen ein, junge Dinger mit fabelhaften Figuren, langmähnig und dumm. Zum Nachwuchs der Münchner Matratzenmiezen gehörend, waren sie glücklich, nun plötzlich Stars zu werden, mit einem luxuriösen Zimmer, modernster Garderobe und einer Beteiligung von 20 Prozent der Kunden. Die übrigen 80 Prozent waren Anteil der Chefin, beziehungsweise dienten sie zur Deckung von Miete und Verpflegung.

Von dem Tage der »Betriebsfertigkeit« an, wie Ostra es nannte, trat er nicht mehr in Erscheinung. Nun war Rita Camargo die Chefin, leitete das Haus wie ein Hotel, stellte zwei Serviererinnen ein, zwei Köchinnen und zwei Küchenmädchen. Unterdessen schrieb Ostra eine Anzahl Briefe. Die Adressen entnahm er einer mitgebrachten Liste. In seinen höflichen Schreiben bat er um den Besuch der gesellschaftlichen Veranstaltungen in der

Villa in Bogenhausen und nannte als Empfehlung der Lauterkeit einen Namen aus Paris.

Dieser Name war ein Zauberwort. Er ließ alle Angeschriebenen, die diesen Namen kannten, zu Brüdern werden. Jeder wußte es vom anderen, und so etwas verbindet und verpflichtet auch.

»Am 1. Oktober ist Eröffnung, mein Schatz«, sagte Ostra, nachdem alle Briefe zur Post gegeben waren. »Du reservierst dich für Oberst Hornby. Er kommandiert eine Raketeneinheit. Sind die Mädchen geschult?«

»Ich habe ihnen gesagt: Wenig sprechen, fleißig zuhören und dabei lieb sein.«

»Du bist ein Goldkind, Rita!« Ostra zog sie an sich und küßte sie. »Noch eine Tonbandprobe?«

»Wenn man hören will, wie ein Schuft erwürgt wird ... bitte.«

Aber sie sagte es nicht böse. Wer konnte Peter Ostra etwas übelnehmen? Er war ein Mann, von dem Gott geträumt hatte, als er Adam erschuf.

In diesen Tagen hatte Herbert Bruckmayer ein Riesenpensum an Recherchen hinter sich gebracht. Von Bonn kamen keine neuen Nachrichten als nur noch die eine, die CIC-Major Britton und auch Bruckmayer nicht freundlicher stimmte. Der Informant aus Argentinien wußte nun ganz genau, daß der Geheimnisvolle in Deutschland war. Ein Telegramm war eingetroffen: *Bin gelandet.* Ohne Unterschrift.

Britton rief Bruckmayer sofort an. »Wie weit sind Sie?« fragte er.

»Alle Personen, die ich bisher untersuchte, sind harmlos. Es fehlen noch neun. Und dann ist Ende.«

»Das habe ich gewußt.« In Brittons Stimme lag Schadenfreude. »Als ob der Kerl mit einer direkten Maschine kommt. Der kann sogar von Köln mit der Eisenbahn eingetroffen sein. Wissen Sie was?«

»Nein.«

»Wir hängen die Listen auf den Lokus und warten ab. Waffengeschäfte fliegen früher oder später doch auf.«

»Also wieder der große Zufall.«

»Kennen Sie einen anderen Job, he?« Major Britton schnaufte durch die Nase. »So long, Kollege! Hier hilft auch deutsche Gründlichkeit nicht mehr.«

Das war ein Irrtum, wie sich gegen Abend herausstellte.

Bruckmayers Sturheit hatte den ersten Erfolg. Auf der Liste des Fluges 168 Buenos Aires – München war er bei dem Namen Peter Ostra angekommen. Aus Buenos Aires waren mittlerweile per Fernschreiber alle Personaldaten der Fluggäste übermittelt worden. Name, Geburtsort, Wohnung, Paßnummer usw. waren genau aufgeführt. Nun stutzte Bruckmayer, denn hinter Ostra stand: Peter Ostra, geboren in Goslar/Deutschland. Adresse: Buenos Aires, Corrida San Raffaele 19. Argentinischer Staatsbürger seit 15 Jahren. Paßnummer ...

Das Gefühl für große Zusammenhänge gehört zum Genie guter Kriminalbeamten. Für Männer in der Stellung Bruckmayers war es Grundvoraussetzung.

In Bruckmayer begann etwas zu zucken, das er nicht erklären konnte. Er meldete ein Blitzgespräch nach Buenos Aires an, Polizeipräsidium, und umrandete den Namen Peter Ostra mit Grünstift. Schneller, als er es der Post zugetraut hatte, war Argentinien an der Leitung. Jemand sprach spanisch, hörte, daß ein deutscher Partner am Telefon saß, es knackte ein paarmal, und dann antwortete eine deutsche Stimme.

»Hier Ministerialrat Bruckmayer«, sagte Bruckmayer fast atemlos. »Haben Sie die Möglichkeit, sofort nachzusehen, ob es einen Peter Ostra gibt, wohnhaft in der Corrida San Raffaele ...«

»Da brauchen wir nicht nachzusehen, mein Herr«, antwortete die klare Stimme, Tausende von Kilometern entfernt. »In Buenos Aires gibt es keine Corrida San Raffaele.«

Plötzlich schwitzte Bruckmayer. Dabei war es Abend, es wehte ein kühler Wind durch das offene Fenster. Der Herbst ließ sich, auch wenn am Tage die Sonne schien, nicht verleugnen.

»Wissen Sie das genau?« fragte er.

»Ganz genau. Ich lebe seit fünfzig Jahren in Buenos Aires, bin hier geboren und habe zehn Jahre lang die Polizeiwagenzentrale geleitet. Ich kenne jede Gasse hier. Was ist mit diesem Ostra?«

»Er ist vorgestern in München gelandet. Können Sie nachforschen lassen, ob es einen Ostra überhaupt gibt?«

»Wenn schon die Adresse falsch ist, ist alles an ihm falsch. Schade, Kollege. Gefälschte Pässe können Sie hier bekommen wie Melonen. Noch eine Frage?«

»Nein. Danke, Herr Kollege. Vielen Dank.«

Herbert Bruckmayer starrte auf den grün eingerahmten Namen auf seiner Liste. Peter Ostra. Er war es. Das war nicht zu beweisen, aber das Gespür des Jägers, der das Wild entdeckt hat, verließ ihn nicht wieder. Peter Ostra. Ein Name nur ... vielleicht hieß er jetzt in München schlicht Huber oder Strecker oder Hinterlupfer. Und doch: Die Spur war da. Die Kleinarbeit begann. Mindestens eine Handvoll von Menschen mußte diesen Ostra gesehen haben: die Stewardessen in der Boeing 707, der Chefsteward, die Flugscheinabfertigung, die Zollbeamten, vielleicht ein Gepäckträger, der die Koffer zum Taxi trug oder sonstwohin und auf den Kofferanhänger sah. Ostra, das ist ein seltener Name, den man sich merkt.

Herbert Bruckmayer ließ es sich nicht nehmen, Major Britton anzurufen und zu ärgern.

»Major, ich habe ihn!« sagte er mit Triumph. Einen Augenblick war es still beim CIC, dann schnaufte Britton.

»Wer ist es?«

»Er heißt Peter Ostra.«

»Ist er bei Ihnen?«

»Nein.«

»Wo denn?«

»Irgendwo in Deutschland.«

»Man sollte euch Deutsche alle erschlagen!« schrie Major Britton und warf den Hörer auf.

Zehn Minuten später fuhr Bruckmayer hinaus zum Flughafen Riem. Die Verhöre begannen, das zähe Ringen um Erinnerungen und Wahrnehmungen.

Im Hause Volbert hing der Haussegen schief. Schuld daran war die große Aktivität Ostras außerhalb der Volbert-Villa, die er mit geschäftlichen geheimen Transaktionen begründete. Rita war verreist, wie Ostra dem geknickten Volbert erzählte. Nach Hamburg, für ein paar Tage, auch geschäftlich. Die Volberts taten so, als glaubten sie es; aber wenn Ostra das Haus verlassen hatte, gingen sie aufeinander los.

»Es liegt nur an deinem Benehmen!« schrie Eva. »Wenn du dich gesehen hättest: widerlich direkt! Du bist dieser Rita nachgeschlichen wie ein Kater! Wie ich dich kenne, hast du einfach zugefaßt und …«

»Und du?« schrie Volbert zurück. »Ha, und du? Dieses Geschmuse mit Peter? Dieses Hüftenwackeln? Dieses Knutschen am Schwimmbecken, ist das nichts?«

»Eifersüchtig.«

»Ich? Haha!« Volbert sah in den Himmel. »Darüber sind wir doch wohl hinaus, überhaupt davon zu sprechen. Dir wäre es sehr recht gewesen, wenn Peter dich in sein Bett geholt hätte.«

»Ich gebe es zu. Jawohl.« Evas Gesicht glühte. »Er ist ein Mann. Ich liefe wie auf einer Olympiade zu ihm und zöge mich unterwegs aus, wenn er winkte.«

»Und ich käme gar nicht mehr aus den Federn, wenn Rita neben mir läge.« Volbert atmete tief auf. »Verdammt, Eva, unser Leben ist doch mies. Wir kennen uns wie zwei Pfannkuchen, die zusammengepappt irgendwo verschimmeln. Seit Leo und Susa weggezogen sind und Gustav gestorben ist, haben wir wie die Einsiedlerkrebse gelebt.« Volbert sah seine Frau an, und sie wußte, was er sagen wollte. »Was hältst du davon, wenn wir einen neuen ›Kreis‹ aufbauen?«

»Wie du willst, Friedi ...«

»Es war doch damals immer schön, was? Oder war Leo nicht dein Typ?«

»Wir hatten viel Spaß, gewiß. Und Peter?«

»Peter und Rita werden die Stars sein.«

»Ich soll Peter mit fremden Zicken teilen?«

»Verdirb nicht die Spielregeln, Eva.« Volbert ging unruhig hin und her. Der Gedanke an die geselligen Abende, die damals vor einem halben Jahr plötzlich durch Wegzug und Todesfall abbrachen, erregte ihn. Vor allem aber stellte er sich vor, daß Rita als Spieleinsatz zu gewinnen war. Ein Gedanke, der sich wie eine Hand ums Herz legte. »Ich will einmal mit Peter sprechen, was er davon hält.«

»Und ... und du hättest nichts dagegen, wenn Peter und ich ...«

»Aber Schatz! Auf der anderen Seite steht doch Rita, und war ich böse bei Leo? Im Gegenteil! Susa war ein lustiges Persönchen.« Volbert setzte sich an einen kleinen Barockschreibtisch und holte ein Blatt Papier hervor. Mit schnellen Strichen schrieb er ein paar Zeilen und las sie dann durch. »Ich habe den alten Text etwas abgeändert, Eva. Bitte.« Er hielt ihr das Papier hin, und Eva nahm es, las es und nickte stumm.

Am Abend nahm Volbert seinen Freund Ostra zur Seite, als Eva gerade in der Küche war, um Gebäck zum Wein zu holen.

»Was hältst du davon, Peter«, sagte er und nahm aus der Tasche ein zusammengefaltetes Papier, »wenn wir unseren Gesellschaftskreis etwas vergrößern? Früher waren wir vier fröhliche Paare, verlebten zusammen die Wochenenden und fühlten uns pudelwohl. Dann zogen Leo und Susa weg, einer starb, und der Kreis brach auseinander. Seitdem leben wir hier sehr zurückgezogen. Freundschaft mit Kollegen, nee ... da kommt nichts Vernünftiges heraus. Nur Neid, Mißgunst, Bespitzeleien beim Chef. Zum Kotzen. Wir sollten deshalb andere Ehepaare aus anderen Kreisen zu uns ziehen, was meinst du?«

»Keine schlechte Idee«, sagte Ostra vorsichtig. Er sah Volbert von der Seite an. Junge, dein Gesicht glüht ja, dachte er.

»Wie ich es übersehe, bleibst du noch längere Zeit in Deutschland«, fuhr Volbert fort. »Unsere Geschäfte laufen an. Der Export von 10 000 Relais ist dir sicher.«

»Wahrscheinlich bleibe ich für immer hier.« Ostra

nickte dem verblüfften Volbert zu. »Da staunst du?! Ich soll Leiter der deutschen Interessenvertretung werden.«

»Gratuliere! Und Rita?«

»Bleibt natürlich bei uns. Kein Leben ohne Rita.«

»Das ist wirklich wahr«, sagte Volbert, tief atmend. »Um so schöner wäre ein größerer Kreis gleichgesinnter Menschen.«

»Und woher sollen die kommen?«

»Aus allen Richtungen. Sieh einmal hier.« Volbert faltete das Blatt Papier auf. Ostra nahm und las es mit seinem stillen, faszinierenden Lächeln. »Eine Anzeige. In drei Zeitungen. Wir können uns die Ehepaare aussuchen, so viele Zuschriften kommen.«

»Erfahrung darin, lieber Friedrich?«

»Ja. Unser vorheriger Kreis war auch so zusammengekommen.«

»Das könnte wirklich interessant werden.« Ostra hob die Stimme und las laut vor:

»Tolerantes, modern empfindendes Ehepaar für Freizeitgestaltung, Musik, Theater, Wandern und Lichtbilder von gleichgesinntem Ehepaar gesucht ...«

Ostra ließ das Papier auf den Tisch fallen. Er lachte und drohte Volbert mit dem Finger.

»Seit wann wanderst du, Friedrich?«

»Immer. Vom Wohnzimmer ins Schlafzimmer.« Volbert stimmte in Ostras Lachen ein. Sie verstanden sich wieder prächtig.

»Und darauf melden sich Ehepaare?« fragte Ostra.

»In Massen.«

»Und wie viele sollen zusammenkommen?«

»Drei, vier Paare. Mehr gibt zuviel Durcheinander. Man muß die Sache übersehen können. Vor allem darf sie nicht in Überarbeitung ausarten.«

»Aha.« Das Lächeln in Ostras Gesicht war mokant. Mein lieber Fabrikdirektor Volbert, dachte er. Wenn das in die Öffentlichkeit dringt, bricht deine schöne Fassade elend zusammen. An Rita wollte ich dich aufhängen, aber was du hier vorschlägst, ist geradezu genial, um deinen Untergang zu bewirken – oder um dich willenlos zu machen.

»Was heißt tolerant?« fragte Ostra beiläufig.

Volbert drückte das Kinn an den Kragen. »Was es ausdrückt. Man sieht weg. Man gibt dem Menschlichen seinen freien Lauf. Man fragt nicht. Kennst du das ›Schlüsselspiel‹?«

»Nein«, sagte Ostra, nun ehrlich verblüfft.

»Eine geniale Sache.« Volbert wedelte mit der Hand geheimnisvoll. »Wird noch nicht verraten. Erst, wenn der Kreis komplett ist. Ich garantiere, Peter … das ›Schlüsselspiel‹ wird einmal dein Hobby …«

Am Samstag stand auch im »Münchner Tagesanzeiger« die mit einem schwarzen Balken umrandete Anzeige Volberts.

Tolerantes Ehepaar gesucht …

Eine Anzeige unter vielen, nur hervorgehoben durch die Umrandung, die zwanzig Mark extra kostete.

An diesem Morgen lasen auch Ernst Fallers, der technische Zeichner in einem Maschinenwerk, und Julia Bentrob, seine Verlobte, die Sekretärin in einer Papiergroßhandlung war, diese Anzeige. Sie waren seit einem Jahr verlobt, aber an eine Heirat war noch nicht zu denken. Julias Vater, einem Studienrat, mißfiel der Schwiegersohn gründlich. Er erwartete einen Akademiker für seine Tochter, nachdem es diese nicht geschafft hatte, das Abitur zu machen, statt dessen mit der mittleren Reife abging und Sekretärin wurde. Schon das war eine Schande für die Familie, in der seit fünf Generationen nur Akademiker herangebildet wurden. Und nun ein technischer Zeichner? Für Julia hieß es seit einem Jahr, sich heimlich mit Ernst zu treffen.

»Wir sollten uns Freunde suchen, Ernst. Liebe Freunde, die uns verstehen.« Sie tippte auf die Anzeige mit der Umrandung: »Das wäre doch etwas. Tolerant, modern, Musik, Theater, Wandern, Lichtbilder … genau das, was wir auch gern haben.«

»Durch die Zeitung, Spatz?«

»Das ist heute der moderne Weg aus der Einsamkeit.«

»Ehepaare«, sagte Ernst Fallers und tippte auf die Anzeige. »Sie suchen Ehepaare, Kleines.«

»Dann sagen wir, wir sind eins.« Julia legte den Kopf mit den hellblonden Haaren an seine Schulter. »Sind wir es nicht, heimlich … Wir können ja wieder weggehen, wenn es uns nicht gefällt. Aber ich denke mir, wenn jemand andere Ehepaare sucht, dann sind es nette Leute, die gerne mal etwas anderes sehen wollen als nur immer ihre eigenen Wände. Liebling, wir schreiben hin, ja?«

Ernst Fallers nickte und steckte die Zeitung in die Rocktasche.

Wenn es ihr Spaß macht, dachte er. Und im Grunde genommen hat sie recht – was haben wir denn von unserem jungen Leben?

Am nächsten Montag schrieb er einen Brief unter der Chiffre an die Anzeigenabteilung der Zeitung. Er legte von sich und Julia ein Bild bei.

»Wir sind ein junges Ehepaar«, schrieb er, »und sehnen uns nach Menschen, die modern sind und mit denen wir über alles sprechen können …«

So begann für sie ein Abenteuer, das ihr ganzes Leben

völlig ändern sollte und sie mitriß in einen betäubenden Strudel. »Die Welt wird erlebnismüde«, sagte Friedrich Volbert ein paar Tage nach der Aufgabe der Anzeige im »Münchner Tagesanzeiger«. Er hatte die unter der Chiffre an die Anzeigenabteilung der Zeitung eingegangenen Briefe von der Agentur abgeholt und wedelte mit ihnen durch die Luft. Peter Ostra saß an der Hausbar und trank Whisky, und das schon am Vormittag. Er wartete auf einen Anruf Rita Camargos. Der »Betrieb« in Bogenhausen war eröffnet worden. Ganz still, ohne Blumen und Gratulanten. Aber er lief gleich gut an. Ein Ministerialbeamter und ein Botschaftsrat waren die ersten Gäste. Das wunderte Ostra nicht. Es ist eine allgemein bekannte Tatsache, daß die großen galanten Abenteuer nicht mehr in der Nacht, sondern in der Zeit zwischen 12 und 15 Uhr geschehen. Gewissermaßen eine hormonelle Mittagspause. Man ist noch frisch, ausgeruht und mitteilsam. Lampenlicht verändert nicht die Schönheit oder taucht sie in Schatten, nein, die frohe Sonne sieht zu, und die grünen Baumzweige vor dem Fenster rauschen fröhlich dabei. Ein naturverbundenes Leben ist es, bei dem sich die Seele öffnet; alles Schwüle der Nacht fehlt, vor allem die Müdigkeit nach einem verarbeiteten Tag.

»Wie viele Briefe?« fragte Ostra und dehnte sich im Sessel.

»Fünf. Bei unserer ersten Aktion vor vier Jahren waren es noch siebzehn.« Volbert warf sich neben Ostra in einen der Ledersessel. »Wo ist Evchen?«

»Beim Friseur.« Ostra lächelte breit. »Sie wird von Tag zu Tag schöner.«

»Wann kommt Rita zurück?« Volbert riß die Briefumschläge auf und nahm die Briefe heraus.

»Vielleicht übermorgen. Ich erwarte ihren Anruf.«

Ostra beugte sich zur Seite. »Interessantes dabei?«

»Mies, sehr mies.« Volbert las die Schreiben mit einem sauren Gesicht durch. »Ein Architekten-Ehepaar.«

»Na?«

»Beide fünfzig Jahre.«

»Passé. Weiter.«

»Lebensfrohes Ehepaar mit Campingzelt …«

»Danke.«

»Ein Ehepaar Duppel. Er ist dreiundvierzig, sie vierzig. Druckereibesitzer.«

Peter hob die Augenbrauen. Eine Druckerei ist immer gut, dachte er. Druckereien bieten Möglichkeiten. Falsche Kopfbogen, falsche Ausweise, falsche Referenzbriefe. Es gibt so vieles, was man mit einer Druckerei machen kann.

»Links raus!« kommandierte Ostra. »Das könnte etwas sein. Und weiter?«

Volbert schlitzte die beiden letzten Kuverts auf. »Tolerantes Ehepaar aus dem Rheinland. Malermeister. Zweiundvierzig Jahre er, sie fünfunddreißig. Ein Bild liegt bei. Verdammt, gehen die ran!« Volbert lachte und gab Ostra das Foto hinüber. Es zeigte das Ehepaar aus dem Rheinland, den biederen Malermeister und seine etwas dralle Gattin, in freier Natur an der Nordsee. Hinter ihnen das Dünengras, vor ihnen das schäumende Meer, und sie unter einem Sonnenhimmel mit nichts bekleidet als mit glänzender, gebräunter Haut.

»Eine gute Sonnenöl-Reklame«, sagte Ostra sarkastisch und gab das Bild zurück. »Nichts für uns. Was soll das überhaupt, dieses Bild? Wir suchen doch Partner zum geistigen Austausch.«

»Natürlich.« Volbert schielte zu Ostra. Er war sich nicht klar darüber, ob das ehrlich gemeint war oder wieder eine der mokanten Bemerkungen Ostras. Da dessen Gesicht ausdruckslos blieb, seufzte Volbert innerlich und riß das letzte Kuvert auf.

»Ein Ehepaar Fallers. Oha! Vierundzwanzig und zweiundzwanzig Jahre alt.«

»Nicht übel.«

»Feinmechanikingenieur.«

»Interessant.« Ostra ließ sich den Brief geben. »Bei der Firma Serves KG. Kennst du diese Firma?«

»Stellt optische Geräte her, ja. Soll Zulieferer zum europäischen Raketenprojekt sein.«

»Links raus!« Ostra gab den Brief zurück. »Das ist alles?«

»Alles.« Volbert goß sich auch einen Whisky ein. »Mager, nicht wahr?«

»Wie man's nimmt. Man sollte sie sich ansehen, Friedrich.«

»Auf jeden Fall. Es können ganz nette Leute sein. Ich lade sie zum nächsten Wochenende ein.« Volbert steckte die Briefe in seine Rocktasche. »Ist Rita dann zurück?«

»Natürlich.«

»Ich schreibe sofort die Einladungen.«

»Tu das, mein Lieber.«

Mit einem stillen Lächeln sah Ostra dem davoneilenden Volbert nach. Da brütest du mit bebendem Herzen ein Ei aus, mein Lieber, dachte er, an dem du lange verdauen wirst. Ein Wuschelhäschen soll es werden, und es wird ein Drache sein, der dir Feuer ins Gesicht speit.

Gegen 13 Uhr kam der erwartete Anruf Rita Camargos aus der Villa in Bogenhausen. Eva Volbert trug gerade das Essen auf. Friedrich tippte eigenhändig den letzten Brief; es war der an das Ehepaar Fallers.

»Der Regierungsrat ist gerade weg. Ein netter Mensch. Er hat sich mit Dodo über eine Stunde lang unterhalten.«

»Wo?« fragte Ostra kurz. Er sah zu Eva hinüber, sie hörte nicht zu, wenigstens sah es so aus. Aber Ostra kannte die Frauen; er wußte, daß Eva nur deshalb so langsam den Tisch deckte, um ein paar Gesprächsfetzen des Telefonates mitzubekommen.

»Im Zimmer.«

»Daß sie nicht im Gras liegen, ist klar.«

»Vor dem Bett!« sagte Rita ärgerlich. »Sie haben eine Flasche Sekt getrunken und zwei Kaviarbrötchen gegessen.«

»Sehr gut. Das ist Atmosphäre.« Ostra räusperte sich. Das war ein verabredetes Zeichen: Ich bin nicht allein. »Bis gleich also ...«

»Küßchen, Schatz.«

Aber das hörte Ostra schon nicht mehr. Er legte schnell auf, denn Eva Volbert nahte.

»Du willst heute noch weg?« fragte sie. Ihre neue Frisur sah berauschend aus. Ihr rotes Haar legte sich kunstvoll um den schmalen Kopf. Die grünen Augen glänzten wie im ewigen Fieber.

»Leider. Geschäfte, meine schönste Freundin.« Ostra nahm ihre Hand und küßte sie galant. »Wie das duftet.«

»Ein neues Parfüm. Soirée ...«

»Auch. Aber ich meinte den Braten auf dem Tisch.«

»Man könnte dich dauernd boxen.« Eva lachte hell und bog sich in den Hüften. Volbert, der gerade aus seiner Bibliothek kam, rümpfte die Nase. Er hat's gut, dachte er. Meine Frau serviert sich auf silbernem Tablett, aber seine Rita geht auf Reisen, und ich sehe in die Röhre. Aber warte, mein Lieber, am nächsten Wochenende!

Eine Stunde später schloß Ostra das große, gläserne, mit einem Ziergitter geschmückte Eingangstor der Bogenhausener Villa auf. Rita kam ihm in der Halle entgegen. Sie trug einen schwarzen, mit goldenen Lurexfäden durchwirkten engen Hausanzug und sah hinreißend aus. Ostra blieb stehen und klatschte leise in die Hände.

»Wenn dich Volbert so sehen würde«, lachte er, »wäre er nicht mehr zu halten. Guten Tag, mein Süßes.«

»Guten Tag.« Rita Camargo ging voraus in den Salon zu ebener Erde und warf sich auf die breite, mit Brokatstoffbezogene Couch. »Der Botschaftsrat ist noch bei Christa.«

»Immer noch? Himmel, hat der Knabe eine Ausdauer.«

»Er ist Grieche.«

»Aha! Olympiagestählt.« Ostra lachte wieder und gab Rita einen Kuß. Er stand hinter ihr, bog ihren Kopf nach hinten und hielt ihn mit beiden Händen fest. Es war einer jener Küsse, die aus allen Frauen willenlose, bebende Geschöpfe ohne Namen machen. Auch Rita schloß die Augen; die Fingernägel gruben sich in die Couchpolster.

»Bleibst du heute hier?« fragte sie heiser, als Ostra ihre Lippen wieder freigab. »Du warst jetzt drei Tage nicht mehr da. Ich könnte die Tapeten von den Wänden kratzen ...«

»Aufsparen, mein Süßes. Haushalten. Maßhalten.« Sein tiefes Lachen klang in ihr wider wie Glockengeläut. »Am Sonnabend ist eine Party bei Friedrich.«

»Ich liebe dich, Peter.«

»Wer zweifelte je daran? Aber über der Liebe steht unsere Aufgabe, mein Süßes. Du mußt ein Vulkan sein.«

»Ich bin schon jetzt wie die ausgehungerten Löwen Neros, die Christen zerreißen sollen.«

»Brav so. Zerreiße Volbert und friß ihn auf.« Ostras Miene wurde ernst. »Und denk daran: Volbert muß uns hundertfünfzig automatische Zielgeräte für Raketen lockermachen, mein Kleines ...« Er strich Rita über den Körper, und sie dehnte sich schnurrend unter seinen Händen. »Friedrich ist eine Maus, und du mußt mit ihm spielen, wie eine Katze mit einem Mäuschen spielt. Und dann fressen. Volbert ist eine masochistische Maus; er wird jubeln, wenn du die Krallen in ihn hineinschlägst.«

»Was du alles von mir verlangst, Peter ...« Rita hielt seine kosenden Hände fest. »Keine andere Frau würde das für dich tun.«

»Das weiß ich. Darum bist du auch mein einziger Liebling.« Ostra richtete sich auf. Rita war fürs erste befriedigt, nun kam das Geschäft. Seine Augen wurden kalt und fremd. Wer ihn nicht kannte, mußte vor dieser schnellen Verwandlung erschrecken. »Das Tonband von Dodo!«

»Hier.« Rita erhob sich und holte aus der Schublade des Rokokosekretärs eine Tonbandspule. Ostra nahm sie ihr aus der Hand, klappte unter der eingebauten Hausbar eine Tür auf und zog ein Tonbandgerät heraus. Als er den Strom einschaltete, knackte es an verschiedenen Stellen im Salon. Ostra nickte freudig. »Stereo«, sagte er. »Wir werden gleich von Geräuschen aus Himmel und Hölle umgeben sein. Hast du das Band schon abgespielt?«

»Nein.«

»Bitte, Platz nehmen, Madame! Sie hören jetzt das intime Plauderstündchen eines Regierungsrates. Interviewer: Dodo mit dem Leberfleck am Po.« Er drückte auf die Abspieltaste und setzte sich neben Rita.

Ein paarmal knackte es, dann klang laut, aus allen

Ecken kommend, die etwas kindliche Stimme Dodos auf. Ein gutturales Lachen untermalte die Worte: »Gib mir einen Kuß, Schatz. Und noch ein Schlückchen Sekt für die liebe, liebe Dodo ...« Es folgten schmatzende und seufzende Geräusche.

Aber dann wurde es interessant. Ostra beugte sich vor, und seine Augen begannen zu glitzern.

Der Regierungsrat erzählte. Er schüttete Dodo sein Herz aus. Es war, als wälze er Felssteine von seiner Seele, und Dodo war so süß, ihn anzuhören und nur ab und zu zu küssen, was neu befeuerte und die Lawinen stürzen ließ.

Er erzählte von seinem Beruf, von seinem Aufgabenbereich, von Erlebnissen mit Kollegen, beschwerte sich über seinen Vorgesetzten, beklagte seine Ehe. Es war genau das, was Ostra erwartet hatte. Das sich ständig wiederholende Phänomen war auch hier eingetreten: Im schwülen Schlafzimmer eines käuflichen Mädchens redeten sich die Männer ihren Kummer von der Seele, als hätten sie eine Beichte bezahlt und nicht die Illusion der Liebe. Schon immer war es so gewesen – bei den großen Kurtisanen; in den Luxuswohnungen von Paris, Berlin und London; in den Prunkbetten der Geliebten, die mehr von politischen Geheimnissen wußten als die Kabinettsmitglieder der Regierungen.

»Toll«, sagte Ostra leise, ja fast ergriffen, als der Regierungsrat erzählte, daß der NATO-Verteidigungsrat eine neue gestaffelte Abwehrtaktik gegen den Osten vorbereitete. Und er schlug sich auf die Schenkel, als Dodo scheinbar unschuldig fragte: »NATO? Was ist das, Liebling?«

»Dodo bekommt 50 DM extra«, sagte Ostra. Aber dann stellte er das Tonband ab, denn nun folgte der Umzug des Regierungsrates vom Tuch zum Bett, und das war unpolitisch.

»Zufrieden?« fragte Rita, als Ostra sich an seinen Schreibtisch setzte und die erste Akte anzulegen begann. Er machte das ganz büromäßig, beamtenhaft genau. Ein roter Schnellhefter. Mit schwarzer Tusche die Schrift. 5.10. Regierungsrat Dr. Lommartz mit Dodo.

»Sehr zufrieden, mein Süßes.« Ostra tätschelte die Hüften Ritas und warf ihr dann einen Block Papier hin. »Noch mal abspielen lassen und mitschreiben.«

Zufrieden ging Ostra dann in dem Salon hin und her und hörte sich erneut den Wortschwall aus dem Tonband an. Rita Camargo saß auf der Couch und schrieb auf einer Reiseschreibmaschine alles ab. Sie schrieb mit fliegenden Fingern, fehlerlos und mühelos.

Zu allen anderen Vorzügen: Sie war auch eine blendende Sekretärin.

Am Samstagabend, gegen neun Uhr, trafen die Paare in der Villa Volbert ein.

Die Einfahrt, der Garten, das Haus waren festlich geschmückt. Eva trug ein über der Brust enges, von den Hüften ab weit schwingendes Minikleid, das ihre langen schlanken Beine bis zum halben Oberschenkel sehen ließ. Ihr feuerrotes Haar floß über die Schultern wie ausgegossenes Kupfer. Um so korrekter war Friedrich Volbert bekleidet: Er trug einen dunkelblauen Anzug im Smokingstil. Ostra – ein Südamerikaner hat Narrenfreiheit – hatte sich fast kostümiert. Zu einem hellen Tropenanzug trug er einen grellbunten, gestreiften Schlips.

Den Vogel aber schoß Rita Camargo ab. Ihr Kleid war rubinrot und völlig unauffällig geschnitten, fast ein Sackkleid. Um die schlanke Taille hatte sie einen breiten goldenen Gürtel geschnallt. Dazu trug sie goldene Schuhe. Was unter diesem Kleid war, konnte man nur ahnen, doch diese Ahnung machte atemlos. Ihre schwarzen Haare flatterten wild um den Kopf. Das Ungekämmtwirken war eine Note, auf die ein Männerherz mit dunkler Phantasie reagiert.

Volbert war glücklich. Er lief herum mit heißen Händen und Schweißperlen auf der Stirn, ordnete Flaschen an der Bar, suchte den Zigarrenanschneider und den Flaschenöffner für Kronenkorken. Ostra rauchte gelassen, Eva hatte schon zwei Gläser Sekt getrunken und war von einer tierhaften Unruhe, Rita lehnte an der großen Fensterscheibe zum Schwimmbecken und sah hinaus in die Nacht.

Zuerst trafen Duppels ein, das Ehepaar Duppel, Druckereibesitzer. Volbert kam ihnen auf der großen Eingangstreppe entgegen, ein Sektglas in der Hand, um gleich die erste peinliche Minute des sich fremd Gegenüberstehens zu verwischen und sofort kameradschaftliche Stimmung zu schaffen.

Ludwig Duppel war ein mittelgroßer, braunhaariger Mann mit einem Durchschnittsgesicht. Er hatte auffallend große Ohren, aber er machte sein spaßiges Aussehen wett durch ein freundliches Wesen und eine laute, fast rheinländisch-singende Stimme. Marlies Duppel, ebenfalls braungelockt, sah mit strahlenden Mausäuglein umher. Ihr voller Mund glänzte zyclamrot. Sie hatte ihren molligen Körper in ein flaschengrünes Plisseekleid gepreßt, und Volbert hatte gleich bei der Begrüßung Angst, bei jedem Lachen könnte das Oberteil zerplatzen. Ihre Stimme war etwas schrill und ordinär. Wenn sie laut lachte, hörte es sich an, als falle Geschirr auf einen Steinboden.

»Es freut mich«, sagte Volbert in der Halle seiner Villa. »Fröhliche Menschen – das ist es, was wir suchen.«

»Wir auch! Wir auch!« rief Duppel. »Wer den ganzen Tag nur Blei riecht und Druckerfarbe und Papierstaub einatmet, der sehnt sich nach weltoffenen Menschen. Ich glaube, wir geben eine gute Gemeinschaft, Herr Volbert.«

Dieser Glaube wurde verstärkt, als er im Hause Eva und Rita vorgestellt wurde. Seine Augen leuchteten, und über den Sektglasrand hinweg starrte er immer wieder auf Evas lange, schlanke Beine und ihren hohen Busen, oder er verfolgte den katzenhaften Gang Ritas durchs Zimmer und wackelte dabei begeistert mit der Nase.

»Es kommt noch ein Paar«, sagte Volbert, als man herumstand und Eva die silbernen Platten mit den vorbereiteten Sandwiches hereintrug. Ostra sorgte am Plattenspieler für die musikalische Untermalung. Er legte diskrete Musik auf. Was an innerer Erwartung bereits aufgestaut war, wurde durch diese Musik bis zur Erregung verstärkt.

»Sie treffen gleich ein«, sagte auch Ostra. »Wir dachten, noch ein Paar, dann ist der Kreis groß genug.«

Um diese Zeit fuhren Ernst Fallers und Julia Bentrob langsam die Grünwalder Straße hinauf. Ohne es sich gegenseitig einzugestehen: Sie hatten ein wenig Angst. Was aus Neugier begonnen hatte, auch aus Trotz gegen die Eltern, wurde nun mit jedem Meter, den sie fuhren, zum ernsten Problem.

Ernst hatte sich für diesen Abend ein Auto gemietet. Einen Mercedes neuesten Typs. »Man muß so tun, als ob man …« sagte er zu Julia, als er sie am Treffplatz abholte und sie ihn ungläubig anstarrte. »Die Volberts wohnen in einer klotzigen Villa. Ich habe sie mir gestern von draußen angesehen. Wenn wir da zu Fuß kommen oder mit einem Taxi ...«

»Wenn das nur gut geht«, hatte Julia Bentrob gesagt und war eingestiegen.

Nun fuhren sie durch Grünwald und kamen sich in dem großen, luxuriösen Wagen denkbar unwohl vor.

»Du!« sagte Julia und griff nach Fallers' Arm. »Wenn mir die Leute nicht gefallen, wird mir plötzlich schlecht, und wir müssen nach Hause. Das sage ich dir vorher, damit du nachher nicht dumm fragst.«

»Warum soll es uns nicht gefallen? Volbert ist Fabrikdirektor, laut Telefonbuch.«

»Wenn es arrogante Leute sind, weißt du, so steife Wirtschaftskapitäne ... mir wird schlecht, und du sagst dann: Meine Frau bekommt ein Baby, wir müssen gehen.«

»Mal den Teufel nicht an die Wand!« Fallers lachte und legte den Arm um Julia. »Gib mir einen Kuß, Kleines.«

Sie tat es, sah ihn mit ihren hellblauen Augen an und sagte sich, wie sehr sie sein männliches Profil liebte, sein jungenhaftes Lachen, seine Offenheit, alles an ihm ...

»Da sind wir«, sagte Fallers und hielt vor der offenen Einfahrt in der hohen Hecken- und Schilfrohrwand. Die Lampen und Laternen schimmerten und verzauberten den Garten in ein Märchenreich. Grün leuchtete unter den Scheinwerfern das lange Schwimmbecken. Ein großer, weißer, aufgeblasener Schwan schaukelte auf dem Wasser.

»Vielleicht spielen sie uns heute Lohengrin vor?« sagte Fallers lachend. Julia boxte ihn in die Seite.

»Wenn du dich so benimmst, fliegen wir gleich wieder raus.«

»Wagen wir es! Hinein ins Paradies!«

Er lenkte den großen Wagen auf den Zufahrtsweg und hupte fröhlich, als er die offene Eigangstür sah,

»Da sind sie«, sagte Volbert, als er das Hupen hörte, und stellte sein Glas ab. »Das Ehepaar Fallers. Jung verheiratet.«

Gespannt blickte alles auf die Halle. Evas grüne Augen hatten eine glitzernde Starrheit bekommen. Auch Ritas schwarzer Blick war eisig. Sie ist zweiundzwanzig Jahre jung, dachten beide Frauen. Wir mögen erfahrener und reifer sein, sie aber hat die Jugend in die Waagschale zu werfen. Unbekümmert dagegen war Marlies Duppel. Sie saß an der Bar und trank Kakaolikör. Konkurrentinnen fürchtete sie nicht. Warum auch? Sie war vierzig und rund, wo man rund zu sein hat. Es gab genug Männer, die in jungen Mädchen nur Gänschen sahen. Ein ausgereifter Apfel ist am saftigsten.

Fallers bremste, als er Volbert in den grellen Lampenschein treten sah, in jeder Hand ein Glas Sekt. Auch Julia beugte sich vor und sah durch die Scheibe zum Haus.

»Er kommt gleich mit dem Glas«, sagte Fallers. »Das ist mir sympathisch. Wenn er ein steifer Geldprotz wäre, empfinge uns jetzt der Butler. Kindchen, es wird ein netter Abend …«

»So, nun sind wir alle vollzählig«, sagte Volbert, als die Fallers vorgestellt waren. »Laßt uns fröhlich sein und zusammenwachsen zu einer großen Familie, denn ich sehe, wir sind alle nette Menschen, und das ist selten heute. Prost!«

Peter Ostra hatte sich vom Augenblick des Eintritts Julias an verwandelt. In seinem Herzen breitete sich eine süße Schwere aus. Der Anblick Eva Volberts hatte ihn erregt – die blonde Sanftheit Julias dagegen, der kindlich-strahlende Blick ihrer hellblauen Augen, machte ihn romantisch und schmachtend wie einen Jungen, der lyrische Gedichte schreibt. »Sie sind ein Engel«, sagte er leise, als er Julias Hand küßte, »ein Sonnenstrahl.«

Julia überhörte es, aber in ihrem Herzen stieg Angst hoch. Sie sah hinüber zu Ernst Fallers. Rita Camargo zog ihn zur Bar, so wie eine Tigerin ihre geschlagene Beute abschleppt.

»Darf ich zu Tisch bitten?« rief Volbert. »Bunte Reihe bitte!« Er benahm sich wie ein Tanzmeister, der die einzelnen Schritte ansagt. Er selbst bemühte sich, an die Seite Ritas zu kommen, wie sich Eva Volbert dazu drängte, neben Ostra zu sitzen. Aber Ostra ließ sie leerlaufen. Er hatte schon seinen Arm Julia angeboten und geleitete sie zu dem fürstlich gedeckten Tisch mit den kalten Platten. Eva preßte die Lippen aufeinander und hakte sich bei Druckereibesitzer Duppel ein. »Ich glaube, wir kommen schnell in Stimmung«, sagte dieser und drückte Evas Arm.

Es wurde ein harmonischer Abend.

Nach dem Essen wartete Volbert mit Sekt auf, den er mit einem Schuß Wodka würzte. »Sibirisches Wässerchen« nannte er das Getränk; der Name stammte von ihm und war völlig sinnlos, wirkte aber trotzdem immer wieder und wurde beklatscht. So auch heute. Ostra probierte den mit Wodka getauften Sekt und nickte Volbert zu.

»Schmeckt man kaum.«

»Aber er steigt ins Gemüt.«

»Raffiniert, Friedrich.«

Man tanzte auch. Zuerst zahm, Walzer, Slowfox, Tango. Dann, nach vier Gläsern »Sibirischen Wässerchens«, wilder, Boogie, Rock'n Roll, Beat. Verblüfft sah Volbert, daß die mollige Marlies Duppel eine Meisterin im Tanzen war. Ihr Temperament schäumte über, sie zerwuschelte sich die braunen Locken, stieß helle Schreie aus und wackelte mit ihrem formenreichen Körper wie ein Mixbecher.

Ludwig Duppel schlug mit beiden Händen den Takt dazu und sang Yeah – Yeah – Yeah …

An der Bar, wo Ernst Fallers mit Eva Volbert saß und sich bemühte, seinen Blick nicht an ihrem tiefen Kleiderausschnitt kleben zu lassen, tanzten auch Ostra und Julia. Er hielt sie umfaßt, preßte sie an sich und streichelte ihren Rücken. Als er versuchte, sie während einer Drehung zu küssen, warf sie den Kopf zurück.

»Lassen Sie das«, sagte sie fest.

Ostra lächelte und schwieg. Von der Bartheke nahm er ein neues Glas »Sibirisches Wässerchen« und ließ es Julia austrinken. Er hatte es selbst vor dem Tanz gemixt, und es war mehr Wodka drin als sonst. Julia merkte es nicht; sie hatte Durst, war erhitzt vom Tanzen und von der warmen Zimmerluft.

Gegen Mitternacht war die Stimmung geradezu festlich. Eva Volbert hatte ihre Schuhe weggeschleudert und tanzte ein Solo. Rita Camargo saß auf einem afrikanischen Lederhocker, und Fallers lag auf dem Teppich, seinen Kopf in ihrem Schoß. Sie kraulte ihm die Haare und sah an Ostra vorbei, der ihr heimlich Zeichen gab, sich um Volbert zu bemühen, der mit Marlies Duppel Nachlaufen spielte und ihr dabei einen Teil ihres Blusenärmels abriß.

»Kinder, ist das lustig!« rief er atemlos. »Und nun das Schlüsselspiel!«

»Wunderbar!« Marlies Duppel klatschte in die Hände. Volbert sah sie von der Seite an. Sie kennt es, dachte er. Und auch Ludwig Duppel glänzt wie eine polierte Feige. Alte Hasen, die beiden. Wer hätte das gedacht. Der biedere Druckereibesitzer ist sozusagen ein Profi.

»Was ist Schlüsselspiel?« fragte Rita unschuldig. Sie trank nun mit Duppel aus einem Glas. Auch sie hatte ihre goldenen Schuhe ausgezogen. Grellrot leuchteten ihre lackierten Fußnägel auf der olivbraunen Haut.

»Eine geniale Methode der Partnerwahl.« Volbert holte aus der Tasche seines Jacketts seinen Autoschlüssel mit Anhängern. Es war ein silbernes Mäuschen. »Jeder von uns wirft seinen Autoschlüssel in die Mitte des Zimmers. Die Damen drehen sich um, ich mische die Schlüssel … und dann geht das Licht aus. Die Damen kriechen dann zur Zimmermitte und greifen sich in der Dunkelheit einen Schlüssel. Der, dem dieser Schlüssel gehört, ist für diesen Abend der unauswechselbare Partner.« Volbert grinste breit. »Wer Pech hat, greift den Schlüssel des eigenen Mannes. Spielerunglück. Dann klappt es vielleicht beim nächstenmal. Also … die Schlüssel, liebe Freunde.«

Ostra, Duppel und Fallers gaben ihre Schlüssel an Volbert. Er warf sie auf den Teppich und winkte.

»Unsere Engelchen … zur Wand drehen!«

Dann kniete er nieder, mengte die Schlüssel durcheinander und winkte zu Ostra, der zum Lichtschalter gegangen war.

»Achtung! Licht aus!«

Im Zimmer war völlige Dunkelheit. Mit einem piepsenden Kreischen hörte man Marlies Duppel über den Teppich kriechen und herumtasten. »Au!« rief Eva Volbert.

Sie war mit jemandem zusammengestoßen, der sich nicht zu erkennen gab. Es war ein Krabbeln und Kratzen auf dem Teppich und ein Kichern mit undeutlichen Worten.

»Wenn jeder seinen Schlüssel hat, bitte melden!« tönte Volberts fröhliche Stimme in die Dunkelheit.

»Ich habe einen!« rief Marlies Duppel als erste.

»Ich auch«, sagte Eva Volbert.

Die Stimme Julias: »Ich finde keinen Schlüssel ...«

Und zuletzt Rita Camargo, fast gleichgültig: »Ich habe einen Schlüssel.«

»Na also!« Volbert klatschte in die Hände. »Dann bleibt Julia ja nur der eine Schlüssel übrig. Licht an!«

Blendend hell flammten die kristallenen Kronleuchter wieder auf. Die Frauen hockten noch auf der Erde und hielten ihre Schlüssel hoch. Julia kniete neben ihnen ... einsam, ein paar Zentimeter von ihr entfernt, glänzte auf dem Teppich der letzte Autoschlüssel. Ein Anhänger aus Gold. Eine stilisierte Orchidee.

Ostra schob die Unterlippe vor. Mein Schlüssel, dachte er. Die Glücksgöttin ist mit mir.

»Die Partner stehen fest!« rief Volbert wie auf dem Jahrmarkt bei einem Volltreffer in der Verlosungsbude. »Eva mit Ludwig, Ernst mit Rita, Julia mit Peter und Marlies mit mir! Beugen wir uns dem Schicksal!«

Das war ehrlich gemeint. Seine große Hoffnung, Rita in dieser Nacht zu besitzen, war wieder zunichte geworden. Neidisch schaute er auf den jungen Fallers, der sich bei Rita unterhakte und zur Bar ging. Ostra legte einen wilden Tanz auf. Wie eine Furie kam Marlies Duppel auf Volbert zugestürmt. Ludwig Duppel küßte Eva ungeniert ab und strich mit beiden Händen über ihren Körper.

Noch einmal tanzten sie alle wie in einer Ekstase. Das »Sibirische Wässerchen« tat seine Wirkung. Julias Kopf brummte, wie hinter Nebeln sah sie die wirbelnden, sich drehenden, sich verrenkenden Körper. Marlies Duppel sang mit heller Stimme eine völlig andere Melodie, als aus dem Lautsprecher kam. Volbert, er hatte seine Jacke weggeworfen, umkreiste sie wie ein Riesenaffe. In einer Ecke des Zimmers standen, als seien sie miteinander verwachsen, Fallers und Rita Camargo, und seine Lippen brannten unter ihren Küssen. Eva und Ludwig Duppel balgten sich auf der Couch wie zwei wilde, unerzogene Kinder.

Dann wurde es dunkler im Zimmer. Die Deckenlampen gingen aus, nur ein paar Wandleuchten brannten und gaben ein trübes Licht.

»Komm!« sagte Rita Camargo und zerrte Fallers zur Tür. »Der Morgen ist verdammt schnell da.«

»Die ... die anderen ...«, stotterte Fallers. »Was sollen sie denken ...«

»Wo sind sie denn, die anderen?« Rita drehte Fallers wie eine Puppe herum. Das Zimmer war leer. Sie waren die letzten. Mit schwerem Kopf und trüben, alkoholumflorten Augen starrte er um sich.

»Weg«, sagte er tief atmend. »Alle weg. Wohin denn?«

»Das Haus hat vierzehn Zimmer, mein Liebling.«

»Auch Julia ist weg ...«

»Sie ist in besten Händen.« Das klang kampfeslustig und doch gepreßt. Ritas schwarze Augen leuchteten wie glühende Kohlen. Plötzlich ergriff sie mit beiden Händen Fallers' Kopf und küßte ihn mit einer Wildheit, die ihn völlig wehrlos machte. Sie warf sich an ihn, sie stolperten, fielen gegen die Wand, und um sich festzuhalten, umklammerte Fallers sie und fühlte unter seinen Fingern ihren sich schlangenhaft bewegenden, heißen Körper.

»Verdammt, komm!« sagte sie heiser. »In fünf Stunden scheint die Sonne wieder.«

Sie nahm ihn an die Hand wie einen störrischen Jungen und zog ihn aus dem Zimmer. Irgendwo im Haus klappte dann eine Tür.

Nur die Musik blieb allein in dem leeren Salon. Das Tonband hatte man vergessen abzustellen.

Julia Bentrob wurde einen Augenblick klar und sah ohne Nebel ihre Umgebung, als Ostra begann, den Reißverschluß ihres Kleides aufzuziehen, und ihre Schultern küßte. Mit einem Ruck machte sie sich los und wich zurück.

Ein kleines Zimmer war es, eines der typischen Fremdenzimmer mit einem eingebauten Schrank, einem Bett, einem Waschbecken, einer Sitzgruppe am Fenster und einem schmalen Bücherbord. Bunte Lederrücken einer Buchgemeinschaft glänzten im fahlen Lampenlicht. Buntfotos aus Spanien und Italien hingen an den Wänden. Das Bett war aufgedeckt, wie in einem Hotel. Auf dem Nachttisch stand eine Flasche Sekt in einem Eiskühler. Im Hause Volbert wurde beim Schlüsselspiel an alles gedacht, auch an den Durst, den Liebe erzeugt.

»Was soll das?« keuchte Julia. Sie hatte Not, Ostras Hände, die nach ihr griffen, wegzustoßen. »Lassen Sie mich hier heraus. Wo bin ich denn?«

»Im Haus unserer Freunde. Kleines, nun sei kein Frosch.« Ostra zog sie mit einem Ruck an sich. Seine Arme umfingen sie wie Schraubstöcke. »Du bist das süßeste Geschöpf, das ich gesehen habe. Dir fehlt alles, was raffiniert ist, und gerade das macht mich verrückt. Ein Engel bist du, und welcher Teufel würde nicht verrückt, wenn er einen Engel haben kann?« Er lachte dumpf und riß Julia das Kleid von der Schulter. Bis zur Taille zog er es herab und griff dann nach ihrer Unterwäsche.

»Ich schreie um Hilfe!« keuchte Julia und hieb mit den Fäusten gegen Ostras Brust. »Lassen Sie mich los! Loslassen, Sie Schwein!«

»Hilferufe wird niemand beantworten«, sagte Ostra. Mit der Stärke und Größe seines Leibes drängte er Julia zum Bett. Er schob sie vor sich her, so sehr sie sich auch dagegen stemmte und gegen seine Schienbeine trat. »Unsere Freunde sind viel zu angenehm mit sich selbst beschäftigt. Nun zier dich nicht, Süßes. Wozu bist du denn gekommen?«

»Wegen Musik ... Theater ... Wanderungen ... Geselligkeit ...« Julia war dem Weinen nahe. Sie fühlte die Bettkante an ihren Kniekehlen und die Bemühungen Ostras, sie nach hinten zu drücken, damit sie ins Bett fiel.

»Und hat sich nicht alles erfüllt?« Ostras Stimme war dunkel und singend. Jede Frau hätte er damit betört, nur nicht Julia in dieser Angst und Not. »Musik ist in unseren Herzen, wenn wir uns lieben ... Theater machst du, aber ich durchschaue dich, du bist so eine, die erobert werden will ... Wanderungen – wenn wir uns in den Armen liegen, werden wir vom ersten bis zum siebenten Himmel wandern. Und Geselligkeit. O Häschen, darum bemühe ich mich ja gerade!«

Ostras Mund wurde hart. Seine Augen blickten kalt. Julia sah diesen Blick und wußte, daß es kein Entrinnen gab. Voller Entsetzen sprang ihr Mund auf.

»Hilfe!« schrie sie hell. »Hilfe! Ernst! Ernst!«

Ostra verschloß ihr den Mund mit seiner Hand. Sie biß in seine Handfläche, sie kratzte und hieb um sich, aber sein Gewicht war stärker, er drückte sie aufs Bett und preßte ihr fast den Atem ab ...

Als der Morgen dämmerte, lag sie verkrümmt unter der Daunendecke und weinte. Ostra stand am Waschbecken und machte sich frisch.

»Ich werde Ernst nie mehr ansehen können«, sagte sie schluchzend. »Es ist vorbei, alles vorbei.«

»Das ist eine falsche Einstellung, Kleines.« Ostra ging zum Bett zurück, goß ein Glas Sekt ein und stützte Julias Kopf. Wie eine Schwerkranke schlürfte sie den Sekt und sank dann zurück. Ihr schönes, noch kindliches Gesicht war aufgedunsen vom Weinen. »Dein Ernst spielt auch keinen Skat mit Rita.«

»Das ist ja alles so schlecht, so schlecht und gemein.«

»Man gewöhnt sich daran, Kleines. Als ich meinen ersten Whisky trank, habe ich ihn ausgespuckt. Wir waren deutsches Bier und klaren Korn gewöhnt. Whisky, das schmeckte wie ein fauler Lederlappen. Aber jetzt trinke ich noch vor dem Aufstehen ein Glas Bourbon, sonst beginnt der Tag gleich mies. Man gewöhnt sich an alles. Unser Leben ist so trist, daß es sich nicht lohnt, es auch noch mit Moral zu verwässern. Wenn man sich das zur Lebensaufgabe macht, ist es gleich, in wessen Bett man liegt, wenn man nur nicht allein liegt.«

»Schrecklich!«

Ostra lächelte und streichelte Julias Körper. Schluchzen schüttelte sie wieder, Verzweiflung darüber, daß nun ein anderer Mann das Recht hatte, sie so anzufassen.

»Ich will Sie nie wiedersehen!« sagte sie.

»Ich liebe dich doch. Ich liebe dich.«

»Sie sind ein Lump! Ein ganz gemeiner Lump! Sie haben es ausgenutzt, daß ich betrunken und hilflos war.«

»Ich liebe dich, Julia. Verdammt, das habe ich selten gesagt, und meistens war es eine Lüge. Dieses verdammte Schlüsselspiel hat wie ein Abenteuer begonnen, aber dann, später ... glaube es mir ... ich liebe dich wirklich.« Ostra strich ihr die blonden Haare aus dem verquollenen Gesicht. Was er jetzt sagte, war keine billige Täuschung mehr, keine Beruhigung des unter seinen Händen zerbrochenen Mädchens; es war genau das, was er dachte und empfand. Er hatte etwas in sich entdeckt, was er längst als abgestorben betrachtet hatte: sein Herz. Ein angenehmes, seltenes Glücksgefühl durchströmte ihn. »Ich habe in Buenos Aires ein kleines Vermögen auf der Bank. Im Inneren Argentiniens gehört mir eine Hazienda mit 5000 Kühen und 1000 Hektar Land. Was ich gegenwärtig tue ... reden wir nicht darüber. Aber ich würde mit dir ein neus Leben anfangen. Komm mit hinüber nach Argentinien.«

»Ich hasse Sie!« Julia richtete sich auf und drückte die Daunendecke gegen ihren nackten Körper. »Und Rita, Ihre Frau?«

»Rita ist nicht meine Frau. Sie ist ein berechnendes kühles Raubtier. Sie weiß, daß eines Tages alles zu Ende ist mit uns, und sie hat sich darauf eingestellt.«

»O Gott, wie ist das alles gemein!«

»Soll ich mit deinem Mann sprechen?«

»Lassen Sie Ernst in Ruhe!« Julia sprang aus dem Bett, die Steppdecke mit sich reißend. »Wir ... wir sind gar nicht verheiratet. Wir sind verlobt, wollen Weihnachten heiraten.«

Einen Augenblick war Ostra sprachlos, dann lachte er hell. »Und ihr habt auf diese Annonce geschrieben!« rief er.

»Aus Neugier. Wir ahnten nicht, was uns erwartet.«

»Ja, gibt es denn noch solche Naivität?« In die harten Augen Ostras kam wieder die seltsame Weichheit, die neu an ihm war. »Ja, es gibt sie. Du hast sie. Und darum liebe ich dich. Du bist wie ein reiner Sonnenstrahl. Warum kannst du mich nicht lieben?«

»Ich verabscheue Sie, Sie Scheusal!« schrie Julia wild.

»Heute noch. Wir werden uns zusammenleben und -lieben.«

»Ich werde Sie nie, nie wiedersehen!«

»Ich werde dafür sorgen.« Ostra sah sie mit gesenktem Kopf an. »Wir sehen uns wieder, Julia.«

»Nie!«

»Doch. Wenn Peter Ostra etwas will, gibt es nichts, was diesen Willen aufhalten könnte.«

Er wandte sich um und trat ans Fenster. Die Duppels fuhren ab. Um acht Uhr mußte Ludwig im Betrieb sein, wegen eines Staatsauftrages. Außerdem hatten sie zwei Kinder, die den Sonntag mit ihren Eltern verbringen wollten. Duppels hatten vor, mit den Kindern am Nachmittag zum Chiemsee zu fahren. Sie waren eben gute Eltern.

»Es war herrlich, wunderschön!« sagte die quicklebendige Marlies Duppel und gab Friedrich Volbert einen langen Abschiedskuß. Man sah ihr die lange schlaflose Nacht nicht an, im Gegensatz zu Ludwig, der wie ein zerrupfter Hahn von Eva Volbert entlassen worden war. Mit Vierzig ist man eben kein Rennpferd mehr. Und mit Dreiundvierzig machen Herz und Lungen nicht mehr mit. Er schwankte etwas, als er zu seinem Wagen ging und Eva ihm auch einen Kuß gab.

»Bis zum nächsten Samstag«, sagte Duppel und gab Volbert die Hand. »Freue mich wirklich, daß wir uns gefunden haben.« Dann gähnte er, rieb sich die roten Augen und stieg in seinen Wagen. Neben ihm hüpfte Marlies ins Polster, lachend und von einer umwerfenden

Vitalität. Und winkend und hupend fuhren sie aus Volberts Grundstück hinaus.

Der Abschied des »Ehepaares« Fallers war weniger fröhlich. Rita blieb oben im Zimmer. Sie liebte das warme Bett nach einer solchen Nacht und döste gerne bis zum Mittag darin.

»Mein Schatz!« sagte sie zu Fallers, als er sich mit fadem Geschmack im Mund, das Herz voller Vorwürfe, von ihr verabschiedete. »Bis nächsten Sonnabend. Weißt du, daß du ein ganz lieber Junge bist?«

Fallers nickte. Seine Kehle war wie zugeschnürt. Er dachte an Julia und hatte es eilig, aus den Krallen dieses schwarzhaarigen Raubtieres zu entkommen. Er warf die Tür zu, rannte die Treppe hinunter und traf unten Julia an, die allein und wie ausgesetzt auf der Lehne eines Sessels saß. Volbert rumorte in der Küche herum, Eva duschte sich. Durch die offene Tür hörte man ihr Schnaufen und das Plätschern des Wassers.

Langsam, mit gesenktem Kopf, kam Ernst auf Julia zu. Jeder Schritt war wie über glühendes Eisen.

»Julia –« sagte er schwach, als er vor ihr stand. Er wagte nicht, sie anzusehen.

»Ernst –«

»Verzeih mir. Ich ... ich war betrunken ...«

»Laß uns gehen und nichts mehr sagen.«

Julia erhob sich, streichelte seine unordentlich gekämmten Haare und sah die tiefen Ringe unter seinen Augen. Da küßte sie ihn und zwang sich, nicht mehr daran zu denken, daß diese Lippen eine andere Frau geküßt hatten, wie auch sie vergessen wollte, was mit ihr geschehen war.

Durch Ernst Fallers lief ein Beben. »Was ... was war mit dir?« fragte er heiser. »Julia, sei ehrlich ...«

»Nichts«, sagte sie so fest, daß er erschrocken aufsah. »Gar nichts. Ich habe geschlafen. Ostra war so betrunken, daß er kaum gehen konnte. Wo er geblieben ist, ich weiß es nicht.«

»Und … und das ist wahr?«

»Ja, Lieber.« Sie sah ihn mit Mühe an, aber sie schaffte es. Ernst Fallers senkte wieder den Kopf.

»Dann bin ich allein ein Schwein«, stöhnte er. »Ich habe nicht geschlafen. Ich habe … ich habe … ich konnte nicht anders, Julia. Es kam über mich wie eine Sturmflut. Ich verlor einfach den Verstand …«

»Sei still, Liebster.« Sie legte ihm den Zeigefinger auf die zuckenden Lippen. »Komm, laß uns gehen.«

»Kaffee!« rief Volbert aus der Küche. »In zehn Minuten gibt es Kaffee!«

»Los! Weg!« Fallers ergriff Julias Hand und zerrte sie zur Tür. Erst draußen im Wagen sprach er wieder; im Rückspiegel sahen sie, wie Volbert im Eingang stand, eine Schürze vor dem Bauch, und ihnen entgeistert nachstarrte. Mit heulendem Motor bog Fallers in die Straße ein. »Wollen wir diesen Tag vergessen?« fragte er.

»Ja, Ernst.«

»Nie mehr davon sprechen?«

»Nie mehr.«

»Und du verzeihst mir?«

»Ja, Lieber.«

Fallers' Gesicht leuchtete auf. Über München lag eine goldene herbstliche Morgensonne. »Ich bin ja glücklich, daß dir nichts passiert ist«, sagte er und legte den Arm um Julias Schulter.

Julia nickte stumm. Nur ihre Mundwinkel zuckten, aber das sah Ernst Fallers nicht … auch nicht ihre glänzenden Augen, die in Tränen schwammen.

Ministerialrat Bruckmayer hatte grünes Licht bekommen. Das Bundesinnenministerium in Bonn hatte ihn mit allen Vollmachten ausgestattet. »Was Sie brauchen, fordern Sie an«, sagte man ihm. »Jede Behörde ist gehalten, Ihnen sofortige Amtshilfe zu leisten. Sie wissen, die Angelegenheit ist heiß. Die Amerikaner argwöhnen, daß die Waffenlieferungen auch in kommunistische Länder gehen oder linksextremistische Gruppen unterstützen sollen. Die USA wollen verhindern, daß neue Brandherde in der Welt entstehen. Und wir natürlich auch. Also viel Glück, Bruckmayer.«

»Das kann ich brauchen«, sagte Bruckmayer nach diesem Telefongespräch sarkastisch. »Ohne Glück wetze ich mir in München sinnlos die Hosen in Amtsstuben durch.«

Da jetzt die Kleinarbeit begann, forderte er von der Münchner Kriminalpolizei zwei Beamte an, die extra für diesen Fall abgestellt werden sollten. Und so erschienen am nächsten Morgen der Kriminalkommissar Horst Singert und der Kriminalmeister Emil Ratzel und meldeten sich zum Dienst.

»Die Lage ist beschissen!« sagte Bruckmayer ehrlich, nachdem er die beiden Helfer eingeweiht hatte. »Unser Mann aus Südamerika heißt Ostra, und der Name ist falsch. Wie er aussieht, weiß keiner. Bis jetzt noch nicht. Aber ich nehme an, daß einige Leute sich erinnern werden. Jeder Ganove macht einen Fehler, das ist eine alte Binsenweisheit der Kriminalisten. Ostra begann gleich mit einem Fehler: mit seinem Namen. Hätte er Mayer oder Schulze geheißen, wäre er einer im Millionenheer. Aber mit dem Namen Ostra macht man auf sich aufmerksam. Und hier setzen wir an, meine Herren.«

Im Flughafengebäude von München-Riem nistete sich

Bruckmayer wie eine Brieftaube ein. Ein Hinterzimmer der Flugleitung war sein Nest, den Tag über fuhr er mit Singert und Ratzel herum und ließ von den beiden Kriminalbeamten verhören, was nur zu verhören war.

Es begann mit der Stewardeß, die die Gepäckscheine zum Zoll weitergegeben hatte. Es war ein kluges Mädchen und erinnerte sich, daß ein Ostra gleich nach dem Aussteigen aus der Boeing sich an sie gewandt hatte, weil er den Lederanhänger mit seinem Namen an der Handtasche verloren hatte.

»Wie sah er aus?« fragte Bruckmayer schnell. Man muß Personen, die man ausfragt, immer im Bannkreis ihrer Erinnerungen lassen und darf sie nicht ablenken. Die Stewardeß hob die hübschen Schultern.

»Groß. Breit. Sportlich. Ja, angegraute Schläfen. Ein schöner Mann. Ich sagte noch zu meiner Kollegin von der Boeing: ›War er nett zu dir?‹ Und sie antwortete: ›Er hat eine bei sich ...‹«

Bruckmayer fühlte ein ausgesprochenes Glücksgefühl. Auch Singert und Ratzel lächelten sich zu.

»Er war nicht allein? Er war in Damenbegleitung?«

»Ja.«

»Wie sah die Dame aus?«

»Elegant. Einen Leopardenmantel hatte sie an. Wir waren alle neidisch. Und sie sah aus wie eine Südamerikanerin. Braunhäutig, mit pechschwarzen Haaren.«

»Das ist endlich eine präzise Beschreibung. Ein Leopardenmantel ist etwas so Auffälliges, daß man ihn beachtet.« Bruckmayer nickte der süßen Stewardeß zu. »Sie haben eine vorzügliche Beobachtungsgabe, mein Fräulein.«

»Vor allem, wenn man als Frau eine andere Frau beneidet. Das schärft den Blick ungemein«, sagte Singert.

»Wollen wir jetzt nach einem Leopardenmantel suchen, getragen von einem südamerikanischen Typ? Zwischen Schwabing, Maximilianstraße und Stachus taucht er bestimmt irgendwo auf.«

»Erst reinigen wir das unklare Bild noch etwas.« Bruckmayer brannte sich wohlgefällig eine Zigarre an. »Die Kollegen vom Zoll als nächste.«

Der Zollbeamte, der Ostras Koffer flüchtig kontrolliert hatte, erinnerte sich sofort an die Dame in dem Leopardenmantel. »Jo mei ...«, sagte er jovial und lächelte Bruckmayer an. »Dös war a Mordsweib. Bei der hätt i gern a Leibesvisitation g'macht.«

Bruckmayer zog genüßlich an seiner Zigarre. »Es handelt sich also um ein tolles Frauenzimmer, das überall auffällt.«

»Überall. So was kann kein Mann übersehen.«

»Und damit hätten wir den zweiten Fehler des guten Ostra«, sagte Bruckmayer. »Man reist in seiner Lage nicht mit einem Aushängeschild.« Er blätterte in der Passagierliste der Boeing 707 herum und legte den Finger auf einen Namen. »Das muß sie sein. Rita Camargo. 26 Jahre alt.«

»Dös is sie.« Der Zollbeamte nickte. Er war ein biederer Familienvater, aber auch Familienväter haben Männeraugen.

»Auf, auf, Kameraden!« sagte Bruckmayer fröhlich. »In kurzer Zeit werden wir wissen, wo Ostra hingefahren ist.«

Er verließ mit Singert und Ratzel seinen Raum in der Flugleitung und kämmte alle Taxichauffeure und Omnibusschaffner vor dem Flughafengebäude durch. Er fragte, immer unterstützt durch die Kriminalpolizeimarke von Kommissar Singert, die Gepäckträger und den Eisverkäufer vor dem Flughafen. Der Mann im Zeitungsstand endlich brachte eine brauchbare Spur.

»Eine Frau im Leopardenmantel und ein großer Mann? Ja, die haben bei mir eine Illustrierte gekauft. Von wegen des nackerten Mädchens auf dem Titelblatt. Die Frau sagte noch: ›Sieht mir ähnlich, was? Nur schönere Beine habe ich.‹ Und die hatte sie auch.«

Bruckmayer ließ sich die Nummer der Illustrierten geben. Ein fröhlich lachendes Mädchen im Bikini, zwischen hohen Binsengräsern stehend, mit langen schwarzen Haaren, sah ihn an. Bruckmayer gab die Illustrierte an die Kriminalbeamten weiter.

»So ungefähr also sieht sie aus«, sagte er. »Ich schränke mein Vorurteil ein: Illustrierte sind doch zu was nütze. Wenn wir auch nicht immer mit dem Grundgesetz unterm Arm herumgehen können: Jetzt sollte jeder Polizeibeamte in München dieses Illustriertenbild kennen.« Er wandte sich erneut an den Kioskbesitzer, kaufte noch vier Exemplare und bot ihm eine Zigarre an. »Sind sie mit einem Taxi weggefahren?«

»Nein. Ein anderer Herr war bei ihnen. Hat sie abgeholt. Sie stiegen dort« – der Zeitungshändler zeigte zum Parkplatz – »in einen Mercedes.«

»Münchner Nummer?«

»Ja, M am Anfang. Die andere Nummer habe ich nicht behalten. Da hätte ich viel zu tun.«

»Natürlich. Farbe des Wagens?«

»Dunkelblau. Ein Mercedes 280 SE Coupé.«

Bruckmayer seufzte. Hier hört die Spur vorläufig auf, dachte er. Aber Ostra ist in München geblieben. Er wurde erwartet. Das ist wenigstens ein Erfolg, wenn auch ein zwergenhafter. Das Gebiet der Suche verringerte sich. München und Umgebung. Millionen Menschen.

Und unter ihnen eine schöne Frau im Leopardenmantel und ein eleganter Mann, von dessen Entscheidungen vielleicht die Revolution und der Tod von Tausenden abhängen.

Er fuhr zurück in sein Hotelzimmer und rief wieder Major Britton vom CIC an.

»Lieber Major«, sagte er. »Ostra kam in charmanter Begleitung. Ein Mädchen, wild wie die Urwaldaffen.«

»Ich weiß.« Man hörte es Major Britton an, daß er sich freute, Bruckmayer zu überrunden. »Als Sie uns den Namen Ostra nannten, haben unsere Leute auch recherchiert. Sie erwischten gerade noch die Besatzung der Boeing, mit der er gekommen war, ehe sie zurückflogen. Ostra reiste tatsächlich nicht allein. Wir kennen den Namen der Dame.«

»Rita Camargo«, sagte Bruckmayer und blies Zigarrenqualm in die Telefonmuschel. Britton schlug auf den Tisch.

»Das wissen Sie also auch schon?«

»Nicht nur der CIC hat Gehirn in einem Hohlkörper, den man Kopf nennt!«

»Der Name ist falsch!« brüllte Major Britton. »Das wissen Sie nicht!«

»Allerdings.« Bruckmayer legte seine Zigarre weg. »Bei Auslandsrückfragen arbeitet der CIC schneller. Gratulation.«

Britton schnaufte zufrieden. »Unsere Information aus Buenos Aires lautet, daß es dort keine Rita Camargo gibt. Dagegen gibt es Camargo ...«

Bruckmayer sah blinzelnd auf das Titelbild der Illustrierten mit dem schönen, langhaarigen Bikini-Mädchen: »Soll ich Rätsel raten, Major?« fragte er.

»Camargo tritt in einem Zirkus in Argentinien auf.«

Major Brittons Stimme schwamm in Entrüstung. »Es ist der Artistenname für eine seltene Dressurnummer ... für ein Krokodil, das auf dem Maul eine Gummipuppe balanciert ...«

»Sehr treffend!« Bruckmayer zerdrückte seine Zigarre. »Gnadenlos wie ein Krokodil scheint das Gespann Ostra – Rita ebenfalls zu sein. Außerdem haben Krokodile harte Panzer. Hoffentlich beißen wir uns nicht die Zähne daran aus.«

Nach diesem Gespräch saß Bruckmayer lange am Fenster und starrte auf die Straße. Unter ihm das pulsierende Leben Münchens. Es war wieder Nachmittag, an den Ampeln stauten sich die Menschenmassen und warteten auf Grün. Und plötzlich sprang Bruckmayer auf und riß das Fenster auf.

Über die Straße – die Ampel war auf Grün gesprungen – ging eine Frau in einem halblangen Leopardenmantel. Sie trug ein Kopftuch aus gelber Seide dazu, aber es war dünn genug, daß man unter ihm die langen, schwarzen Haare erkennen konnte. Die Männer, die ihr entgegenkamen, sahen sich um, sogar ein paar Frauen blickten zurück. Mit schnellen, weiten Schritten überquerte sie die Straßenbahngleise.

»Das ist sie«, schrie es in Bruckmayer. »Sie geht unter meinen Augen über die Straße, und ich hocke im fünften Stock am Fenster und bin machtlos. O Mist! Mist!«

Er wirbelte herum, rannte aus dem Hotelzimmer und kam – konnte es anders sein? – gerade beim Fahrstuhl an, als der nach unten fuhr.

»Wenn man Pech hat, bekommt die Fliege in der Suppe Junge«, knirschte Bruckmayer. Dann erinnerte er sich daran, daß er vor zwanzig Jahren das Sportabzeichen gemacht hatte, rannte zur Treppe und flog fast die fünf

Stockwerke hinunter in die große Hotelhalle. Dort hetzte er zur Drehtür, stieß den Boy zur Seite, der ihn elegant auf die Straße drehen wollte, wirbelte aus dem Hotel und prallte gegen die Mauer der Menschen, die sich wieder zur auf Rot stehenden Ampel schoben. Straßenbahnen und die Autoschlange versperrten ihm die Sicht, aber er sah auf der gegenüberliegenden Straßenseite, im Gewühl der Menschen, das beim Gehen wippende gelbe Seidenkopftuch und den Kragen des Leopardenmantels, den sie hochgeschlagen hatte, denn es pfiff ein sehr kalter Herbstwind um die Straßenecken.

Noch nie hatte Rot so lange gedauert wie jetzt. Auch das Gelb der Ampel war eine Ewigkeit. Beim ersten Schimmer Grün rannte Bruckmayer los, stieß die Menschen zur Seite, bekam einen Fausthieb in den Rücken, hörte Worte wie »Flegel!« und »Dreckshund!« ... aber rücksichtslos stürmte er weiter, wie ein Slalomläufer durch viel zu enge Tore, erreichte die gegenüberliegende Straßenseite und kam in eine neue, von der Seite herandrängende Menschenmenge, die ihn wie eine Woge packte.

»Platz!« keuchte er. »Himmel, macht doch Platz!«

Mit beiden Armen ruderte er durch das Gewühl der Leiber. Sie ist es, schrie es in ihm. So kann nur diese Rita aussehen. Bruckmayer, du hast die Lösung aller Rätsel vor dir ... nur ein paar hundert Meter, ein paar lächerliche Meter.

»Platz!« schrie er und rannte eine Frau um. Sie stolperte, schrie auf und fiel gegen die Scheibe eines Kaufhauses.

Zwei kräftige Hände packten Bruckmayer von hinten am Mantel, rissen ihn zurück und drückten ihn gegen die Hauswand.

»Du versoffenes Loch!« schrie jemand. »Das arme Weiberl umrennen! Bazi, dreckiger!«

Dann klatschte es. Ministerialrat Bruckmayer bekam auf offener Straße Ohrfeigen. Die Münchner haben halt ein hitziges Temperament. Und noch unter den Ohrfeigen sah Bruckmayer im Strom der Menschen das gelbe Kopftuch und den Leopardenmantel.

»Polizei!« stammelte er. »Mein Gott, lassen Sie mich los? Sie wissen ja nicht, was los ist! Lassen Sie mich los, Sie Rindvieh!«

Es gelang ihm, sich mit einem wilden Ruck loszureißen. Ohne Hut, mit brennenden Wangen und einem zuckenden linken Auge, in das ein Finger der schlagenden Hand gekommen war, rannte er weiter.

Er rannte wie um sein Leben.

Die Spur verlor sich in einem großen Kaufhaus.

Mit schweißüberströmtem Gesicht sah Herbert Bruckmayer nur noch einmal das gelbseidene Kopftuch und den hochgeschlagenen Kragen des Leopardenmantels, ehe er erneut festgehalten wurde und die echte, gute bayerische Wut sich über ihn ergoß. Drei Männer hielten ihn jetzt fest, während ein vierter die Polizei von der Straßenecke holte. Ein Wall von Leibern bildete sich um Bruckmayer, er sah erschöpft in schimpfende Gesichter, hörte laute Stimmen, blickte auf geschwungene Fäuste. Eine Frau kreischte: »Vor die Brust hat er mich gestoßen! So ein Ferkel, so ein dreckiges! Ein Lustmörder, was?!«

Bruckmayer wischte sich den Kopf am Ärmel ab. Seine Hände hatte man nach hinten gedreht. »Ein Irrtum«, sagte er schwach. »Ich bitte Sie, was Sie da machen, ist noch gar nicht abzusehen.«

»Jo mei, a Preiß!« schrie einer aus der Menge. »Aufhängen, den Saukerl, den rotzigen!«

Durch die Menge drängte sich ein Polizist. Seine weißen Überärmel, Blickfänger im Straßenverkehr, stießen die Schimpfenden zur Seite. Er machte ein amtliches Gesicht und hörte nur mit halbem Ohr, was man ihm zurief. »Frau an Brust gepackt ... gegen Wand geschleudert ... rennt wie auf der Flucht ... Lustlümmel ... Vielleicht Mörder ...« Mit dem anderen Ohr fing er auf, was der Festgehaltene keuchend dazwischenrief.

»Helfen Sie mir, Herr Polizeimeister! Ich bin Ministerialrat Bruckmayer vom Bundesinnenministerium in Bonn.«

»Loslassen!« Der Polizist sah die drei Männer wütend an. »Lassen Sie los!« Die drei ließen die verdrehten Arme Bruckmayers fallen und preßten die Lippen zusammen. Immer dasselbe, dachten sie. Die Polizei ist weich wie Margarine. Da hat man einen auf frischer Tat ertappt, und was tut die Polizei? Sie behandelt den Kerl wie einen anständigen Menschen. Da kann aus unserem Staat ja nichts werden.

»Können Sie sich ausweisen?« fragte der Polizist. Er stand nahe vor Bruckmayer und sah ihm in das schweißtriefende, rote, japsende Gesicht. »Wer wollen Sie sein?«

Bruckmayer holte seine Brieftasche aus der Anzugjacke. Er holte einen Paß hervor und ein zusammengefaltetes Schreiben des Innenministeriums. Es war so etwas wie ein Freibrief. »... Dem Ministerialrat Herbert Bruckmayer, beauftragt mit einer Spezialaufgabe und mit allen Vollmachten ausgestattet, ist von Bundesbehörden jede Hilfe zu leisten, die Herr MR Bruckmayer verlangt ...«

»Bitte!« sagte Bruckmayer schwach. »Lesen Sie das. Sie haben Zeit ... es ist ja nun doch zu spät.« Er starrte über die Köpfe der ihn umringenden Menschenmenge zum Eingang des Kaufhauses. Es hat vielleicht fünf Ein- und Ausgänge, dachte er. Kein Fluchtweg ist besser als ein Kaufhaus. Die große Chance, Peter Ostra zu entdecken, ist vorbei. Nun heißt es wieder warten.

Der Polizist las zuerst den Paß und wurde straffer in der Haltung. Dann las er den Brief, wurde verlegen und faltete das Schreiben wieder zusammen. »Bitte, Herr Ministerialrat«, sagte er unsicher. »Was soll geschehen?«

»Wer ist dös?« schrie ein Münchner aus der Menge. »An Ministerialrat? Und solchene Herrn dürfen die Weiber an die Brust packen, ha?!«

»Weitergehen!« sagte der Polizist, sichtlich betreten. »Sie behindern ja den ganzen Verkehr! Weitergehen!«

»Do siehgt man's«, sagte eine Frau und blitzte Bruckmayer an. »An Studierter, und scho macht man a Ausnahme. Und dös ist dann a Demokratie ...«

Bruckmayer wartete, bis sich die Menge endlich verlaufen hatte. Der Polizist stand neben ihm, kaute an der Unterlippe und wartete auf ein Donnerwetter. »Ich kann nichts dafür, Herr Ministerialrat«, sagte er, als Bruckmayer schwieg und sich den Schweiß aus dem Gesicht wischte. »Die Münchner sind halt hitzig. Darf man fragen, warum Sie so gerannt sind und alle umgestoßen haben?«

»Sie dürfen.« Bruckmayers Stimme war bitter. »In der Menschenmenge, die ins Kaufhaus ging, sah ich von weitem eine Person, die wir wie eine Stecknadel suchen. Ich hätte sie erreicht, wenn nicht ...« Bruckmayer hob die Schultern. Der Polizist nickte betreten. »Nun ist sie weg.«

»Im Kaufhaus? Soll ich ein paar Peterwagen holen und das Kaufhaus abriegeln? Ein Pfiff, und vier Isars sind hier.«

»Sinnlos. Viel Lärm um eine Seifenblase. Die Dame ist längst weg.« Bruckmayer sah hinüber zu einem Polizeiwagen mit Fernsprechantenne. »Kann ich von dem Bereitschaftswagen aus anrufen?«

»Jawohl, Herr Ministerialrat.« Der Polizist stand fast stramm. »Aber nur Polizeidienststellen.«

»Natürlich.«

Zehn Minuten später, nachdem Bruckmayer mit dem Präsidium telefoniert hatte, trafen zwei Wagen mit Kriminalkommissar Singert und sechs Beamten ein. »Das ist ja ein tolles Ding, was Ihnen da passiert ist«, sagte Singert. »Aber vielleicht ist sie noch im Kaufhaus. Frauen, die in ein Warenhaus gehen, sehen nicht auf die Uhr. Wir werden alle Etagen durchkämmen und die Verkäuferinnen befragen. Leopard fällt auf. Los denn, meine Herren!«

Der Erfolg war mäßig. Im Parterre und auf der zweiten Etage hatte die Dame in dem Leopardenmantel eingekauft. Die Verkäuferinnen erinnerten sich genau. Bruckmayer kratzte sich die Stirn, als Singert ihm die Ergebnisse mitteilte.

»In der Fotoabteilung kaufte sie vier Packungen Spezialfilme für eine Polaroidkamera, in der Radioabteilung zehn Tonbandspulen. Für jeden anderen Käufer kann das unverfänglich sein ... bei ihr aber ist es ein Beweis, daß Ostra anfängt zu arbeiten. Und so etwas entwischt uns.«

»Sie hat vor fünf Minuten zur Schützenstraße hin das Kaufhaus verlassen.«

»Also direkt hinter unserem Rücken.« Bruckmayer sah Singert matt lächelnd an. »Mein Lieber, wenn das bekannt wird. Das kostet einige Runden.«

»Und alles nur, weil die Münchner Seele kochte.«

Bruckmayer seufzte und nickte. »Und wir löffeln jetzt die Suppe aus …«

Wieder war es Samstag, und Friedrich Volbert lief herum wie ein gut gefütterter Hahn. Draußen regnete es, aber um so stimmungsvoller war es drinnen in der Villa. Von einem nahen Lokal war die kalte Platte schon geliefert worden. Eva saß vor dem Spiegel und schminkte sich, Ostra und Rita Camargo hatten sich in das von Ostra bewohnte Fremdenzimmer zurückgezogen, und Volbert hatte nach dem Mittagessen bis gegen sechs Uhr abends geschlafen, um den Strapazen des »fröhlichen Wochenendes« gewachsen zu sein. Nun lief er durchs Haus, drehte einige Glühbirnen aus und ersetzte sie durch rote. Er steckte wieder voller Ideen und hatte zu Ostra augenzwinkernd gesagt:

»Was hältst du von lebenden Bildern, Peter?«

»Kino?« fragte Ostra verblüfft zurück.

»Quatsch! Lebende Bilder. Das war einmal das Varietévergnügen unserer Großeltern. Eine Gruppe von Menschen stellt Bilder dar: Laokoon mit den Söhnen, Raub der Sabinerinnen, Leda mit dem Schwan, Paris verteilt den Apfel an die drei Göttinnen … Junge, damals waren unsere Rauschebärte weg und kamen sich verworfen vor. Dabei waren die Figuren sittsam verhüllt.«

»Und so was willst du hier veranstalten?« Ostra rauchte eine Zigarette an. Volbert trommelte mit den Fingern gegen seine Brust wie ein Beatfan nach dem zehnten Aufschrei.

»Moderner, Peter! Rasanter! Lebende Bilder mit Pfiff! Stell dir vor: Ein Bild: Caligula beim Liebesfest. Ich liege auf einer Couch, um mich verteilt Eva, Markes, Rita und Julia. – Na?«

»Und was ist da dran?«

»In Originalkostümen ... mit nichts. Oder ein anderes Bild: Der Kuß von Rodin. Du und Eva, ineinander verschlungen wie ein Bilderrätsel.«

»Oder: Die Versuchung Josephs durch Frau Potiphar. Du und Rita ...«, sagte Ostra. Er sah Volbert mit einem schiefen Lächeln an. Der Herr Direktor, dachte er. Respektsperson. Im Betrieb als korrekt gefürchtet. Mitglied einiger honoriger Vereine. Ein Musterbild an Ehrbarkeit und Würde. Aber hinter seinen vier Wänden schraubt er rote Glühbirnen in die Lampen und stellt lebende Bilder dar. Nackt und hemmungslos. Ein Satyr mit dem Kopf eines Schafes.

»Du hast es erfaßt!« rief Volbert und goß sich und Ostra einen Kognak ein. Dann wurde er ernster und sah Ostra bittend an. »Ob Rita so etwas mitmacht?«

»Sicherlich.«

»Meinst du wirklich?«

»Rita ist kein Spielverderber. Wo Rummel ist, tanzt auch Rita. Je heißer, um so besser: Und Eva?«

Volbert winkte ab. »Die hat beim vorigen Klub schon die Messalina dargestellt und war die einzige, die bis zum Ende durchhielt ...«

Ostra trank seinen Kognak mit einem Schluck. Er sah Eva vor sich, rothaarig, weißhäutig und grünäugig, mit dem Leib einer Schlange. Sie war Volberts Schicksal. An ihr würde er einmal zugrunde gehen. Noch war er blind, noch gefiel es ihm, Mann zu sein, noch spielte er seine Rolle, Maître de plaisir zu sein. Bis dann die große Leere kam, das Ausgebranntsein, das Schlackesein, der menschliche Aschenhaufen, der Sperrmüll des Lebens.

Ostra hob die Schultern. Bis dahin war es noch Zeit. Seine Aufgabe war in einem Jahr erfüllt. Dann lockte wieder die bunte Welt Argentiniens, das Haus am Urwaldrand, der breite Fluß mit den indianischen Ruderern, die Ruhe und das Geld, um die Welt wie ein Theaterspiel von einem Logenplatz aus zu betrachten.

»Das mit den lebenden Bildern ist eine gute Idee«, sagte er, als begriffe er das Spielchen erst jetzt ganz. »Wir werden bestimmt viel Spaß dabei haben ...«

Später, in seinem Zimmer, lag er auf dem Bett und sah Rita zu, wie sie sich wusch. Sie hatte das Wasser mit Parfüm gemischt, ein betäubender Duft südamerikanischer Blüten. Ihr braunoliver Körper glänzte wie mit Öl eingerieben, die Muskeln spielten auf ihrem Rücken, als sie sich bückte und ihre Beine massierte. Sie ist wirklich die Schönste, dachte Ostra und trank langsam einen Whisky. Ich würde sie gerne behalten, später, in meinem Haus am Urwaldrand beim großen Fluß ... aber sie ist eben doch nur eine Mistbiene, die mit jedem schläft, der ihr gefällt, der gut bezahlt oder der ihr sonstwie Nutzen bringt. Sie liebt mich, das weiß ich. Ich bin tatsächlich ihre große Liebe. Auch Huren können sich verlieben, und dann sind sie prüder als englische Pensionatsmädchen. Das ist ein psychologisches Wunder. Aus Huren werden die besten Ehefrauen, das ist bekannt. Aber wenn ich zurückkehre nach Argentinien, dann nehme ich mir eine reine Frau mit. Verdammt ja, ein Mädchen, das sich nicht auf Pfiff hinlegt wie ein gut dressierter Hund. Ein Mädchen wie Julia Bentrob. Ein zartes, blondes, liebes, scheues deutsches Mädchen. Ein Mann wie ich muß einen Engel im Haus haben, sonst ist die Hölle immer offen.

Er nahm wieder einen Schluck und beobachtete Rita. Sie stand vor dem Spiegel und rieb ihre Brüste mit dem süßlichen Blütenparfüm ein.

»Hast du die Tonbänder besorgt?« fragte er.

»Ja, natürlich. Zehn Stück.«

»Und die Polaroidfilme?«

»Auch. Sie liegen in meiner großen Tasche.«

Ostra wälzte sich auf dem Bett zur Seite, nahm die Tasche hoch, zog die Schublade des Nachtkastens auf, holte eine Polaroidkamera heraus und legte einen Film ein. Dann visierte er Rita an und drückte ab, als sie sich bückte, um einen Schuh anzuziehen. Nach zehn Sekunden – er sah auf seine Armbanduhr – zog er das entwickelte Bild aus der Kamera und riß es von dem Deckblatt.

»Hier, du Raubtier«, sagte er und hielt das Foto Rita hin. »Ist doch eine tolle Erfindung ... in zehn Sekunden das Foto. Und haarscharf.«

Rita Camargo betrachtete das Foto ihres nackten, braunen Körpers. Eine Falte entstand zwischen ihren schwarzen Augen. »Ich bin dicker geworden«, sagte sie.

»Etwas. Um Brust und Hüften.«

»Die verfluchte deutsche Kost! Immer Kartoffeln und Soßen. Ich werde wieder hungern.«

»Es steht dir gut, Schatz.« Ostra legte die Kamera zurück auf den Nachttisch. »Volbert liebt so was. Gerippe kann er im prähistorischen Museum sehen.«

»Daß du so etwas noch siehst«, sagte Rita bitter. Sie zerriß das Foto und warf es in den Papierkorb. Ostra erhob sich vom Bett und zog seinen Schlips gerade.

»Ich liebe dich«, sagte er leichthin. Und an der Tür drehte er sich noch einmal um. »Vergiß nicht: Der Trottel von Duppel muß heute reif gemacht werden. Ich brauche eine Reihe von Papieren. Wenn Volbert wieder mit dem Schlüsselspiel anfängt ... ich habe als Anhänger eine Kugel. Du kannst sie im Dunkeln ganz deutlich fühlen – für den Fall, daß du gerade da hingreifst. Es dürfen keine Pleiten passieren.«

Rita Carmargo nickte stumm. Sie tat alles, was Ostra von ihr wollte. Wenn er sie ansah, verlor sie ihren Willen. Er könnte mich zerhacken, dachte sie, als Ostra gegangen war – ich würde ihm noch das Beil dazu liefern.

Der Druckereibesitzer Duppel und Frau Marlies waren pünktlich. Fröhlich und laut wie immer kamen sie an, man begrüßte sich mit Küßchen und trank gleich ein Glas Sekt zur Aufmunterung. Marlies Duppel himmelte Ostra an und nutzte die Gelegenheit, als sie mit ihm allein an der Hausbar stand, um ein großes Geheimnis loszuwerden.

»Ich nehme Östrogen«, sagte sie freimütig. »Mit vierzig soll man vorbeugen. Junge, das hat eine durchschlagende Wirkung. Das ist wie eine Explosion im Körper. Ich habe eine Kampfeslust wie ein balinesischer Kampfhahn.«

»Schon fast neun«, sagte Volbert ungeduldig, als man bereits zwei Flaschen geleert hatte. »Und die Fallers' sind noch immer nicht da. Was ist denn da los? Sie haben doch nicht abgesagt, was?«

»Ich rufe mal an.« Ostra suchte im Telefonbuch nach Fallers, aber der Name stand nicht drin. Sie schienen keinen Fernsprechanschluß zu haben. »Fehlanzeige.« Er warf das dicke Telefonbuch weg. »Warten wir, oder fangen wir an?«

»Warten wir bis neun Uhr.« Volbert drehte das Licht aus, nun brannten nur noch die roten Glühbirnen. Die Gesichter sahen gespenstisch aus. Rita wirkte fast schwarz. Um so greller leuchtete ihr Mund. Volbert stellte sich neben Ostra.

»Bei der Beleuchtung die lebenden Bilder. Das macht einen Eunuchen zum Stier«, sagte er leise. Er zog Ostra in einen Sessel und setzte sich auf die Lehne. Die Frauen saßen an der Bar und kicherten. Auch Frauen können Witze erzählen.

»Wir haben uns heute übrigens nur kurz gesehen, Peter«, sagte Volbert leise. »Der Aufsichtsrat ist zusammengetreten. Warum, weiß der Teufel. Kaufmännische Entscheidungen fälle doch ich. Und auf einmal mischen die Geldknacker mit. Und was sagen sie mir? Aufgrund irgendwelcher Rücksichtnahmen auf Brasilien und Uruguay können wir einen Export unserer patentierten Relais nach Argentinien nicht zulassen. Ich habe auf den Tisch geklopft, die Geldsäcke indessen blieben dabei.« Volbert legte Ostra die Hand auf die Schulter. »Aber keine Panik, Peter! Wir werden schon einen Weg finden ...«

Ostra sah gleichgültig in den halbdunklen, nun roten Raum. Die Relais Volberts interessierten ihn gar nicht. Sie waren nur ein Vorwand gewesen, um miteinander in Verbindung zu kommen.

»Ihr stellt doch auch Steuergeräte her?« sagte Ostra leichthin. »Automatische Steuergeräte für ferngelenkte Raketen. Elektronische Zielberechner.«

Volberts Hand wurde plötzlich schwer auf Ostras Schulter. »Wer sagt das?« fragte er heiser.

»Ja oder nein? Du siehst, daß ich es weiß.«

»Das ist doch ein Staatsgeheimnis. Das fällt unter Geheimstufe I.« Friedrich Volbert rutschte von der Sessellehne auf ein arabisches Sitzkissen neben Ostra. »Peter, um Gottes willen, sprich nicht davon. Das ist eine ganz heiße Sache. Schon daß du es weißt, müßte ich sofort melden.«

»Blödsinn, mein Junge. Es bleibt doch unter uns.« Ostra legte seine Hand auf Volberts Haar. Es sah von weitem aus, als segne er ihn. »Die Geräte arbeiten so genau, daß eine Zielabweichung von nur einem Meter bei einer Flugweite der Rakete von 4000 Kilometern drin ist. Das ist enorm!«

Volbert begann zu zittern. »Woher weißt du das alles, Peter? Es kostet mich Kopf und Kragen, wenn das herauskommt. Keiner wird mir glauben, daß ich es dir *nicht* gesagt habe.« Er hielt sein Kognakglas hoch. Seine Hand bebte. »Gieß mir noch einen ein«, stammelte er. »Und das vor meinen lebenden Bildern. Ich fühle mich direkt impotent, Peter, ich bitte dich bei aller Freundschaft … woher weißt du das?«

»Bin ich ein Verräter?« Ostra goß das Glas Volberts voll Kognak. Volbert stürzte es sofort hastig hinunter wie ein Verdurstender.

»Du bist Deutscher, Peter. Im Interesse Deutschlands …«

»Laß das!« sagte Ostra angewidert.

»Im Interesse unseres Vaterlandes, Peter!«

»Hör auf mit dem Käse! Vaterland!« Ostra setzte die Flasche mit einem Knall auf den Tisch. »Das ›Vaterland‹ hat mich wie eine rotläufige Sau behandelt! Ich pfeife auf das, was man Deutschtum nennt, Vaterland, Ehre und was es da alles gibt an schönen Worten, um uns besoffen zu machen.« Er fuhr mit der Hand durch die Luft. »Schwamm drüber. Vorbei. Jetzt bin ich Weltbürger. Jetzt liebe ich die, die mir die Taschen voll Dollars machen. Ob Deutsche oder Chinesen, mir ist es Wurscht. Was einmal Deutschland war, das gibt es nicht mehr. Das hat man demontiert. Die Vergangenheit ist passé! Du bist Friedrich, ich bin Peter, und in einer Stunde haben wir andere Gedanken, als deutsch zu sein und vor uns strammzustehen. Sieh dir Rita an! So hocken Raubkatzen auf einem Baumast, ehe sie aufs Opfer schnellen. Sie wartet auf dich, Friedrich.«

»Ja, wir fangen an. Fallers' kommen nicht mehr.« Volbert stellte sein Glas ab. »Nur die Sache mit den Steuergeräten ... Peter, darüber müssen wir uns noch unterhalten.«

»Keine Sorge!« Ostra trat in die Mitte des großen Raumes und klatschte in die Hände. »Kinder! Aufgepaßt! Die Lotterie der Liebe beginnt! Schlüsselspiel.«

Er warf seinen Autoschlüssel auf den Teppich, und Volbert und Duppel warfen ihren Schlüssel dazu. Auf dem Barhocker lachte Marlies hysterisch.

Und das Licht ging aus ...

Am Sonntagmorgen saß Ostra schon im Speisezimmer und trank Tee mit Zitrone, als Ludwig Duppel die Treppe heruntertappte und mit verquollenen Augen sich Ostra gegenübersetzte. Er trug einen Bademantel und darunter nichts, was seine nackten Beine und die nackte Brust bewiesen. Er sah wie von Hummeln gestochen aus und hatte Mühe, die Lider offenzuhalten.

»Wie spät?« fragte er und gähnte.

»Gleich elf Uhr.«

»Diese Eva sollte man medizinisch behandeln«, sagte Duppel und griff nach einer Tasse und der Teekanne. »Füttern mit gebremstem Schaum, das ist es. Um sechs Uhr früh gab sie endlich Ruhe. Ich lag nur noch da wie 'ne Flunder ...« Er trank mit kleinen Schlucken den heißen Tee, seufzte und reckte sich. »Oha, das tut gut. Flüssigkeit! Ich bin wie ein ausgewrungener Lederlappen. Was macht Marlies?«

»Sie schläft wie ein rosiges Schweinchen«, sagte Ostra.

»Sie schläft? Tatsächlich? Mensch, Peter, deine Kondition müßte man haben.« Duppel griff nach einem Brötchen, brach es und aß es so zum Tee. »Ich habe an Friedrichs Tür gehorcht. Der schnarcht wie eine Elefantenherde. Ist Rita auch schon auf?«

»Nein, Rita schläft gern lange.« Ostra griff in die Tasche seines eleganten Morgenmantels. Auf der Brust war in Gold das Monogramm PO gestickt. Er legte einen kleinen Stapel Fotos auf den Tisch und sah Duppel kalt, mitleidslos an. »Sieh dir das an!« sagte er und gab dem Fotostapel einen Stoß. Duppel sah auf das erste Bild, und plötzlich war er munter und konnte seine geschwollenen Augen offenhalten. Sein Unterkiefer klappte herunter, und leichte Röte stieg in sein Gesicht.

»Himmel noch mal!« sagte er betroffen. »Wer hat die denn gemacht?«

»Ich.« Ostra schob das erste Bild weg. Das zweite Bild war noch deftiger. Duppel seufzte laut. »Der Druckereibesitzer Duppel als Amor. Drei Nymphen umkränzen ihn mit Blümchen ...«

Duppel legte die Hand auf den Bilderstapel. »Sind alle so?«

»Die obersten sind die harmlosen.« Ostra lehnte sich zufrieden zurück. »Mit einer Spezialkamera gemacht, wie zu sehen. Vier Bilder sind dabei, es sind die untersten, die ich durch die Türritze deines Zimmers gemacht habe. Du hattest nicht abgeschlossen. Die Fotos zeigen übrigens eine neue Seite an dir ... ich wußte gar nichts von deiner artistischen Begabung.«

Duppel saß Ostra regungslos gegenüber. Er war nun völlig wach und nüchtern, wie durch eiskaltes Wasser gezogen. »Warum hast du das getan?«

»Erinnerungen an liebe Freunde sind mein Hobby.« Ostra lächelte mokant. Er goß Duppel noch eine Tasse Tee ein, weil er sah, wie dessen Hände bebten. »Stand nicht in der Zeitungsanzeige: ›Besonderes Interesse: Fotografieren‹?«

»Wenn fotografiert wird, dann alle. Jeder mit jedem. Aber das hier …«, Duppel schlug mit der flachen Hand auf die kompromittierenden Bilder, »das hat doch einen Sinn.«

»Allerdings.«

»Das ist Erpressung!«

»Warum so aufgeregt, Ludwig.«

»Weiß Friedrich davon?«

»Nein. Aber von ihm habe ich auch Fotos, zusammen mit Rita, die alle Phantasie übertreffen. Ich muß sagen, ihr biederen Bürger seid auf bestimmten Gebieten Genies. Man kann es gar nicht glauben, wenn man euch sonntags spazierengehen sieht.«

»Du bist ein Schwein!« Duppel sprang auf. Die Teetasse fiel um, und der Tee lief über die Tischplatte. »Verdammt, daß so etwas möglich ist. O verdammt!«

»Du bist zu impulsiv, Ludwig.« Ostra schob die Fotos etwas zur Seite, damit sie nicht in den Teebach gerieten. »Ich will ja gar nichts von dir. Ich schenke dir die Bilder. Alle.«

»Wofür?«

»Das ist die erste vernünftige Frage an diesem Morgen.« Ostra steckte die Hände in die Taschen seines Seidenmantels mit dem goldenen Monogramm. »Es ist nichts Schlimmes. Es bleibt in deinem Beruf. Du sollst mir nur etwas drucken.«

»So?« Duppel sah Ostra ungläubig an. »Was denn?«

»Einige Briefbogen, weiter nichts. Als Briefköpfe

habe ich mir gedacht: einmal ›Bayerische Staatskanzlei, Finanzverwaltung‹.«

»Unmöglich!« stotterte Duppel und wich an die Wand zurück. »Unmöglich, Peter.«

Ostra sprach ungerührt weiter. »Dann: in der Mitte des Bogens den Bundesadler. Links in der Ecke, diskret: Minister des Innern. Stopp: Bundesminister natürlich. Dann: Bundesminister der Finanzen. Bundesminister des Auswärtigen. Bundesverteidigungsministerium – Abteilung für Beschaffung und Ausrüstung …«

»Das drucke ich nie, nie!« Duppel hielt seinen Bademantel zu, als schäme er sich plötzlich, darunter nackt zu sein und nach dem Parfüm von Eva Volbert zu duften.

»Dann wirst du das Pech haben«, sagte Ostra und klopfte auf die Fotos, »daß diese Bilder unters Volk kommen.«

»Du gemeiner Hund!« stöhnte Duppel.

»Wird in deiner Druckerei nicht der Sonntagszettel für den Kindergottesdienst gedruckt?«

Duppel schloß die Augen. Er legte den Kopf weit zurück an die Wand und stöhnte. Ostra brauchte nicht weiterzureden … der Fall des biederen Druckereibesitzers Duppel war bodenlos, wenn das herauskam. Es war ein Sturz in den Abgrund, wo es nur noch ein Zerschellen gab. Einen Augenblick dachte er daran, sich zu wehren, aber dann siegte seine Liebe zum Leben. Die Maske, die man trägt im Leben, ist wichtig. Wen interessiert schon das wirkliche Gesicht? Das kennt nur Gott.

»Komm morgen in die Druckerei«, sagte Duppel schwach. »Um elf Uhr. Wir sprechen dann alles durch.«

»Du bist ein wahrer Freund.« Ostra stand auf, und Duppel rannte die Treppe hinauf zu seinem Zimmer, als brenne es unten im Haus oder der Teufel habe ihn angehaucht und mit Schwefel bespritzt.

Nach Feierabend, als die Druckerei dunkel und verlassen war, machte sich Ludwig Duppel selbst an die Arbeit und setzte die von Ostra verlangten Briefköpfe. Er wunderte sich über die Kenntnis Ostras, denn als er versuchte, eine Schrift auszuwählen, die nicht für ministerielle Briefe gebraucht wurde, winkte Ostra ab.

»Ich habe diese Schrift nicht«, sagte Duppel. »Nur so eine ähnliche.«

»Du lügst schon wieder, mein lieber Ludwig.« Ostra ging die Schubläden der Akzidenzsetzerei ab und blieb dann stehen. Er tippte auf die Stirnseite einer Schublade, wo das Schriftmuster aufgeklebt war. »Hier. Das ist sie. Und einen Bundesadler hast du auch als Klischee. Du hast erzählt, daß du einen Staatsauftrag hattest ...«

Duppel seufzte und fügte sich. Er dachte an die Fotos, und Schweiß rann ihm in den Nacken. Er setzte die gewünschten Zeilen, schloß den Rahmen und machte einen Heidelberger Tiegel zum Druck fertig.

»Wieviel von jedem Kopf?« fragte er heiser.

»Pro Kopf – na sagen wir – dreißig Blatt. Das genügt. Man kann ja immer nachdrucken.«

Duppel schwieg. Stumm ließ er den Tiegel anlaufen und lehnte sich an die Wand. Ostra nahm einen Musterbogen aus der Ablage und nickte zufrieden.

»Ein guter Druck, Ludwig.«

»Was willst du mit den Briefen?«

»Des Deutschen Obrigkeitssinn ansprechen.«

»Du hast doch keine Schweinerei vor?«

»Solche Bezeichnungen gebrauchen nur Leute, die keinen Weitblick haben.«

Duppel schwieg wieder. Er beschäftigte sich mit dem Gedanken, alles der Polizei zu melden. Wer wußte, wer Peter Ostra wirklich war? Er war ein Geschäftsfreund von Volberts aus Südamerika, mehr wußte man nicht. Und das war reichlich wenig: Vielleicht verschweigen sie auf der Polizei die Bilder und die Partys, wenn Ostra ein dicker Fisch ist für die Staatsanwaltschaft, dachte Duppel. Man könnte ein Geschäft machen: Ostra gegen Straffreiheit und Diskretion in Sachen »Freizeitgestaltung«? Aber dann verwarf Duppel diesen Gedanken wieder. Mit der deutschen Polizei ist kein Geschäft zu machen. Alles oder nichts, das ist deutscher Grundsatz. Wer selbst in der Tinte sitzt, soll nicht auf andere zeigen, die sich schmutzig machen.

Um Mitternacht waren alle Briefbogen ausgedruckt. Duppel säuberte den Heidelberger Tiegel, damit dem Drucker am nächsten Morgen nichts auffiel. Er wusch sogar das Bundesadler-Klischee, ehe er es wieder wegpackte.

»So«, sagte er tief atmend. »Zufrieden? Und die Bilder?«

»Bitte.« Ostra griff in die Manteltasche und reichte ihm das kleine Paket mit den Fotos. »Es sind alle. Mein Ehrenwort.«

»Ehrenwort …« Duppel verzog die Miene. »Daß du an diesem Wort nicht erstickst.«

»Ich habe es geübt.«

Duppel war für Bonmots nicht zu haben. Er nahm die Fotos, steckte sie in die Aktenvernichtungsmaschine und drückte auf einen Knopf. Es summte und rasselte, und in einen Korb fielen kleine, schmale Papierstreifchen. Wie papierene Spaghetti sahen sie aus. Duppel mischte sie unter die anderen Streifen und richtete sich dann auf.

»Und jetzt möchte ich dich ohrfeigen!« sagte er laut. Ostra lachte, aber seine Augen waren kalt und gefährlich.

»Kein Heldentum, Ludwig! Das Leben geht weiter wie bisher. Bis nächsten Samstag ...«

»Wir werden nicht mehr kommen.«

»Ich glaube, das entscheidet Marlies. Sie freut sich schon auf das nächste Wochenende, auf Schlüsselspiel und lebende Bilder.«

Duppel wandte sich ab, ging zum Ausgang der Druckerei und drehte das Licht ab. Ostra folgte ihm, und ohne Abschied trat er auf die Straße, preßte das Paket mit den wertvollen Briefbogen unter den Arm, ging zehn Minuten durch die stillen, nächtlichen Straßen und hatte das Glück, ein Taxi zu entdecken, das noch frei war.

»Nach Bogenhausen«, sagte Ostra.

Jetzt war er müde.

Vier Wochen warteten Bruckmayer und Kommissar Singert auf ein Wunder – das Wunder, die Dame im Leopardenmantel wiederzusehen. Mittlerweile trugen alle Kriminalbeamte und auch die Münchner Polizisten Fotos des Titelblatts der Illustrierten mit dem Bikinimädchen in der Brieftasche; ein ungewöhnlicher Steckbrief, aber es war der einzige Anhaltspunkt, der auf die Spur von Rita Camargo führen konnte.

In Bonn, im Innenministerium, hatte man anscheinend andere Vorstellungen von den Möglichkeiten, in einer Millionenstadt einen unbekannten Mann und eine schöne Frau zu finden. Jede Woche zweimal rief der Ministerialdirigent z. b. V. bei Bruckmayer im Hotel an und beklagte sich, daß keine Meldungen nach Bonn kamen.

»Soll ich melden, daß es gestern geregnet hat und 10 Grad über Null war?« fragte Bruckmayer zurück. »Heute scheint die Sonne, aber es ist kühler. Man merkt den November.«

»Lassen Sie diese Witze, Bruckmayer!« Der Ministerialdirigent räusperte sich. »Die Amerikaner sind sauer.«

»Dann sollen sie Major Britton anraunzen, der ist auch nicht weiter als ich. Ich denke, der CIC ist eine Wunderorganisation?« Bruckmayer klopfte mit dem Bleistift auf den Telefontisch seines Hotelzimmers. »Weiß man wenigstens, wie dieser Ostra wirklich heißt?«

»Man nimmt an, er heißt tatsächlich so. Agenten in Buenos Aires haben berichtet, daß Ostra und diese Rita Camargo drei Monate im Hotel ›La Palma‹ gewohnt haben und einen regen Bekanntenkreis hatten. Vor allem Diplomaten aus verschiedenen südamerikanischen Staaten aßen mit ihnen zu Mittag oder Abend. Und hier hört alle Information auf. Auch der CIC kann Diplomaten nicht ins Hirn sehen. Sicher ist nur: Ostra hieß immer Ostra, so weit wir bis jetzt seinen Weg zurückverfolgen konnten.«

»Gut. Warten wir weiter«, sagte Bruckmayer resignierend.

»Sie sollen nicht warten«, sagte der Ministerialdirigent in Bonn, »sondern etwas tun.«

»Wie Sie wollen. Ich kann ja die Niederschlagsmenge in München messen.«

Beleidigt hängte Bonn ein.

In diesen vier Wochen aber geschahen draußen in Bogenhausen merkwürdige Dinge, von denen niemand etwas bemerkte. Hohe Beamte, Offiziere in Zivil, Industrielle, sogar zwei MdBs, die in wichtigen Ausschüssen saßen, reisten nach München und fuhren begeistert von der alten, großen Villa in Bogenhausen wieder weg. Nach knapp drei Wochen war es so, daß sich einige Herren wie alte Bekannte begrüßten und sich zublinzelten, wenn sie sich in der Halle des feudalen Hauses begegneten. Man freundete sich bei Champagner sogar an, denn schließlich waren sie ja Brüder im Reiche der Venus.

Peter Ostra war sehr zufrieden. Die Tonbänder aus den Zimmern und aus dem Salon stapelten sich in einem Panzerschrank, der hinter der Bücherwand in der Bibliothek eingebaut war. Es gab nicht ein Wort, nicht einen Ton in diesem Haus, das nicht auf ein Magnetband aufgenommen war. Hinzu kamen die Fotos von den in die Betten eingebauten Kameras, über die sich Ostra am meisten freute.

»Wenn diese Bilder jemals an die Öffentlichkeit kommen«, sagte Ostra eines Morgens, als er mit den entwickelten und vergrößerten Fotos aus dem Labor kam, das er in einem versteckten und immer verschlossenen Badezimmer eingerichtet hatte, »dann gibt es einen Skandal, der gar nicht auszudenken ist. Da hängen bis heute neun Staaten drin. Hier, der Militärattaché von ...« Statt den Namen zu nennen, machte er eine Handbewegung. »Er wird zu einer geschwätzigen Marktfrau, wenn er einen halben Quadratmeter nackter Haut sieht. Und pervers ist er auch. Und hier. Der feine Mann. Wenn er im Fernsehen auftaucht, sagen die Frauen: ›Das ist ein korrekter Mensch. Und wie gütig und väterlich er ist.‹ In den Kissen von Monika dagegen benimmt er sich wie ein Hirsch.« Ostra klopfte auf die noch vom Trocknen warmen Fotos. »Das ist ein Kapital, Rita, mehr als Millionen in Aktien. Und alles nur durch eine gute Idee. Ein Briefkopf, ein privates Schreiben ... ›Mein lieber Kollege, ich kann Ihnen einen sehr vertraulichen Tip geben. Wenn

Sie sich richtig entspannen und von allen Mühen erholen wollen, fahren Sie nach F.‹ Und die Brüder reisen an, die meisten auch noch auf Regierungsspesen.«

Ostra schloß die kompromittierenden Bilder weg und lachte laut. »Das ist die wunde Stelle aller Regierungen. Mann bleibt Mann. Es gibt kein Mittel, um die Informationen durch Liebe abzustellen.«

Und der rege Besuch in der Bogenhausener Villa ging weiter.

Rita Camargo war die »Gnädige Frau«, die man mit Handkuß begrüßte, der man Orchideen mitbrachte und große Pralinenschachteln, Parfüm und andere Geschenke. Sie war unnahbar und diskret, eine charmante Gastgeberin und Plauderin. Nur die ganz großen Fälle übernahm sie selbst. Einen amerikanischen General. Einen Diplomingenieur aus der Radarforschungsanstalt. Den Leiter der Versuchsstation für Raketenantrieb. Einen Regierungsdirektor vom Verfassungsschutz. Es waren arme Opfer, die in ihren Armen jegliche Selbstachtung aufgaben und sich von ihr fressen ließen. Wie Rauschgift haftete die Erinnerung an Ritas braunoliven Körper in ihren Hirnen, und wenn sie das zweite Mal oder das dritte Mal kamen, waren sie wie Briefkästen, die Rita nur zu leeren brauchte.

Noch trat Ostra nicht in Erscheinung. Er sammelte nur fleißig Tonbänder und Fotos. Sein aktuelles Interesse lag bei Volbert und den automatischen Steuergeräten für Raketen. Die wochenendlichen Schlüsselspiele fanden weiter statt, natürlich mit den Duppels, denn Marlies war nicht zu bewegen, sich einem anderen Kreis anzuschließen, wie ihr Mann vorgeschlagen hatte. »Sich umgewöhnen, warum?« fragte sie. »Ich finde, wir alle passen doch großartig zueinander.«

Und Duppel gab nach. Die Wahrheit lag ihm auf der Zunge, aber über die Lippen kam sie nicht. Er schämte sich, das Opfer Ostras zu sein. Den Kopf in den Sand stecken – so lebt man friedlicher.

Als am dritten Wochenende die Fallers' wieder nicht kamen, beschloß Ostra, Julia aufzusuchen. Die tolle Marlies war für ihn mehr ein Theaterspiel. Eva Volbert, die grünäugige Schlange, war wie eine Wahnsinnige, bis sie zusammenbrach und nur noch Hülle war. Julia aber, die sich gewehrt hatte, die ihn kratzte und biß, bis er sie doch noch mit brutaler Kraft besiegte, war für ihn zu einem Ideal geworden. Er dachte oft in diesen Wochen an sie, an ihr Weinen an seiner Seite, an die großen blauen Augen, an den fast noch kindlichen, zarten und doch so weichen, wohlgeformten Körper, den er nach der brutalen Eroberung stundenlang gestreichelt hatte.

Er traf Ernst Fallers in der Wohnung an, was Ostra sehr verwunderte. Studienrat Bentrob war in der Schule, und Ostra hatte erwartet, daß Julia allein war. Von der Arbeit Julias in einer Papiergroßhandlung wußte er nichts.

»Du?« fragte Ostra, als Fallers öffnete.

»Was wollen Sie?« fragte Fallers gepreßt.

»Ich fuhr zufällig hier durch die Straße und dachte mir: Halt, steig einmal aus und besuche Fräulein Julia. Und hier bin ich.«

»Julia ist nicht da.«

»Darf ich hereinkommen?«

»Nein!« Fallers hob die Hand, als Ostra näher kam. »Gehen Sie!«

»Wieso, mein Junge! Ich denke, der gemeinsame Abend hat uns zu dicken Freunden gemacht? Wir hatten alle unser Vergnügen, oder nicht?«

»Es war ein Irrtum von uns. Gehen Sie und lassen Sie uns in Ruhe.«

»Ein Irrtum.« Ostra lachte leise und sah Fallers aus seinen kalten Augen an. »Ein Irrtum, der bei Rita drei blaue Flecken am Oberschenkel hinterließ. Du hast einen harten Griff, Ernst ...«

»Julia und ich wollen diesen Abend vergessen. Er ist für uns nie gewesen. Verstehen Sie?« Fallers' Gesicht war bleich. Er hatte sich ein paar Tage Urlaub genommen und tapezierte das Wohnzimmer seines zukünftigen Schwiegervaters. Das war billiger als von einem Anstreicher, auch wenn der Schwiegersohn eigentlich nicht erwünscht war. Aber ein Studienrat muß rechnen, und Pfennige, die man spart, ergeben schnell eine Mark. Studienrat Bentrob gab nicht umsonst auf dem Gymnasium Mathematik.

Ostra sah sich um. Das Treppenhaus war leer. Nur zwei Familien wohnten in dem stillen Haus mit dem schmucken Vorgarten. »Vergessen ist einfach«, sagte er grob. »Rita will dich wiedersehen, Junge. Du kennst Rita. Frauen, deren Liebe man nicht erwidert, werden zu Bestien. Ihr kommt nächsten Samstag, nicht wahr?«

»Nein!« sagte Fallers laut. »Wenn Sie uns nicht in Ruhe lassen, melde ich alles der Polizei.«

Ostra sah Fallers mit engen Augen an. Polizei, dachte er. Der Junge macht es wahr. Für ihn war dieses »Tolerantes Ehepaar gesucht« wirklich nur eine Verwechslung der Begriffe. Ein Unglücksfall, wenn man es so sehen kann. Und niemand wird ihm deswegen die Ehre schwarz beschmieren.

»Überleg es dir«, sagte er ausweichend. »Rita liebt dich. Und Julia ...«

»Julia weiß alles. Und jetzt gehen Sie, oder ich vergesse meine Erziehung.« Fallers warf die Wohnungstür zu, und Ostra verließ das Haus. Auf der Straße warf er einen Blick zurück und sah Fallers auf einer Leiter stehen und Tapeten kleben. Durch die Scheibe des Fensters begegneten sich ihre Blicke.

Sie wußten, daß ab jetzt tödliche Feindschaft zwischen ihnen lag.

Es war an einem feuchtkalten Novemberabend, 22 Uhr 17 – wie der Polizeimeister gewissenhaft in das Berichtsbuch schrieb –, als der Funkstreifenwagen Isar 23 von einem Mädchen am Straßenrand durch heftiges Winken angehalten wurde.

»Da haben se wieder eine um ihren Lohn betrogen«, sagte der Fahrer von Isar 23 und grinste. »Ist auch verdammt kalt, so in der freien Natur. Müßte Zitterzulage erhalten, die Kleine.«

Der Wagen hielt, und das Mädchen mit der Handtasche trippelte näher. Sie sah nicht so aus, als wenn sie wütend wäre. Der mit Kraftausdrücken gewürzte Wortschwall der Asphaltbienen fehlte. Sie machte nur eine Bewegung mit der Hand und abgespreiztem Daumen nach hinten in die Dunkelheit. Büsche und Vorgärten der schlafenden Villen ragten über Zäune und tauchten den halben Bürgersteig in Schwärze.

»Da liegt einer«, sagte sie.

»Ach nee? Was haste mit dem denn gemacht, Erna?«

Der Polizeimeister stieg aus Isar 23 und reckte sich. Seine Lederjacke knackte. Er nannte alle Dirnen Erna, so wie alle Möwen Emma heißen. Das Mädchen zog einen Flunsch.

»Gemacht? Nichts. Ich komme hier friedlich vorbei und wollte nach Hause ins warme Bett, da sehe ich an der Mauer was liegen. Ich gehe hin, und da liegt ein Kerl. Bestimmt besoffen. Und gerade da kommen Sie. Da erfüllte ich Bürgerpflicht ...«

»Erna, mir steigen die Tränen in die Augen.« Der Polizeimeister Zucker – man lache nicht, er litt sehr unter diesem Namen und wurde deswegen auch aus dem Sittendezernat zur Streife versetzt – ging zur Hecke und bückte sich. Auf dem feuchten Asphalt lag tatsächlich ein Mann. Er lag so seltsam verkrümmt da, so, als sei er erst auf die Knie gesunken und dann nach vorn umgefallen. Die Hände hatte er gegen die Brust gepreßt, der Kopf lehnte an dem Sockel der Gartenmauer. Er trug einen schwarzen Homburghut, einen schwarzen Ulster und einen dunklen Anzug. Als Polizeimeister Zucker ihn mit der Taschenlampe anleuchtete, schimmerte ein silbergrauer Schlips auf.

»Das ist ja ein vornehmes Tier«, sagte Erna verwundert.

»Und so besoffen ...

»Komm mal her!« rief Zucker zu seinem Kollegen von Isar 23. Dann bückte er sich wieder, drehte den verkrümmten Mann um und sah in ein bleiches, fast blutleeres Gesicht. Der Mann atmete mit einem leisen Röcheln. Polizeimeister Zucker schnupperte. Kein Alkoholdunst. Im Licht der Taschenlampe wirkte das Gesicht fremdartig, südländisch. Ein Kranz weißer Haare quoll unter dem verrutschten Homburg hervor.

»Der hat einen Herzanfall«, sagte Polizeimeister Zucker und schob seine Arme unter die Schultern des Ohnmächtigen. »Dem ist schlecht geworden. Los, faß mit an, Erna.«

Zu dritt trugen sie den Besinnungslosen in den Polizeiwagen, betteten ihn auf die Hintersitze und öffneten ihm Schlips und Kragen. Der Fahrer von Isar 23 gab gleich per Sprechfunk die Meldung durch und forderte einen Arzt zum Revier an.

»Bist ein Prachtmädel, Erna«, sagte Zucker, als der Unbekannte gut lag. »Hast einen gut, wenn ich dich im Sperrbezirk sehe. Und nun schwirr ab. Der Staat zahlt dir keinen Verdienstausfall.«

Isar 23 fuhr so schnell, wie es für den Kranken erträglich war, den Zucker in den Kurven festhielt, damit er nicht vom Sitz rollte, zum Revier. Zwei Straßen weiter kamen sie an einem parkenden, unbeleuchteten Wagen vorbei. Im Schein einer nahe stehenden Laterne schimmerte ein ovales Schild.

CC. Corps Consulaire.

Zucker und der Fahrer von Isar 23 achteten nicht darauf. In München stehen nachts viele Wagen auf der Straße.

Im Polizeirevier wartete schon ein Arzt aus der Nachbarschaft und begann sofort, den Ohnmächtigen zu untersuchen. »Ein Schwächeanfall«, sagte er und zog dabei eine Spritze mit Kreislaufmittel auf. »Ein Kollaps. Überanstrengung, Aufregung, Überarbeitung. Plötzlich macht das Herz nicht mehr mit.« Er beugte sich über den Fremden und gab ihm die Injektion intravenös. Ein Zucken lief über das Gesicht des Mannes. Es bekam ein wenig Farbe. »Wer ist das denn?«

Polizeimeister Zucker hatte die Taschen des Ohnmächtigen geleert und auf dem Tisch des Reviervorstehers aufgebaut. Ein Schlüsselbund, eine Brieftasche, Zigarren (amerikanische), ein schwarzes Ledernotizbuch, ein goldenes Feuerzeug, zwei Kugelschreiber aus Silber, drei weiße Taschentücher mit gestickten Initialen ... und dann pfiff Zucker durch die Zähne, die anderen Polizisten und auch der Arzt beugten sich vor und lächelten: Aus der linken Hosentasche zog Zucker ein fliederfarbenes Spitzenhöschen, ein durchsichtiges Nichts.

»Ein alter Hirsch im Revier«, sagte Zucker sachverständig. Wer zwei Jahre bei der »Sitte« war, hat seine besondere Ausdrucksweise. »Lieber Doktor, die Überarbeitung hat runde Formen. Was meinen Sie?«

»Er heißt Juan Sueraz«, sagte der Reviervorsteher und blätterte in dem Paß, der in der Brieftasche war. »Vizekonsul.« Dann drückte er das Kinn an den Kragen, griff in eine Seitentasche der Brieftasche und zog einige Fotos heraus. »Donnerwetter!« sagte er. »Alle Beamten unter dreißig umdrehen zur Wand wegen sittlicher Gefährdung! Kruzitürken, das haut einen mehrfachen Familienvater ja um!«

Polizeimeister Zucker betrachtete die Bilder kurz, der Arzt brauchte länger. Er war ja auch Wissenschaftler und an Detailgründlichkeiten gewöhnt. Es waren Fotos von Gruppenspielen, und im Mittelpunkt stand, hockte, hüpfte, kniete oder lag Juan Sueraz.

»Alte Masche«, sagte Zucker nüchtern. »Das nennt man ›Nachtsitzung‹.«

»Eine Sauerei ist dös!« sagte der Reviervorsteher. »Und so etwas bei einem Vizekonsul. Das ist doch strafbar.«

»Und ein Festessen für Kommissar Lommel.« Polizeimeister Zucker betrachtete den Mann in seiner vornehmen, diskreten, schwarzen Kleidung, dem silbernen Schlips und den weißen Haaren. »Einen Rummel gibt es sowieso, weil er Diplomat ist. Schon immer wollte Lommel einen solchen Hirsch schießen. Jungs, es kursieren Bilder in München, da gehen einem Glatzkopf die Haare hoch.«

Und nun lief der Polizeiapparat an, von dem man sagt, er sei so träge. Woanders mag das vielleicht sein, in München nicht. Schon zwanzig Minuten später saß Kommissar Lommel von der Sittenpolizei dem Vizekonsul Juan Sueraz gegenüber auf dem Revier. Der Arzt hatte noch eine Injektion gegeben, Sueraz war aus der Ohnmacht erwacht, aber er war so schwach, daß er seine Umgebung kaum erkannte und nur lallen konnte.

Gewissenhaft besichtigte Kommissar Lommel den Tascheninhalt des Diplomaten. Er sagte nichts davon, daß Zucker einen groben Fehler gemacht hatte. Auch der Tascheninhalt eines Diplomaten ist immun und darf nicht so ohne weiteres durchwühlt werden.

Die Fotos waren eindeutig, das Spitzenhöschen ebenso. Juan Sueraz kam aus einem geselligen Kreis, der den Tatbestand der schweren Kuppelei voll erfüllte. Mit Interesse studierte Kommissar Lommel das schwarze Notizbuch. Er fand Namen und eine Telefonnummer, rot umrandet.

»Zucker!« sagte Lommel zu seinem ehemaligen Mitarbeiter. »Lassen Sie mal beim Fernmeldeamt feststellen, wem dieser Telefonanschluß gehört.« Zucker ging in den Nebenraum. Nach zehn Minuten kam er wieder mit einem Zettel.

»Herausgefunden?« fragte der Kommissar. Er las gerade mit Verwunderung einen Brief aus Bonn, den Juan Sueraz in der Tasche gehabt hatte. Briefkopf Bundesminister des Auswärtigen. Konsular-Abteilung. Und dann ein merkwürdiger Text, der Sueraz freundschaftlich riet, die Nummer anzurufen, die er ins Notizbuch übertragen hatte.

»Wem gehört die Nummer?« fragte Lommel noch einmal. Polizeimeister Zucker sah auf seinen Zettel.

»Einer gewissen Rita Camargo in Bogenhausen. Ganz in der Nähe fanden wir ihn auch.«

Kommissar Lommel klappte das Notizbuch zu. Wie in einem Automaten war in ihm das Geldstück gefallen.

»Das ist ja toll! Das wird ein ganz dicker Otto! Rita Camargo! Rufen Sie sofort Kommissar Singert an! Der wird aus dem Bett springen wie bei Fliegeralarm!«

Der Kranke auf dem Feldbett des Polizeireviers bewegte sich. Er hob den Kopf, wollte aufstehen. Sanft drückte ihn der Arzt zurück.

»Ich möchte nach Hause«, sagte Sueraz in einem gepflegten Deutsch. »Ich bin Diplomat. Vizekonsul. Mir wurde plötzlich schlecht. Ich wohne in Harlaching. Ich bitte darum, mich sofort nach Hause zu bringen.«

Der letzte Satz war lauter, kräftiger, fast befehlend gesprochen. Dann tastete Sueraz nach seiner Rocktasche, fand sie leer, sah alles auf dem Tisch liegen und wurde wieder blaß. »Ich bin Diplomat«, sagte er keuchend ...

Im Schlafanzug, über den er seinen Anzug gezogen hatte, denn um sich korrekt anzuziehen, war er viel zu aufgeregt, und es kostete Zeit, raste Ministerialrat Bruckmayer in einem Taxi quer durch München hinaus nach Bogenhausen.

Der kurze Anruf Kommissar Singerts war wie ein Fanfarenstoß gewesen.

»Wir haben Rita Camargo ...«

Bruckmayer trat auf dem Polizeirevier gerade in dem Augenblick ein, in dem Kommissar Singert aus dem Hinterzimmer kam und sich, die Nase kratzend, auf einen Stuhl neben dem Schreibtisch setzte. Durch die Tür zum Nebenzimmer hörte man erregte, aber nicht verständliche Stimmen.

»Wo ist Rita?« rief Bruckmayer gleich beim Hereinstürmen. »Wie haben Sie unsere Stecknadel im Heuhaufen entdeckt, Singert?«

Kommissar Singert winkte ab. Er machte einen erschöpften Eindruck, obwohl er gerade zehn Minuten hier war.

»Da legen wir ein dickes Ei«, sagte er sarkastisch.

»Das ist mir klar. Ist sie nebenan?«

»Ein dickes, faules Ei, Herr Ministerialrat.« Er winkte ab, als Bruckmayer ins Nebenzimmer laufen wollte. »Hören Sie sich erst an, was da drinnen los ist. Die schöne Rita ist natürlich nicht hier, wir wissen nur, wo sie wohnt.«

»Dann hin zu ihr!«

»Daß wir es wissen, ist aber ein Bruch der diplomatischen Immunität. Und hier beginnt es schon zu stinken.«

Bruckmayer zog das Kinn an. Er hörte die Stimmen hinter der Tür und sah dann von einem zum anderen.

»Sagen Sie bloß, Rita Camargo genießt diplomatischen Status!« rief er erregt.

»Das fehlte noch! Aber hier auf der Wache ist etwas passiert, was Verwicklungen in Bonn geben kann – und wird.« In kurzen Worten schilderte Singert die Situation, die er angetroffen hatte. Ein Vizekonsul mit Herzkollaps, dem man in der Ohnmacht die Taschen leerte und so Einblick in die intimste Privatsphäre gewann. »Und nun hören Sie sich das an«, sagte Singert seufzend. »Herr Sueraz tobt und droht. Er will seinen Botschafter in Bonn sprechen, er will seinen Hausarzt Professor Haller haben, er verweigert jegliche Auskunft, er ruft nach seinem Rechtsanwalt Professor Lahrmann. Rundherum Mist, Herr Ministerialrat: Die Kollegen von der Sicherheitspolizei haben vergessen, Glacéhandschuhe anzuziehen, wie man es bei Diplomaten erwartet.«

»Wer konnte wissen, daß das ein Konsul ist?« sagte der Reviervorsteher und trank aus einer Thermosflasche heißen Kaffee. »Isar 23 liefert einen Mann ein, der auf der Straße zusammengebrochen ist, und bei der Feststellung der Personalien ... jo mei, wer denkt denn daran, daß er Bilder von nackerten Weibern und Spitzenhöschen in der Taschen hat ...«

»Wo sind die Bilder?« fragte Bruckmayer hart.

»Nebenan.«

»Es geht um höhere Interessen als um einen beleidigten Vizekonsul!« Bruckmayer nickte Singert zu. »Hier kann keine Rücksicht genommen werden.«

»Machen Sie das mit Bonn ab?« Kommissar Singert erhob sich zögernd.

»Ich habe alle Vollmachten.«

»Vom Innenministerium. Hier aber ist das Außenministerium zuständig, und die sind immer sauer, wenn die diplomatische Politur angekratzt ist.«

»Und dabei ist es nur billigste Fassadenfarbe.« Bruckmayer riß die Tür auf und betrat den Nebenraum.

Juan Sueraz saß auf dem Bett und schimpfte mit Kommissar Lommel von der Sitte herum. Er war wieder korrekt gekleidet; Polizeimeister Zucker hatte ihm sogar Anzug und Mantel abgebürstet, an denen durch den Sturz Straßendreck geklebt hatte. Der Arzt saß hinter einem kleinen Tisch und wartete. So wie sich Sueraz aufregte, war ein neuer Kollaps möglich. Auf gütiges Zureden reagierte der Vizekonsul nicht.

»Ich protestiere!« rief Sueraz und sprang auf, als Bruckmayer eintrat. »Wer sind Sie?! Ich verlange meinen Anwalt, meinen Arzt und ein Blitzgespräch mit meiner Botschaft! Alles verweigert man mir! Das ist ein eklatanter Bruch der Immunität! Man behandelt mich wie einen Schwerverbrecher! Ich mache keine Aussage ohne meinen Anwalt! Ich verlange sofortige Freilassung und Fahrt zu meiner Wohnung! Ich bin ein kranker Mann, dem man die ärztliche Betreuung verweigert! Das ist skandalös! Aber so ist die deutsche Polizei! Mein Land wird in schärfster Form beim deutschen Außenminister ...«

Sueraz schwieg. Bruckmayer hatte ihn gar nicht beachtet. Er war an den Tisch getreten und hatte die Fotos in die Hand genommen. Genau betrachtete er eines nach dem anderen. Kein Zweifel, das war Rita Camargo, in betörender, nackter Schönheit, und der Vizekonsul lag ebenso entblößt auf einem Diwan und spielte mit einem blonden, langmähnigen Mädchen, dessen Gesicht man nicht erkennen konnte.

Ein anderer Mann, ebenso luftig gekleidet, schien dazu zu singen ... er schwang ein Sektglas in der Hand und hatte den Mund aufgerissen. Die Fotos glichen sich alle, nur zeigten sie verschiedene Situationen dieses geselligen Abends.

»Diese Bilder werden von Herrn Kommissar Singert beschlagnahmt werden«, sagte Bruckmayer gleichgültig und gab die Fotos an Singert weiter. »Ebenso das Notizbuch.«

»Ich protestiere!« schrie Juan Sueraz. »Mein Tascheninhalt unterliegt der Immunität!«

»Ministerialrat Bruckmayer vom Bundesinnenministerium.«

Bruckmayer verbeugte sich leicht. Der Vizekonsul atmete tief auf und spielte nervös mit den Fingern an seinen Manteltaschen. »Auf den Fotos ist eine gewisse Rita Camargo. Diese Dame suchen wir seit Wochen. Es ist im Interesse des deutschen Staates, daß wir alles unternehmen, um an diese Dame heranzukommen. Der Zufall ließ uns Sie finden, Herr Konsul ... und der Zufall ist so launisch, daß ich nicht daran denke, ihn wieder laufen zu lassen.«

»Was geht mich Ihr Deutschland an?!« Sueraz ballte die Faust. Er war Südländer, und auch Südländer mit weißen Haaren verlieren nicht ihr Temperament. Er stürzte auf den Tisch zu und wollte die Fotos, den Paß und das Notizbuch an sich reißen, aber Polizeimeister Zucker war schneller und legte seine große Hand darauf. Einer Katze gleich fauchte Sueraz und kratzte Zucker den Handrücken auf. Wie ein getretener Hund sah der Polizeimeister die beiden Kommissare an, nahm sein Taschentuch heraus und legte es über den blutenden Handrücken. »Ich mache einen Skandal, der Sie alle den Kopf kostet!«

»Der Skandal ist schon da«, sagte Bruckmayer ruhig. »Diese Fotos, das Spitzenhöschen, das Notizbuch reichen zu Ihrer Ablösung, Herr Sueraz. Beruhigen Sie sich. Es hat keinen Sinn, wie der Vesuv zu explodieren und dann nur heiße Luft abzulassen.« Er sah den erregten Diplomaten kühl an und lächelte sogar. »Wissen Sie, daß Rita Camargo die Freundin eines Mannes ist, der in dem Augenblick, in dem Sie an die Liebe der schönen Rita glauben, hier in Deutschland Waffen für die Gegner Ihres Landes kauft?«

Juan Sueraz schüttelte den Kopf. Dann zuckte es über sein Gesicht – erst jetzt begriff er die volle Tragweite dieser Nachricht. »Das ist eine Lüge«, sagte er dumpf.

»Wegen dieser illegalen Waffenkäufe suchen wir Rita

und ihren Partner. Peter Ostra. Haben Sie den Namen schon gehört?«

»Nein.« Sueraz starrte Bruckmayer aus flatternden Augen an. »Sie belügen mich ...«

»Ich bin gerne bereit, Ihnen in Gegenwart Ihres Anwaltes die Unterlagen des Ministeriums zu zeigen. Auch der CIC sucht Ostra.« Bruckmayer sah, wie Sueraz fahl im Gesicht wurde. Alle Sicherheit, alle aufgepumpte Stärke, alle Würde fielen von ihm ab. So nackt wie auf den Fotos war er fast, und jämmerlich dazu. »Wer hat Ihnen die Bilder gegeben?« fragte Bruckmayer mitleidlos.

»Susi –«, sagte Sueraz leise.

»Das ist das blonde Püppchen?«

»Ja. Sie hat die Bilder heimlich weggenommen. Rita weiß das nicht. Es ... es existieren bestimmt noch mehr Bilder ... Aber ich dachte, daß man so diskret ist ...«

»Ich muß Ihnen den Vorwurf sträflicher Naivität machen, Herr Konsul. Mit diesen Bildern sollten Sie erpreßt werden, bis Sie leergepumpt waren wie eine Zitrone im Entsafter. Ostra macht hier ein Doppelgeschäft. Waffenkäufe und Spionage. Und was glaubten Sie, was Rita Ihnen gibt?«

»Ehrliche Liebe.« Sueraz wischte sich über die Stirn. Er schwitzte plötzlich und hielt sich an der Tischkante fest. »Das ist doch nicht möglich ...«, stotterte er.

»Haben Sie viel geredet?« fragte Bruckmayer eisig. »Was man so redet.«

»Auch politisch?«

»Ich ...«

»Haben Sie über politische Absichten Ihrer Regierung gesprochen? Militärische Dinge erwähnt? Wirtschaftsplanungen?«

»Ich …« Der Kopf Sueraz' sank auf seine Brust. Er war plötzlich ein wackliger Greis geworden. Ein zusammengesunkener, bebender Körper. »Bringen Sie mich nach Hause«, sagte er kaum hörbar. »Bitte! Und behalten Sie alles, was Sie haben. Ich … ich danke Ihnen …«

Bruckmayer nickte Singert zu, und dieser gab Polizeimeister Zucker einen Wink. Zwei stämmige Beamte nahmen den Vizekonsul in die Mitte, geleiteten ihn zum Wagen Isar 23 und fuhren hinaus nach Harlaching. Dort, in einer stillen Straße, umgeben von einem kleinen Park, lag die Villa von Sueraz. Er bedankte sich bei den Polizisten, gab ihnen die Hand und bat um Verzeihung, daß er die deutsche Polizei beschimpft habe. Dann ging er ins Haus, nach vorn gebeugt, die Füße über die Steinplatten schleifend. Ein Diener, das sahen die Polizisten noch, öffnete ihm die Tür.

Um drei Uhr morgens brachte der Polizeifunk eine kurze Meldung:

»Der Vizekonsul Juan Sueraz hat sich soeben in seinem Haus erschossen. Einwandfrei Selbstmord. – Verkehrsunfall Ecke Sendlinger Straße und …«

Herbert Bruckmayer sah Kommissar Singert ernst an. Er hatte unterdessen mit Bonn telefoniert und die Zusage bekommen, daß das Auswärtige Amt sich vorerst zurückhaltend zeigen würde. Das bedeutete: Grünes Licht für alle Unternehmungen in München.

»Der erste Tote«, sagte Bruckmayer zögernd. »Und ich habe das Gefühl, daß es nicht der letzte ist.«

Die Freude darüber, daß Rita Camargo entdeckt war, wich bald einer nüchternen Überlegung. Alles, was Bruckmayer zunächst geplant hatte – Verhaftung Ritas,

Durchsuchung der Bogenhausener Villa, Benachrichtigung des CIC –, machte er rückgängig. »Was haben wir davon, wenn uns das Weibsbild gegenübersitzt?« erklärte er. »Wenn sie stur bleibt und den Mund hält, werden wir Ostra nie zu Gesicht bekommen. Sobald wir die Villa schließen, würde er sofort verschwinden. Und bei der heutigen Situation unserer Kriminalpolizei ist es ohnehin grundfalsch, einen Rummel zu veranstalten. Beobachten wir lieber die gute Rita und warten wir, bis Ostra selbst kommt, um sich die Bilder abzuholen. Und dann, meine Herren ...«

Zunächst aber wurde Kriminalmeister Emil Ratzel ausgeschickt, den Betrieb in der Bogenhausener Villa zu observieren. »Die alten Tricks sind immer die besten und werden am meisten geglaubt«, sagte Kommissar Singert. »Steigen Sie in einen Monteuranzug und geben Sie sich als Arbeiter der Heizungsfirma aus. Und noch eins, Ratzel ...« Singert hob den Zeigefinger. »Sie sind Familienvater! In der Villa aber leben dufte Bienen.«

»Ich bin Beamter, Herr Kommissar«, sagte Ratzel beleidigt. »Und im Dienst.«

In der alten Villa schlief noch alles, als der Heizungsmonteur klingelte und eine verschlafene ältere Frau – es war die Köchin, wie Ratzel fünf Minuten später erfuhr – ihm öffnete. »Mitten in der Nacht«, brummte sie und winkte Ratzel einzutreten. »Wer hat Sie denn bestellt?«

»Weiß ich das? Angerufen hat man. Im Keller soll am Heizkessel ein Hahn tropfen.« Ratzel sah sich um. Schon die Eingangshalle ist eine Wucht, dachte er. Von draußen sieht das Haus aus, als müsse drinnen alles vermodern. Und dann so etwas. Seidentapeten, Samtportieren, ein Marmorboden. »Außerdem ist es neun Uhr.«

»Das ist bei uns Mitternacht.« Die Köchin, Lockenwickler im Haar, schlurfte zu einer Tür und gab ihr einen Stoß. »Da geht's in den Keller. Wenn Sie was wollen ... die Küche ist dort.« Sie zeigte auf eine der Türen, die von der Halle abgingen, und Ratzel nickte. Er stieg die Kellertreppe ein paar Stufen hinunter und wartete dann zehn Minuten, bis er sicher war, daß die Köchin weggegangen war. Dann stellte er seinen aufklappbaren Werkzeugkasten auf die Treppe, nahm einen Gummiknüppel heraus, steckte ihn in den Hosenbund, knöpfte die Monteurjacke darüber zu und stieg wieder hinauf in die Halle.

In dem großen Haus war alles still. Ratzel öffnete die erste Tür und trat ein. Ein Salon in Gold-Blau-Weiß. Rokoko. Goldgerahmte Spiegel an den Wänden, verschiedene Diwans.

Ratzel blieb stehen. Den Raum kannte er von einigen Fotos aus der Tasche des Vizekonsuls. Jetzt, im kalten Morgenlicht eines Novembertages, hatte dieser Salon nur die Schönheit einer geschmackvollen Einrichtung; aber nachts, wenn in den Kristall-Lüstern die geschliffenen Kerzenbirnchen brannten, wenn die Spiegel von allen Seiten die nackten Körper der Mädchen zurückwarfen, wenn der Champagner in den Kelchen perlte und Lachen, Kichern und heißes Flüstern den Raum anfüllten, dann war dies ein Ort, wo ein Mann wie Juan Sueraz schon seinen Verstand verlieren konnte.

Ratzel verließ den Raum und öffnete die nächste Tür.

Wieder ein Salon, kleiner, intimer. Gold und dunkles Rot. Ein großer, venezianischer Spiegel. Auf dem gläsernen Tisch standen noch zwei Sektgläser und ein Kristallaschenbecher mit Zigarettenresten.

Leise zog Ratzel die Tür hinter sich zu. Machen wir einen Versuch auf eigene Faust, dachte er. Wenn Rita

Camargo das ist, was der Ministerialrat vermutet, dann müßte in diesem Raum der Beweis sein.

Mit dem Sinn für Spuren, der Emil Ratzel auszeichnete, beugte er sich über das geschnitzte und vergoldene Kopfende des Diwans im Empirestil und tastete mit den Fingerspitzen über das Holz. Er brauchte nicht lange zu suchen ... in einer goldenen Rose war ein Loch, und hinter diesem Loch schimmerte es metallisch.

Ein kleines Hochleistungsmikrofon.

Emil Ratzel legte sich dann auf den dicken Afghanteppich und kroch unter den Diwan. An die Unterseite des Diwans war ein Kontaktmechanismus geschraubt, er schaltete vermutlich irgendwo im Haus ein Tonbandgerät ein, sobald sich jemand auf den Diwanpolstern niederließ.

Eine halbe Stunde lang ging Emil Ratzel ungestört durch das ganze Haus. Er besuchte sogar die Schlafzimmer auf der oberen Etage, aber das war ein Privatvergnügen, das er sich gönnte. Die Zimmer waren nämlich nicht verschlossen, und als Ratzel das erste öffnete, sah er auf dem Bett etwas liegen, was er sonst nur in beschlagnahmten Zeitschriften oder auf eingezogenen Bildern hatte betrachten können.

Ein weißer Körper ... verwühlte Haare ... Schmollmündchen im tiefen Schlaf ... Ratzel blieb im Türspalt stehen und betrachtete das schöne Bild mit intensivem Interesse. Die Worte Kommissar Singerts kamen ihm in den Sinn. »Ratzel, Sie sind Familienvater!«

Leise zog er die Tür wieder zu. Ästhetisches Interesse darf man wohl noch haben, dachte Ratzel und kraulte sich die Haare. In ein paar Stunden ist sowieso alles vorbei. Dann sitzen sie alle in der Grünen Minna.

Und so pilgerte Ratzel von Zimmer zu Zimmer. Und

immer das Gleiche: schön geformtes Fleisch … ausgestreckt, verkrümmt, auf dem Rücken, auf dem Bauch liegend … süßlicher Duft, Wärme und Lockung …

Nach einer halben Stunde stillen Studiums stand Ratzel wieder unten in der Halle und tupfte sich kleine Schweißperlen von der Nase. Dann ging er wieder zur Kellertreppe, holte seinen Werkzeugkasten und trottete zur Küche, wo ihm der Duft von Kaffee entgegenschlug. Die Köchin, noch immer mit Lockenwicklern, hantierte am Toaster.

»Alles erledigt?« fragte sie etwas freundlicher.

»Ja.« Ratzel grinste. »Es tropft kein Hahn mehr.«

»Wollen Sie eine Tasse Kaffee?«

»Wenn es erlaubt ist.«

»Die Chefin steht nicht vor zwölf Uhr auf. Und die anderen Damen …«

»Was? Hier sind viele Damen?« fragte Ratzel und setzte sich an den Küchentisch. »Hui! Da geht's wohl rund hier?«

Die Köchin schob ihm eine Tasse Kaffee hin und einen Toast mit Honig. »Das ist ein anständiges Haus!« sagte sie grob. »Was ihr Kerle immer gleich denkt … Trinken Sie Ihren Kaffee und dann raus!«

Fröhlich pfeifend verließ Ratzel kurz darauf die alte, von außen so düstere Villa. Wie man's auch betrachten mag, beruflich oder rein privat: Für ihn hatte der Tag gut begonnen.

Seit einigen Tagen stellte Julia Bentrob etwas Merkwürdiges bei sich fest: Ihr war beim Aufstehen übel, sie würgte, ohne daß sie etwas erbrach. Schwindel ergriff sie, und dann saß sie am Kaffeetisch, konnte nichts essen und hatte doch einen wilden Hunger. Im Betrieb, der

Papiergroßhandlung, wurde sie zweimal ohnmächtig, ganz kurz nur, sekundenlang; und als sie in der Mittagspause in einem Lokal, wo sie immer aß, ein Glas mit Gurken auf der Theke stehen sah, bekam sie einen Heißhunger auf etwas Saures.

Sie erzählte Ernst Fallers davon, aber er lachte nur, unwissend wie junge Männer nun einmal sind. Erst als es einer Kollegin auffiel, wie blaß sie in letzter Zeit war und daß sie manchmal grundlos würgend an der Schreibmaschine saß, fiel die Wahrheit über Julia wie ein herabstürzender Himmel.

»Übelkeit am Morgen, Hunger auf was Saures ... Julchen, du bekommst ein Kind!« sagte die Kollegin.

»Du ... du bist verrückt«, stammelte Julia Bentrob, aber schon während sie das sagte, wußte sie, daß es die schreckliche Wahrheit war. »Das kann nicht sein.«

»Sprich mal mit Ernst darüber. Der wird's schon wissen.«

Es wurde an diesem Tag noch viel über das Thema gesagt; meist Spötteleien oder Erzählungen aus eigenem Erleben. Man ist nicht prüde unter Arbeitskolleginnen, und gerade Frauen erzählen aus diesem Bereich mehr als Männer. Ihnen genügen ein paar Bemerkungen, dann lächeln sie, schweigen und wissen alles aus eigener Erfahrung. Frauen gehen ins Detail; ihr Herz sprudelt einfach über, denn Liebe ist in jedem ihrer Blutstropfen.

Nach der Mittagspause ließ sich Julia zwei Stunden freigeben und ging zu einem Arzt. Als sie nach der Untersuchung wieder auf der Straße stand, war die Welt vor ihr grau und schattenhaft.

Ein Kind, dachte sie. Ein Kind, mein Gott, mein Gott. Und nicht von Ernst. In jener Nacht ist es geschehen, in den gräßlichsten Stunden meines Lebens. In dem kleinen Zimmer draußen in Grünwald. Ich habe mich gewehrt bis zum letzten, ich habe mich zusammengekrümmt wie ein Wurm – aber er war stärker. Nun ist es in mir, und es wird wachsen und wachsen, und es hilft keine Lüge mehr.

Ich bekomme ein Kind.

Julia Bentrob ging nicht in ihre Papiergroßhandlung zurück, sondern fuhr hinaus in Richtung Starnberg. In Feldafing stieg sie aus und ging zu Fuß die Bahnlinie entlang nach Tutzing. Ab und zu blieb sie stehen und starrte auf die Schienen. Ein feiner Nieselregen durchnäßte sie nach wenigen Minuten, über dem See lagen tiefe Wolken, die kahlen Bäume sahen sie an wie Gerippe.

Es gibt keinen Ausweg, dachte sie. Sie hockte sich auf einen Kilometerstein und sah den Schienenstrang entlang. Die blanken Stahlbänder schimmerten. Lautlos rieselte der Regen.

Wie sollte man es dem Vater sagen, dem Studienrat Bentrob, der sowieso nicht verstand, daß die Jugend nicht mehr im Panzer der Heuchelei lebte, sondern offen sagte, was sie dachte, und das war nicht immer schön. Und Ernst Fallers? Ihm hatte sie gesagt, in jener Nacht sei nichts geschehen, und er glaubte es bis heute. Wer konnte von ihr die Kraft verlangen, nun vor ihn zu treten und zu sagen: Ich bekomme ein Kind von Ostra. Ich habe dich belogen. Aus Scham habe ich dich belogen. Aus Angst. Ich dachte, es würde nie mehr darüber gesprochen werden; ein böser Traum sollte es sein. Und nun trage ich diesen Traum in meinem Leib, und er wächst und wächst …

Sie starrte auf die nassen Bohlen zwischen den Schienen und beugte sich vor. Ihre Finger strichen über die Schiene. Sie war kalt, glatt und fettig. Schauer rannen über ihren Rücken. Dann weinte sie, saß wieder auf dem Kilometerstein und hatte die Hände vor das Gesicht gelegt.

In der Ferne, von Feldafing, pfiff es. Der nächste Zug. In fünf Minuten war er hier. Der Zug, der aus dem Leben fährt ... der in Sekundenschnelle alles auslöscht ... der alle Angst vernichtet, alle Lüge zermalmt.

Julia Bentrob erhob sich. Sie schlug den Kragen des durchnäßten Mantels hoch, kniete sich auf eine Bohle zwischen den Schienen, faltete die Hände vor der Brust und schloß die Augen. Unter ihren Knien spürte sie die Vibration des kommenden Zuges, die Gleise zitterten, die Bohle schwankte leicht.

Noch drei Minuten ...

Ein greller Pfiff, das Herz zerreißend.

Vater, leb wohl ... verzeih mir ... verzeih mir ...

Das Rollen der Räder. Der Boden bebte.

Ernst ... ich liebe dich ... ich liebe dich ... aber ich kann nicht leben mit dem, was in mir wachsen muß ...

»Mutter!« schrie Julia Bentrob auf. »Mutter, hilf mir!«

Sie sprang auf und blickte in den grauen Himmel. Der Regen rieselte über ihr Gesicht, und er war kühl und herrlich. Sie sah den Zug um eine Biegung kommen, zwischen hohen Büschen schoß er hervor, ein keuchendes, schnaufendes Riesentier ...

Mit einem Satz sprang Julia von den Schienen, stolperte und rollte einen kleinen, von Nässe schlüpfrigen Hang hinab. Dort lag sie, mit dem Gesicht auf der Erde, die Finger in den Boden gekrallt, und neben ihr donnerte der Zug vorbei, kreischten die Räder und spritzte Wasser über sie.

Dann war der Zug vorbei, der Regen rann lautlos vom Himmel, und die kahlen Bäume umstanden sie wie ein

Heer von Gestorbenen. Sie blieb liegen und weinte in das nasse Gras, rief nach ihrer Mutter und flehte Gott an, ihr Kraft und Mut zu geben, um sterben zu können.

Noch drei Züge fuhren an ihr vorbei ... Sie saß neben den Gleisen, klein, elend, wie vom Regen aufgeweicht, und starrte auf die donnernden Stahlräder, die in Augenhöhe an ihr vorbeirollten.

Am Abend war sie wieder in München. In Starnberg hatte sie die Erdflecken auf ihrer Kleidung trocknen lassen und auf der Bahnhofstoilette ausgebürstet. Aber noch immer sah sie wie eine nasse Maus aus, in ihren Augen lag noch die Leere, in die sie sich hatte hineinstürzen wollen. Wie eine Schlafwandlerin ging sie durch die bunterleuchteten Straßen, mechanisch blieb sie an den Ecken stehen, sah nach rechts und links, ob kein Auto kam, und ging weiter, und dabei war es ihr ganz gleichgültig, ob ein Auto sie überfuhr, eine Straßenbahn, ein Omnibus oder ein Lastwagen. Daß sie an den Straßenkreuzungen zögerte, war reiner Instinkt ... sie sah nicht die Menschen um sich, die glänzenden Schaufenster der Geschäfte, das abendliche Abenteuer einer Großstadt.

Auf dem Oscar-von-Miller-Ring betrat sie ein neuerbautes großes Haus, fuhr mit dem Fahrstuhl fünf Stockwerke hoch und schellte an einer Tür, an der »Dr. med. F. Bentrob« stand. Erst dann wieder, als die Tür aufschwang und ein grauhaariger Mann sie entgeistert anstarrte, löste sich ihre Starrheit. Sie weinte, breitete die Arme aus, stürzte an die Brust des verblüfften Mannes und schrie: »Hilf mir, Onkel Franz ... hilf mir! Ich kann nicht mehr weiter.«

»Wir werden uns das alles genau überlegen«, sagte später Dr. Franz Bentrob, Facharzt für Gynäkologie. Er hatte Julia auf die Couch gelegt, ihr das völlig durchnäßte Zeug ausgezogen und sie in einen Bademantel gewickelt. Jetzt trank sie auf seinen Befehl heißen Rum mit Zucker. »Das hilft gegen eine Erkältung manchmal mehr als alle Pillen«, hatte Onkel Franz gesagt.

»Was soll man da überlegen?« fragte Julia kläglich. Sie fror trotz des warmen Zimmers und des angewärmten Bademantels, aber es war mehr ein Frieren ihrer überspannten Nerven als die Kälte, die ihr Körper aufgespeichert hatte. Onkel Franz hatte für alle Fälle eine Beruhigungsspritze aufgezogen; sie lag neben der Rumflasche bereit auf einem Stück Zellstoff.

»Was du da machen wolltest, war reiner Blödsinn, das siehst du doch ein?« fragte Dr. Bentrob. Julia nickte stumm. Das Bild der donnernden, mahlenden Räder würde nie mehr aus ihrem Gedächtnis gehen, das wußte sie. Sterben, so sterben, ist schrecklich, wenn man nicht völlig mit dem Leben abgeschlossen hat und nichts mehr hört und sieht. »Und daß ich das Kind wegnehme, das erwartest du doch wohl nicht von mir?«

Julia sah ihren Onkel flehend an. »Das Kind darf nicht kommen«, sagte sie leise. »Vater – o Gott –«

»Ich werde mit deinem Vater reden.«

»Du kennst doch Papa.«

»Und wie ich meinen Bruder kenne. Eben deshalb.«

»Es hat keinen Zweck, Onkel Franz.«

»Das wird sich zeigen.« Dr. Bentrob trank sein Glas Grog leer und beugte sich zur Rumflasche. »Noch einen, Julia?«

»Danke, Onkel.« Julia zog die Schultern zusammen. Ein Schüttelfrost durchjagte sie wieder. »Wenn du mir nicht helfen kannst – ich finde schon jemanden, der es mir wegmacht.«

»Also so geht es nicht. Ich werde mit deinem Vater sprechen. Und mit deinem Ernst auch.«

»Wenn du das tust, bringe ich mich wirklich um!«

»Aber einmal sieht er doch, was mit dir los ist.« Dr. Bentrob drückte Julia auf die Couch zurück. »Mädchen, man läuft doch nicht weg, wo es heißt, stark und mutig zu sein! Es ist nun einmal geschehen.« Bentrobs Gesicht wurde kantig. Er hatte als Frauenarzt in seiner dreißigjährigen Praxis schon viele Sorgen und stille Tragödien erlebt, Tränen und Zusammenbrüche, Elend und scheinbare Ausweglosigkeit. Und immer hatte es wieder einen Weg in das Glück und in das Leben gegeben, denn nichts – das war seine Ansicht – war auf Erden so untragbar, daß man sein herrliches Leben dafür wegwarf. »Diesen Ostra übergebe ich dem Staatsanwalt.«

»Um Gottes willen, nein, Onkel!« Julia hob flehend die Hände. »Dann kommt doch heraus, daß Ernst und ich bei dieser Party …«

»Reiner Tisch, das ist immer gut!«

»Ich bringe mich um!«

Dr. Bentrob sah seine Nichte lang und stumm an. Er sah, daß es Julia ernst war. Wir müssen Zeit gewinnen, dachte er. In diesem Zustand völliger Verzweiflung kann man nicht von Logik reden. Nur eins ist sicher: Sie wird das Kind zur Welt bringen. Und später, in einem Jahr, wird sie den Kopf schütteln und nicht verstehen, was sie jetzt gesagt hat. Das ist das Schöne am Leben: Die Hoffnung auf Glück und das Lächeln hinter Tränen …

»Also gut«, sagte Dr. Bentrob und goß sich neuen Grog ein. »Schweigen wir zunächst. Ich bringe dich gleich nach Hause und erzähle deinem Vater das Märchen, ich hätte dich zufällig an der Straßenbahnhaltestelle gesehen und in meinen Wagen geladen. Und dann sehen wir weiter. Aber keine Dummheiten, Julia! Versprich mir das.«

Julia nickte, streckte sich auf der Couch aus und starrte an die Decke. Ich verspreche euch alles, alles, dachte sie. Aber das Kind darf nicht geboren werden.

Um acht Uhr abends wurde Ostra unruhig. Eva hatte den Tisch gedeckt, Friedrich Volbert stolzierte in einem neuen dunkelblauen Anzug mit Seideneffekt herum, überall standen Blumensträuße mit kleinen weißen Kuverts daran.

Direktor Volbert hatte Geburtstag. »Einundfünfzig wird man heute«, sagte er zu Ostra, der nervös rauchte und immer wieder auf die Uhr sah. »Wenn man bedenkt, wie wir als junge Schlipse über die Männer dachten, die einundfünfzig waren. Alte Knacker, haben wir gesagt. Verkalkte Trottel. Greise. Und nun? Fühlst du dich wie ein halbes Jahrhundert?«

»Nein«, antwortete Ostra kurz.

»Ich auch nicht. Ha, ich könnte Bäume ausreißen! Ich finde, das Leben wird erst richtig rasant, wenn man die nötige Reife hat. Junger Wein, nun ja, der moussiert und ist spritzig ... aber der gut abgelagerte Wein geht in die Knie, ins Gemüt und ins Herz. Das erklärt auch das Geheimnis, warum junge Mädchen so gerne graue Schläfen mögen. So ein junger Spund rumort die ganze Nacht durch – das ist mal ganz schön. Aber die wahre Zärtlichkeit liegt in der Erfahrung des reifen Mannes. Hier ist nichts mehr Aufruhr, hier ist es genossene Delikatesse.«

»Du solltest ein Buch darüber schreiben«, sagte Ostra sarkastisch. »Rita ist noch nicht hier.«

»Sie hat auch nicht angerufen?«

»Nein. Zuletzt am Mittag, daß sie pünktlich zur Feier käme.«

»Sie ist eine Stunde überfällig.«

»Mein Gott, du redest, als sei sie ein Flugzeug. Wenn sie beim Friseur war ...«

»Rita ist ein Muster an Pünktlichkeit.«

Im Speisezimmer erklang Musik. Eva, in einem tief ausgeschnittenen Seidenkleid von goldgelber Farbe, lachte zu Ostra hinüber. Ihr rotes Haar floß lang über die bloßen Schultern. Auf dem goldenen Kleid sah es aus wie Blutfäden. »Wollen wir tanzen, Peter?« rief sie.

»Nachher. Ich rufe nur noch einen Freund an.«

Volberts Gesicht wurde lang. Manchmal kann er wie ein Schaf aussehen, dachte Ostra grob. »Ein Freund? Meinst du, Rita ist bei diesem Freund?« Man hörte aus seiner Stimme, daß er eifersüchtig war, obwohl er wußte, daß Rita noch nie die Eigenschaft eines Engels besessen hatte. Aber in dieser Hinsicht war der tolerante Volbert unmodern: Wenn schon Schlüsselspiele, dann nur in seinem Kreis. Wenn Liebe kreuz und quer geht, dann unter seinen Augen.

Ostra ging mit langen Schritten hin und her. An der Haustür klingelte es ein paarmal ... aber nie war es Rita, sondern nur Boten von Blumengeschäften, die neue Sträuße oder Töpfe abgaben. Direktor Volbert war ein geachteter, honoriger Mann. Ihn zum Geburtstag zu beglückwünschen war eine Ehrenangelegenheit. In den Vereinigten Elektrowerken sollte morgen eine große Feier im Direktionssaal stattfinden. Seit drei Tagen studierte Volbert schon seine Rede ein und hielt sie abends vor Eva und Ostra.

»Rita könnte verunglückt sein«, sagte Ostra und starrte in den Garten. Es regnete. Der Himmel war grauschwarz. Novemberwetter. »Ich kann mir diese Unpünktlichkeit nicht erklären.«

Im Inneren dachte er alle Möglichkeiten durch. Was konnte in Bogenhausen geschehen sein? Es gab so vieles, vom eifersüchtigen Streit bis zur Überstunde bei einem wichtigen Diplomaten. »Wir kennen keine Zeiteinteilung«, hatte Ostra als Grundsatz seines »Betriebes« festgelegt. Ob eine Stunde oder die ganze Nacht: Wichtig ist die Information! Solange der Gast in Redelaune ist, wird die Uhr zugehängt.

»Ich rufe an!« sagte Ostra jetzt. Alle Überlegungen liefen ins Nichts, denn in Bogenhausen war ja heute Ruhetag. Auch das mußte sein. Liebe ist Schwerstarbeit. Meistens verließen die Mädchen dann die Villa und fuhren zu den Verwandten ins Grüne, aßen endlich einmal wieder Radi und Geselchtes, Linsensuppe und Leberkäse statt Kapaunen und Kaviar, Hühnerbrust in Mandeln und mild gebeizten Salm. Die Villa wurde dann von drei Putzfrauen gründlich gereinigt, Teppiche wurden geklopft und die Matratzen gelüftet. Es gab hochgestellte Männer, die schwitzten sehr ...

Ostra ließ so lange durchläuten, bis das Besetztzeichen kam. Dann wählte er neu und wartete. Dreimal hintereinander. Mit ratloser Miene legte er den Hörer auf. »Nichts!«

»Ich sage ja ... Rita ist unterwegs.«

»Es meldet sich überhaupt keiner.« Ostra sah auf seine goldene Armbanduhr. »Gleich halb neun. Das ist noch nie vorgekommen.« Die Köchin müßte da sein, dachte er dabei. Sie geht nie aus. Sie ist Witwe und hat keine Verwandten. Warum meldet sich die Köchin nicht? »Ich werde schnell bei dem Freund vorbeifahren und nachsehen«, sagte Ostra und wollte in die Halle. Eva Volbert hielt ihn fest. Ihre grünen Augen hatten schon wieder Sehnsucht.

»Wir essen doch gleich, Peter. Ich habe frische Austern bekommen –« Ihre Lippen zitterten leicht. Zwei leuchtende, rote, feuchte Wülste. Ganz nahe. Ostra schüttelte den Kopf. Die Unruhe in ihm war stärker als seine männliche Gefühlsschublade, in die er sonst alles hineinstopfte an Reizen – wie ein Sammler, der alles aufliest, was glitzert.

»Ich bin in einer halben Stunde wieder da!« rief er, riß seinen Mantel von der Garderobe und rannte aus dem Haus. Ohne Hut, ohne Schal. Er nahm Volberts Wagen. Das hatte sich so eingebürgert. Es wäre Dummheit gewesen, die Frauen zu teilen und die Autos nicht, obgleich der Verschleiß bei Autos wirklich größer ist …

»Der Abend fängt ja schön an«, sagte Eva Volbert und warf sich in einen Sessel. Sie streckte die Beine von sich, herrliche Beine, aber in dieser Haltung nicht mehr verführerisch. »Wo mag Rita bloß sein?!«

Volbert grunzte und goß sich Kognak ein. Eifersucht nagte in ihm. »Weiß ich es?« bellte er rauh. »Glaubst du, mir gefällt mein Geburtstag? Rumstehen und warten … und die Duppels kommen auch nicht.«

»Trink deinen Kognak.« Eva sah durch die breite Scheibe in den tropfenden, düsteren Garten. November ist ein schrecklicher Monat, dachte sie. »Und reiß dich zusammen, Fritz! Du bist ja ungenießbar, wenn du einen Tag mal nicht neben Rita gelegen hast.«

»Mit Ostra besprichst du auch keine Küchenrezepte!« schrie Volbert zurück.

»Immerhin ist er ein Mann.«

»Und ich? Was bin ich? Eine Maschine, die Geld ausspuckt, was? Dazu bin ich gut! Hast du vergessen, woher du kommst? Auf dem Laufsteg hast du Mieder vorgeführt und warst halb verhungert.« Er nahm sein Glas Kognak und warf es gegen die Wand. Das Glas zersplitterte, der Kognak spritzte durch das Zimmer.

Eva Volbert sah ihren Mann mit kleinen Augen an. So blickt eine Katze, wenn sie eine Maus sieht. Dann lachte sie, lachte laut und ziemlich ordinär, bog sich zurück und strampelte mit den Beinen.

»Er wirft Gläser an die Wand! Mein Männchen will stark sein. Oh, wie lächerlich das ist! Wie lächerlich! Ich bekomme keine Luft mehr …«

Wütend rannte Volbert hinaus, hinüber in seine Bibliothek.

Manchmal hatte er Lust, einen Stuhl zu nehmen und Eva damit zu erschlagen. Oder die eiserne Stochstange am offenen Kamin. Oder einen silbernen Leuchter. Nur ihren Kopf zertrümmern … diesen widerlich schönen Kopf mit dem satanischen Gehirn.

Wieder klingelte es draußen an der Tür. Neue Blumen.

Wir gratulieren zum Geburtstag …

Die Polizeiaktion lief überraschend ab.

Ministerialrat Bruckmayer hatte vorher mit dem Präsidenten der Landes-Polizei-Direktion gesprochen. Auch die Pressestelle des Münchner Polizeipräsidenten war verständigt: Keine Informationen. Die ganze Sache rollt intern ab, im Interesse der Staaten, die durch diesen Skandal bloßgestellt werden könnten.

Mit nur zwei Wagen fuhr Kommissar Singert nach Bogenhausen. Ein Privatwagen mit Bruckmayer, Ratzel und ihm und ein Gefangenentransporter, die berühmte Grüne Minna. Sie fuhren in den Hof der alten Villa, sprangen die Freitreppe zur Terrasse hinauf und betraten durch die offene Fenstertür den großen Spiegelsalon.

»Das ist er!« sagte Ratzel sachverständig. »Wenn Sie auf einem der Diwans liegen, Herr Kommissar, können Sie sich in zehn Spiegeln von allen Seiten und mehrfach sehen. Muß das toll sein ...«

»Ratzel!« Singert lächelte und drohte wieder. »Ich kenne Ihre Frau. Die zieht Ihnen die Ohren lang, wenn sie so was hört.«

Herbert Bruckmayer hatte sich mit langem Umschauen nicht aufgehalten. Was Ratzel im kleinen Salon in den Schnitzereien entdeckt hatte, mußte auch hier sein. Mit schnellen Schritten ging er zum nächsten Diwan, untersuchte die goldene Verzierung und sah das Loch und das metallische Blinken dahinter. Mit einem Schwung warf er den Diwan um: An der Unterseite klebte der kleine Kontaktmechanismus. In diesem Augenblick flog die Tür auf, und Rita Camargo trat ein.

Bruckmayer hielt für einen Moment den Atem an. Das Titelbild der Illustrierten, das ihm als einzige Vergleichsmöglichkeit gegolten hatte, war ein zahmes, blasses Bildchen gegen die Frau, die in der Tür stand. Von schwarzen Haaren umweht, die im Zugwind von der offenen Terrassentür flatterten, in einem engen, roten Kleid, das wie auf die Haut gemalt wirkte, zeigte nichts an ihr die Erregung, die sie ergriffen hatte. Sie hatte die Polizeiwagen gesehen, und nun setzte sie alles auf die Sicherheit des Auftretens, auf einen Bluff, auf ihre unvergleichliche Schönheit. Die Tonbänder und Fotos waren in einem geheimen Tresor. Es gab keine Aufzeichnungen. Die Zimmer der Mädchen waren leer, sie kamen erst morgen mittag zurück. Was wollte man? Einen Augenblick wurde ihr Blick unsicher, als sie den umgestürzten Diwan sah, dann kam wieder Hochmut in ihr Gesicht.

»Wie kommen Sie dazu, über die Terrasse einzudringen und ohne mich zu fragen in mein Haus ...«

Kommissar Singert unterbrach sie mit der typischen Bewegung deutscher Kriminalbeamter, wenn sie ihre Marke zeigen. Dazu braucht man keine Worte. Auch Rita verstand es sofort.

»Was habe ich verbrochen?« fragte sie und lächelte Singert hoheitsvoll an. »Habe ich jemanden umgebracht? Bitte, mein Haus steht offen. Suchen Sie Ihre Leiche ...«

Bruckmayer blieb steif hinter dem umgestürzten Diwan stehen, als Rita näher kam. Lautlos, katzengleich. Dann riß er plötzlich die Bilder aus der Tasche, die man bei Sueraz gefunden hatte, und hielt sie ihr hin. Die erste Betäubung war einer wilden Wut gewichen. Sueraz und andere, viele andere hatten ihren unvergleichlichen Körper gesehen, anfassen und erobern können. Eine miese, gepuderte und mit Parfüm beschmierte Hure ist sie, weiter nichts. Und mit den Mikrofonen und eingebauten Kameras hat sie ahnungslose, in der Liebe verblödete Männer für ihr ganzes Leben unglücklich gemacht. Noch schweigen die Tonbänder und liegen die Bilder versteckt ... aber wehe, wenn Ostra die Schubläden öffnet.

»Das sind Sie!« sagte Bruckmayer grob. Rita starrte auf die Bilder. Das ist nicht möglich, dachte sie. Eiskalt wurde es ihr bis zum Herzen. Woher kommen die Bilder? Hat Peter sie verloren? Hat man Peter schon verhaftet?

»Ja –«, sagte sie mit ruhiger Stimme. Warum leugnen, was jeder sieht?

»Wo ist Ostra?«

Im Hintergrund ihrer Augen flammte Freude auf. Sie haben ihn also noch nicht. Die Bilder haben sie woanders her. Aber wer konnte an die Fotos als nur sie und Ostra?

»Ich kenne keinen Ostra«, sagte sie stolz.

»Wer hat die Bilder gemacht?«

»Ich weiß es nicht. Ich habe das Haus gemietet, so wie es ist.«

»Wo sind die Tonbänder?«

»Tonbänder? Ach, Sie meinen die Musik? Dort drüben im Musikschrank, wo sonst?«

Bruckmayer sah hinüber zu Singert. Sie klopften die Wände ab nach den verborgenen Kameras. Er lehnte sich gegen den umgestürzten Diwan und steckte die Bilder wieder in seine Tasche. Das Lächeln Rita Camargos reizte ihn, ihr weh zu tun. Er spürte, daß es ein stiller Kampf zwischen ihnen war: Wer ist der Stärkere? Bist du der erste Mann, der mir widerstehen kann? Siehst du nicht meine Augen, meinen Körper?

Bruckmayer schob die Unterlippe vor. Er lächelte zurück.

»Meine Liebe«, sagte er fast gemütlich. Es war der Ton, den Rita nicht ausstehen konnte. Es war der gleiche Ton, den Ostra anschlug, wenn er wirklich überlegen war, wenn er der Satan war, den sie haßte und gleichzeitig glühend liebte. »Geben wir das muntere Spielchen auf. Du hast einen Miezenstall hier aufgezogen, um dämliche Männer zum Reden zu bringen. Und Ostra wertet die Tonbänder und Fotos aus. Das ist zunächst schwere Kuppelei. Aber darüber hinaus wird es auch Spionage sein, und darum kümmere ich mich, und auch der gute Major Britton vom CIC hat ein Wort mitzureden.«

»Wer sind Sie?« fragte Rita unerschüttert.

»Ministerialrat Bruckmayer aus Bonn.«

»Als Ministerialrat reden Sie sehr ordinär ...«

»Stimmt, meine Kleine. Wenn Sie Britton hören, denken Sie an den Wilden Westen. Ich kann auch anders sein und Ihnen die Hand küssen – aber wozu?« Bruckmayer klopfte auf seine Brusttasche. »Wer solche Bilderchen herstellt, sollte die Umgangssprache unter Ganoven vertragen können. Also: Wo ist Ostra? Du ersparst dir viele Unannehmlichkeiten, wenn du redest!«

»Wie soll ich sagen, wo einer ist, den ich nicht kenne?«

»Also gut.« Bruckmayer seufzte und nickte Singert zu, der im Hintergrund stand und zuließ, daß Bruckmayer verhörte, obgleich er das gar nicht durfte. Aber was weiß eine Rita Camargo schon von den Kompetenzen deutscher Beamter?

»Fragen Sie sie weiter«, sagte Bruckmayer zu dem Kommissar. »Am besten im Präsidium ...«

Singert verstand. Er faßte Rita Camargo am Arm, aber sie schüttelte wild den Kopf, riß sich aus dem Griff und verließ in stolzer Haltung den Salon.

Kurz darauf war Bruckmayer allein in der dunklen, großen Villa. Alles, was noch im Hause angetroffen worden war, hatte man mitgenommen: die Köchin, ein Hausmädchen und sogar die Putzfrau, die Überstunden gemacht hatte und gerade in einem der oberen Zimmer die Matratze wieder ins französische Bett legte.

Langsam ging Bruckmayer durch die unteren Räume. Um die Mikrofone und Kameras kümmerte er sich nicht mehr. Sie waren in allen Betten eingebaut, das wußte er, und es war langweilig, sie einzeln festzustellen. Was er suchte, war der Tresor, in dem die besprochenen Bänder und die Fotos aufbewahrt wurden. Er hielt Ostra nicht für so dumm, den üblichen Platz hinter Gemälden als Tresorwand benutzt zu haben. Immer wieder wanderte er durch die Zimmer, betrachtete die Möbel, stieg hinunter in die Keller, hielt sich in dem Fotolabor Ostras auf und setzte sich dann in die Bibliothek hinter den Schreibtisch. Er stellte sich vor, Ostra zu sein. Wo würde er das wertvolle Material verstecken? Und er gab sich eine Antwort, die er Ostra nicht zutraute: in einem Banktresor. In einem ganz normalen, gemieteten Banktresor. Gemietet unter falschem Namen. Wenn Ostra es so gemacht hatte, gab es nie eine Spur, wenn Rita kein Geständnis ablegte.

Aber Bruckmayer gab nicht auf. Er begann, die Wände abzuklopfen. Die schweren Barockmöbel. Gab es doppelte Wände? Gab es nur Möbelattrappen? Er rollte die Teppiche auf und untersuchte den Fußboden. Aber das Glück der Romandetektive lachte ihm nicht. Der Boden der Halle war aus Marmor. Die Böden in den Salons waren bestes Nußbaumparkett, steinhart versiegelt.

Die Stunden gingen dahin. Es wurde Abend. Nachdenklich saß Bruckmayer in der Bibliothek und machte sich Notizen auf einem Schreibblock. Nur eine kleine Tischlampe brannte. Ihr Schein reichte nicht einmal bis zur Tür oder den hohen Bücherregalen. Drei Meter vom Tresor entfernt saß Bruckmayer und ahnte es nicht. Hinter den Ledereinbänden von Lord Byrons Werken und der Gesamtausgabe von Maupassant konnte man ein Brett der Rückwand wegschieben. Dann wurde ein Schloß sichtbar. Steckte man den richtigen Schlüssel hinein, knackte es in der Wand, und das schwere Bücherregal ließ sich auf Kugellagern aufklappen.

»Und wenn ich das ganze Haus abreißen lasse!« sagte Bruckmayer halblaut und malte eine Spitzhacke auf den

Notizblock. »Hier in diesem Haus liegt Sprengstoff, der mindestens drei Regierungen in die Luft gehen lassen kann –«

Er legte den Bleistift hin und wollte aufstehen, als er ein Geräusch hörte.

Ein Wagen fuhr vor. Die Tür klappte laut zu. Schritte im Vorgarten. Schnelle Schritte. In der Stille waren die Geräusche überlaut. Bruckmayer löschte das kleine Licht am Schreibtisch. In den Schläfen hämmerte das Blut.

Er hörte, wie die Haustür aufgeschlossen wurde. Die Schritte hallten durch die weite Diele, verhielten an der Treppe, der Besucher schien nach oben zu lauschen. Dann war plötzlich Stille im Haus.

Bruckmayer wartete noch ein paar Minuten, dann stieß er die Tür der Bibliothek auf und trat in die Eingangshalle.

Vorsichtig war Ostra auf der Straße stehengeblieben und hatte durch das heruntergekurbelte Autofenster auf das große, dunkle Haus geblickt. Der Regen rauschte jetzt vom Himmel, die Straßenlampen schaukelten im Wind.

Alles dunkel, hatte Ostra gedacht, Ruhetag. Ritas Schlafzimmer liegt nach hinten. Man kann dort kein Licht sehen, vor allem, wenn sie die Jalousien heruntergelassen hat. Aber es scheint sonst nichts geschehen zu sein. Die Ruhe ist vollkommen. Vielleicht schläft sie auch und hat den Wecker nicht gehört? Gestern war ein harter Tag für alle. Zehn Gäste aus Bonn, Stuttgart und sogar Hamburg. Darunter der Handelsattaché einer Botschaft und ein Reeder, von dem man sagt, daß er für die Bundeswehr automatische Waffen aus Israel mit seinen Schiffen holt.

Ostra hatte den Wagen vor das Haus gefahren. Sicherlich schläft sie, dachte er zufrieden. Das Haus war abgeschlossen, was ihm noch mehr Sicherheit gab. Er hatte aufgeschlossen, die Tür zugeworfen, das Licht in der Halle angeknipst und war bis zur Treppe gegangen. Dort wartete er einen Augenblick und lauschte, ob er von oben aus Ritas Schlafzimmer Geräusche hörte. Jetzt stieg er auf Zehenspitzen die Treppe hinauf, um sie zu überraschen. Sie hatte es gern, wenn er sie mit einem Kuß weckte und dann seinen Kopf zwischen ihre Brüste legte. »Im Tal des Friedens« nannte er diese Haltung. Auch ein Peter Ostra konnte romantisch sein, wenn es sich um Frauen handelte.

Vorsichtig öffnete er Ritas Schlafzimmertür. Dunkelheit. Er lauschte wieder. Kein Atemzug, keine Bewegung im Schlaf. Seine Hand tastete zum Lichtschalter und drehte.

Das Bett war – von einer der Putzfrauen – ordentlich gemacht und unberührt. Die seidene Zierdecke war nicht einmal eingebeult. Ratlos stand Ostra im Zimmer und suchte noch nach Klarheit, wo Rita sein könnte, als hinter ihm die Tür klappte.

»Sie suchen Rita?« fragte eine laute Stimme.

Ostra wirbelte herum. Der Klang dieser Stimme traf ihn wie ein Keulenschlag. Grenzenloses Erstaunen war auf seinem Gesicht. So blickt man, wenn man einen Toten wieder herumlaufen sieht.

»Herbert!« sagte Ostra atemlos.

»Fritz ...«, stammelte Bruckmayer. Über sein Gesicht zuckte es. Es war wie ein Nervenschock. »Fritz!« Mit zitternden Händen fuhr er sich durch die Haare. Es war ihm, als verbrenne er in einer auflodernden Stichflamme. »Du ... du bist Ostra ...«

Sie sahen sich ein paar Sekunden abschätzend und abwartend an. Ostra war der erste, der sich aus seiner Verblüffung befreite.

»Gut siehst du aus, Herbert«, sagte er. »Natürlich etwas älter als damals in Kiew. Weißt du noch, wie wir uns im Kloster begegneten und uns über eine goldene Ikone nicht einigen konnten?«

»Das ist lange her«, sagte Bruckmayer leise. »So etwas vergißt man ...«

»Ich habe ein verdammt gutes Gedächtnis, mein Junge.« Ostra ging um Bruckmayer herum zur Tür, warf sie zu und setzte sich dann auf Ritas breites Bett. »Wir hatten beide den Auftrag, die Kunstschätze sicherzustellen, wie man das damals nannte. Du kamst von Heydrich, ich vom Reichsführer Himmler persönlich. Und dann haben wir getauscht wie die Briefmarkensammler. Du eine Madonna – ich ein Tafelbild. Du einen Heiligen – ich einen goldenen Leuchter. Und bei der Ikone, weißt du noch, da haben wir gelost. Wir saßen vor dem Altar auf den Stufen und warfen ein Fünfmarkstück in die Luft. Du hast damals gewonnen.« Ostra lachte und bog sich nach hinten. Dann klopfte er auf die seidene Zierdecke des Bettes. »Komm, setz dich, alter Kumpel!«

Bruckmayer blieb stehen. Sein Gesicht war etwas fahl geworden.

»Wir sollten von der Gegenwart sprechen, Fritz«, sagte er gepreßt.

»Was wäre unsere Gegenwart ohne unsere Vergangenheit?« Ostra zeigte auf einen Wandschrank. »Klapp mal die Tür auf, Herbert. Dort findest du Schnaps und Likör. Blödsinn ... du kennst es ja!« Er beugte sich vor und lachte wieder. »Es ist ja das reinste Familientreffen!

Man soll es nicht für möglich halten: Du bist auch Kunde von Rita? Ausgerechnet du?«

Bruckmayer ging zum Wandschrank und nahm eine Flasche heraus. Er hatte wirklich einen Kognak nötig. Ein übles Gefühl lag ihm im Magen, eine Art Brechreiz. Stumm goß er Ostra und sich ein Glas ein und trank es mit einem tiefen Schluck leer.

»Ich bin kein Gast«, sagte er dann und stellte das Glas ab. »Ich habe diesen Saustall vor ein paar Stunden ausgehoben.« Ostra blinzelte verwirrt. »Sagtest du: ausgehoben?«

»Ja. Rita Camargo ist verhaftet. Und ich habe hier einsam Wache gehalten, um den Mann zu verhaften, der logischerweise auftauchen mußte, wenn sich niemand mehr am Telefon meldete: Peter Ostra.«

»Das ist ein Witz!« Ostra schlug sich auf die Schenkel. »Du! Ausgerechnet du! Sag mal, als was läufst du denn jetzt durch die Gegend?«

»Ich bin Ministerialrat im Bundesinnenministerium. Zur besonderen Verwendung.«

»Da dreht der Hund in der Pfanne einen Salto!« Ostra warf sein leeres Glas an die Wand. Es zerplatzte mit einem puffenden Laut. »Ministerialrat! Sag mal, wie hast du das Ding gedreht?« Er winkte ab, als Bruckmayer etwas sagen wollte, und klopfte wieder auf die seidene Bettdecke. »Komm, setz dich, mein Freund! Und um es vorwegzunehmen: Die Verhaftung Ritas ist natürlich ein Irrtum, nicht wahr?«

»Nein!« Bruckmayer setzte sich neben Ostra. Das üble Gefühl im Magen blieb. Das ist Angst, dachte er. Ja, verdammt, das ist Angst, weiter nichts. »Ich habe den Auftrag, den illegalen Waffenaufkäufer Ostra unschädlich zu machen. Auch der CIC sucht dich.«

»Welche Ehre! Wer hat mich denn verpfiffen?« Ostra legte seine Hand auf Bruckmayers Knie. »Junge, nach über zwanzig Jahren dieses Wiedersehen. Wer hat da gesungen?«

»Ein Wink aus Buenos Aires«, sagte Bruckmayer schwach. Er sah Ostra von der Seite an. Dicker ist er geworden, dachte er. Damals war der SS-Sturmbannführer Fritz Ollenhoff stolz auf seine schlanken Hüften und die breiten Schultern. In seiner schwarzen Uniform sah er betörend aus. Nur wenn er sprach, wehte einen Kälte an, wie aus einer Gruft. Fritz Ollenhoff, Spezialist für Geheimaufträge. Ein Mensch, dem Gewissen ein Fremdwort war. Ein Mensch, der nie etwas von Menschlichkeit gehört hatte. »Seit wann heißt du Ostra?«

»Seit 1945. Junge, hatte ich Glück. Über Italien und Afrika bin ich nach Südamerika gekommen.« Ostra legte sich aufs Bett zurück. Die Erinnerung überwältigte ihn. »Mein letztes Ding ist damals schiefgelaufen, weißt du das? Ich hatte den Auftrag bekommen, in dem kleinen holländischen Dorf Roerlach die Generale Eisenhower und Montgomery in die Luft zu sprengen. Wir wußten genau, daß sich beide dort trafen. Als Maschinenschlosser habe ich die Bomben in dem Bauernhaus gelegt, unter den Augen der Wachen. Damals waren sie alle verrückt wegen der geglückten Invasion und weil sie an Deutschlands Grenze standen. Ja, und als dann die Dinger hochgingen, waren Eisenhower und Montgomery bei einer Truppenbesichtigung, und 17 unschuldige Offiziere lernten fliegen. War das ein Theater! Wie die tollwütigen Füchse haben sie uns gejagt. Zwei von meinen Leuten haben sie erwischt und gleich erschossen. Ich konnte untertauchen, bei einem Weibsbild natürlich.«

»Ich kenne diesen Fall«, sagte Bruckmayer gepreßt. »Man hat dich deswegen vor einem alliierten Gericht in Abwesenheit zum Tode verurteilt.«

Ostras Miene wurde ernst. Langsam richtete er sich auf. »Das wußte ich nicht«, sagte er leise. »Zum Tode?«

»Ja.«

»Diese Schweine! Es war doch Krieg!«

»Ja. Aber was du getan hast, war Mord! O Himmel, wenn Major Britton wüßte, daß Ostra auch Ollenhoff ist!«

»Wer ist Britton?«

»Mein Kollege vom CIC.«

»Du verkehrst ja in einer sauberen Gesellschaft. Der Intimus von Heydrich als Ministerialrat in Bonn! Wie hast du das denn hingekriegt?«

Bruckmayer starrte auf den weißen Fellteppich vor dem Bett. Das ganze Elend der vergangenen Jahre, alle Angst, alle innere Panik stiegen wieder in ihm hoch. Da hatte er geglaubt, die Vergangenheit gut und sicher begraben zu haben, und nun geschah ihm das. »Ich konnte mir Papiere beschaffen, aus dem Amt Canaris ... Mit denen kam ich wieder als Fachmann in den Staatsdienst, zuerst zum Verfassungsschutz, später als Ministerialrat ins Innenministerium. Es war eigentlich ganz einfach, wenn man gute Papiere hatte.«

»Du warst ja immer ein Fachmann für Ausweise.« Ostra lachte und warf sich wieder hintenüber auf Ritas Bett. »Gratuliere, Herbert. Du hast es geschafft. Ich laufe als Ostra immer noch ruhelos herum und verdiene mir meine Brötchen mit ›besonderen Aufgaben‹, wie man es früher nannte.«

»Mit Waffenkäufen für Revolutionäre.«

»Unter anderem.«

»Mit Erpressung und Spionage.«

»Auch.«

»Mit Gefügigmachen von hochgestellten Persönlichkeiten in den Lotterbetten Ritas und ihrer Mädchen.«

»Du redest penetrant moralisch, Herbert.« Ostra sah Bruckmayers Rücken an und stieß mit dem Fuß dagegen. Bruckmayer war es, als erdolche man ihn. »Müssen wir uns noch etwas vormachen, Junge?«

»Nein«, sagte Bruckmayer dumpf. »Aber die Zeiten haben sich geändert.«

»Aber nicht wir. Du bist Herbert Bruckmayer, hattest drei Sterne auf den Uniformspiegeln und Heydrichs Wohlwollen im Rücken. Damit konntest du alles machen. Ich hatte vier Sterne, machte Unmögliches möglich und trank mit Himmler heimlich Sekt. Das hängt uns an wie ein Muttermal, Junge. Das kann man nicht wegbrennen wie die Blutgruppentätowierung unterm Oberarm. Ob ich nun Ostra heiße und du Ministerialrat bist ... wir sind Kumpel!« Er wälzte sich näher an Bruckmayer heran und klopfte ihm gegen den Rücken. »Was willst du nun machen, Herbert?«

»Dich verhaften, Fritz.«

Ostra sprang auf. Groß, breit, die Hände in die Hüften gestemmt, stand er vor Bruckmayer. »Du hast wohl 'ne Macke, Herbert!« rief er. Bruckmayer schüttelte den Kopf.

»Es liegen zwanzig Jahre dazwischen. Ich habe mich von dieser Vergangenheit gelöst, endgültig gelöst. Verstehst du das?«

»Nein.«

»Ich bin ein guter Beamter geworden. Ein pflichtbewußter Deutscher. Vielleicht so pflichtbewußt, weil ich vieles nachholen muß, aber wen geht es was an?!«

»Viele. Zum Beispiel mich.« Ostra sah auf Bruckmayer herunter. Er meint es wirklich ernst, dachte er. Er bekommt es tatsächlich fertig, mich zu verhaften, wie er Rita hat abtransportieren lassen. Nun ja, man wird auspacken, wer er einmal war ... aber das ändert nichts daran, daß ich auch in einer Zelle sitze.

Ostra begann, mit kleinen Schritten im Zimmer hin und her zu gehen. Nur zwei Möglichkeiten gab es, das wußte er. Entweder Bruckmayer ließ sich auf die andere Seite ziehen – oder Bruckmayer mußte sterben. Sofort. Hier in diesem Zimmer. Auf dem Bett Ritas. Mit einem Schuß in den Kopf. Niemand würde es hören. Sie waren allein im Haus. Es würde einer der Fälle werden, wo ein Mensch spurlos verschwindet und nie wieder auftaucht.

Im Schatten des Kleiderschrankes blieb Ostra stehen und sah Bruckmayer an. Es war ein kaltes Betrachten, ein eisiges Abschätzen des Opfers. Bruckmayer ahnte es, er kannte Fritz Ollenhoff zu gut.

»Welche Möglichkeiten gibt es, Rita wieder freizulassen?« fragte Ostra hart. Bruckmayer schüttelte den Kopf.

»Kaum eine. Was wir bei der Hausdurchsuchung entdeckt haben ...«

»Gut. Kuppelei! Einigen wir uns darauf. Aber wenn keine Flucht- und Verdunkelungsgefahr vorliegt, kann man den Haftbefehl doch aufheben lassen.«

»Es liegt aber mehr vor, Fritz.«

»Wer weiß das?«

»Ich.«

»Wollen wir uns gegenseitig ans Messer liefern, Junge? Überleg doch, was dabei herauskommt. Das Leben ist so schön, und wir könnten es genießen mit allen Vorzügen, die wir haben. Wir haben Geld, wir sehen passabel aus, wir werden die schönsten Frauen haben ... noch zwanzig Jahre bleiben uns, wenn's gut geht. Aber was sind zwanzig Jahre! Wie schnell ist die Zeit vergangen von jenem Tag, wo alles zu Ende war und wir wie die Hasen über verbrannte Felder hoppelten, bis heute, wo es einen fähigen Ministerialrat gibt und einen cleveren Ostra! Die Jahre sind doch nur so weggeflogen.«

Ostra kam auf Bruckmayer zu. Er hatte die Hände in den Hosentaschen, und in der rechten Tasche trug er eine kleine Pistole. »Herbert, mach uns allen keinen Ärger. Es lohnt sich nicht. Wofür denn? Für Deutschland? Wo ist Deutschland?! Für den Weltfrieden? Das ist doch ein Witz! Jeder versucht doch heute nur, selbst mit dem Hintern an die Wand zu kommen. Noch nie war die Welt so brutal wie heute. Willst du der einzige neu erweckte Idealist sein? Das ist doch blöd, Herbert!«

»Ich will es mir überlegen«, sagte Bruckmayer schwach. Ihm war speiübel. Als er vom Bett aufstand, schwankte er sogar. Es konnte unmöglich vom Kognak kommen. Es war nackte Furcht vor Ollenhoff und vor den Konsequenzen, wenn man erfuhr, wer er war, der Herr Ministerialrat Bruckmayer. »Wo wohnst du?«

»Sag zuerst, wo du wohnst?«

»Im Hotel Grafenhof.«

»Ich rufe dich morgen an, Herbert. Alles klar?«

»Ja, alles klar.« Bruckmayers Gesicht zuckte. »Laß dich in den nächsten Tagen nicht mehr sehen.«

»Wie du meinst.«

»Und wenn Rita aussagt?«

»Eher singt ein Schellfisch Wagneropern.«

»Du kennst Britton nicht.«

»Und er kennt Rita nicht. Auch vor dem CIC hat sie

keine Furcht. Überhaupt braucht sie gar nicht erst zu Britton hingebracht werden.«

»Ich will sehen, was ich tun kann, Fritz.«

Ostra hielt Bruckmayer am Ärmel fest, als dieser das Zimmer verlassen wollte. »Fritz ist gestorben«, sagte er eindringlich. »Ich heiße Peter Ostra.«

»Ich weiß.« Bruckmayer stieß die Tür weit auf. Die kalte Luft aus dem Treppenhaus tat ihm gut. Ich ersticke noch, dachte er. Wer kann so etwas aushalten, ohne durchzudrehen? »Wann rufst du an?«

»Morgen, gegen Mittag. Recht so?«

»Ja –«

Wenig später fuhr Bruckmayer mit einem Taxi durch München zurück zu seinem Hotel. Er kam sich elend vor wie nach einer Woche ununterbrochenen Föhnwetters.

In seinem Zimmer zog er sich aus, stellte sich unter die Dusche und ließ das Wasser herunterprasseln, als müsse er jahrzehntealten Schmutz abspülen. Dann fühlte er sich frischer, zog sich um und fuhr zum Polizeipräsidium.

Dort hatte sich unterdessen eine ziemlich einseitige Unterhaltung abgespielt. Kommissar Singert und Kriminalmeister Ratzel verhörten Rita Camargo. Aber es war mehr ein stundenlanges Fragen, auf das kaum eine Antwort folgte. Noch war der ganze Komplex auf Wunsch Bruckmayers geheim. Einmal hatte der Präsident selbst ins Zimmer gesehen, aber nicht wegen des politischen Zündstoffes, der mit diesem Fall verbunden war, sondern weil man ihm gesagt hatte: »Herr Präsident, wenn Sie eine Frau sehen wollen, dann gehen Sie mal zu Zimmer 167.«

»Endlich!« sagte Kommissar Singert, als Bruckmayer

eintrat. »Haben Sie sich schon einmal mit einer Sphinx unterhalten?«

»Noch nicht. Ich weiß nur, daß Napoleon sich nicht vor ihr fürchtete und ihr die Nase abschießen ließ.« Er lächelte Rita freundlich an und beugte sich an Singerts Ohr. »Kann man sie in ein Nebenzimmer führen?«

Singert nickte. »Ratzel«, sagte er. »Führen Sie Frau Camargo nach nebenan und bleiben Sie bei ihr. Wollen Sie eine Tasse Kaffee?« fragte er, zu Rita gewandt.

»Lieber einen Kognak«, antwortete Rita unbefangen.

»Die deutsche Polizei arbeitet, aber sie säuft nicht«, sagte Singert sarkastisch. »Aber eine Flasche Bier können Sie haben.«

»Danke.« Stolz verließ Rita das Zimmer, gefolgt von Ratzel. Bruckmayer setzte sich auf den Platz, auf dem Rita gesessen hatte. Ihre im Sitz aufgespeicherte Körperwärme durchrann ihn merkwürdig befriedigend.

»Ostra ist nicht gekommen«, sagte er, und es ging ihm glatt über die Lippen.

»Sie behauptet auch, keinen Ostra zu kennen.« Singert hob die Schultern. »Es wird schwer sein, ihr das Gegenteil zu beweisen. Ich habe ihr die Aussagen vom Flugplatz vorgelesen. Da hat sie gelacht und gesagt: ›Ach der? Ja, der hat mich im Flugzeug angesprochen. Der hieß Ostra? Keine Ahnung.‹«

»Eben.« Bruckmayer nahm eine Zigarette, die ihm Singert hinhielt. »Wir müssen deshalb umdenken und umschalten. Eine Rita Camargo im Untersuchungsgefängnis nützt uns gar nichts. Was an ihr hängenbliebe, wäre Kuppelei. Aber der große Fisch schwimmt weg. Wir müssen Rita an die Angel nehmen und als Köder benutzen. Nur so beißt unser Hecht an.«

»Wie soll ich das verstehen?« fragte Kommissar Singert erstaunt. Er verstand sehr gut, aber er konnte nicht glauben, was er dachte.

»Wir lassen Rita wieder frei.«

»Herr Ministerialrat!«

»Es klingt sehr kühn, aber überlegen wir einmal, was auf dem Spiel steht. Für diesen Ostra interessieren sich jetzt: der CIC, das Innenministerium von Argentinien, das deutsche Innen-, Außen- und Verteidigungsministerium, der Verfassungsschutz, das Bundeskriminalamt und der militärische Abschirmdienst. Das ist so ziemlich alles, was man sich denken kann. Bleibt Rita Camargo in Haft, verschwindet Ostra im dunkeln. Lassen wir sie frei ...«

»Ruft sie sofort Ostra an und verschwindet im dunkeln«, ergänzte Singert.

»Die Telefone werden überwacht.«

»Sie wird von irgendeiner Zelle anrufen.«

»Das wird man sehen, denn wir werden sie beschatten.«

»Und plötzlich ist sie weg.«

»Der Paß bleibt eingezogen. Sie muß sich jeden Tag um 12 Uhr bei der Polizei melden. In voller Größe und Schönheit.« Bruckmayer nickte, als ihn Singert mit schiefem Mund ansah. »Sie sind mit Recht kritisch, Herr Kommissar. Aber dieser Fall ist nicht zu lösen mit polizeilicher Routine. Ostra müssen wir haben; die schöne Rita ist nur ein Anhängsel. Und es wird und muß zu einer Begegnung zwischen Rita und Ostra kommen, schon wegen der Tonbänder und Bilder, die irgendwo in der Villa versteckt sind. Ostra investiert kein Vermögen in die Villa, wenn er jetzt die Früchte seiner Arbeit liegen lassen soll. Damit bekommen wir ihn, Singert!«

»Das ist ein Vabanquespiel, Herr Ministerialrat.« Singert rauchte nervös seine Zigarette. »Wir sollten Rita dem CIC übergeben. Der knetet sie weich wie Kaugummi. Die Burschen aus Amerika haben weniger Skrupel als wir. Ich möchte ihre Methoden nicht anwenden.«

»Auch Major Britton wird nicht so dumm sein, Ritas wegen einen Ostra zu verscheuchen. Ich spreche morgen früh mit Britton. Zunächst wollen wir die Schöne freilassen.«

»Das ist unmöglich!« Kommissar Singert pochte auf ein neu angelegtes Aktenstück. »Wir haben jetzt einen Vorgang. Mit Haftbefehl, mit Staatsanwaltschaft und dem ganzen Pipapo. Wir müßten jetzt den Generalstaatsanwalt fragen und dann ...«

Bruckmayer winkte ab. »Ich kenne den Instanzenweg deutscher Beamten«, sagte er hart. »Aber ich habe alle Vollmachten. Ich handle im Auftrag des Ministers.«

»Des Innenministers. Jetzt ist aber der Justizminister zuständig.«

»Auch von dort bekommen Sie Ihren Zettel, wenn Sie es wollen. Mein Gott, Singert, stellen Sie sich nicht so an! Wir haben doch alle ein Interesse daran, daß dieser heiße Fall glatt gelöst wird. Glauben Sie, ich hielte meinen Kopf hin, wenn ich bei diesem Trick nicht eine Chance sähe?«

»Nein, Herr Ministerialrat«, sagte Singert zögernd.

»Na also! Spielen wir eben Vabanque, wie Sie es nennen! In der Politik – und das hier ist ein politischer Fall mit kriminellem Einschlag – ist jedes Mittel, das zum Ziele führt, ein gutes Mittel.«

In dieser Nacht noch wurde Rita Camargo freigelassen. Ohne Begründung, ohne viel Worte. In stolzer Haltung stieg sie in das Taxi, das Ratzel ihr bestellt hatte, und fuhr zurück nach Bogenhausen. Ein paarmal war sie versucht, halten zu lassen, um von einer Telefonzelle aus Ostra bei Volbert anzurufen, aber dann siegte die Vernunft. Sie werden mich beobachten, dachte sie. Sie lassen mich nicht so ohne weiteres frei. Sie denken sich etwas dabei.

In der großen, dunklen Villa machte sie kein Licht, sondern tappte im Dunkeln die breite Treppe hinauf in ihr Schlafzimmer. Dort stieß sie beim Eintreten einen hellen Schrei aus. Ein Mann lag in ihrem Bett und las beim Schein der kleinen Nachttischlampe eine Illustrierte. Erst beim zweiten Blick erkannte sie Ostra.

»Du ...«, stammelte sie und lehnte sich an die Tür. Ihre Knie wurden plötzlich weich. »Um Gottes willen, Peter ... zieh dich an ... Ich bin verhaftet worden ... man sucht dich ... Du mußt weg! Sofort weg ...«

Ostra lachte. Es war das tiefe, männliche Lachen, gegen das es keine Argumente mehr gab. Er schlug die Bettdecke zurück und rückte etwas zur Seite.

»Zieh dich aus und komm zu deinem Liebling«, sagte er zärtlich. »Du bist doch immer noch die Beste.«

»Sie haben mich verhaftet!« schrie Rita und stürzte zum Bett. »Sie beobachten mich! Du mußt weg.« Sie ergriff seine Hände, aber nicht sie zog Ostra aus dem Bett, sondern er riß sie zu sich an seine Seite und umfing sie.

»Sei ganz ruhig und lieb«, sagte er und küßte ihre Augen. Er knöpfte ihr das Kleid auf und legte seinen Kopf zwischen ihre Brüste.

»Du bist wahnsinnig«, stammelte Rita. »Du bist komplett wahnsinnig. Begreifst du denn nicht die Gefahr?«

»Ein Engel wacht über uns«, sagte Ostra milde. »Sei lieb, Schätzchen.«

»Welcher Engel?« Rita schloß die Augen. Ostras

Hände konnten streicheln, als locke er Blumen aus der Wüste.

»Er heißt Herbert.« Ostra lachte tief. »Ein merkwürdiger Name für einen Schutzengel. Aber er heißt nun eben Herbert.«

Und wirklich: In dieser Nacht störte sie niemand mehr.

Es geschahen merkwürdige Dinge in den nächsten Tagen. Kriminalkommissar Singert traf zufällig im Polizeipräsidium Major Britton vom amerikanischen CIC und erfuhr durch ein allgemeines Gespräch, daß Britton von Bruckmayer über den Fall Rita Camargo gar nicht unterrichtet worden war. Singert schwieg darüber ebenfalls, aber er machte sich Gedanken und beschloß, sich auf eigene Faust um den ganzen Komplex Ostra zu kümmern. Wer als Beamter viel fragt, macht sich unbeliebt, das war schon immer so in Deutschland. Also stocherte man insgeheim in den Merkwürdigkeiten herum.

In die Villa zog fades, normales Leben ein. Keine schweren Wagen parkten mehr in Bogenhausen im Garten oder in Nebenstraßen. Ostra hatte durch schnelle Schreiben alle schon eingeladenen Besucher wieder ausgeladen. Stammgäste – sie wurden von der Polizei heimlich fotografiert – kehrten enttäuscht um, denn keiner öffnete auf ihr Läuten. Das Personal war beurlaubt, die hübschen Miezen Ritas konnten bei ihren Verwandten bleiben und sich um eine Nebenbeschäftigung kümmern. Rita Camargo ging nur selten aus. Sehr sittsam, mit einem schwarzen Zwergpudel an der Leine. Sie kaufte ein, dreimal in der Woche kam eine Putzfrau, am Samstag ließ sie sich nach Grünwald zum Haus des Fabrikdirektors Volbert fahren. Auch das wurde notiert. Volbert, so stellte man fest, hatte einen untadeligen Ruf, lebte in glücklicher Ehe, war ein geachteter Mann in München und befreundet mit drei Landtagsabgeordneten.

Was die Polizei nicht sah, war das Eintreffen Herbert Bruckmayers in der Volbertschen Villa an diesem Samstag. Er war früher als Rita gekommen, weil Ostra ihm am Telefon gesagt hatte: »Du mußt schon um achtzehn Uhr hier sein, sonst fällst du deinen eigenen Bewachern auf.«

Etwas betreten wurde Bruckmayer von Ostra herumgereicht. Auch die Duppels waren da – nicht, weil Ludwig Duppel sich nach Rita sehnte, sondern weil Marlies die Stunden mit Ostra nicht vergessen konnte. »So etwas von Mann!« schwärmte sie tagelang. »Das ist ein Naturereignis!«

»Ein richtiger Ministerialrat?« fragte die mollige Marlies und umstrich Bruckmayer wie einen Kater. »Aus Bonn? Ich habe mir immer gewünscht, mit einem Mann der hohen Politik zu sprechen.«

»Ich bin nur ein ganz kleiner Beamter«, sagte Bruckmayer und bemühte sich, nicht in den tiefen, schwellenden Ausschnitt von Marlies zu blicken. »Ich bin so unbedeutend, daß man zwei Zimmer weiter gar nicht weiß, daß es mich gibt.«

»Wie bescheiden er ist!« rief Marlies Duppel und hängte sich bei Bruckmayer ein. »Siehst du, Ludwig, das ist wirkliche Größe!« Sie drückte Bruckmayers Arm und lehnte den Kopf an seine Schulter.

Um zwanzig Uhr traf Rita ein. Als sich Bruckmayer und sie gegenüberstanden und sich die Hand gaben, blitzte in ihren Augen unsagbarer Triumph auf. Zuerst hatte sie einen Schrecken bekommen, als sie Bruckmayer in dem großen Wohnzimmer Volberts stehen sah, im

Gespräch mit Eva, die ein enges Kleid trug und darunter anscheinend gar nichts mehr. Ostra hatte ihr nicht erzählt, wer der »Engel Herbert« war – nun wußte sie es und bewunderte Ostra. Er erreicht alles, dachte sie. Manchmal grenzt es an ein Wunder. Wie konnte er diesen Mann aus Bonn bloß für sich gewinnen?

»Es freut mich, Sie wiederzusehen«, sagte sie und genoß es, daß Bruckmayer ihre Hand küßte. »Finden Sie nicht auch, daß ein Brillantarmband besser aussieht als eine Handfessel?«

»Das ist Geschmackssache«, sagte Bruckmayer leise.

»Sie sehen so aus, als wenn Sie einen guten Geschmack hätten, Herr Ministerialrat.« Die Stimme Ritas girrte. Ostra, an der Bar lehnend, beobachtete beide mit herabgezogenen Mundwinkeln. Neben ihm quirlte Marlies in einem Sektglas die Kohlensäure heraus. Sie trank sehr schnell. So ein Abend ist kurz. Und das Schlüsselspiel beginnt erst, wenn alle in Stimmung sind.

»Zu Tisch bitte!« rief Volbert und klatschte in die Hände. Er hatte mit Rita bereits eine Verabredung getroffen. Sein Autoschlüssel hatte als Anhänger ein Herz. Es war leicht, es im Dunkeln zu fühlen. Und Rita hatte mit dunkelglänzenden Augen genickt. Wen wundert es, daß Volbert in einer Bombenstimmung war?

»Woher kennst du Bruckmayer?« fragte Rita leise, als sie bei Ostra an der Bar vorüberging. Ostra hob die Augenbrauen und lächelte.

»Wichtige Leute kennt man eben«, sagte er leichthin. Und Rita fragte nicht weiter. Volbert stürzte auf sie zu, um sie von da an nicht mehr allein zu lassen. Eva kümmerte sich um Bruckmayer; für Ostra blieb die quicklebendige Marlies übrig. Der einzige, der leer ausgehen mußte, war Ludwig Duppel.

»Ist schon gut«, sagte er, als Marlies aufgeregt vorschlug, sie wolle ihre Freundin Püppi anrufen, die bestimmt mitmachen würde. »Ich lege mich nachher schlafen. Endlich mal eine Nacht, in der ich durchschlafen kann.«

Die anderen lachten, und Marlies tat sehr verschämt und wurde sogar rot ... eine anerkennenswerte Leistung.

Gegen elf Uhr nachts war Bruckmayer betrunken. Er hatte sich dagegen gewehrt, aber Ostra hatte ihm seinen Spezialcocktail gebraut, der nach harmlosem Wermut schmeckte und dessen Wirkung man erst eine halbe Stunde später merkte, wenn er sich in den Hirnwindungen festsetzte. Mit schwerem Kopf saß Bruckmayer im Sessel, hatte Eva Volbert auf dem Schoß und ließ sich von ihr küssen. »Mein kleiner Ministerialrat ...«, flüsterte sie ihm ins Ohr. »Ich will deine Untertanin sein ... regiere mich ...«

Bruckmayer wußte später nicht mehr, wie es gekommen war. Ein großes Durcheinander war um ihn herum gewesen, die Frauen hatten auf dem Teppich etwas gesucht, und dann lag er auf einem Bett in einem blau-weißen Schlafzimmer und starrte auf Eva Volbert, die sich auszog, die roten Haare schüttelte und sich wie eine weiße Elfe an seine Seite legte. Sie knöpfte ihm das Hemd auf, küßte ihn, biß ihn in die Brust und wälzte ihren warmen Leib auf ihn wie eine Schlange.

»Du bist wunderschön!« sagte Bruckmayer trunken. Er fror etwas und erkannte, als er an sich hinunterblickte, daß auch er nichts mehr anhatte. Da breitete er die Arme aus und ergab sich völlig der wilden Lust, die ihn übermannte.

Ostra hatte Marlies in das letzte Glas Sekt ein Schlafpulver gegeben. Sie schlief nun fest, halb ausgezogen und im Glauben, sehr lasterhaft zu sein. Ostra saß neben ihr auf dem Bett und sah auf seine Armbanduhr. Eine halbe Stunde nach dem Schlüsselspiel stand er auf, hängte sich seine Infrarotkamera um den Hals und schlich den Gang entlang, von dem die Schlafzimmer abgingen.

Das Zimmer Volberts. Ostra legte das Ohr an die Tür. Er hörte Ritas girrende Stimme und das Schnaufen Volberts. Langsam öffnete er die Tür einen Spalt, sah hinein und machte lautlos ein paar Aufnahmen. Dann ging er weiter, horchte an der nächsten Tür und drückte auch sie vorsichtig auf.

Bruckmayer und Eva bemerkten nicht den Zuschauer. In aller Ruhe machte er seine Fotos, ja, er ließ sich viel Zeit und wartete ab, bis er Situationen der Leidenschaft besonders deutlich und vorteilhaft ins Bild bekam. Dann schlich er wieder zurück zu Marlies, entkleidete sie völlig, legte sie ins Bett und ging hinunter ins Wohnzimmer.

Allein, inmitten umgestürzter Sessel und Gläser, setzte er sich und trank genüßlich eine Flasche Sekt. Es war eine Art Siegesfeier. Er hatte allen Grund, sich selbst zuzuprosten. Volbert und Bruckmayer waren genauso fest in seinen Händen wie Ludwig Duppel.

»Man muß schon etwas mehr können als Ostra, um Ostra zu überrunden!« sagte er laut und hob sein Glas gegen das Licht. »Am Montag beginnt eine fruchtbare Woche!«

Die Aussprache bei Onkel Bentrob, dem Frauenarzt, hatte nichts von Julias Angst vor den nächsten Monaten genommen. Im Gegenteil. Studienrat Bentrob kam ausgerechnet in diesen Tagen sehr aufgeregt nach Hause und sagte:

»Stell dir vor, Julia, was in der Schule passiert ist! In der Oberprima bekommt ein Mädchen ein Kind. Von einem Studenten. Ein Skandal ist das!«

»Aber wieso denn, Paps?« sagte Julia mit zuckenden Lippen.

»Warum? Das fragst du noch?«

»Als Oberprimanerin ist sie immerhin schon neunzehn Jahre. Andere sind in diesem Alter bereits verheiratet und haben zwei Kinder.«

»Andere machen auch kein Abitur. Überhaupt, deine Ansichten. Wo hörst du so etwas? Etwa von deinem Fallers? Ich sagte ja immer schon, dieser Umgang ist verwerflich.« Studienrat Bentrob war so aufgeregt, daß er kaum etwas essen konnte. »Ein uneheliches Kind«, sagte er am Tisch. »Das wäre das letzte, was in meiner Familie möglich wäre. So sehr du deine eigenen Wege gehst, Julia: In dieser Beziehung kann ich mich auf dich verlassen, das weiß ich.«

Julia aß ihren Teller nicht leer. Ihr Hals war wie zugeschnürt.

»Ja, Paps«, sagte sie gepreßt. »Du kannst dich darauf verlassen. Und was geschieht mit ... mit dem Mädchen?«

»Sie fliegt in hohem Bogen von der Schule.«

Studienrat Bentrob zog die Lippen kraus. »Soll ich ihr etwa eine Extrapause geben, in der sie das Kind stillen kann?«

Bentrob lächelte über diesen Aphorismus. Am Akademikerstammtisch würde man darüber schallend gelacht haben. Julia aber lachte nicht. Sie rannte aus dem Zimmer und schloß sich auf der Toilette ein. Ihr war wieder übel. Sie würgte und weinte und wußte nicht, wie es weitergehen sollte.

Am nächsten Morgen ging sie nicht zum Dienst in die Papiergroßhandlung, sondern fuhr nach Gauting. Hier, in einer stillen Villenstraße, hatte sich eine kirchliche Organisation niedergelassen. Sie nannte sich »Seelen in Not« und »Aktion der Nächstenhilfe«. Leiter war ein Pater Josef Hall, ein noch junger Jesuitenpriester. Er war der Sohn eines Bruders von Julias Mutter und wunderte sich sehr, als Cousine Julia bleich und verstört zu ihm ins Zimmer geführt wurde.

»Wie siehst du denn aus?« fragte er. »Mädchen, du bist ja völlig aufgelöst! Was ist denn geschehen?«

Zunächst weinte Julia haltlos. Pater Hall ließ sie weinen. Tränen befreien, sie nehmen den Druck von der Seele. Dann, als Julia ruhiger wurde, beugte sich Pater Hall vor und nahm ihre kalten, blassen Hände zwischen seine Hände. Er brauchte nicht mehr zu fragen. Jeden Tag saßen verzweifelte Mädchen vor ihm auf diesem Stuhl, auf dem jetzt Julia hockte, ein kleines, hilfloses Bündel Mensch.

»Du bekommst ein Kind?« fragte er gütig.

Julia nickte stumm. In ihren Augen stand die ganze Ausweglosigkeit.

»Ihr wollt doch heiraten. Oder will Ernst jetzt nicht mehr?« Das war die Frage, die Julia gefürchtet hatte. Die Frage, auf die die schreckliche Antwort kam.

»Er weiß es nicht ... noch nicht ... keiner weiß es, außer Onkel Franz ... und ich kann es auch keinem sagen ... Du kennst doch Paps ...«

»Es geht in erster Linie deinen Bräutigam etwas an, Julia. Ihr seid alt genug, eine Familie zu gründen. Heiratet schnell!«

Julias Kopf sank tief herab. »Ernst ist nicht der Vater des Kindes ...«, sagte sie kaum hörbar. Aber Pater Hall verstand es trotzdem. Sein ebenmäßiges, in der Ruhe des Glaubens schönes Gesicht wurde sehr ernst.

»Julia, wie war das möglich?« fragte er tief atmend. »Was ist zwischen Ernst und dir geschehen? Komm, sprich dich aus. Wer ist der andere Mann? Sag mir alles, Julia; wir sind ja dazu da, allen hilflosen Seelen zu helfen. Bei uns gibt es keine menschliche Not, die wir nicht verstehen könnten.«

»Es ist so schrecklich.« Julia legte den Kopf auf den Tisch. »Es ist alles so gemein ...«

»Erzähl!« Pater Hall legte seine Hände auf Julias blondes Haar. »Es gibt immer einen Ausweg ... und einen Umweg um die Hölle.«

Und Julia erzählte alles. Schonungslos und mit fliegendem Atem. Es sprudelte aus ihr heraus wie eine Quelle, und als sie alles gesagt hatte, fühlte sie sich leicht und wie erlöst.

Starr saß Pater Hall hinter seinem Tisch und sah über den Kopf Julias hinweg gegen die Wand. Dort hing ein hölzernes Kruzifix. Das Leidensgesicht Jesu blickte ihn an.

»Das ist die Welt, die Gott uns durchwandern läßt, damit wir seinen Himmel lieben«, sagte er langsam. »Man soll nicht flüchten vor den Prüfungen, man soll sie durchkämpfen.«

»Ich kann es nicht«, sagte Julia leise. »Ich habe nicht die Kraft dazu. Ich kann Ernst nicht die Wahrheit sagen.«

»Dann werde ich es ihm sagen.« Pater Hall sah auf seinen Terminkalender. »Wir treffen uns übermorgen abend, ja? In der Stadt. Im Weinlokal unter dem Karlstor?«

»Ich komme nicht mit.« Julias Augen bettelten. »Ich kann nicht dabei sein.«

»Gut. Ich spreche unter vier Augen mit ihm.« Pater Hall lächelte seine Cousine an. Er wußte, wie schwer Trost in solcher Not ist.

»Und wenn er nicht darüber hinwegkommt?«

»Er wird es, Julia! Er ist genauso schuldig wie du. Von ihm stammte der Plan, auf die Anzeige zu schreiben. Er wollte mit dem Feuer spielen, und du hast dir die Hände verbrannt. Nun wird es seine Pflicht sein, als Brandstifter die Folgen zu tragen. Ich werde ihm das klarmachen. Er war für dich verantwortlich und hat diese Verantwortung vergessen. Es ist seine Schuld, und er wird sie tragen müssen.«

»Und das Kind?«

»Es ist euer Kind!« sagte Pater Hall eindringlich. »Es wird euch zusammenschweißen wie Stahlplatten!«

Lange saß Pater Hall nach dieser Aussprache allein in seinem Zimmer und sah hinaus auf den Garten. Es gibt wirklich Situationen, wo man kein Priester sein möchte, dachte er. Wie gerne würde ich zu diesen Volberts fahren und Ostra mit Fausthieben zu Boden schlagen. Wie gerne möchte ich die Polizei rufen. Aber ich darf es nicht. Es war eine Beichte, und mein Ohr ist Gottes Ohr, und Gott ist verschwiegen.

Er ballte die Fäuste und dachte minutenlang sehr weltlich und gar nicht wie ein Mann, der in Gottes Auftrag den Sündern vergeben soll.

Der Montag begann sehr turbulent.

Ostra erschien bei Volbert in der Fabrik, sehr offiziell, mit Anmeldung im Sekretariat. Etwas verwirrt ließ Volbert ihn in das getäfelte Direktionszimmer eintreten und bot ihm einen Ledersessel an. »Was ist denn los?« fragte er. »Die Sitzung des Direktoriums ist erst übermorgen.

Dann wird endgültig über die Exporte nach Argentinien abgestimmt.«

»Ich pfeife auf deine Pflaumenheinis von Direktoren!« sagte Ostra grob. »Was wir jetzt machen, geht nur dich und mich etwas an. Es ist, wie man es bei euch nennt, ein Geschäft etwas außerhalb der Legalität.« Ostra nahm eine Zigarre aus dem Onyxkasten, den ihm Volbert zuschob, schnitt die Spitze ab und brannte sie genußvoll an. »Ich brauche von dir – deklariert als eine Ladung Tauchsieder – für einen Transport, der genau am 20. Dezember in Bremerhaven ausläuft, fünfzig automatische Raketensteuergeräte.«

»Du bist verrückt!« sagte Volbert und lächelte breit. Er faßte es als einen etwas dämlichen Witz auf. »Peter, du bist ein Witzbold.«

»Mag sein. Aber sieh dir das an! Das ist kein Witz, wenn es in andere Hände gerät ...«

Er warf Volbert über den blanken Palisandertisch einige Fotoabzüge zu. Wie ein Fächer fielen sie auseinander. Die Augen Volberts wurden starr und traten hervor. Plötzlich standen dicke Schweißperlen auf seiner Stirn.

»Was ... ist denn das?« fragte er tonlos. »Das bin ja ich.«

»Du und Rita in olympiareifen Bodenturnübungen.« Ostra lachte tief und genußvoll. »Sieh sie dir genau an! Gestochen scharf. Da gibt es kein Rätselraten mehr.«

Volbert nahm die Bilder in die Hand. Seine Finger zitterten. Was er hier fotografiert sah, war in seinen Erinnerungen die schönste Nacht seines Lebens. Er hatte nie geglaubt, daß ein Weib so herrlich sein konnte. Nun blickte er auf die kalten, grausam wahren Fotos und ahnte, was sie bedeuteten. Es gab keinen Friedrich Volbert mehr, wenn diese Fotos außer ihm, Ostra und Rita auch andere Personen sehen würden. Solche Bilder sind selbst in der Hand einer Ehefrau wie ein Totschläger, so tolerant sie sonst auch sein mochte. Mit diesen Fotos war Volbert allem ausgeliefert, was nur denkbar war. »Wer hat sie gemacht?« fragte er völlig unnötig.

»Ich.«

»Hat Eva sie schon gesehen?«

Ostra blies den Rauch der Zigarre gegen die Decke. »Mein lieber Friedrich«, sagte er langsam, »du mußt mich trotz allem für einen Ehrenmann halten.«

»Und was soll das alles?«

»Ich brauche die Steuergeräte.«

»Unmöglich!« Volbert warf die Bilder auf den Tisch.

»Sieh dir die Bilder an, mein Freund.«

»Das ... das ist ja eine Erpressung«, sagte Volbert tonlos. Plötzlich sah er Ostra ohne Maske. Plötzlich dämmerte ihm, warum die Abende so harmonisch gewesen waren. Plötzlich wußte er auch, warum Ostra nach Deutschland gekommen war und Rita mitgebracht hatte. »Ich dachte, du seist mein Freund ...«

»Weil ich das bin, ehrlich, sollten wir uns schnell einigen.« Ostra sah dem Rauch seiner Zigarre nach. »Es ist doch so leicht. Die Steuergeräte verschwinden einfach. Sie sind futsch. Von meinen Auftraggebern werden dir für die fünfzig Dinger 1 000 000 Mark auf ein Schweizer Konto überwiesen. Wir wollen nichts umsonst haben; wir sind ehrliche Kaufleute.«

»Die Steuergeräte kosten 40 000 Mark das Stück. Das wären 2 000 000 Mark«, sagte Volbert dumpf.

»1 000 000 ... und steuerfrei, mein Bester. Ohne Buchungen. Das ist ein glänzendes Angebot.« Er sah Volbert kalt und mitleidlos an. Wie er schwitzt, dachte er. Wie bleich er geworden ist. Jetzt hat er Tränensäcke unter den Augen, und alles, was an ihm auf jugendlich gemacht ist, fällt ab. Er ist ein kleiner, mieser Bürger, der hinter der Hand genießt. Ein schäbiger Hund! »Wo liegen die Dinger?«

»In einem besonderen Keller.« Volbert setzte sich und wischte sich über das Gesicht. »Die Bundeswehr lagert sie hier, weil es so am sichersten ist. Sie ruft bei Bedarf ab, wenn sie die Dinger erprobt. Sie liegen gut verpackt in einem Bunker ... hier drunter.« Er tippte mit der Schuhspitze aufs Parkett. »Das ist Geheimhaltungsstufe I!«

»Und wie viele liegen da?«

»Bis jetzt viertausendsiebenhundertneunzig.« Volberts Stimme schwankte. »Ich habe vor einer Stunde die neueste Bestandsmeldung bekommen.«

»Viertausendsiebenhundertneunzig Steuergeräte! Und ich verlange lächerliche fünfzig! Wer merkt denn das? Wer zählt denn die Geräte?«

»Es errechnet sich nach Zugang und Abgang. Es wird ein Lagerbuch darüber geführt.«

»Und wer kontrolliert es?«

»Niemand. Vielleicht einmal bei der Gesamtabnahme. Es kann ja keiner heran. Sie liegen in einem Bunker.«

»Klar!« Ostra tippte die Asche von seiner Zigarre. »Und wer hat einen Schlüssel zu dem Bunker?« Volbert schwieg. Seine Augen flackerten.

»Wer?!« sagte Ostra laut. Das war ein anderer Ton. Der wehte heran wie ein Eiswind.

Volbert hob frierend die Schultern. »Der Lagermeister. Der Generaldirektor. Der 1. Prokurist. Der 1. Ingenieur. Und zwei Obersten im Verteidigungsministerium.«

»Das sind alle?« fragte Ostra lauernd.

»Ja.«

»Du lügst!« Ostra sprang auf. »Friedrich, du belügst deinen besten Freund! Oh, ich möchte dir eine Ohrfeige geben! Habe ich dir nicht Rita überlassen?! Habe ich nicht bewiesen, daß ich bereit bin, mit dir und Eva alles zu teilen? Und du belügst mich so infam! Gib mir die Bilder her!«

Volberts Kopf sank nach vorn. »Ich habe auch einen Schlüssel …«, sagte er leise. »Hätte ich dich bloß nie kennengelernt …«

Am Abend, nach Geschäftsschluß, kehrten Volbert und Ostra noch einmal in das Werk zurück. Der Nachtportier grüßte stramm den Herrn Direktor. Es war selbstverständlich, daß er nicht fragte, was der Direktor noch so spät in der Fabrik wollte.

»Wir sind da«, sagte wenig später Volbert und schloß eine dicke Eisentür auf. Kälte wehte ihnen entgegen. In dem fensterlosen, langen Raum mit den dicken Betonwänden, die absolut einbruchssicher waren, flammten die Neonröhren auf. Kisten stapelten sich einsam in dem großen Raum. Der Hauptteil der Halle war leer. Ostra sah sich enttäuscht um. Man macht sich immer falsche Vorstellungen von Dingen, die so wichtig sind.

»Das ist alles?« fragte er. Seine Stimme hallte in der kalten Weite.

»Ja.«

»Das sind fast fünftausend Steuergeräte für Raketen?«

»Ja.«

»Wie groß sind denn die Biester?«

»Ungefähr zwei Handteller groß. Größer nicht. Das ist ja der große Erfolg unserer Forschung. Sie wiegen kaum etwas und belasten die Rakete nicht. Ein Elektronengehirn in Westentaschenformat.« Volbert blieb an der Tür stehen, während Ostra langsam an den gestapelten Kisten entlangging. In seinem Herzen war Triumph. Er war am Ziel! In sechs Wochen konnte er zurück nach Südamerika fliegen. Nicht nach Argentinien ... in einen anderen Staat. Dann hatte er ausgesorgt bis an sein Lebensende. Selbst auf die privaten Nebeneinnahmen, die die Tonbänder und Fotos versprachen, die in einem Tresor der Bogenhausener Villa lagen, konnte er verzichten. Mit diesen Steuergeräten ferngelenkter Raketen starb Peter Ostra, wie 1945 Fritz Ollenhoff, SS-Sturmbannführer z. b. V., gestorben war. Man würde sich dann Ricardo Cervantes nennen. Ein schöner, klassischer Name.

Volbert beobachtete Ostra mit verschleierten Augen. Er hatte einen wahnsinnigen Plan, aber die Angst hemmte ihn, ihn durchzuführen. Und so einfach war es. Zwei Schritte zurück, Tür zu und abschließen. In der ganzen Welt, vielleicht mit Ausnahme von Fort Knox in Amerika, wo der Goldschatz der USA lagert, gab es kein sichereres Gefängnis als diesen Bunker, in dem Ostra dann bleiben mußte, bis ihn die Polizei abholte.

Nur zwei Schritte zurück und Tür zu ...

Aber Volbert tat es nicht. Er war zu feige dazu. Und er dachte an die Bilder, die man dann sehen würde, und an den Zusammenbruch seiner mühsam aufgebauten, schönen, bürgerlichen Welt, die nach außen hin als so vorbildlich galt.

Ostra kam zurück, sein Lächeln war satanisch. Er trat hinaus in den Flur. Zu spät, dachte Volbert. Ja, nun ist es zu spät. Mit einem dumpfen Knall schloß sich die schwere Bunkertür.

»Fünfzig Stück!« sagte Ostra und legte den Arm um Volberts Schulter. »Ich sehe, es ist ein Kinderspiel, hier einen Karton mit fünfzig Dingern verschwinden zu lassen. Du bist wirklich ein lieber Freund.« Er tätschelte Volbert den Rücken. »Ich würde dir sonst Rita sicherlich nicht gönnen.«

Volbert nickte. Rita, dachte er. Mein Gott, welch Teufelskreis! Liebe, Pflicht, Angst, Sehnsucht, Gewissen, Ehre ... alles wird ein Brei, den ich hinunterschlucken muß.

»Komm«, sagte er tonlos und steckte die Bunkerschlüssel ein. »Eva wartet mit dem Essen. Es gibt frische Austern aus der Normandie ...«

»Delikat!« Ostra hüpfte die Betontreppen hinauf in die untere Halle des Verwaltungsgebäudes. Dort war nächtliche Dunkelheit. »Wenn ich dir einen Rat geben darf, Friedrich«, sagte er zu Volbert, der auf ihn zutappte: »Verkauf das Haus in Grünwald, löse alle Konten auf und hau ab, irgendwohin. Mit dem Vermögen kannst du sorglos leben. Und wenn du willst ... ich gebe dir Rita auch noch als Sonderhonorar mit ... Das ist ein Vorschlag unter besten Freunden.«

»Ich werde es mir überlegen«, sagte Volbert heiser. »Und nun komm, die Austern warten.«

Der Nachtportier grüßte wieder stramm, als der Herr Direktor das Werk verließ. Dann rollte das schwere Tor zu. Feierabend.

Wenn alle Menschen ahnten, wie unruhig sie schlafen müßten!

Die Aussprache mit Ernst Fallers war schrecklich.

Pater Hall hatte mit ihm geredet, und Fallers hatte ihm zugehört, erstarrt, später sich selbst anklagend, am Ende wie ein krankes Tier.

»Ich sehe meine Schuld«, sagte er nach zwei Stunden. Er sah aus wie aus dem Wasser gezogen. »Aber es kann mir es keiner übelnehmen, wenn ich diesen Ostra umbringe.«

»Was wäre damit gewonnen?« fragte Pater Hall. »Soll Julia einen Mörder heiraten?«

»Das wäre eine Affekthandlung, Hochwürden.«

»Jetzt nicht mehr, da Sie mir das vorher sagen.« Pater Hall schüttelte den Kopf. »Sie haben Julia zu dieser Party mitgenommen.«

»Ich wußte ja nicht, was ich dort antraf.«

»Aber Sie wußten es spätestens dann, als dieses Schlüsselspiel gespielt wurde.«

»Da war ich schon betrunken.«

»Ist das eine Entschuldigung?« donnerte Hall. Oh, er konnte laut sein, der Jesuitenpater. Er konnte brüllen, daß die Scheiben klirrten. Gott braucht manchmal Posaunen.

Ernst Fallers zuckte zusammen. »Nein, Hochwürden«, sagte er leise. Er erhob sich von dem Stuhl, der oft Trost, aber auch manchmal Anklage gesehen hatte. »Ich werde mit Julia über alles sprechen. Morgen schon.«

Pater Hall nickte. Man hatte sich im Weinkeller getroffen und war dann hinausgefahren nach Gauting. Schon bei den ersten Sätzen hatte Hall gesehen, daß Fallers nicht zwischen zwei Schoppen Wein zu überzeugen war. Und in einem Weinkeller brüllen?

»Sie werden sie schnell heiraten.«

»Ja, das verspreche ich.«

»Und das Kind ist euer Kind! Ihr werdet es lieben, denn es entstand in der Freude, die ihr suchtet! Oder hatten Sie keine Freude mit dieser Rita?«

Ernst Fallers senkte den Kopf. »Ja«, sagte er ganz leise. »Hochwürden … es ist zum Kotzen …«

»Zum Kotzen ist die menschliche Feigheit vor Konsequenzen.« Pater Hall brachte Ernst Fallers bis zur Straße. Dort stand ein kleiner Wagen, den sich Fallers erspart hatte. Winterreifen hatte er sich gekauft – sie waren teurer als der ganze Wagen gewesen. In den Wintersport wollte er mit Julia über Weihnachten und Neujahr fahren. Nach Garmisch. In eine kleine, billige, aber blitzsaubere Pension, wo man so verschwiegen glücklich sein konnte.

Fallers atmete stöhnend auf. Pater Hall sah ihn von der Seite an. »Vergebung ist die größte Tugend«, sagte er. »Christus segnete vom Kreuz die, die ihn töteten.«

»Es ist nicht jeder ein Christus«, stöhnte Fallers.

»Aber wir leben in seinem Geist. Sie lieben Julia doch.«

»Wie nichts auf der Welt, Hochwürden.«

»Und da machen Sie es sich so schwer? Mensch, Fallers, das Leben ist so schön! Und ein Kind ist etwas Herrliches.«

Das war am Abend gewesen. Am nächsten Tag trafen sich Ernst und Julia in der Mittagspause im bereiften Englischen Garten, in der Nähe des Sees. Sie kamen langsam aufeinander zu, und als sie voreinander standen und sich ansahen, brauchten sie keine Worte mehr zu sagen. Sie fielen einander in die Arme und küßten sich, und Fallers tupfte ihr die Tränen von den Wangen und streichelte ihr eingefallenes Gesicht.

»Was nun?« fragte Julia. »Was sollen wir nun tun, Ernst? Ich will dieses Kind nicht haben.«

»Pater Hall meint …«, sagte Fallers, aber Julia winkte mit beiden Händen ab.

»Mein Vetter sieht es mit den Augen des Priesters. Aber ich muß das Kind austragen, ich muß es gebären, ich muß es großziehen – das Kind eines Mannes, den ich hasse, der ein Satan ist! O Gott im Himmel, das Kind kann nichts dafür, aber ich könnte es nie lieben, wie eine Mutter ihr Kind lieben muß!« Sie umklammerte Fallers und drückte sich an ihn. »Ich kann es nicht zur Welt bringen!«

»Ich will mich umhören.« Ernst Fallers sah auf den zugefrorenen See und die bereiften Bäume. Er mußte an die Worte Pater Halls denken und bemühte sich, sie zu vergessen. »Wenn du willst, Julia ...«

»Ich will alles, alles, wenn nur das Kind nicht kommt! Wenn ich an Paps denke ... ich tue mir etwas an, Ernst! Ich sterbe vor Angst!«

»Es wird alles gut werden ... gut werden ...«, sagte Fallers tonlos. »Du darfst keine Angst haben, Julia. Wir werden schon einen Weg finden ...«

Zwei Tage später hatte Ernst Fallers den Weg gefunden. Früh am Morgen holte er Julia von der Straßenbahn ab, und statt in ihre Büros gingen sie langsam durch die Straßen, eine ganze Stunde lang, bis hinaus nach Schwabing. Sie hatten sich eng umschlungen, und es war auch etwas ungeheuer Verbindendes, was sie heute zusammenführte.

»Wer ist es?« fragte Julia, als sie über die Leopoldstraße gingen.

»Eine alte Frau.«

»Was hat sie gesagt?«

»Nicht viel.« Fallers sah starr zum Siegestor. »Fünfhundert Märker krieg i, hat sie gesagt. Im voraus.«

»Du hast sie bezahlt?«

»Ja.«

»Und sie ist sicher?«

»Sie hat es schon vierundzwanzigmal gemacht, sagt sie.«

»Woher hast du die Adresse?«

»Von einem Freund. Einem Jurastudenten.«

»Ausgerechnet.«

»Er hat auch schon eine Freundin von sich hingebracht. Es ist alles glattgegangen.«

»Es wird weh tun, nicht wahr?«

»Ein bißchen. Sie gibt einen Ätherrausch dabei.«

»Ich habe Angst, Ernst.«

»Ich bin ja bei dir.«

»Auch wenn ... wenn sie es macht?«

»Auch. Ich gehe nicht hinaus. Ich halte deine Hand fest, Julia.«

»Das ist schön, Ernst. Nun habe ich fast keine Angst mehr.«

Ein hohes, graues Haus. Verwitterte Fassade, eine offene Tür ohne Drücker. Im Flur der Geruch nach Kohl und Kinderwindeln. Julia blieb stehen. In ihren Augen flackerte es.

»Hier?«

»Ja. Zweite Etage. Oben ist es sauberer als hier im Treppenhaus. Du wirst sehen, sie ist eine nette, alte Frau.«

Sie klingelten. »Adele Fernholtz« stand unter der Klingel. Und wie als Berufsbezeichnung: »Witwe«.

Eine alte, weißhaarige, gütig dreinschauende Frau öffnete. Sie erkannte Fallers sofort wieder, nickte Julia zu und ergriff ihre kalten Hände.

»Guten Tag, mein kleines Fräulein«, sagte die alte Frau. Sie zog Julia in die Wohnung. Eine saubere, helle Diele. Links die gekachelte Küche, wie ein Operationssaal. Der Küchentisch war mit einem weißen Waschtuch bedeckt, zwei Emailleeimer standen darunter. Julia hob schaudernd die Schultern.

»Sie brauchen keine Angst zu haben, kleines Fräulein«, sagte die alte Frau.

»Ich habe aber Angst«, flüsterte Julia.

»Es geht schneller, als es entstanden ist.« Die alte Frau lachte mit den blauen Augen. »Und dann habt ihr jungen Menschen Ruhe.« Sie sah Fallers an. Auch er war bleich, und der kalte Schweiß stand ihm auf der Stirn. »Sie gehen so lange ins Wohnzimmer, junger Mann.«

»Nein, ich bleibe bei Julia!« sagte Fallers laut.

»Auch gut! Dann waschen Sie sich die Hände in der Küche im heißen Wasser. Bis zum Oberarm. Ich sehe sehr auf Sterilität. Bei mir ist noch kein Mädchen an einer Sepsis eingegangen. Überhaupt noch keine!« Die alte Frau nickte Julia ermutigend zu und streichelte ihr über das bleiche Gesicht. »Nur Mut, mein Kleines. Zieh dich aus. Ganz aus! Und leg dich auf den Tisch.«

Und dann lag Julia auf dem Tisch, zitternd vor Angst, und Fallers hielt ihre Hände und kam sich elend vor, wie vor einer Hinrichtung. Genauso muß es sein, dachte er. Die letzten Minuten vor dem Tod, den man kommen sieht …

Im Hintergrund summte ein Kocher. Instrumente klapperten. Ein leichter Äthergeruch breitete sich aus. Die alte Frau kam mit der Ätherflasche aus der Speisekammer. Unter den Arm hatte sie einen Ballen Zellstoff geklemmt.

»Noch fünf Minuten, mein Kleines«, sagte sie. »Dann ist es soweit. Du mußt die Beine anwinkeln … ich leg dir eine Stütze unter … Und dann wirst du einschlafen … und wenn du aufwachst, ist alles vorbei, und die Sonne scheint doppelt so hell …«

Julia umklammerte die Finger Fallers'. Ihr schmaler, nackter, fast noch kindlicher Körper zuckte.

»Verlaß mich nicht«, flüsterte sie. »Bleib bei mir, Ernst; geh nicht weg, wenn ich die Besinnung verliere.«

Die alte Frau nahm die Instrumente vom Herd und zog sich helle, gelbe, dünne Gummihandschuhe an.

»Bleib bei mir«, flüsterte Julia. Ihre schönen blauen Augen waren vor Angst geweitet. »Bitte ... bitte ...«

Ernst Fallers war bleich geworden und starrte auf die alte Frau, die jetzt mit einer Drahtmaske hantierte, über die sie einen Lappen Gaze spannte. Er spürte das Zittern Julias unter seinen Händen, die sie trösten sollten, aber selbst zuckten.

Sie schraken beide auf, als die alte Frau mit einem kleinen Rolltisch an den Küchentisch kam. Die ungeölten Räder quietschten.

»Haben Sie sich Hände und Arme gewaschen?« fragte sie.

Fallers nickte mit bebenden Lippen. »Ja«, sagte er. Seine Kehle war wie ausgetrocknet. »Natürlich. Wie Sie es mir gesagt haben.«

Sie sieht wie eine Metzgerin aus, dachte er. Die lange Gummischürze, das gestreifte Kleid darunter. Und plötzlich kam ihm zum Bewußtsein, daß es auch eine Art von Abschlachten war. Aus dem Leib Julias wurde etwas herausgetrennt. Ihr Blut würde gleich über die Wachstuchdecke fließen und die Zellstoffballen rot färben. Ihr weißer Leib würde in der Narkose zucken. Und die alte Frau würde vor ihr sitzen und mit blanken Instrumenten ...

»Nein!« sagte Fallers leise. Und dann lauter, immer lauter: »Nein! Nein! Nein!«

Die alte Frau drückte das Kinn an und faltete die Hände in den Gummihandschuhen über der Schürze.

»Soll ich nun oder nicht?« fragte sie.

»Nein!« schrie Fallers. Er nahm ein großes Handtuch und warf es über Julias nackten Körper. Er sah ihre Angst in den Augen, aber auch die Freude, daß das Schreckliche nicht geschehen sollte. »Ich kann es nicht mitansehen.«

»Dann gehen Sie hinaus, junger Mann.« Die alte Frau lächelte plötzlich böse. Das Mütterliche, das Gütige war aus ihr verschwunden. »Männer gehören überhaupt nicht hierhin. Das macht man unter Frauen allein aus. Ihr habt das Vergnügen gehabt, und nun müssen wir es durchstehen. Gehen Sie hinaus, ins Wohnzimmer!«

»Bleib!« stammelte Julia und umklammerte Fallers' Hände. »Laß mich nicht allein!«

»Ich habe es mir anders überlegt«, sagte Fallers dumpf. »Ich möchte warten.«

»Später wird es immer schwerer und gefährlicher.« Die alte Frau setzte sich breit auf den Küchenstuhl und legte die rechte Hand auf die Ätherflasche. »Da sagt man immer, die Männer seien das stärkere Geschlecht. Blödsinn! Feiglinge sind sie alle! Kneifen, wo sie nur kneifen können! Wegrennen, hinausschieben, den Kopf in den Sand stecken! Meinen Sie, in zwei Monaten ist es besser? Da lebt das Kind schon.«

Fallers schluckte. Er hatte das Gefühl, als sei sein Hals wie ausgetrocknet. »Ich ... ich will es überhaupt nicht mehr«, sagte er mühsam. »Komm, Julia, steh auf ... zieh dich an ...«

Julia blieb mit weiten Augen liegen. Die alte Frau schob die Unterlippe vor. »Auch gut«, sagte sie. »Aber das Geld bekommen Sie nicht wieder. Ich habe alles vorbereitet, habe mir die Zeit genommen, habe eine andere Kundin weggeschickt, weil Sie mir die Ohren vollgesungen haben. Das Geld ist kassiert, junger Mann!«

Fallers sah hinunter auf Julia und fühlte sich schrecklich hilflos. Ihre Augen bettelten. Ich tue alles für dich, sagten sie. Alles. Nur laß mich nicht allein ...

»Steh auf«, sagte er tonlos. Er warf das Handtuch von ihr auf die Erde und zog sie an den Händen hoch. Sie saß nun, nackt, weiß und zitternd, im fahlen Zwielicht von winterlicher Morgensonne und strahlender Deckenlampe, und sie sah erbärmlich aus, kindlich und doch ganz Frau, ein Schlachtopfer, das allen Widerstand aufgegeben hat.

»Wie Sie wollen.« Die alte Frau erhob sich, schob den quietschenden Rolltisch wieder weg und trug die Ätherflasche zurück in die Speisekammer. Dann band sie die Gummischürze ab und streifte die Gummihandschuhe ins Spülbecken. »Zu mir brauchen Sie nicht wiederzukommen! Und wenn Sie mir tausend Mark bieten! So ein Theater! Und es dauert nur ein paar Minuten ...«

»Ernst ...«, sagte Julia leise und legte den Kopf gegen seine Brust. »Ich flehe dich an ... laß es uns tun ...«

»Nein. Ich ... ich ... habe Angst ...«

»Bei mir ist noch keine verblutet!« rief die alte Frau vom Spülbecken.

»Denk an Vater.« Julia umfaßte Fallers. »Er jagt mich weg wie einen räudigen Hund! Die Tochter des Studienrats Bentrob ... ein Kind von einem Mann, den sie gerade eine Stunde kennt ...«

»Ach, so ist das?« Die alte Frau kam wieder an den Küchentisch und stieß Fallers mit der Faust in den Rücken.

»Sie sind gar nicht der Vater?«

Fallers schüttelte den Kopf. Dann half er Julia vom Tisch und legte ihr das Handtuch um die Schultern. Sie raffte es über den Brüsten zusammen, als schäme sie sich.

»Julia wurde vergewaltigt«, sagte er kaum hörbar.

»Dann zeigen Sie den Kerl doch an!«

»Das geht nicht. Das verstehen Sie nicht.«

»Oh, ich verstehe vieles.« Die alte Frau wedelte mit den Händen vor Fallers' Gesicht. »Aber man kann es sich denken. Parties, Alkohol, diese neumodische blödsinnige Musik ... und dann passiert es ...«

»So ähnlich.« Fallers war es, als brenne jedes Wort Löcher in seine Haut. Er sah, wie sich Julia langsam wieder anzog, unendlich langsam, als erwartete sie immer noch den Zuruf: Wir tun es doch. Dann war sie fertig, bis auf die Schuhe. Auf Strümpfen kam sie zu Fallers zurück. Ihr Gesicht war wie zusammengeschrumpft. »Gehen wir«, sagte Fallers rauh. »Mir wird schlecht in dieser Luft.«

»Das sind die Männer!« Die alte Frau sah Julia fast mitleidig an. »Nun werden Sie das Kind mit sich herumschleppen bis zu Ihrem Lebensende. Und immer wird die Erinnerung da sein an den anderen Mann.«

»Halten Sie den Mund!« schrie Fallers und ballte die Fäuste. »Halten Sie endlich den Mund!«

»Und man kann in wenigen Minuten die Vergangenheit auslöschen, wenn man will.«

»Komm, Julia.« Fallers griff nach Julia und schob sie aus der Küche. »Hör nicht auf sie. Sie hat nie Kinder gehabt. Sie hat sie nur immer weggemacht ... Komm!«

Im Flur zog Julia ihren Mantel an und band sich ihr Kopftuch um. Die alte Frau stand in der Küchentür und sagte kein Wort, bis Fallers die Wohnungstür zum Treppenhaus öffnete.

»Sie irren sich«, sagte die alte Frau. Ihr Gesicht war grau wie ihr Haar, aber das mochte von der merkwürdigen Frühlichtbeleuchtung kommen. »Ich hatte sieben Kinder.«

Fallers blieb wie zurückgestoßen stehen. Auch Julias Kopf fuhr herum.

»Sieben?« fragte Fallers leise.

»Ja. Sieben.«

»Und wo sind sie?«

»Zwei Jungen sind gefallen, der eine in Frankreich, der andere in Rußland. Drei Töchter töteten die Bomben. Ein Junge, der jüngste, ein lieber Kerl, lebt in Bruchsal ... im Zuchthaus. Er hat seine Geliebte erwürgt. Und Else, die letzte Tochter, steht in Düsseldorf auf der Straße und ist eine Hure geworden!« Die alte Frau faltete wieder die Hände über dem Bauch. »Sieben Kinder ... und was habe ich? Es lohnt sich nicht, Kinder zu haben! Überlegen Sie es sich, kleines Fräulein.« Die alte Frau wischte sich über die Augen. »Ich habe es vorhin nicht so ernst gemeint. Sie dürfen wiederkommen, kleines Fräulein, wenn Sie mehr Mut haben. Aber den da« – sie zeigte mit ausgestrecktem Arm auf Fallers – »lassen Sie dann weg!«

Fallers zog Julia in das Treppenhaus und warf hinter sich die Tür zu. Dann rannten sie gemeinsam, Hand in Hand, die Treppen hinunter, hinaus auf die Straße und noch ein Stück weiter, und alle, die sie sahen, dachten, sie wollten noch eine Straßenbahn erreichen. Daß sie vor sich selbst flüchteten, wer ahnte das?

Später standen sie atemlos am Straßenrand, mit leeren Augen und dem Gefühl, etwas Schrecklichem mit knapper Mühe entronnen zu sein.

»Was nun?« fragte Julia, als Fallers schwieg.

»Ich werde dich heiraten«, sagte er tief atmend.

»Und das Kind?«

»Ich werde sagen, es sei mein Kind. Allen werde ich es sagen – ich bin der Vater.«

»Das hältst du nicht durch, Ernst. Daran werden wir zerbrechen.« Julias Kopf sank nach vorn. Sie weinte wieder. »Wir werden nie mehr glücklich sein.«

»Wir werden es versuchen.« Fallers legte den Arm um ihre zuckenden Schultern. »Julia, verdammt, wir müssen es versuchen. Wir lieben uns doch.«

Sie verbummelten den ganzen Tag im Englischen Garten. Als Julia nach Hause kam, saß Studienrat Bentrob am Schreibtisch und korrigierte Klassenarbeitshefte.

»Du siehst schlecht aus, mein Kind«, sagte er und nahm einen Schluck Wein. Nur mit Alkohol kann man die Dummheit der Schüler ertragen, war eine der Weisheiten Bentrobs am Stammtisch. »Was hast du?«

»Eine Erkältung, Papa. Vielleicht Grippe. Mir ist so schwindelig im Kopf.«

»Koch einen Fliedertee, leg dich ins Bett und schwitze«, sagte Studienrat Bentrob und schüttelte den Kopf. »Dieser Hans-Herbert Neuberg. Schreibt Hysterie mit ü! Und dabei will der Knabe einmal studieren! Eine Jugend ist das heute. Du sollst sehen, Julia ... Fliedertee und schwitzen, dann geht es weg.«

»Ja, Paps, dann geht es weg.«

Julia preßte die Lippen zusammen und lief hinaus in ihr Zimmer.

Pünktlich, wie befohlen, meldete sich Rita Camargo jeden Tag um die Mittagszeit auf der zuständigen Polizeiwache und beobachtete mit spöttisch verzogenen Mundwinkeln, wie ein deutscher Beamter mit peinlicher Gründlichkeit die Anwesenheit schriftlich bestätigte. Das änderte sich auch beim zehnten Male nicht, wo jeder Rita schon im Flur der Polizeiwache am Schritt erkannte, bevor sie klopfte und ins Dienstzimmer kam.

Obermeister Stämpel verglich die Personalien und die Personenbeschreibung mit der Sichmeldenden (er gebrauchte diesen Ausdruck), machte ein kurzes Protokoll, ließ es Rita unterschreiben und setzte auch noch eine Meldung ins Berichtsbuch. Das Ganze dauerte eine halbe Stunde, die von den übrigen, meist jungen Polizeibeamten deutlich genossen wurde. Wo sieht man sonst außerhalb von Kinos, Fernsehen und Illustrierten eine so schöne Frau? Und immer wiederholte sich das Gleiche: Rita Camargo unterschrieb das Protokoll ihrer Anwesenheit, lächelte den Obermeister Stämpel freundlich an (Stämpel nannte es frivol, aber er war auch schon sechzig Jahre alt und Mitglied des Kirchenchors) und fragte: »Mein lieber Polizeirat ... darf ich jetzt endlich ein Kotelett und Gemüse holen?«

Die jungen Polizisten wieherten hinter der vorgehaltenen Hand, Obermeister Stämpel schwieg mit dienstlich ernster Miene und machte nur eine Handbewegung: Hinaus! Dieser mittägliche Besuch Ritas sprach sich bei der Polizei bald herum; es kamen plötzlich viele Polizisten aus anderen Revieren, die ihre Kameraden besuchen wollten. So viele Freunde hatte es bisher noch nie gegeben.

Am elften Mittag war das Revier verblüffend leer. Rita Camargo merkte es schon im Vorraum, wo sonst mindestens sechs Polizisten herumsaßen und sie mit glänzenden Augen grüßten. Jetzt saß nur ein junger Beamter da und war sehr dienstlich und knapp.

Rita ahnte eine Gefahr hinter der Tür zu Obermeister Stämpel. Sie wappnete sich mit all den Ausreden und Antworten, die Ostra ihr einstudiert hatte, klopfte und trat ein, als Stämpel militärisch kurz: »Ja!« rief.

Das Zimmer, sonst bevölkert mit Wachtmeistern, war

leer. Nur Obermeister Stämpel saß auf seinem alten Platz hinter dem Schreibtisch. Ihm gegenüber lehnte ein Mann an der Wand, den Rita schon einmal gesehen hatte, aber im Augenblick nicht einordnen konnte. Ein Besucher der Bogenhausener Villa war er nicht, dazu sah der Mann zu bürgerlich und wenig elegant aus. Er blickte Rita mit offenen, abschätzenden Augen an und zeigte auf einen Stuhl, der mitten im Raum stand.

Rita sah sich zu Stämpel um. Hochmut zeichnete ihr Gesicht.

»Ich bin wieder da«, sagte sie. »Machen wir wieder das Protokoll. Name: Camargo. Vorname: Rita Carmen Conchita …«

»Bitte, nehmen Sie Platz!« sagte Kriminalkommissar Singert und zeigte wieder auf den Stuhl. Hinter Singerts Kopf hingen Fahndungsplakate an der Wand. Mörder, Tresorknacker, Hochstapler. Zusammen fast fünfzigtausend Mark an Belohnung.

»Warum?« fragte Rita widerspenstig.

»Kommissar Singert.«

In den schwarzen Augen Ritas blitzte es auf. Jetzt erinnerte sie sich. Als Ministerialrat Bruckmayer sie verhaften ließ, war es Singert, der sie abgeführt hatte. Er hatte damals die Wände abgeklopft und nach den eingebauten Kameras gesucht.

Mit trippelnden Schritten ging Rita um den Stuhl herum und stellte sich dahinter. Sie umklammerte die Lehne und sah Singert herausfordernd an. »Ich nehme auf keinem Stuhl Platz, der aussieht wie ein elektrischer Stuhl«, sagte sie. »Ich nehme an, Sie können mich im Stehen ausfragen.«

»Bitte.« Singert verzog die schmalen Lippen zu einem Lächeln. »Es sind nur wenige Fragen.«

»Ich habe auf alles, was zu fragen war, geantwortet.«

»Das ist eine Ermessensfrage. Fragen gibt es immer.«

»Man hat mich freigelassen, auch wenn ich mich jeden Tag hier melden muß. Daß ich mich ohne Einschränkung bewegen kann, sollte doch ein Beweis sein, daß man mir nichts vorwerfen kann.«

»Kuppelei!«

»Ich habe Gesellschaften gegeben, das ist alles. Ist es in Deutschland verboten, vergnügt zu sein?«

»Mit Tonbändern und Fotos, ja.«

»Die waren nur für den Eigengebrauch bestimmt.«

»Das haben Sie gut auswendig gelernt.«

Singert und Rita sahen sich eine Weile wortlos an. Er ist gefährlich, dachte Rita. Bruckmayer ist Wachs in den Händen Ostras, aber dieser Kommissar steht außerhalb aller Beeinflussungsmöglichkeiten. Er ist korrekt und klug. Wenn das bei einem deutschen Beamten zusammenkommt, nützen auch die Beine und der Busen einer Rita Camargo nichts mehr.

»Was wollen Sie von mir?« fragte Rita und senkte als erste den Blick. Das Augenduell war verloren.

»Nur ein paar Auskünfte.«

»Wenn ich es vermag –«

»Wo ist Ostra?«

»Ich kenne keinen Ostra.«

Er ist doch dumm, dachte sie. Wer so direkt fragt, ist dumm. Als ob er darauf eine Antwort erwarten könnte. Singert kräuselte die Lippen. Es war sein Trick, sich verkennen zu lassen. Bis jetzt hatte das immer gewirkt. Verbrecher sind eitel, eitler als Minister und Künstler. Und ihre Eitelkeit, die ihnen den überlegenen Geist vorgaukelt, löst ihnen die Zunge. Ein dummer Kommissar ... man kann mit ihm Katze und Maus spielen. Es fragte sich nur, wer die Katze und wer die Maus in Wirklichkeit war.

»Sie waren an zwei Wochenenden bei dem Direktor Volbert?« fragte Singert leichthin. Rita nickte.

»Ja. Ich bin mit Frau Volbert befreundet.«

»Und sind so kurz in Deutschland.«

»Es gibt Menschen, die einem gleich, und Menschen, die einem nie sympathisch sind.«

»Eine große Weisheit.« Singert lächelte mokant. Seine völlig neutrale Frage nach Volbert, die Rita ahnungslos bestätigte, war ein unsichtbares Netz gewesen, das Singert ausgeworfen hatte. Er hätte diese Frage nicht nötig gehabt, denn Kriminalmeister Ratzel hatte eine präzise Meldung über die Gäste in Volberts Villa abgegeben. Aber eine Bestätigung ist immer gut; sie schließt alle Irrtümer aus.

»Danke«, sagte Singert freundlich. »Das war alles.« Er nickte dem verblüfften Obermeister Stämpel zu und verließ das Zimmer. Rita sah ihm ebenso entgeistert nach.

»Ist dieser Herr wirklich Kommissar?« fragte Rita nach einer ganzen Zeit, in der Stämpel das übliche Protokoll tippte. »Natürlich. Und was für einer. Der beste, den wir haben. Dem ist noch kein Verbrecher ausgegangen, wenn er erst einmal eine Spur hat.« Stämpel sah Rita streng an. Die Formalitäten begannen. »Rita Camargo, wohnhaft in München-Bogenhausen ...«

In einem Nebenraum stand Horst Singert am Fenster und sah hinaus in einen engen Hinterhof. Er hatte ein flaues Gefühl im Magen. Seit er begonnen hatte, sich über die Maßnahmen und Vorschläge des Ministerialrats Bruckmayer zu wundern, hatte er eine Liste aller Beobachtungen aufgestellt, in denen Bruckmayer vorkam. Zweimal hatte Ratzel mit schiefem Mund seinen Bericht abgegeben. Wochenende bei Direktor Volbert. Als Gäste ein Druckereibesitzer Duppel mit Gattin, Rita Camargo – und Herbert Bruckmayer. Ein fremder Gast, der bei Volbert wohnte, hatte noch nie das Haus so verlassen, daß man ihn erkennen konnte. Entweder fuhr er im Wagen Volberts oder bestellte sich ein Taxi, das hinter der hohen Hecke auf dem Grundstück verschwand, oder Eva Volbert fuhr ihn mit ihrem schnellen Sportwagen in die Stadt. Dann saß er meistens mit hochgeschlagenem Kragen neben ihr. Zweimal hatte Ratzel mit seinem neutralen VW versucht, Eva Volbert zu folgen. »Die hat mich abgehängt wie einen lahmen Igel«, sagte er mißmutig zu seinem Vorgesetzten. »Solange ich nur einen Kleinwagen habe …«

»Die Polizei kann Ihnen keinen Ferrari geben«, sagte Singert und klopfte Ratzel auf die Schulter. »Es genügt, wenn es uns gelingt, das Gesicht des Mannes genau zu sehen.«

Hier war etwas, das Singert nicht mehr losließ. Ministerialrat Bruckmayer traf sich mit Rita Camargo bei Volbert, ein unbekannter Mann war immer dabei. Natürlich konnte das völlig harmlos sein; Volbert konnte sich Gäste einladen, wen und so viele er wollte. Aber im Zusammenhang mit diesem »Fall« war es zumindest merkwürdig, daß Bruckmayer sich mit einem Weibsstück traf, in deren Betten Mikrofone und automatische Kameras eingebaut waren.

Es kann sein, dachte Singert, daß Bruckmayer sich nach alter Manier in einem verdächtigen Kreis eingeschlichen hat und eines Tages die Bombe platzen läßt, wenn er genug Beweise gesehen hat. Es kann aber auch sein, daß ein Ministerialrat gestolpert ist und nun in ein Schlamassel gerät, das ihn Kopf und Kragen kostet.

Dieser letzte Gedanke beengte Singert sehr. Es ist völlig unmöglich, daß ein kleiner Kriminalkommissar in Bonn anfragt, wer dieser Ministerialrat Bruckmayer ist. Zum Polizeipräsidenten damit zu gehen wäre Selbstmord, denn der würde einen für unfähig halten. Den Geheimdienst einzuschalten widerstrebte Singert sehr, denn zwischen Geheimdienst und Kriminalpolizei herrscht ein Verhältnis wie zwischen Kain und Abel. Und doch spürte Singert in der Herzgegend jenen Druck, den er immer hatte, wenn eine Spur heiß geworden war. Es gab hier zu viele offene Fragen. Schon mit der Haftentlassung Ritas fing es an. Wenn auch alle den Argumenten Bruckmayers zugestimmt hatten, sogar der Präsident der Landeskriminalpolizei – Singert hielt es für eine Fehlentscheidung. Mit Rita Camargo lockte man keinen Ostra herbei. Raubtiere werden vorsichtig, wenn sie menschlichen Geruch wittern.

Einer Eingebung folgend, rief Singert im Hotel an, wo Bruckmayer wohnte. Der Ministerialrat meldete sich sofort, was Singert nicht erwartet hatte.

»Was gibt es, Herr Kommissar?« fragte Bruckmayer. Er hatte das Radio an, leise Musik klang durch das Telefon. »Haben Sie Ostra?«

Diese Frage traf Singert zutiefst. Er verzog das Gesicht.

»Nichts haben wir, Herr Rat«, sagte er. »Rita meldet sich brav jeden Tag auf dem Revier, das ist aber auch alles. Von Ostra keine Spur. Einige Briefe an die Bogenhausener Adresse konnten wir abfangen, alles Ergüsse von Liebhabern, die anfragen, wann sie wiederkommen könnten. Es sind Persönlichkeiten dabei, da kann man nur den Kopf schütteln. Und gerade die seriösesten Knacker schreiben wie die jüngsten Schwärmer.«

Bruckmayer lachte. »Ich hole mir morgen die Briefe ab«, sagte er. »Aber so ist es immer. Je lahmer die Knochen, um so feuriger die Phantasie.«

»Rita hat jetzt auch einen Nerzmantel.« Singert machte eine kleine Kunstpause. »Sie sieht aus, wie man sich eine Frau erträumt. Wann haben Sie Rita zum letztenmal gesprochen, Herr Rat?«

»Bei der Verhaftung«, sagte Bruckmayer leichthin. »Ich möchte mich ganz im Hintergrund halten, Sie wissen ja!«

Singert nickte und legte den Hörer auf.

Nun hatte er Grund, sich wirklich maßlos zu wundern.

Es war ganz einfach, die fünfzig Steuergeräte für ferngelenkte Raketen aus dem Bunker der Vereinigten Elektrowerke zu holen. Da nur ein kleiner Kreis von sieben Personen einen Schlüssel zu diesem großen deutschen Militärgeheimnis besaß, die Wände, Decken und Böden aus dickem Beton bestanden und die einzige Tür wie eine Tresortür war, bewachte niemand den großen Schatz. Ab und zu kamen aus Bonn vom Verteidigungsministerium die beiden Obersten, ließen sich von Volbert berichten, sahen sich die gestapelten Kisten an, nickten zufrieden und wiederholten, daß dies höchste Geheimstufe sei. Zu Versuchszwecken wurden in unregelmäßigen Zeitabständen einige Kisten von Militärwagen abgeholt; dann füllte man lange Listen aus, ließ sie von einer Reihe von Zeugen unterschreiben, und auch diese Ausgangslisten wurden in einen Tresor gesperrt.

Ostra hatte als Gast Volberts einen solchen Transport beobachtet. Nicht unten im Bunker, sondern vom Fenster des Büros aus. Der Abtransport der Steuergeräte vollzog sich nach Arbeitsschluß, in der Dunkelheit.

»Immer kommen sie nach Feierabend«, sagte Volbert, als er wieder in seinem Büro saß und die Listen eingeschlossen hatte. »Die Arbeiter brauchen das nicht zu sehen.«

»Und der Nachtportier?«

»Er ist unterrichtet und vergattert. Ein ehemaliger Feldwebel. Der erstickt eher an seinem Wissen, als daß er den Mund aufmacht.«

»Das ist gut.« Ostra legte die Beine auf den Tisch. Er spielte mit einem Lineal und schlug sich damit gegen die Schuhspitzen.

»Du machst uns alle unglücklich, Peter«, sagte Volbert ahnungsvoll. Seit dem Abend, an dem Ostra ihn die Bilder hatte sehen lassen, war Volbert ein Nervenbündel. Er sah sich in dem Netz der ekligen Spinne, die Ostra hieß, und er war zu feige, das Gespinst zu zerreißen. Zuviel stand auf dem Spiel: seine Stellung als Direktor, seine Villa in Grünwald, sein Ansehen bei den Vereinen, sein guter bürgerlicher Ruf weit und breit, seine Freundschaften im Geldadel Münchens. Alles ging in die Brüche, wenn Volbert sich wehrte und für die Anständigkeit opferte. Ostra hatte es ihm deutlich genug gesagt, als ahnte er die Gedanken Volberts.

»Anständigkeit zahlt sich nicht aus, Friedrich. Man wird es dir zehn Minuten lang hoch anrechnen, daß du den Schuft Ostra dem Gesetz übergeben hast – aber bis zu deinem Lebensende wird man dir nachtragen, daß du Schlüsselspiele, lebende Bilder und andere Scherze veranstaltet hast. Ein geknicktes und geschweißtes Eisen hat nie die Festigkeit eines unbeschädigten Stahles. Sag ehrlich: Was sind zehn Minuten Triumph und Händeschütteln gegen das, was dann kommt und an dir klebt wie Ölschmiere?«

»Du bist ein Satan!« hatte Volbert geantwortet. Das war das einzige, was er tun konnte: fluchen und beleidigen. Aber es tropfte an Ostra ab wie Wasser an einer Gummischürze.

»Es kann gar nichts schiefgehen«, sagte Ostra jetzt. Draußen rumpelte der Militärlastwagen mit den Steuergeräten aus dem Tor; der Nachtwächter stand vor seinem gläsernen Häuschen und grüßte stramm. »Wir haben eine normale, angemeldete Sendung nach Honduras. Zehntausend Tauchsieder. Verzollt und bezahlt. Die Papiere sind in Ordnung. Die Ausfuhrgenehmigung liegt vor.«

Volbert sah Ostra von der Seite an. Manchmal fürchtete er direkt die eiskalte Art, mit der Ostra gleichgültig ungeheure Dinge sagte. »Woher sind denn die Papiere?« fragte er. »Du kannst doch unmöglich diese amtlichen Bescheinigungen ...«

Ostra winkte ab und rieb sich sein Knie mit dem Lineal. »Natürlich nicht. Aber ich habe unseren guten Duppel ...«

Volbert sprang wie gestochen auf. »Um Himmels willen, du hast Ludwig auch noch eingeweiht? Duppel ist ein Trottel!«

»Wem sagst du das? Ludwig weiß gar nichts. Er druckt nur die falschen Papiere, ohne zu wissen, wozu. Das Ausfüllen der ›amtlichen Formulare‹ mache ich allein.« Ostra hieb mit dem Lineal ein paarmal durch die Luft wie ein Fechter. Er hatte Fechten gelernt, damals, auf der Führerschule der SS. Sein berühmtester Gegner war Heydrich gewesen ... und er hatte ihn gewinnen lassen, als er das kalte Feuer in Heydrichs Augen sah, wenn er ihn mit dem Säbel traf und die Schiedsrichter mit betroffener Stimme zählten. Himmel, wie lange war das her! Und was lag alles dazwischen. Nur noch Bruckmayer wußte von all diesen Dingen. Der Herr Ministerialrat. Ostra lachte leise in sich hinein. Volbert sah ihn erstaunt an.

»Du kannst noch lachen«, sagte er bitter. »Mir drückt es die Kehle zu.«

»Ich mußte nur an ein Kuriosum denken. Weißt du, Friedrich, daß die Welt voll von Abnormitäten ist?«

»Willst du jetzt philosophieren?« Volbert ging unruhig in seinem großen Büro hin und her. Wieder hatte er den Gedanken, alles hinzuwerfen und sich doch zu opfern. Man konnte wegziehen, nach Norddeutschland, wo einen keiner kannte. Ein kleines Haus am Heiderand kaufen, ein Gärtchen, einen Wagen ... dazu reichte es allemal. Und den Rest des Lebens in Ruhe verbringen, abseits von allen Gaunereien, mit denen das Dasein so vollgestopft war. Das Leben genießen. Mit Eva, mit neuen Freunden, mit neuen Schlüsselspielen, die diesmal völlig ungefährlich waren, denn es gab nichts mehr bei Volbert zu erpressen. Weder Geld, noch Steuergeräte, noch Ehre. Ein Leben wie ein Null ouvert.

Die Stimme Ostras riß ihn aus seinen Gedanken. »Ich komme übermorgen die Geräte holen«, sagte er leichthin. In den Ohren Volberts war es wie ein Knall.

»Morgen?«

»Übermorgen.«

»Und wie? An der Pforte schellen und sagen: Ach, ich bin der und der. Ich wollte die Raketenersatzteile abholen ...«

»Es ist beleidigend, daß du mich für einen Idioten hältst«, sagte Ostra bitter.

»Kein Privatmann hat bisher die Geräte abgeholt. Das weiß der Portier.«

»Wer sagt, daß es ein Privatmann ist?«

Volbert starrte Ostra entgeistert an. Das unheimliche Gefühl, einem Teufel gegenüberzusitzen, kam wieder in ihm hoch. Ein Würgen saß ihm in der Kehle. »Du ... du hast noch mehr Helfer?« fragte er heiser.

»Nein. Ich bin allein. Ganz allein.«

»Aber –«

Ostra sprang auf und warf das Lineal auf den Tisch zurück. Elastisch, groß, breitschultrig ging er mit seinem leicht wiegenden Gang um Volbert herum, immer im Kreis, wie ein unruhiger Tiger. Es war wie in alten Zeiten, damals, als man dem SS-Sturmbannführer Fritz Ollenhoff befahl, Eisenhower und Montgomery umzubringen, wie, das sei seine Sache. Damals war er auch so herumgegangen, die Hände auf dem Rücken, die Augen zusammengezogen. »Z. b. V. – das ist mehr als die Brillanten zum Ritterkreuz!« hatte SS-Obergruppenführer Schellenberg damals zu ihm gesagt. »Meine z. b. V. müssen Gott den Thron stehlen können!« Und von da an war Ollenhof-Ostra eigentlich immer z. b. V. gewesen, immer »zur besonderen Verwendung«, und ein Abenteurer, dem das Wort »unmöglich« als grobe Beleidigung galt.

»Übermorgen um 21 Uhr«, sagte Ostra und blieb stehen. »Du wartest hier oben auf mich.«

»Das ist Wahnsinn! Mensch, Peter, begreif es doch!« rief Volbert verzweifelt.

»Du wirst nie ein großer Mann«, sagte Ostra und lächelte Volbert böse an. »Du wirst immer ein Spießer bleiben, der sich hinter verhängten Gardinen an nackten Weibern zum Helden entwickelt und dann morgens einen Kater hat.«

»Verdammt, man könnte dich hassen!« Volbert trat an das Fenster. »Mord an Leuten wie dir müßte straffrei sein.«

»Auch zum Mörder gehört Mut.« Ostra wippte auf den Schuhspitzen. »Ich kannte einen, der vom Schreibtisch aus 40 000 Menschen in den Tod schickte, weil er nur zu unterschreiben brauchte. Selbst hat er nie geschossen, er hatte Angst. Wenn ich dir eine Pistole gäbe ... du würdest nicht abdrücken.«

»Oh, ich würde es! Jetzt, hier, jetzt würde ich es!« schrie Volbert.

Ostra lächelte breit. Er griff in die Hosentasche, zog eine kleine, schwarze Pistole heraus und legte sie auf seine Handfläche. Er ließ die Hand wippen und nickte Volbert zu.

»Fang auf, Friedrich ... allez hopp!«

Die Pistole schnellte durch die Luft. Volbert ergriff sie gerade noch, bevor sie zu Boden fiel. Sie lag zwischen seinen Fingern, schwarz, kalt, stählern. Und plötzlich war es Volbert, als vereisten seine Finger, als stürben sie völlig ab. Er starrte auf Ostra, der unter der Deckenlampe stand.

»Schieß –«, sagte Ostra. »Nun mach schon, Friedrich.«

Durch Volbert lief ein Zittern. Die große Chance! Die einmalige Chance! Die Welt wird von einem Satan befreit. Aber sein Arm war wie gelähmt, die Finger ließen sich nicht bewegen.

»Sie ist ja nicht geladen ...«, stotterte er.

»Aber ja. Eine Patrone steckt im Lauf. Ich trage Pistolen immer nur schußbereit in der Tasche. Links ist der Sicherungshebel. Du kannst ihn mit dem Daumen wegdrücken.«

Volbert stöhnte leise. Die Pistole rutschte aus seinen bewegungsunfähigen Fingern auf den Tisch und fiel krachend auf die Platte. Langsam kam Ostra näher, nahm die Waffe und steckte sie wieder ein.

»Siehst du, Friedrich«, sagte er fast milde, wie zu einem Kinde, das man trösten muß. »Man ermordet nicht so einfach einen Freund, auch wenn man ihn haßt. Für die meisten ist es ein weiter Weg vom Gehirn bis zur Hand. Bei mir ist es nur ein Millimeter!« Das war hart, eiskalt gesprochen. Der letzte Satz fegte über Volbert wie ein Eiswind.

Er senkte den Kopf, wandte sich ab und ging zur Tür. Er wußte jetzt, daß er endgültig verloren hatte.

Wie hatte Rita gesagt? Niemand kommt gegen Peter Ostra an. Er ist ein Naturereignis wie der Wind von den Kordilleren.

Beim Panzerschützenbataillon 3 der Bundeswehr gab es am nächsten Abend einen riesigen Krach. Von der 2. Kompanie war die unglaubliche Meldung gekommen: Uns ist im Gelände ein Lastwagen gestohlen worden.

»Was ist gestohlen worden?« brüllte Major Haymes und sah den Oberfeldwebel der 2. Kompanie entgeistert an.

»Ein Lastwagen, Herr Major.«

»Gestohlen?!«

»Ja.«

»Wo?«

»Bei der Übung im Erdinger Moos.«

Major Haymes schnaufte und setzte seine Mütze auf. Das durfte nicht wahr sein. Ein Soldat kann etwas verlieren, vergessen, zerstören ... aber ihm wird nie etwas gestohlen. Und schon gar nicht ein ganzer Lastwagen.

»Das ist ungeheuerlich!« schrie Haymes. »Wie kann man einen Lastwagen klauen? Wo war denn der Fahrer?«

»Pinkeln, Herr Major.« Der Oberfeldwebel senkte den Blick. Es ist nicht ratsam, seinen Major anzusehen, wenn dem die Augen vortreten. »Als er zurückkam, war der Wagen weg.«

»Und der Beifahrer?«

»Holte Verpflegung von der Feldküche, Herr Major.«

»Das ist unglaublich! Einfach unglaublich!« Major Haymes schlüpfte in seinen Mantel. »Das muß ich sehen! Das ist ja eine Blamage für die ganze Bundeswehr! Wer weiß schon davon?«

»Die 2. Kompanie und Sie, Herr Major.«

In dem Jeep, den der Kompaniechef mit dem Oberfeldwebel geschickt hatte, raste Major Haymes hinaus in das Erdinger Moos. Dort stand die 2. Kompanie betreten herum und knallte die Hacken zusammen, als Haymes aus dem Jeep sprang. Oberleutnant Gartenberg rannte ihm entgegen und meldete die Kompanie.

»Den Essenholer und den Pisser zu mir!« schrie Haymes in die Dunkelheit hinein. Es brannten ein paar Batterielampen und Scheinwerfer in einem laufenden Lastwagen. Die Autos waren säuberlich in einer Formation aufgefahren, ausgerichtet wie zur Parade. Nur in der Mitte gähnte eine Lücke, und dort standen statt des Lastwagens zwei armselige Gestalten in Tarnuniform.

Es half alles Schreien nicht – der Wagen war gestohlen worden. Nur drei Minuten Zeit hatte der Dieb gebraucht, um diesen Streich auszuführen. So lange dauerte, nach Schätzungen, das Austreten des Gefreiten Sulzig.

»Konnten Sie nicht hinter dem Wagen pinkeln?« brüllte Major Haymes.

»Das war unmöglich, Herr Major«, sagte der Gefreite Sulzig. »In der Nähe waren Mädchen aus dem Dorf. Ich konnte doch nicht ...«

»Seien Sie still!« sagte Haymes und winkte angewidert ab. Die zivile Linie in der Bundeswehr war ihm ein Greuel. Wenn er da an Wahn dachte. 1939. Durchs Gelände waren sie gerobbt mit der Gasmaske, bis sie unter sich machten. So macht man Soldaten, nicht mit einem Gesetzbuch in der Rocktasche! »Der Fall ist also klar: Man läßt sich einen Lastwagen klauen! Die ganze Kompanie zunächst Urlaubssperre und vierwöchiges Ausgehverbot! Und jetzt schalten wir die Polizei ein und ...« Major Haymes stockte erschrocken. »Befanden sich im Wagen Waffen und Munition?«

»Nein, Herr Major. Nur Zelte.« Der Gefreite Sulzig schluckte. »Und meine Gitarre.«

»Eine was?«

»Gitarre, Herr Major. Ich bin Gitarrist in der Combo der 2. Kompanie.«

»Man sollte sich erschießen!« stöhnte Haymes und wandte sich ab. »Gebe Gott, daß es nie mit solchen Soldaten einen Krieg gibt.«

In die Öffentlichkeit drang nichts von diesem Vorfall im Erdinger Moos. Nur die Polizeidienststellen erfuhren es, und auch Bruckmayer bekam es gemeldet, als er Singert in dessen Dienstzimmer aufsuchte, um sich über das Phantom Ostra zu unterhalten, der wie weggezaubert war.

»Ein Lastwagen der Bundeswehr?« sagte Bruckmayer wirklich ahnungslos. »Das muß ein Verrückter sein oder ein Witzbold. Was will man mit einem Militärlastwagen? Der fällt doch überall auf.«

Das war auch die Ansicht der meisten, die von diesem

Diebstahl hörten. »Es ist ein Streich«, sagte der Wehrkreiskommandant. »Ein Nadelstich gegen die Bundeswehr. Passen Sie auf, meine Herren ... irgendwo findet sich der Wagen wieder, unbeschädigt und einsatzbereit.«

Dessen ungeachtet wurde gegen den Gefreiten Sulzig ein Verfahren eingeleitet. Er hatte den Schlüssel im Zündschloß stecken lassen. Ein gewissenhafter Soldat geht nicht bei eingeschalteter Zündung pinkeln.

Um diese Zeit stand der Lastwagen der Bundeswehr tatsächlich in einem Waldstück im dichten Buschwerk. Peter Ostra schlief im Führerhaus, zugedeckt mit den Decken, die er im Laderaum gefunden hatte. Er fühlte sich sicher und schlief den gesunden Schlaf des Zufriedenen.

Sie haben eben doch nicht die Ausbildung wie wir, hatte er gedacht, als er mit dem schweren Lastwagen über die Landstraße brauste. Und was ein alter z. b. V.-Fuchs ist, der klaut so einen Wagen im Vorbeigehen. Singend fuhr er durchs Land, winkte sogar einer entgegenkommenden Bundeswehrkolonne entgegen (das wurde später gemeldet und trug dazu bei, daß Major Haymes gelb im Gesicht wurde) und bog dann irgendwo ab. Von da an war der Wagen endgültig verschwunden, so sehr auch Sondersuchkommandos die ganze Gegend absuchten und jeden – natürlich unverfänglich – fragten, der ihnen über den Weg lief.

»Ein Zivilist!« stöhnte Major Haymes, nachdem alle Verhöre abgeschlossen waren. »Ein großer, stämmiger Mann mit einer graugrünen Windjacke und Webpelzkragen. Eine Jacke aus Ami-Beständen! Wir sind blamiert bis auf die Knochen!«

Am Abend des nächsten Tages, pünktlich um 21 Uhr,

rollte Ostra mit seinem Militärlastwagen vor das Tor der Vereinigten Elektrowerke. Friedrich Volbert, der schon im Werk war und am Fenster stand, fiel die Zigarre, die er gerade voller Unruhe rauchte, aus der Hand.

Das Fabriktor glitt zur Seite. Der hochrädrige Wagen rumpelte in den Hof. Der Nachtwächter grüßte stramm. »Das ist doch nicht möglich ...«, stotterte Volbert entgeistert. »Das ist doch ein Märchen!«

Und dann sah er das lachende Gesicht Ostras, der sich aus dem Fenster der Kabine beugte und zu ihm heraufgrüßte.

Mit zitternder Hand nahm Volbert den Schlüssel zum Bunker aus der Tasche und verließ sein Büro.

Ganz unbefangen und ohne vorherige Anmeldung, in einem eleganten Kamelhaarmantel mit Pelzkragen und einer Biberpelzkappe, kam Ostra in das Hotel, in dem Bruckmayer wohnte, und ließ ihn von der Rezeption telefonisch bitten, in die Halle zu kommen.

»Bist du total verrückt?« schnaubte Bruckmayer, als er mit Ostra in einer Nische der Hotelhalle saß und einen Kognak trank. »Wie kannst du am hellichten Tag ...«

»Warum denn nicht?« Ostra lächelte breit. »Wer kennt mich denn außer dir? Es existiert kein Bild von mir, kein Steckbrief, kein Fahndungsfoto. Ich bin ein völlig normaler, anonymer Mensch in der Masse von einer Million Münchnern. Wer soll mich erkennen?«

»Was willst du?« fragte Bruckmayer kurz.

Ostra sah seinen alten Freund forschend an. »Ich habe Angst, daß du Dummheiten fabrizierst, alter Junge«, sagte er ehrlich. »Du hast dich bei Volbert nicht mehr sehen lassen.«

»Was soll ich da?«

»Rita vermißt dich.«

»Laß den Quatsch, Fritz.«

»Siehst du, durch so was kann es rauskommen. Ich heiße Peter!« Ostra räusperte sich und beugte sich vor. Unwillkürlich nahm Bruckmayer den Kopf etwas zurück. Er kannte diese Art von der SS her: Wenn sich der Verhörende vorbeugte und begann, leise zu sprechen, wurde es gefährlich. »Wie stehen die Aktien?«

»Welche Aktien?«

»Herbert, mein Kleiner, spiel nicht den Doofen! Das warst du nie. Ich habe deine Beurteilung beim Reichsführer einmal gesehen. Toll direkt! Du hättest eine große Karriere gemacht, wenn wir den Scheißkrieg gewonnen hätten. Aber immerhin ... Ministerialrat ist auch ganz schön. Ein Posten, wo das Alter keine Sorgen hat. Du warst immer für eine solide Grundlage.«

»Was willst du?« fragte Bruckmayer noch einmal, diesmal mit Nachdruck.

»Man hat Rita wieder verhört.«

»Nein!« Bruckmayers Augenwinkel zuckten.

»Ach! Das weißt du nicht?«

»Nein. Ehrlich.«

»Ein Kommissar Singert war es.« Ostra sah Bruckmayer lauernd an. »Kennst du ihn?«

»Natürlich. Er ist meine sogenannte Exekutive. Ich kann als Ministerialbeamter ja weder Verhöre führen noch Verhaftungen vornehmen. Ich kann nur anregen.«

»Und du hast Singert also angeregt, daß er ...«

»Keine Spur! Das war ein Alleingang von Singert.«

»Und das darf er?«

»Aber ja. Er ist doch Kriminalkommissar. Er kann auf eigene Faust ermitteln.«

»Mist!«

Ostra leerte sein Kognakglas, winkte dem Ober und bestellte ein neues. »Er hat Rita so saudumm gefragt, daß ich hellhörig wurde. Du kennst das ja von früher: Je dümmer die Fragen für den Verhörten, um so mehr steckt dahinter.«

Unter Bruckmayers Kopfhaut begann es zu jucken. Er spürte instinktiv die Gefahr, die von Singert ausging, und sein Gehirn begann zu arbeiten wie ein Computer. Er rechnete alle Möglichkeiten durch und alle Gegenmaßnahmen.

»Was hat er gefragt?«

»Singert weiß, daß Rita öfter bei den Volberts war. Das hat er ganz klar ausgedrückt. Mit anderen Worten: Er läßt mir – denn um mich geht es ja – sagen, daß er Rita beschatten läßt. Die alte Taktik: Angst säen, Zweifel, Ungewißheit, Panik, aus der dann die Dummheiten wachsen, mit denen man jeden Gauner bekommt. Wer unsicher ist, verrät sich selbst – das ist eine der Grundlehren.« Ostra lachte leise. »Junge, wenn die anderen Knaben unsere Vergangenheit wüßten!«

»Hör endlich damit auf!« sagte Bruckmayer dumpf. Um sein Herz hatte sich ein Ring gelegt, der den Pulsschlag hemmte. Eine große Frage belastete ihn: Wußte Singert, daß auch er, Bruckmayer, die Villa Volberts betreten hatte und dort mit Rita Camargo zusammengekommen war?

Sollte dies der Fall sein, gab es nur eins: Zunächst zurück nach Bonn und so tun, als habe man andere Sorgen. Eine Flucht an den Schreibtisch des Ministerialrats.

Das kurze Telefongespräch mit Singert kam Bruckmayer plötzlich in die Erinnerung zurück. Und jetzt gewann jedes Wort Bedeutung.

»Du siehst aus, als wenn es dir in die Hose geschlagen

hätte«, sagte Ostra gemütlich. »Die Vergangenheit ist unsere Zukunft, das ist ein logisches Paradox. Ohne Vergangenheit säßen wir jetzt nicht hier und liefen die anderen nicht im Kreis herum wie Hunde, die ihrem eigenen Duft nachlaufen. Aber keine Sorge, Herbert: In drei Wochen bist du mich los.«

Bruckmayer sah ruckartig auf. »Was soll das heißen?«

»Noch vor Weihnachten dampfe ich wieder ab nach Südamerika.«

»Das hat doch einen Grund.«

»Natürlich. Mein Auftrag hier im schönen Vaterland ist dann beendet.«

»Ein wirklich angenehm kurzer Besuch.« Bruckmayer zündete sich eine Zigarette an. Zu dem Ring um das Herz kam noch ein übles Gefühl im Magen. »Du hast deine Waffen gekauft?«

»Nein.«

»Dann hast du genug Tonbänder und Fotos?«

»Das war eine Privateinnahme. Übrigens muß ich das Material noch auswerten. Aber das geht auch von Südamerika aus.«

»Warum bist du eigentlich nach Deutschland gekommen?«

»Aus Sehnsucht nach der Heimat.« Ostra lachte laut und bog sich zurück. »Herbert, auch *du* brauchst nicht alles zu wissen. Jedenfalls war es schön, dich wiederzusehen. Nach einundzwanzig Jahren. Mensch, wie die Zeit rast!«

Bruckmayer zerdrückte nervös seine Zigarette, kaum, daß er sie angeraucht hatte. Die Sicherheit Ostras ließ darauf schließen, daß eine ganz große Gaunerei abgeschlossen war. Und ebenso sicher war sich Bruckmayer, daß diese Gaunerei in Bonn dicke Köpfe hinterlassen würde. Mit Kleinigkeiten hatte sich Fritz Ollenhoff noch nie abgegeben.

»Ich warne dich«, sagte Bruckmayer dumpf. Ostra zog die Augenbrauen hoch.

»Du warnst *mich?*«

»Ja.«

»Vor wem denn?«

»Vor mir!« Bruckmayer sah seinen alten Freund verschlossen an. »Was ich früher getan habe ... gut, es war nicht gesetzlich. Ich gehörte einer verbrecherischen Organisation an, wie es im Nürnberger Urteil heißt. Aber ich habe nie ein Menschenleben auf dem Gewissen gehabt! Und habe nie liquidiert! Ich habe nie jemanden verfolgt! Ich war als Kunstexperte eingesetzt.«

»Und hast für den Reichsführer SS in ganz Europa Kunstwerke aus den Museen geklaut.«

»Stimmt.« Bruckmayer sah an Ostra vorbei. An der Rezeption bei dem Chefportier stand Kommissar Lommel von der Sittenpolizei und sah einige Meldezettel durch. Man hatte anonym bei ihm angerufen, daß auf Zimmer 301 eine international bekannte Kokotte wohne und dort auch seit drei Tagen Einzelempfänge gebe. Sie hatte eine Zofe und einen Sekretär mit, und es stand zur Nachprüfung, ob auch die Angestellten der Madame Rouège sich nebenberuflich in München betätigten. Der Sekretär jedenfalls erhielt viel Besuch von blassen, langmähnigen, röhrenhosigen Jünglingen.

Man brauchte nur aufzuspringen und zu sagen: »Herr Lommel, hier sitzt Ostra!«, und alles wäre vorbei. Alle Sorge, aller Druck im Inneren. Vielleicht war es möglich, die vergangene Schuld mit diesem Fang aufzurechnen. Eine frühzeitige Pensionierung ... darüber konnte man reden.

Ostra tippte Bruckmayer mit dem Zeigefinger an. »Du, Herbert, du brütest nichts Gutes aus!« sagte er mit seiner unheimlichen Ahnung. »Du bist wie geistig weggetreten ...«

Bruckmayers Kopf fuhr herum. »Siehst du den Mann da beim Chefportier?«

Ostra sah zur Rezeption. »Den mit dem grauen Ulster?«

»Ja.«

»Wer ist das?«

»Kommissar Lommel.«

Ostra blickte Bruckmayer groß an. Er begriff sofort. Langsam glitt seine Hand in die Tasche und umklammerte die Pistole. Der Blick Bruckmayers verfolgte diese Bewegung. Er wurde fahl im Gesicht.

»Ich habe etwas in der Tasche«, sagte Ostra dunkel. »Und ich garantiere dir, mein Junge: Bevor dieser Lommel hier am Tisch ist, liegst du darunter und sagst keinen Meff mehr. Was habe ich schon zu verlieren. Ob einmal oder zweimal lebenslänglich, und das sitze ich nie ab, wie du deinen Freund Ollenhoff kennst. Zelle – Magenschmerzen – Zuchthauslazarett – Krankenhaus – durchs Fenster ab ... das ist der Ablauf. Du aber liegst in deinem Kistchen und verfaulst.« Ostra beugte sich wieder vor, in der Hand die schußbereite Pistole. »Ruf, mein Lieber. Hole deinen Kommissar Lommel herbei. Himmel, was seid ihr alles für Arschlöcher geworden. Dem einen werfe ich die Pistole zu, und der macht sich in die Hosen, und du sitzt jetzt da wie ein Götzenbild, auf das die Tauben geschissen haben. Ruf doch!«

Bruckmayer schluckte. Er sah, wie Kommissar Lommel zum Fahrstuhl ging und hinauffuhr zum dritten Stock.

»Vorbei«, sagte Ostra. »Aber es gibt noch Telefone.«

»Warum fährst du so schnell wieder zurück nach Südamerika?« fragte Bruckmayer heiser vor Erregung. »Was hast du hier gemacht?«

»Das geht dich einen Dreck an, mein Junge.« Ostra stand auf. Groß, elegant, gepflegt, ein Gentleman mit grauen Schläfen. Ein Mensch, der Geld ausatmet. »Ich wollte dich nur unterrichten, daß sich Rita in etwa drei Wochen nicht mehr auf dem Revier meldet. Verzögere die Fahndung, gib eine falsche Richtung an, vielleicht die Schweiz.«

»Das heißt, daß du nach Norden abhaust.«

»Auch das geht dich einen Dreck an!« Ostra sah kalt und drohend auf Bruckmayer herunter. Seine Stimme war scharf und leise. »Ich verlange von dir einen Vorsprung von zwei Tagen, und dann siehst du mich nie wieder! Leb wohl, Herbert Bruckmayer.« Ostra machte eine tiefe, spöttische Verbeugung. »Adieu, Herr Ministerialrat … Meine Empfehlung an den Herrn Minister …«

Bruckmayer sah Ostra nach, wie er mit federnden Schritten durch die Drehtür das Hotel verließ. Draußen gab er dem Portier sogar ein Trinkgeld und winkte durch die Glastür zurück zu Bruckmayer.

»Schwein!« sagte Bruckmayer leise. »Du Schwein!«

Der Ober kam heran. »Haben der Herr etwas gesagt?«

»Ja, einen Kognak.« Bruckmayer lehnte sich zurück. Er konnte den Anblick Ostras, wie er draußen vor dem Hotel stand und auf ein Taxi wartete, nicht mehr ertragen. »Einen großen, doppelten Kognak.«

In der Villa Volberts empfing Eva den frohgestimmten Ostra. Er küßte sie auf die vollen Lippen und strich ihr liebevoll über den Rücken und das Gesäß, was sie gern hatte. Kleine Schlitzaugen bekam sie dabei.

»Ist Friedrich schon zurück?« fragte er, Eva noch immer an sich drückend. Sie schüttelte den Kopf. Ihr rotes Haar flammte sogar in der kalten Wintersonne, die durch die Fenster flutete.

»Du hast Besuch«, sagte sie.

»Ich?« Ostra ließ Eva Volbert sofort los. Instinktiv fuhr seine Hand in die Tasche zur Pistole. Die Gedanken wirbelten durch seinen Kopf. Er hat es doch getan. Er hat mir die Kripo auf den Hals gehetzt. Aber warte, mein Bürschchen, ich werde dir Dinge anhängen, die du nie wegräumen kannst! Ich werde Lügen erzählen, die jeder für Wahrheit hält. Ich werde Anklagen erheben, daß keiner dir mehr einen Funken Unschuld glaubt! Denkst du noch an die Erschießung von 500 Partisanen in Gomel? Und an das niedergebrannte Dorf bei Baranowitsche? Du warst nie dabei ... aber wie willst du es beweisen? Du wirst diese Suppen auslöffeln, Herbert Bruckmayer, und wenn du heulst wie ein Hofhund! Ich werde schwören, an deiner Seite gestanden zu haben, als du den Feuerbefehl gabst.

»Ich erwarte keinen Besuch«, sagte Ostra steif. »Schick ihn weg. Ich gehe hintenrum auf mein Zimmer.«

Eva Volbert hielt ihn am Mantel fest, als Ostra gehen wollte.

»Er wartet schon zwei Stunden auf dich. Eine reine Privatsache, sagte er, als ich nach dem Grund fragte.« Eva Volbert gab Ostra einen schnellen Kuß. »Mach es kurz mit ihm, Liebling ... Friedrich hat aus dem Werk angerufen. Er kommt heute spät. Wir können über vier Stunden allein sein, ganz allein.« Sie strahlte ihn mit ihren grünen Augen an, trat näher und rieb ihre Brüste an seinem Oberarm. »Geh hinein und mach schnell. Ich warte auf dich ... oben ... du weißt schon ...«

Ostra hatte alles andere im Sinn als die katzenhafte Zärtlichkeit Evas. Er zog seinen Mantel aus und warf ihn über einen Sessel in der Diele.

»Wie sieht der Mann aus?«

»Alltagsgesicht. Er hat einen dunkelgrauen Mantel an, einen weißen Kragen und einen hochgeschlossenen schwarzen Pullover. Darüber einen schwarzen Anzug.«

»Kommt er von einem Beerdigungsinstitut?« Ostra wollte einen Witz machen, aber es gelang ihm nicht. »Wie alt?«

»Jung noch.« Eva sah ihn bittend an. »Nun geh schon! Vier Stunden sind schnell vorbei.«

Mit schweren Schritten, die Hand in der Tasche um die Pistole gekrallt, betrat Ostra das große Wohnzimmer. Er ist allein, dachte er, bevor er die Tür aufriß. Alleinsein ist immer schlecht ...

Im Zimmer erhob sich eine schlanke Gestalt aus einem der tiefen Sessel, als Ostra eintrat. Mit Verwunderung stellte Ostra fest, daß der Mann nichts Heldisches an sich hatte. Fast unterernährt sah er aus. Nur seine Augen hatten Kraft und blickten Ostra furchtlos an.

»Bitte?« sagte Ostra steif. »Sie wünschen?«

»Sie sind Herr Ostra?« fragte der Besucher. Das war wie ein Schlag. Woher kennt er mich, durchfuhr es Ostra. Woher weiß er meinen Namen? Nur eine Handvoll Menschen weiß, daß ich unter diesem Namen existiere, und unter diesen wenigen ist nicht dieser Mann. Er schob den Zeigefinger zum Abzug der Pistole. Langsam schob der Daumen den Sicherungsflügel herum.

»Wer sind Sie?« fragte er, ohne auf die Frage zu antworten. »Ich kenne Sie nicht.«

Der Mann in der schwarzen Kleidung und dem weißen Hemd blieb stehen und sah auf die Hand Ostras, die in der Rocktasche stak.

»Ich bin ein friedlicher Mensch«, sagte er. »Ich kämpfe nicht mit Waffen. Hinter mir steht Gott.«

»Reden Sie keinen Quatsch!« sagte Ostra grob.

Der Mann deutete ein Nicken an. »Ich bin Josef Hall. Pater Josef Hall.«

»Ein Pfaffe!« entfuhr es Ostra verblüfft.

»Ja, ein Pfaffe. Sogar ein Jesuit.«

»Mir bleibt auch nichts erspart«, sagte Ostra sarkastisch. Er ließ die Pistole los und lachte plötzlich. »Sie wollen sammeln? Mein lieber Pater, ich bin ein ungeeignetes Objekt für eine Seelenmassage. Ich glaube nicht an die Ewigkeit, die Wiederauferstehung, den Himmel und die Hölle. Ich lebe und krepiere, wie's sein soll unter Lebenskünstlern. Noch etwas, Pfäfflein?«

»Ja.« Pater Hall sah Ostra mit seinen großen, starken Augen an. Ein Blick, dem sich selbst Ostra nicht durch Spott entziehen konnte. »Ich muß mit Ihnen sprechen.«

»Über Gott und die Apostel?«

»Nein. Über Julia Bentrob!«

Ostras Gesicht verlor alles Spöttische. »Was ... was ist mit Julia ...«, fragte er stockend. »Warum sind Sie hier ... ein Priester ... So reden Sie doch ... mein Gott, reden Sie doch!«

Einen Augenblick standen sich die Männer stumm gegenüber. Die würdige Ruhe, die Pater Hall ausstrahlte, machte Ostra mehr als nervös. Ein Schuldbewußtsein, das ihm sonst völlig fremd war, drückte auf sein Herz und behinderte das Atmen.

»Was ist mit Julia?« fragte Ostra noch einmal. Seine Stimme war heiser, wie mit Rost belegt.

»Das fragen Sie noch?« sagte Pater Hall.

Ostra hob die Schultern, aber es war eine matte Abwehr der Unwissenheit. »Was haben Sie mit Julia zu tun?« fragte er rauh.

»Sie war bei mir.«

»Ach!«

Pater Hall schwieg wieder. Er musterte Ostra mit unverhohlener Abscheu und doch großem Interesse. Genauso hatte er sich nach Julias Erzählungen diesen Mann vorgestellt. Der moderne Satan trägt Maßanzüge, hat das Benehmen eines Gentleman, fährt große Wagen, hat ein gutes Bankkonto und ist überall eine geachtete Persönlichkeit. Nur wer in den Bannkreis seiner Interessen gerät, spürt etwas von der Hölle, die er um sich gebaut hat. Peter Ostra war solch ein Typ. Im Frack hätte man ihm einen Schönheitspreis für den männlichsten Mann zuerkannt, aber schon sein Händedruck bedeutete Verderben.

»Sie wissen, warum ich hier bin?« fragte Pater Hall nach dieser langen, stummen Betrachtung Ostras.

»Nein.« Das klang abwartend, lauernd.

»Sie haben die Seele eines Mädchens zerstört.«

»Es war eine fröhliche Nacht.«

»Sie haben Gewalt angewendet.«

»Ich war etwas betrunken.« Ostra lächelte unsicher, noch wußte er nicht, was kommen würde. »Frauen wollen erobert werden. Die Sprödesten werden hinterher die glühendsten Geliebten. Aber das ist nicht Ihre Welt, Herr Pater. Das steht nicht in Ihrem Brevier.«

»Sie wußten, daß Julia kein Mädchen ist, das man …«

Ostra hob die Hand. »Stopp, Pater! Keine Moralitäten! Was ist geschehen? Warum stehen Sie hier? Hat Julia sich etwas angetan?«

»Noch nicht.«

»Das wäre auch eine Dummheit. Man muß lernen, Erlebnisse solcher Art von sich abzuschütteln wie einen Wassertropfen. Man duscht sich ab – und Schwamm drüber! Man macht sich ja auch keine Gedanken über Essen und Trinken. Es gehört einfach zum Leben. Mein lieber Pater, wir sind doch moderne, aufgeklärte Menschen. Wir sind tolerant. Ohne Toleranz wäre diese Welt gar nicht mehr zu ertragen. In Ihrer Bibel steht es anders, ich weiß, aber die Bibel ist auch bald zweitausend Jahre alt, und es hat sich einiges auf der Welt geändert, seit Moses vom Berge stieg und wetterte, weil sein Volk um das Goldene Kalb tanzte. Heute ist es genau umgekehrt: Wer nicht um das Goldene Kalb tanzt, wird als Idiot betrachtet.«

»Die Moral ist unsterblich und unwandelbar.«

»Moral!« Ostra trat an das große Fenster und blickte in den Garten. »Moral hat es nie gegeben, lieber Pater. Nur eine als Moral getarnte Heuchelei. Ein bis auf die Knochen moralischer Mensch ist ein Unding, eine bedauerliche Mißgeburt, ein saftloser Kasten aus Knochen und dürren Geweben. Das ist meine Ansicht.«

»Und danach leben Sie?«

»Ja.«

»Und zerstören das Leben anderer ...«

Ostra fuhr herum. Die Blässe der Angst überzog ihn wieder.

»Ist mit Julia etwas geschehen?« rief er.

Pater Hall nickte. »Sie bekommt ein Kind von Ihnen.«

Ostra senkte den Kopf. Ein Kind, dachte er. Wie merkwürdig plötzlich der Gedanke ist: Ich werde ein Kind haben. Und noch merkwürdiger, daß ich nicht darüber lache, an einen Arzt oder eine »weise Frau« denke, es mit einer Handbewegung abtue, wie es schon ein paarmal geschehen ist, in Südamerika, wo es genug verkrachte Ärzte gibt, die für 1000 Pesos alles tun, was man ihnen vorschlägt. Ganz eigentümlich berührte ihn das Wissen, daß Julia ihm gehörte, daß er mit ihr nun für immer verbunden war.

»Das ist schön«, sagte Ostra leise. »Das ist sehr schön.«

Pater Hall atmete tief aus. »Was sagen Sie da?«

»Ich werde Julia heiraten. Ich nehme sie mit nach Buenos Aires. Sie werden es nicht glauben, aber seit dieser Nacht denke ich immer an Julia.«

»Das ist nicht zu glauben!« sagte Pater Hall hart. Ostra nickte.

»Auch Männer wie ich haben ein Herz, das mag vielleicht verwunderlich sein. Ich war auch schon bei ihr, aber sie war nicht zu Hause, sondern dieser Fallers, ihr Bräutigam. Er hat sich unhöflich benommen.«

»Julia wird Fallers heiraten.«

»Mit meinem Kind?« Ostra schüttelte den Kopf. »Das lasse ich nicht zu!«

»Julia will Sie nie wieder sehen.«

»Und um mir das zu sagen, sind Sie gekommen?«

»Nein.« Pater Hall sah Ostra aus dunklen, plötzlich harten Augen an. »Bevor ich hierherkam, hatte ich die Hoffnung, mit Ihnen sprechen zu können. Von Mensch zu Mensch, von Gewissen zu Gewissen. Ich hatte mir gesagt: So fern von Gott ein Mensch auch ist, er hat eine fühlende Seele. Ich habe Mörder gekannt, die bei dem Namen ihrer Mutter weinten wie ein Kind. Ich habe im Zuchthaus einem Mann gegenübergesessen, der vier Menschen mit einem Hammer erschlagen hatte – aber als ich seinen Kanarienvogel erwähnte, bekam er nasse

Augen und flehte mich an, für das arme, jetzt verwaiste Tierchen zu sorgen und nachzusehen, ob es auch immer frisches Wasser habe. Und so dachte ich auch heute: Dieser Mensch Ostra muß eine Seele haben, die irgendwo zutage tritt, und dann kann man mit ihm reden.«

Ostra lächelte mit schiefem Mund. »Bitte, suchen Sie, Pater! Muß ich mich dabei auskleiden?«

Pater Hall nagte an der Unterlippe. »Ich habe mich geirrt. Gott hat auch Menschen leben lassen, die keine Seele haben, nur einen Blutkreislauf. Geschöpfe wie Maschinen. So einer sind Sie!«

»Danke. Es ist eine Freude, so etwas zu hören.«

»Ich wollte mit Ihnen reden, mehr kann ich ja nicht.«

»Natürlich!« Ostra lachte leise. »Ich könnte sagen, ich will beichten. Und Sie stünden unter dem Beichtgeheimnis. Ich könnte Ihnen jetzt Dinge gestehen, die Sie aus Ihrem Anzug fahren lassen! Und Sie müßten schweigen. Aber wozu soll man darüber reden? Sie predigen, ich handle! Das ist ein großer Unterschied. Und deshalb werde ich auch immer oben sein und Sie unten. Der untere trägt die Last der anderen ... das ist Ihr Schicksal, Pater, und von Ihrem Christus so gewollt. Leide, damit das Paradies sich öffnet. Ich denke anders: Lebe! Und dann von mir aus alle Flammen der Hölle, wenn es vorbei ist mit diesem Leben! Oder können Sie mir garantieren, daß ich in den Himmel komme, wenn ich morgens und abends bete, sonntags in der Kirche knie und freitags kein Fleisch esse?«

»Sie werden einmal elend zugrunde gehen«, sagte Pater Hall langsam. »Da es sinnlos ist, mit Ihnen über Reue zu reden, muß ich Ihnen dieses sagen.«

»So etwas Ähnliches wie ein Fluch, was?« Ostra lachte laut. Eva Volbert, die in der Halle wartete, atmete auf.

Es geht fröhlich her, dachte sie. Also kein unangenehmer Besuch. Aber die Zeit verrinnt. Die Zeit, in der ich mit Ostra allein sein kann. Sie trat an die breite, undurchsichtige Glastür zum Wohnzimmer und klopfte an die Scheibe.

»Die Hausherrin«, sagte Ostra freundlich. »Sie wird ungeduldig. Ihr Mann kommt erst spät aus dem Werk, und nun will sie ihn mit mir betrügen. Ich nehme an, daß sie alle Minuten auf die Uhr sieht.« Ostra lächelte Pater Hall an. »So ist das schmutzige Leben, Pater! Und verdammt schön ist es gerade darum! In zehn Minuten werde ich so glücklich sein, wie Sie es mir in hundert Predigten nicht versprechen können. Ihre Position in unserer Welt ist hoffnungslos, Pater.«

Pater Hall wandte sich um und ging zur Glastür. Im Gegenlicht aus der Halle sah er, wie eine schlanke Gestalt, ein Schatten gegen das Glas, wegglitt.

»Sie werden alle elend zugrunde gehen«, sagte er wieder. »Ein Mensch ohne Gottesfurcht ist auch ohne Gottesliebe. Und ohne sie kann man nicht leben.«

»Man kann. Sehen Sie mich an.«

»Nennen Sie das ein Leben?«

»In meinem Sinne: ein herrliches!«

Pater Hall klinkte die große Glastür auf. Im Hintergrund der Halle klappte eine andere Tür. Eva Volbert war schnell in einem anderen Raum verschwunden.

»Denken Sie an diese Worte, wenn es Ihnen an den Kragen geht, Ostra!«

»Ich glaube, dann denke ich gar nicht mehr.«

Ostra kam mit ein paar schnellen Schritten auf Pater Hall zu und faßte ihn am Ärmel. Pater Hall schüttelte ihn ab wie eine Klette.

»Was wollen Sie? Noch mehr Worte?«

»Ich möchte nur feststellen, daß Sie gegen mich nichts unternehmen können! Was Sie wissen, ist Beichtgeheimnis!«

Pater Hall lächelte schwach. »Sie haben also doch Angst? Das ist gut, Ostra! Sie sollen mit Angst angefüllt werden wie ein Vulkan kurz vor dem Bersten! Angst ist Läuterung.«

»Machen Sie, daß Sie hinauskommen!«

Ostra lief voran, öffnete die Haustür und ließ Pater Hall aus dem Haus. Dann warf er die schwere Tür zu und dehnte sich, als habe er unbequem gelegen und geschlafen. Aus dem Speisezimmer schlüpfte Eva Volbert. Sie hatte seinen seidenen Morgenmantel an. Ostra ahnte darunter ihre Nacktheit. Ein süßliches Parfüm flog vor ihr her.

»Ist er endlich weg?« fragte Eva und schüttelte ihr rotes Haar. »Was wollte er denn?«

»Pillen verkaufen.«

»Pillen?« Sie kam mit federnden Schritten auf ihn zu. Eine vor Kampfeslust glühende Katze. Ihre grünen Augen sprühten.

Ostra legte den Arm um sie und tastete unter dem Kragen des seidenen Mantels nach ihrer Brust. Sie bäumte sich auf und biß ihn plötzlich in das Handgelenk.

»Pillen gegen Unvernunft«, sagte Ostra und riß den Seidenmantel von ihrer Schulter. Weiß schimmerte Evas Haut. »Ein schlechtes Geschäft in unserer Zeit, findest du nicht auch? Er sah auch ganz unterernährt aus, der arme Jüngling.«

Er nahm Eva auf seine Arme und trug sie die Treppe hinauf zum Schlafzimmer.

»Und so etwas nennt er die Hölle!« sagte Ostra, als

Eva über ihn herfiel und ihre Wildheit ihm den Atem nahm. »Der Kerl muß die falschen Bücher gelesen haben.«

Herbert Bruckmayer war nach Bonn zurückgefahren.

Er hatte es nach langer Überlegung getan, aber er kam zu keinem anderen Entschluß. Das Wiederauftauchen Ollenhoffs, der sich nun Ostra nannte, war ein Schicksalsschlag, den man nicht auffangen, sondern dem man nur ausweichen konnte. Wenn es stimmte, daß Ostra in spätestens drei Wochen Deutschland wieder verließ, war die Gefahr endgültig vorüber. Dann ging das Leben weiter, geruhsam, sauber, korrekt. Der Ministerialrat Bruckmayer würde einmal Oberministerialrat werden oder gar Ministerialdirigent und Abteilungsleiter, mit fünfundsechzig ging er in Pension, würde sich in Bayern, am Rande der Alpen, ein kleines Häuschen bauen und im Garten kratzen, säen und ernten ... ein schönes, rundes deutsches Leben, Zufriedenheit, Lohn für den Diener des Staates. Und keiner würde mehr fragen: Was war 1944 und 1945? O Gott, wie weit war das entfernt! Fast ein Fossilienzeitalter. Das Gras, das über die Vergangenheit wächst, wächst langsam, aber deshalb um so dichter und gründlicher. Jedes Jahr eine Schicht. Und je mehr Zeit verstrich, um so mühsamer würden die Ausgrabungen sein.

Bruckmayer hatte sich auch schon von Major Britton vom CIC verabschiedet.

»Das ist schade«, sagte der unkomplizierte Amerikaner und trank ein paar Whiskys mit dem deutschen Kollegen. »Sie waren mir sehr sympathisch.«

»Sie mir auch, Major.« Bruckmayer sah in sein Glas. »Aber was soll ich hier noch? Einem Phantom nachjagen? Den Fall Ostra hat die Kriminalpolizei in den Händen. Und nun warten wir auf den Zufall. Sie doch auch, Major?«

»Nicht ganz.« Britton lächelte breit. »Unsere Männer in Argentinien sind auf der Jagd. Sie haben eine heiße Spur ... glühend heiß!« Britton brach abrupt ab und trank einen langen Schluck Whisky. »Hat man Bonn noch nicht davon unterrichtet?«

»Ich weiß es nicht. Mir hat man keinen Ton gesagt.« Bruckmayer spürte wieder das Kribbeln unter der Kopfhaut. Die sichtliche Fröhlichkeit Major Brittons bedeutete Gefahr. »Was für eine Spur ist es denn?«

»Wenn Bonn noch nichts davon weiß, darf ich Ihnen auch nichts sagen.«

»Britton! Das ist unfair!« Bruckmayer beugte sich vor und boxte Britton gegen die Brust. »Ich denke, wir arbeiten Hand in Hand? Habe ich Ihnen damals jemals etwas verschwiegen?«

»Nein. Sie waren immer eine ehrliche Haut, Herbert.« Major Britton zögerte. Freundschaft rang mit Pflichtgefühl in ihm. Aber Britton war ein gutmütiger Mensch; er klopfte Bruckmayer auf die Schulter.

»Wir sollen ein Bild von Ostra bekommen.«

»Ein Bild?« Bruckmayer preßte die Lippen zusammen. »Das ist ja herrlich! Dann haben wir ihn schnell!«

»Die Jungs in Argentinien sind wie wild. Sie haben mit Indianern gesprochen und sind auf Booten die Urwaldflüsse hinaufgefahren. Und was haben sie entdeckt? Ostra hat fast zehn Jahre im Urwald gehaust. Er hatte eine Holzhütte am Rio Bermejo, mitten im Gran Chaco, der ›Grünen Hölle‹, wie man sie nennt, und kam oft zu Besuch auf die Missionsstation El Pintado. Und dort soll ein Foto existieren.« Major Britton hielt den Atem an und sah Bruckmayer bedeutsam an. »Im Gran Chaco hieß Ostra aber gar nicht Ostra.«

»Nein?« fragte Bruckmayer gedehnt. Ihm wurde heiß, am liebsten hätte er den Kragen aufgerissen und die Krawatte heruntergezogen. »Wie denn?«

»Ollenhoff. Fritz Ollenhoff! Was sagen Sie nun, mein Lieber?«

»Nichts ...«, antwortete Bruckmayer.

»Sie kennen den Namen nicht?«

»Nein!«

»SS-Sturmbannführer Ollenhoff? Der unseren General Eisenhower killen sollte?«

»Nie davon gehört, Major.«

»Da sieht man wieder, wie harmlos ihr in Bonn lebt.« Britton schob Bruckmayer die Schachtel mit Zigaretten hinüber. Mit leicht zitternden Fingern nahm sich Bruckmayer eine heraus. Britton lehnte sich zurück. »Wenn das stimmt, daß Ostra identisch mit Ollenhoff ist, dann wird der Osten genauso munter wie der Westen. In den Taschen der gesamten alliierten politischen Polizei steckt Ollenhoffs Steckbrief. Ein so schwerer Junge, daß er allen aufs Gemüt drückt.« Britton wedelte mit der Hand durch die Luft. »Aber das bleibt unter uns, mein Lieber! Von Freund zu Freund. Kein Wort darüber in Bonn, bevor man von Washington aus nicht offiziell einen Bericht geschickt hat. Ich möchte nicht nächstes Jahr in Virginia Tabak anbauen.«

»Es wird nichts bekannt werden.« Bruckmayer zerdrückte seine Zigarette. Sie schmeckte wie Galle. »Sie sind ein wirklicher Freund, Major. Wie hat der CIC diese heiße Spur eigentlich entdeckt? Mitten im Gran Chaco?«

»Durch einen dämlichen Zufall, wie immer. Ein Pater

der Missionsstation fuhr zu der Flußhütte und fand sie verlassen. Da bekam er es mit der Angst und machte eine Vermißtenanzeige bei der Polizei in Corrientes, und dann lief alles wie am Schnürchen in Buenos Aires, wo unsere Jungs saßen. Glück muß man haben!«

»Ja, Glück muß man haben«, sagte Bruckmayer bitter.

Das war der Abschied von Major Britton gewesen. Mit dem Nachtzug fuhr Herbert Bruckmayer zurück nach Bonn. Er hatte ein Schlafwagenabteil gemietet, aber er konnte nicht schlafen.

Soll man Ostra warnen? fragte er sich jetzt.

Soll ich in Bonn die volle Wahrheit sagen?

Oder wartet man ab, wie die vergangenen zwanzig Jahre auch nur ein Abwarten und Versteckspielen waren? Vielleicht lief sich die Aktion im Urwald tot? Vielleicht fand man das Foto nicht mehr auf der Missionsstation El Pintado? Dann wußte man, daß es wohl einen Ollenhoff gab, der nun Ostra hieß ... aber wo war er?

Und Bruckmayer beschloß abzuwarten.

»Was wollen Sie denn schon in Bonn?« war die erste Frage des Ministerialdirigenten, als Bruckmayer im Ministerium erschien. »Oder bringen Sie Ostra mit?«

»Ich gebe auf, Herr Ministerialdirigent.« Bruckmayer sah übernächtigt aus. Die Sorgen hatten Falten in seine Mundwinkel gegraben. »Ich bitte um eine andere Verwendung.«

»Ja, gibt es denn so was?! Bruckmayer kapituliert?« Der Ministerialdirigent winkte zu einem Sessel. »Aufgeben! Das kann ich doch nicht dem Minister vortragen!«

»Dann bitte ich darum, mich krank zu melden.« Bruckmayer vermied es, seinen Abteilungschef anzusehen. »Ich sitze in München herum und warte und warte ...«

»Seien Sie doch froh! Das ist eine der seltenen Gelegenheiten, wo man fürs Nichtstun Gehalt bezieht.« Der Ministerialdirigent blätterte in einer dünnen Akte. »Sie haben ja in München allerlei unkonventionelle Dinge getan. Die Freilassung dieser Camargo etwa ...«

»Es schien mir der einzige Weg, um Ostra zu finden. Die Zeit macht sie eines Tages unvorsichtig, sie suchen Kontakt und dann haben wir ihn! Wer sich sicher fühlt, macht Fehler.«

»Das ist, als grabe man in einer Wüste, um einen verlorenen Ring zu finden.«

»Fast genauso. Suchen Sie unter Millionen einen Mann, den niemand kennt!«

»Und wenn wir diese Camargo wieder festnehmen?«

»Dann läßt Ostra sie fallen und verschwindet endgültig.«

»Und die schöne Rita beginnt zu singen.«

»Nie!« Bruckmayer schüttelte den Kopf. »Sie kennen dieses Mädchen nicht, Herr Ministerialdirigent. Was kann man ihr nachweisen? Schwere Kuppelei. Ein geschickter Anwalt holt ein paar Monate Gefängnis heraus. Rita sitzt sie lächelnd ab und fährt dann als freier Mensch wieder zurück nach Buenos Aires. Bei diesen Leuten spielen die verlorenen Monate keine Rolle. Rita Camargo ist sechsundzwanzig Jahre alt, hat noch viel vor im Leben und kann die Zeit im deutschen Gefängnis verschmerzen. Nein. Durch Druck auf Rita erfahren Sie nie, wer Ostra ist.«

Der Ministerialdirigent sah eine Weile stumm an die Decke. Dann klappte er die Akte zu und sah aus dem Fenster.

Über Bonn lag ein nebliger Tag. Vom Rhein her heulten die Nebelhörner der Schlepper und Lastkähne. Die Menschen auf der Straße hatten die Kragen hochgeschlagen und huschten wie graue Riesenmäuse dahin. Ein mieses Dezemberwetter. Schon längst sollte Schnee liegen, aber wer kennt sich heute noch aus beim Wetter?

»Ich kann Sie in München nicht entbehren, Bruckmayer«, sagte der Ministerialdirigent und wandte sich vom Fenster ab. »Gut, die Kriminalpolizei kümmert sich auch darum, dieser Kommissar Singert scheint ein forscher Bursche zu sein, der selbst vor großen Namen nicht haltmacht ...«

»Wieso große Namen?« fragte Bruckmayer erschrocken. »Er hat eine Haussuchung bei einem Direktor Volbert beantragt. Aber der Richter und auch der Oberstaatsanwalt haben gebremst. Beide kennen diesen Direktor Volbert als integre Persönlichkeit. Mitglied großer Vereine. Freund bekannter Parteigrößen. Nein, nein, Sie müssen wieder nach München, Bruckmayer. Da gehört ein Mann mit Fingerspitzengefühl hin und mit dem Spürsinn eines Fuchses.« Der Ministerialdirigent war vor Bruckmayer stehengeblieben. »Aber Sie sehen wirklich aus, als fühlten Sie sich nicht wohl.«

»Ich fühle mich miserabel«, sagte Bruckmayer ehrlich.

Haussuchung bei Volbert, dachte er. Wie nahe ist Singert am Ziel. Ich muß nach München zurück, so schrecklich es ist. Nun geht es um mich selbst. Ist die Lawine noch aufzuhalten?

»Das Wetter«, sagte der Ministerialdirigent. »Es macht einen trübsinnig. Ist in München auch solch ein Sauwetter?«

»Genauso.«

»Gut, Bruckmayer. Spannen Sie diese Woche aus. Ich gebe Ihnen Urlaub bis Sonntag. Ruhen Sie sich aus. Wenn aus München etwas Besonderes eintrifft, lasse ich Sie rufen.«

Bruckmayer erhob sich schwer. Wie Blei lag es in seinem Körper. Das Schicksal ist gemein, dachte er. Zwanzig Jahre lang habe ich anständig gelebt und mich bemüht, ein guter Bürger zu sein. Drei Jahre nur habe ich die SS-Uniform getragen, ehrenhalber zum Obersturmführer befördert, und ich habe nichts getan als Bilder und Skulpturen aus den Museen geholt. Sicherstellung vor Zerstörung und Plünderei nannte man das damals. Heute weiß man, daß es der größte Kunstraub der Geschichte war. Und dafür gibt es keine Entschuldigung ... auch keine zwanzig Jahre als guter Bürger. Ein Leben, verbeult wie ein Autowrack – aber noch sieht man es nicht, weil zuviel Farbe darüber gestrichen worden ist.

»Sie sind mein bester Mann in der z. b. V.-Abteilung«, sagte der Ministerialdirigent und klopfte Bruckmayer auf die Schulter. »Vielleicht hebt es Ihre Stimmung, wenn ich Ihnen verrate, daß Sie zum Geburtstag des Herrn Bundespräsidenten zum Oberrat vorgeschlagen sind.«

»Ich danke Ihnen, Herr Ministerialdirigent.« Bruckmayer straffte sich. Diese Mitteilung entschied plötzlich alles. Es war das Urteil der Vernichtung für Peter Ostra. »Ich fahre nach München zurück.«

»Am nächsten Sonntag.«

»Morgen schon.«

Der Ministerialdirigent nickte freundlich. »Ich wußte es, Bruckmayer. Ich habe mich noch nie in einem Menschen getäuscht.«

Wie betäubt, leicht taumelnd, verließ Bruckmayer das Ministerium.

Studienrat Bentrob war überrascht, als Ernst Fallers am Abend erschien und einen dunklen Anzug trug. Julia war bei ihm, ging aber sofort in ihr Zimmer, und Bentrob meinte gesehen zu haben, daß sie gerötete, verweinte Augen hatte.

»Sie wünschen?« fragte er abweisend. Er setzte seine Brille auf, was ihn noch strenger aussehen ließ. Bentrob wußte das und griff gern nach dieser Verstärkung seiner Persönlichkeit. »Ich habe mit Ihnen zu sprechen, Herr Bentrob«, sagte Fallers mit zugeschnürter Kehle. Er wußte, das wird der schwerste Gang meines Lebens. Ein Gang in ein neues Leben, gleich begonnen mit einer Lüge.

»Ich wüßte nicht, was wir miteinander zu reden hätten«, sagte Bentrob zurückhaltend. »Meine Tochter ist trotz Verbotes meinerseits immer noch mit Ihnen befreundet, sie ist großjährig und nützt das aus. Ich hatte andere Pläne mit meiner Tochter, aber die Ideen der Eltern sind ja von jeher verkalkt. Was wünschen Sie also?«

»Ich wünsche«, sagte Fallers stockend, »daß Sie Ihre starre Haltung aufgeben, Herr Bentrob. Daß Sie uns verstehen. Daß Sie Julia und mich nicht verdammen.«

»Warum?« Bentrob funkelte Fallers durch seine Brille an.

»Julia und ich möchten heiraten.«

»Das möchten Sie ja schon immer.«

»Zu Weihnachten schon.«

»Aha! Und ich soll vor Freude über dieses Geschenk um den Weihnachtsbaum hüpfen wie die Beatles um die Gitarre? Aber gut, heiraten Sie! Julia ist zweiundzwanzig Jahre. Ich kann nichts machen als warnen und mich zurückziehen.«

»Sie sollen einverstanden sein. Ohne Ihren Segen –

das klingt altmodisch, aber es ist so – will Julia nicht heiraten.«

Studienrat Bentrob rückte an seiner Brille und trommelte mit den Fingerspitzen auf die Tischplatte. Vor ihm lagen die Klassenarbeitshefte. Die schlechteste Arbeit des Jahres. Selbst der Primus hatte nur eine Zwei geschrieben! Es sah fast aus wie ein Komplott, und nun noch dies.

»Ich weiß nicht, warum ich meine Meinung ändern soll«, sagte Bentrob steif.

»Ein Großvater kann nicht so hart sein …«, sagte Fallers leise.

Die Brille auf Bentrobs Nase schwankte. Er riß den Mund auf, schloß ihn aber schnell wieder. Das Trommeln der Finger hörte auf.

»Sagen Sie das noch einmal«, murmelte Bentrob. »Ich habe mich sicherlich verhört …«

»Wir *müssen* heiraten«, sagte Fallers heiser.

»Meine Tochter? Muß?!«

»Ja.«

Bentrob sprang auf. Es geschah so plötzlich, daß der Stuhl umfiel und auf den Boden polterte. Mit rotem Gesicht rannte der Studienrat um den Tisch herum. Fallers wich zurück zur Tür.

»Sie Lump!« schrie Bentrob. »Sie Lump! Sie haben meine Tochter … haben … meiner Julia … meiner, kleinen, unschuldigen Julia …« Bentrob schwankte und lehnte sich heftig atmend an die Wand. »Oh, Sie Lump …«, stammelte er. »Gehen Sie! Hinaus mit Ihnen! Meine kleine Julia … Warum bin ich kein Held und schlage Ihnen den Schädel ein …«

»Wir lieben uns.« Fallers versuchte es noch einmal. Er hob beide Arme, fast flehend sah es aus. »Und wir werden glücklich sein, ich verspreche es Ihnen, Herr Bentrob.«

Bentrob schüttelte den Kopf. Der Schock saß in seinem Hirn wie ein glühender Spieß. Ein Kind! Julia bekommt ein Kind. »Es ist meine Schuld«, sagte er leise. »Auch meine Schuld. Ich hätte sie härter anpacken sollen ... Sie bleibt doch meine Tochter, auch wenn sie zweiundzwanzig oder zweiundfünfzig ist. Ich war zu milde ... und die Mutter fehlte ... die Mutter, zu der sie Vertrauen gehabt hätte. Und Sie haben das ausgenutzt, Sie Schuft, Sie Bengel, Sie ... Sie ...«

Bentrob stieß sich von der Wand ab, schwankte zur Tür und riß sie auf. »Hinaus!« brüllte er. »Sofort hinaus!«

Fallers zögerte. Er blickte die Treppe hinauf zu Julias Zimmer, atmete dann tief und verließ das kleine Einfamilienhaus. Hinter ihm warf Bentrob die Tür zu, als solle sie für ewig zubleiben.

Dann stand Studienrat Bentrob im Flur, unschlüssig, schwitzend, mit wehem Herzen und väterlichem Schmerz. Er ging in sein Zimmer zurück und lauschte, ob er von oben Julias Schritte hörte.

Nichts. Die Ruhe im Haus war schrecklich.

Er wanderte um seinen Schreibtisch, blieb stehen, lauschte wieder, öffnete das Fenster und steckte den Kopf in die nasse Nachtkälte, um sich abzukühlen. Aber es half wenig. Der Gedanke, Julia bekommt ein Kind, trieb neue Hitze in sein Gesicht.

Unruhig lief er fast eine Stunde im Haus herum, vom Arbeitszimmer ins Wohnzimmer, vom Wohnzimmer in die Küche, von dort in die Diele ... dann blieb er stehen, lehnte sich an das Geländer der Treppe und rief hinauf.

»Julia!«

Schweigen im Haus. Bentrob trommelte gegen den Handlauf des Geländers.

»Julia! Komm einmal herunter!«

In Julias Zimmer rührte sich nichts. Da stieg er die Treppe hinauf und rappelte an der Klinke des Zimmers. Die Tür war verschlossen, und als sich Bentrob bückte, um durch das Schlüsselloch zu sehen, starrte er nur in völlige Dunkelheit.

»Julia!« rief er wieder. Und jetzt war Angst in seiner Stimme. »Julia, mach auf! Mach sofort auf ...« Und als sich immer noch nichts rührte, schlug er mit der Faust gegen die Tür, und seine Stimme bekam einen klagenden Unterton.

»Mach doch auf. Ich muß mit dir reden. Sei doch nicht so bockig. Julia! Julia!«

Angst würgte in seiner Kehle. Seine Augen bekamen einen starren Ausdruck. Sein ganzes Gesicht zuckte, und sein Körper wurde geschüttelt wie in einem Schüttelfrost.

»Mach auf!« schrie er. »Um Gottes willen, Julia ... sag doch einen Ton! Sag doch etwas! Ich ... ich breche die Tür auf ...«

»Dann springe ich aus dem Fenster!«

Klein, kläglich tönte es durch die Tür. Bentrob drückte die Stirn gegen das Holz und schloß die Augen. Sie lebt ... sie lebt noch ... O Gott, wie danke ich dir! Und plötzlich weinte er – er, der starke Mann, der gefürchtete Studienrat, der Fels in der Unordnung der Welt.

»Mach auf, Julia«, sagte er stockend. Er wischte sich die Augen aus und putzte seine beschlagene Brille blank. »Du brauchst doch keine Angst zu haben ... ich bin doch kein Unmensch ... Julia, ich bin doch dein Vater. Mach auf!«

Und der Schlüssel drehte sich langsam im Schloß.

Die Wochenendabende mit Schlüsselspiel, lebenden Bildern und vertauschten Ehefrauen hörten plötzlich auf. Volbert war es, so sehr er sich an diese Spielchen gewöhnt hatte, ganz recht; die Gegenwart Ostras und das, was in den Elektrowerken geschehen war, raubten ihm alle Lust an ausgelassener Freizeit. Eva tröstete sich nun ungeniert mit Ostra, und Volbert ließ sie gewähren. Er hatte in diesen Wochen mehr eingebüßt als seine Frau, deren Seitensprünge er nie als persönlichen Verlust betrachtet hatte, weil auch er immer seinen Teil mitbekam. Aber jetzt war es so, daß selbst der katzenhafte Körper Ritas trotz aller Schönheit ihn nicht mehr reizte, sobald er daran dachte, daß sie nur ein Lockvogel gewesen war, ein Köder. Und er, der Riesenbarsch, hatte hungrig zugebissen und zappelte nun an Ostras Angel, ihm ausgeliefert, um befreit oder gefressen zu werden.

Nicht anders erging es Ludwig Duppel, dem Druckereibesitzer. Er war froh, der Gefahr entronnen zu sein. Ostra hatte ihn nicht mehr belästigt. Aber die Furcht blieb, daß er wiederkommen könnte mit neuen Druckwünschen, und Duppel hatte sich geschworen, dann hart zu bleiben.

Die einzige, die unter den monotonen Abenden litt, war Marlies Duppel, das dralle Frauchen mit dem liebefreudig machenden Östrogen im Körper. Sie träumte nachts von Ostras Umarmungen; dann wachte sie auf, rüttelte ihren Mann aus dem Schlaf und verlangte von ihm, mehr zu sein, als er war.

Und dann kam es eines Tages zu einem jener kleinen Ereignisse, die oft so wichtig sind im Leben.

Duppel hatte sein Auto zur Inspektion gebracht und fuhr nun mit einem Leihwagen hinaus zur Druckerei. Im Radio sangen die Rolling Stones, es war eine merkwürdige Mischung von Musik, Rhythmus und Wolfsgeheul. Duppel beugte sich zum Radio vor, drehte an dem Senderknopf und suchte eine andere Musik. Da geschah es, mitten auf einer Kreuzung, auf der Duppel Vorfahrt hatte: Es krachte, Metall klirrte, Bremsen schrien auf, ein Kühler bohrte sich von links in die Seite Duppels, drückte ihn gegen das Steuerrad, er hörte es in sich knirschen und brechen, ein unbeschreiblicher Schmerz zerriß ihn, er schrie auf, während Blut aus seinem Mund quoll, und dann hörte er die Hupe, auf der er lag ... grell, zweitönig, den Schmerz hinausschreiend, den ihm das Blut im Mund erstickte.

Am Nachmittag rief Marlies Duppel bei Volbert an. Ostra war allein im Haus. Eva war mit Rita zum Friseur gefahren, Friedrich Volbert befand sich im Werk. Faul lag Ostra auf der Couch und las ein Buch, als das Telefon schellte.

»Oh, das ist schön, daß du da bist!« hörte er Marlies' hastige, helle Stimme. »Stell dir vor: Ludwig ist verunglückt. Ja, mit dem Auto. Ein Lieferwagen ist ihm in die Seite gefahren. Er hat keine Schuld. Ich rufe aus dem Krankenhaus an. Ich bin ganz verzweifelt, Peter. Ludwig ist aus der Ohnmacht erwacht und will einen Kriminalkommissar sprechen. Er besteht darauf. Er fleht alle an, einen Kommissar zu holen ... die Schwestern, den Arzt, mich. Er gibt keine Ruhe. Was soll ich bloß tun?«

»Nichts!« sagte Ostra hart. Er saß steif auf der Couch und klappte nun das Buch zu.

»Aber er will unbedingt einen Kommissar sprechen. Was soll das bloß? Er redet von Erpressung, von Schweinerei, von Mordversuch ...« Und jetzt weinte die kleine, dralle Marlies und schluchzte ins Telefon. »Ich glaube, er ist verrückt geworden durch den Unfall. Und ich bin so hilflos, Peter …«

»Ich komme sofort ins Krankenhaus.« Ostra sprang auf. »Unternimm nichts. In zwanzig Minuten bin ich da. Wo liegt Ludwig?«

»Im Krankenhaus rechts der Isar. Unfallstation II. Zimmer neunundzwanzig.« Das Schluchzen Marlies' hörte auf. Er kommt … das war wie ein Sonnenstrahl im Nebel. »Und wenn nun eine Schwester doch einen Kommissar holt? Du weißt gar nicht, wie hartnäckig Ludwig ist.«

»Verhindere das, Liebling!« Ostra wußte, welche Wirkung allein schon dieses Wort »Liebling« auf Marlies hatte. »Ich komme sofort zu dir …«

Mit einem Taxi, auf das er fast eine Viertelstunde warten mußte, raste Ostra zum Krankenhaus rechts der Isar. Marlies erwartete ihn unten beim Pförtner. Sie hatte verweinte Augen und fiel Ostra um den Hals und küßte ihn leidenschaftlich.

»Jetzt ist er ruhiger«, sagte sie an seinem Ohr. »Er wird mindestens acht Wochen im Krankenhaus bleiben müssen, sagt der Professor. Acht Wochen … und ich bin ganz allein.«

»Ich komme dich besuchen.« Ostra löste sich aus ihrer Umklammerung, die Zuschauende als echte Verzweiflung deuten mußten. »Jeden zweiten Tag.«

»Du bist ein Engel. Ich habe nach dir gezittert …«

»Gehen wir erst zu Ludwig«, sagte Ostra und schob Marlies vor sich her. »Und bleib ein paar Minuten draußen. Ich muß mit ihm allein reden.«

Sie gingen durch den langen, weißen Gang und blieben vor einer Tür stehen, an die ein Schild »Eintritt verboten« gehängt war. Die Stationsschwester sah kurz aus der Teeküche, nickte, als sie Marlies Duppel sah, und verschwand wieder.

»Ist es ernst?« fragte Ostra und faßte an die Klinke.

»Ja, aber nicht lebensgefährlich. Er glaubt allerdings, er müsse sterben. Rede ihm das aus, Peter.«

»Das wird das erste sein, mein Liebling.« Er wollte die Klinke herunterdrücken, aber Marlies hielt seine Hand fest. »Kommst du heute abend schon?«

»Willst du nicht bei deinem Mann bleiben?«

»Nicht die ganze Nacht. Vielleicht bis zehn Uhr. Was soll ich hier?«

»Es wird ihn trösten.«

»Ich kann keine Kranken sehen. Sie machen mich selbst krank. Ich bin so empfindlich.« Marlies lehnte sich an Ostra. Ihre vollen Brüste bebten. »Du kommst?«

»Vielleicht eine Stunde.«

»Ich werde dich zerreißen.«

Ostra drückte die Klinke herunter und betrat das Zimmer. Beim Hineingehen spürte er noch Marlies' Hand, die von hinten über seinen Nacken streichelte.

»Komm nicht näher!« sagte Duppel mühsam, als er Ostra erkannte, als dieser um die weiße spanische Wand trat, die das Bett zur Tür abschirmte. »Keinen Schritt näher, oder ich schreie das ganze Krankenhaus zusammen!«

Ostra blieb stehen und drückte das Kinn an. Duppel lag mit verbundenem Kopf, geschientem linken Arm und dicken Brustbandagen unter der weißen Krankenhausdecke. In der Vene des rechten Armes stak eine Kanüle, die an eine über dem Bett hängende Tropfflasche angeschlossen war.

»Ich wollte dir Mut zusprechen, Ludwig«, sagte Ostra dunkel. »Du hast großes Glück gehabt.«

»Ich sterbe –«

»Blödsinn.«

»Ich spüre es in der Brust. Etwas steckt mir im Herzen. Ein Knochensplitter ist ins Herz gedrungen. Ich krepiere! Aber vorher sage ich die Wahrheit! Darauf habe ich gewartet. Nur daß es so schnell kommt, das habe ich nicht gewünscht. Aber bevor ich sterbe, sollen alle wissen, wer Peter Ostra ist. Marlies holt schon den Kommissar.«

In der Brust Duppels röchelte es. Beim Atmen pfiff es in ihm wie in einem lecken Blasebalg. Die Worte kamen in Gruppen von seinen Lippen, wie hinausgespuckt und mit Blut getränkt.

»Was hast du davon, Ludwig?« fragte Ostra mit eisiger Milde.

»Ich? Nichts! Aber du wirst dahin kommen, wohin du gehörst. Du bist das Ekelhafteste, was auf Erden herumläuft. Man *muß* dich vernichten ...« Wahnsinniger Triumph lag in Duppels stockender Stimme. Sein Atem rasselte, als bewege er Ketten in der eingedrückten Brust.

Ostra zog einen Stuhl heran und setzte sich. Die Augen Duppels zogen sich in Haß und Angst zusammen. Er versuchte, mit dem geschienten Arm an die Klingel zu kommen, die in die Wand eingelassen war. Aber es gelang ihm nicht, weil er sich nicht drehen konnte. Der Tropf im rechten Arm hinderte ihn daran.

»Ich schreie!« sagte Duppel röchelnd. »Oh, schreien kann ich noch! Verhaftet ihn, er ist ein Spion! Oh, das kann ich noch! Soll ich –«

»Versuche es«, sagte Ostra ruhig. Er griff in die Tasche und zog ein kleines, verchromtes Kästchen heraus. Er legte es auf die Bettdecke und lehnte sich dann zurück. »Zunächst – du stirbst nicht. Deine Verletzungen sind schwer, aber reparabel. Du müßtest dich also, wenn du jetzt den Mund aufmachst, später auf den Mond schießen lassen, um dem zu entgehen, was dir bestimmt ist. Das vorweg. Meine Aufgabe ist viel zu wichtig, um sie durch eine Memme wie dich gefährden zu lassen. Siehst du den kleinen Kasten auf der Decke?«

»Ja –«, sagte Duppel stumpf.

»Darin liegt eine Spritze. Sie ist gefüllt mit einem Gift, das die Indianer im Matto Grosso herstellen. Sie gewinnen es aus einer Baumwurzel im sumpfigen Urwald und nennen es Cinquehuahua. In Europa kennt man es überhaupt nicht, weil der Indianerstamm zu den Menschen gehört, die man offiziell noch nicht entdeckt hat. Ich kam bei meinen Wanderungen zu ihnen und nahm ein Fläschchen von dem Gift mit. Es wirkt wie ein Herzinfarkt und ist im Körper nicht nachweisbar, weil man es ja nicht kennt. Die Indianer töten damit die Affen und essen sie. Im Magen ist es also völlig ungefährlich. Nur in der Blutbahn wirkt es absolut tödlich.« Ostra öffnete den kleinen, blanken Kasten. Auf Watte lag eine kleine Injektionsspritze. Die Nadel war schon aufgesteckt, die Flüssigkeit war trübe, wie verdünnte Milch. Er nahm die Spritze zwischen Daumen und Zeigefinger und hielt sie hoch. »Marlies wird trotz allem sehr traurig sein«, sagte er ruhig.

»Hilfe!« stammelte Duppel. Erst jetzt erkannte er, daß der Tod vor ihm stand und sich mit ihm unterhielt. Dann bäumte er sich auf und schlug mit dem geschienten Arm gegen die Wand. »Hilfe!«

Ostra beugte sich vor, lächelte Duppel an und drückte ihm den linken Daumen gegen die Gurgel. Der Schrei verröchelte, der Körper zuckte, der Schlauch des Tropfes löste sich von der Kanüle, und die Flüssigkeit tropfte träge auf die Bettdecke. Nicht eine Minute dauerte der schreckliche, stumme Kampf, dann lag Duppel ohnmächtig und röchelnd vor Ostra. Als habe er in seinem Leben nichts anderes getan als Spritzen gegeben, stieß Ostra die Nadel in den Körper Duppels. Er suchte dazu eine raffinierte Stelle ... die Vene auf dem linken Fuß. Dort sah man bestimmt nicht hin, auch nicht bei dem leisesten Verdacht. Bedächtig injizierte er das Indianergift, deckte Duppel dann wieder sorgfältig zu, schob den Tropfschlauch wieder über die Kanüle und ordnete das zerwühlte Bett. Dann verließ er leise das Zimmer ... auf Zehenspitzen schlich er hinaus.

»Er schläft«, flüsterte er, als er die Tür hinter sich zuzog. »Er ist verdammt erschöpft und elend dran.«

»Was hat er gesagt?« Marlies hing an Ostras Arm.

»Er hat sich sehr gefreut. Ich soll ihm morgen eine Flasche Rotwein mitbringen.«

»Ja, den trinkt er so gern. Und was ist mit dem Kommissar?«

»Ein Hirngespinst. Er denkt, man hat ihn extra angefahren, um ihn zu töten.«

»So eine Dummheit!«

»Er hat einen mächtigen Schock bekommen. Aber nun schläft er, Gott sei Dank.«

Ostra wandte sich ab und ging den Gang hinunter.

Marlies trippelte neben ihm her, ein Hühnchen, das einen Hahn verfolgt. »Um elf Uhr bin ich zu Hause. Du kommst bestimmt?« fragte sie an der Treppenhaustür.

»Ganz bestimmt.«

»Soll ich Kaviar kalt stellen?«

»Tu das, mein Schatz.«

Sie küßten sich, und Marlies winkte Ostra seufzend nach, als er das Krankenhaus verließ.

Gegen zehn Uhr abends rief Marlies wieder bei Volbert an. Es war, als ob Ostra den Anruf erwartet hätte; er saß offenbar neben dem Telefon und hob sofort ab.

»Marlies«, sagte eine weinerliche Stimme. »Peter, Schätzchen ... Ludwig ist soeben verstorben. Ganz ruhig und gefaßt ...«

Ostras Gesicht zeigte keinerlei Regung. »Ich komme sofort, Marlies«, sagte er. »Wir kommen alle. Wir sind alle zutiefst erschüttert. Wie ist es denn geschehen?«

»Herzinfarkt, sagt der Professor.«

»Kopf hoch, Liebes.« Ostra legte den Hörer auf und sah hinüber zu Eva und Friedrich Volbert, die am stumm gestellten Fernsehgerät saßen. Rita Camargo stand an der Bar und mischte sich einen Drink. »Ludwig ist von uns gegangen«, sagte Ostra ernst. »Kommt, wir müssen Marlies trösten. Welch ein fröhlicher, guter Mensch war doch unser Ludwig ...«

Das Begräbnis Duppels auf dem Waldfriedhof von München war ein Zusammentreffen Münchner Prominenz. Die Vereine, die Duppel als Mitglied förderte, hatten Delegationen mit Fahnen entsandt. Sogar zwei Bankdirektoren waren erschienen, die traurig in die offene Grube blickten, denn sie hatten nun die unangenehme Aufgabe, nach dem Begräbnis der Witwe mitzuteilen, daß Ludwig Duppel die Konten überzogen hatte und man nun für den Ausgleich des Saldos sorgen müsse. Die Worte, die am Grabe gesprochen wurden, waren lobend und markig, getragen von Trauer und von dem stillen Gedanken: Lieber er als ich. Dann wurde der Sarg hinuntergelassen, die Vereinsfahnen senkten sich, Marlies trat heran und warf einen Blumenstrauß auf den Eichendeckel und drei Schüppchen Erde. Ostra stützte sie dabei, und jeder bedauerte die kaum gehfähige Witwe unter dem dichten Schleier. Daß sie sich nachher an Ostra preßte, den Kopf an seine Brust drückte, nahm man als verzweifelte Trauer hin, als wildes Aufbegehren gegen das Schicksal, nun einsam zu sein.

Unter den Trauergästen waren auch drei Männer in Schwarz, die ihre Zylinder sittsam vor die Brust hielten, den Kopf senkten und sehr traurig wirkten. Niemand achtete darauf, daß in den Zylindern Kameras eingebaut waren und die Zylinderdeckel ein kleines Loch hatten, durch das die Linsen der Apparate schimmerten. Wer an das Grab trat, sinnend verhielt und drei Schüppchen Erde hinunterwarf, wurde fotografiert. Man machte keine Ausnahme; auch der Pfarrer, der Küster und die Meßdiener wurden fotografiert. War der Film des einen Mannes leer, so nickte er zum anderen, und dieser nahm seinen Zylinder vor die Brust und fotografierte weiter.

Abseits stand Kriminalkommissar Singert, von dem diese herrliche Idee stammte, und wartete. Als er im Trauerzug auch Rita Camargo sah, die einzige, die ihn kannte, versteckte er sich hinter einem großen, marmornen Engel und wartete, bis der Trauerzug vorübergegangen war.

Fast eine Stunde dauerte das Begräbnis, dann war der Friedhof wieder leer bis auf die drei Männer im Zylinder, die noch immer am Grab standen, als könnten sie sich nicht trennen. Kommissar Singert löste sich aus dem Hintergrund und kam näher.

»Hat alles geklappt?« fragte er.

»Alles.« Die Polizisten grinsten. »Dreihundertzweiundzwanzig Aufnahmen haben wir gemacht.«

»Die bringen wir sofort ins Labor, und dann geht's los! Euch werden die Haare zu Berge stehen vor Arbeit!

Ich will jede der dreihundertzweiundzwanzig Personen identifiziert sehen. Name, Wohnort, Beruf. Sie haben gesehen, Rita Camargo war dabei, die Volberts, Direktoren und Verleger. Der ganze Clan um Volbert. Bei der Frechheit Ostras war auch er darunter. Ihn kennt ja keiner! Aber war er dabei, dann haben wir ihn jetzt – auf dem Bild! Und dann blase ich zur Treibjagd, ohne Rücksicht auf Bruckmayer ...«

Die Filme kamen sofort ins Polizeilabor, wurden entwickelt und die Bilder vergrößert.

»Die vollkommenste Schönheitsgalerie Münchner Prominenz«, sagte Kommissar Singert, als der Packen Bilder vor ihm lag, noch gebogen von den Trockenapparaten. Er betrachtete die Aufnahmen mit der völlig gebrochenen Witwe Marlies Duppel und dem großen, energischen Mann, der sie liebevoll stützte.

Und plötzlich sprang in Singert ein Funke auf. Er ergriff das Bild und führte es näher an die Augen.

Das Gesicht kenne ich, dachte er. Irgendwo habe ich es einmal gesehen. Auf einem Fahndungsblatt? Im Album flüchtiger Täter? Bei einer Vernehmung? Als Zeugen? Als Geschädigten? In der Zeitung? Im Film? Im Fernsehen?

So viele Menschen gehen täglich an einem vorbei. Man sieht ein Gesicht, vergißt es, und plötzlich erinnert man sich daran und weiß nicht mehr, wo man es gesehen hat. Selbst in der Straßenbahn kann es gewesen sein.

Kommissar Singert sah das Bild an. Der Mann, der Marlies Duppel umarmt hielt wie ein guter Freund, hatte den Kopf gehoben und sah frei in die für ihn unsichtbare Kamera. Ein stolzer Kopf, ein harter Blick. Trotz der Trauer ein kaum wahrnehmbares Lächeln in den Mundwinkeln.

»Verdammt, ich kenne ihn!« sagte Singert wieder.

Die Augen Ostras starrten ihn aus der hochglänzenden Fotografie an.

Der Zufall, der liebe Gott der Kriminalisten, schien zu Singert gekommen zu sein.

Herbert Bruckmayer kam zurück nach München, bezog wieder sein altes Hotelzimmer und rief sofort Kommissar Singert an. Die drei Tage Ruhe in Bonn hatten ihm gut getan. Der Druck im Nacken, mit dem er die ganzen Wochen über in München gelebt hatte, war wie weggeblasen, als er den Rhein wiedersah. In der Ruhe seiner kleinen Wohnung in Bad Godesberg hatte er Zeit genug, über das Wiedersehen mit Ostra nachzudenken und über die Konsequenzen, die sich daraus ergaben. Nun kam er mit einem neuen Plan nach München. Er war siegessicher und frohgestimmt. Der Minister hatte etwas erreicht, was in der deutschen Bürokratie fast unmöglich erscheint und kaum glaubhaft ist: Ministerialrat Bruckmayer hatte im Interesse des Staates eine Vollmacht erhalten. Zwar nur begrenzt auf den Fall Ostra, aber immerhin doch so weit gespannt, daß alles, was Kriminalpolizei, Landespolizei und Bundeskriminalamt in Sachen Ostra unternahmen, durch seine Hände lief. Aufgrund einer Vereinbarung zwischen Bonn und der bayerischen Landesregierung sowie der Stadtverwaltung München mußte er über jeden Schritt informiert werden.

»Dieser Ostra ist eine akute Gefahr!« hatte der Minister zu Bruckmayer gesagt, bevor der Ministerialrat wieder nach München fuhr. »Es geht hier nicht um den Waffenschmuggel allein, so etwas ist fast an der Tagesordnung … aber da sind Schweinereien vorgekommen. Sie wissen, was ich meine, Herr Bruckmayer.«

»Die Orgien in der Bogenhausener Villa ...« Bruckmayer sah, wie der Minister das Gesicht verzog, als habe er in etwas Saures gebissen.

»Ich habe einige vertrauliche Geständnisse bekommen.« Der Ministerialdirigent und unmittelbare Vorgesetzte Bruckmayers sah gegen das Fenster. »Es liegt im Interesse der betroffenen Personen und auch unseres Landes, daß die Dinge so diskret wie möglich behandelt werden. Die Polizei ist immer mit dem Holzhammer da, Sie verstehen, Herr Bruckmayer. Es geht nicht nur um das Ansehen gewisser Politiker im Ausland, auch die Ehen dieser Herren wären gefährdet, der gesellschaftliche Skandal wäre unvermeidbar ... und das können wir uns nicht leisten. Der Herr Minister und auch ich glauben, daß Sie den nötigen Takt haben, diese Dinge vor allem unter völligem Stillschweigen gegenüber der Presse elegant zu bereinigen. Rita Camargo haben wir – entdecken Sie nun diesen Ostra. Aber, wie gesagt, ohne Aufsehen!«

Das ist gut, dachte Bruckmayer, als er nun wieder in München war und am Fenster seines Hotelzimmers saß. Ohne Aufsehen – das ist ein weiter Begriff. Vor allem gibt er die Möglichkeit, den so unangenehm aktiven Kommissar Singert etwas zu bremsen.

»Kommissar Singert!« sagte Bruckmayer, als die Verbindung zum Präsidium hergestellt war. »Was? Nicht im Amt? Krank? Wieso denn? Hier ist Ministerialrat Bruckmayer aus Bonn. Sie sind es, Herr Ratzel? Was ist denn los?«

»So'n Pech!« sagte Kriminalmeister Ratzel. »Vorgestern will der Kommissar die Treppe hinunterspringen, Sie wissen ja, wie er's immer macht, immer zwei Stufen auf einmal, und da rutscht er aus, stolpert, knickt um ...

und nun liegt er mit einem dickgeschwollenen Knöchel im Bett. Wollen Sie ihn mal besuchen, Herr Ministerialrat?«

»Natürlich. Zuerst aber komme ich ins Büro.«

Es trifft sich alles günstig, dachte Bruckmayer. Man kann zwar auch vom Bett aus Fahndungen leiten, aber der Schwung fehlt doch. Und diesen Schwung werde ich jetzt hineinbringen, nur in die falsche Richtung.

Im Dienstzimmer Kommissar Singerts lagen noch immer die Haufen Fotos herum, die man auf dem Waldfriedhof gemacht hatte. Traurig saß Kriminalmeister Ratzel hinter den Stapeln und sortierte aus, wen er kannte.

Mit Interesse betrachtete Bruckmayer die Fotos und erschrak, als er das gestochen scharfe Bild Ostras in die Hand bekam.

Ostra am Grabe, wie er die Witwe stützt.

Kriminalmeister Ratzel nickte. »Das liegt dem Kommissar besonders am Herzen«, sagte er ahnungslos. »An diesem Mann hat er einen Narren gefressen. Er behauptet, den habe er schon einmal gesehen. Bis zu seinem Unfall war er in der Kartei. Tausende Fotos haben wir durchgesehen. Umsonst. Aber der Kommissar läßt nicht locker. Er hat jetzt bei Interpol angefragt und eine Reproduktion des Bildes nach Paris geschickt.«

Bruckmayer nahm das Foto an sich und steckte es in die Rocktasche. Einen Augenblick lang wollte Ratzel aufbegehren. Mitnehmen von Beweismitteln ist verboten! Aber dann unterließ er doch die Bemerkung. Ein Ministerialrat aus Bonn muß wissen, was er tut. Aber während Bruckmayer wieder die anderen Bilder durchsah, machte der korrekte Emil Ratzel eine Notiz: Min. R. Bruckmayer entnahm ein Foto. Gez. Ratzel.

Am Nachmittag fuhr Bruckmayer zu Kommissar Singert. Eine junge, schmucke Frau öffnete ihm, und Bruckmayer wunderte sich, daß der so nüchterne Singert eine so fröhliche Ehefrau hatte. »Da wird sich mein Mann aber freuen«, sagte Frau Singert und nahm Bruckmayer den pelzgefütterten Mantel ab. Draußen schneite es. Der erste Schnee dieses Jahres in München. Durch die Straßen heulten die Sirenen der Unfallwagen und der Polizei. Wenn es in München plötzlich schneit, bumst es an allen Ecken. »Seit zwei Tagen ist er ungenießbar.«

Bruckmayer lachte und trat in das Wohnzimmer. Singert lag auf einer geblümten Couch, das verletzte Bein durch Kissenberge hochgestellt, eine dicke Kompresse um den Knöchel. In der ganzen Wohnung roch es nach Alkohol wie in der Destille. Er las gerade die »Kriminalistische Wochenschrift« und einen Artikel der Polizeigewerkschaft über die Unterbezahlung der Beamten.

»Grüß Gott!« sagte Bruckmayer fröhlich. »Ich bringe Ihnen einen Haufen Prospekte über rutschsichere Treppen und Gymnastikübungen auf schiefer Ebene.«

»Es ist zum Heulen, Herr Rat!« Singert winkte zu den Sesseln, und Bruckmayer zog sich einen heran und setzte sich neben die Couch. Frau Singert klapperte in der Küche mit Tassen und Tellern; sie bereitete einen Nachmittagskaffee mit Kuchen und selbstgebackenen Plätzchen vor. Es waren bereits die ersten Weihnachtsplätzchen, die sie in einer hohen Blechdose aufbewahrte.

»Sie sind beneidenswert«, sagte Bruckmayer. »Eine solche Frau hätte ich Ihnen gar nicht zugetraut.«

»Ich mir auch nicht.« Singert lächelte fast verschämt. »Aber was soll man machen, wenn sie einen Kerl wie mich liebt?! Manchmal bedauere ich sie ehrlich. Ich bin oft ein grantiger Bursche, vor allem, wenn etwas schiefgeht wie dieser verdammte Haxen da ...«

»Sportlerpech, Herr Singert.« Bruckmayer zog das Bild mit Ostra und Marlies Duppel aus der Tasche. Durch Singert flog es wie ein elektrischer Schlag. So ein Idiot, dieser Ratzel, dachte er wütend. Na, den pfeife ich zusammen! Er bemühte sich, seine Erregung nicht zu zeigen, und sah gleichgültig auf das Foto, das Bruckmayer ihm hinhielt. »Ich will Ihnen etwas Erfreuliches gleich zur Heilung mitbringen«, sagte Bruckmayer leichthin. »Ihr Adlatus sagte mir, daß Sie sich in dieses Bild verliebt hätten. Ich kann Ihnen helfen, Herr Singert: Der Mann neben der Witwe heißt Erich Weber, ist Kaufmann und wohnt seit 1959 in Frankreich. Er war mit dem Toten sehr befreundet, noch vom Krieg her, wie er mir bei Herrn Volbert erzählte. Waren in der gleichen Kompanie, glaube ich ...«

»Sie haben ihn kennengelernt, Herr Rat?« fragte Singert. Solch ein Rindvieh, dieser Ratzel, dachte er dabei. Nun ist aller Wind aus den Segeln. Nun sitze ich da wie ein Bettnässer im nassen Laken.

»Ja. Nach der Trauerfeier kamen die Freunde des Toten in der Villa Direktor Volberts zu einem Imbiß zusammen. Dort traf ich Herrn Weber. Er konnte hochinteressant von Afrika erzählen. War zwei Jahre in Algerien, als Kaufmann. Wirklich ein netter Mann.«

»Sie kennen Herrn Direktor Volbert gut, Herr Rat?« fragte Singert und faltete seine »Kriminalistische Wochenschrift« zusammen. Bruckmayer hatte diese Frage erwartet.

»Wie man sich so kennt. Herr Volbert hatte einige Staatsaufträge bekommen. Von den Verhandlungen her waren wir in einer losen Verbindung, die nun bei meinem Aufenthalt in München wieder auflebte.«

Und dann tat Bruckmayer etwas, was Singert bleich werden ließ: Er nahm das Foto Ostras und zerriß es in kleine Stücke. Singert machte eine Bewegung, als wolle er aufspringen, aber der Schmerz in seinem Knöchel durchzuckte ihn bis zu den Haarspitzen. Ächzend ließ er sich zurückfallen in die Kissen.

»Sie können doch kein Fahndungsmittel vernichten, Herr Rat, das ist doch unmöglich!« rief er. »Mein Gott, Sie zwingen mich damit, dies dem Präsidium zu melden.«

Bruckmayer sah Singert kalt an. »Ich handle im Interesse des Staates, wenn es auch manchmal den Anschein hat, daß gewisse Dinge sinnlos seien. Herr Weber ist eine Person, von der Bonn wünscht, daß sein Name aus den Akten verschwindet.«

»Das möchte ich schriftlich haben.« Kommissar Singert hatte die Lippen aufeinandergepreßt.

»Das werden Sie schriftlich bekommen.« Bruckmayer erhob sich. Frau Singert rollte Kuchen und Kaffee herein.

»Sie wollen schon gehen, Herr Ministerialrat?« rief sie.

»Leider, gnädige Frau. Der Dienst!«

»Eine Tasse Kaffee nur. Ein Stück Kuchen ...«

Die kleine, blonde, fröhliche Frau war sichtlich traurig. Bruckmayer hob beide Hände.

»Ein anderes Mal. Beim nächsten Besuch. Ihr Mann wird bestätigen, daß es bei großen Dingen auf Minuten ankommt ...«

Als Frau Singert von der Haustür zurückkam, hatte sich ihr Mann mühsam aufgesetzt und schimpfte in das Telefon, das er sich herangezogen hatte.

»Ein Hornochse sind Sie!« schrie er. »Mein Gott, wie

kann man nur so dämlich sein! Was heißt hier: Ich habe die Entnahme protokolliert? Das Foto ist weg! Zerrissen hat er es! Ob er das darf? Mensch, lesen Sie in den Dienstvorschriften nach! Ministerialrat? Auch dem kann man was sagen, wenn er schiefe Touren reitet! Ach, seien Sie doch still, Ratzel! Ziehen Sie sich eine Schlafmütze über die Ohren!«

Wütend warf Singert den Hörer auf.

Im Polizeipräsidium lehnte sich Emil Ratzel seufzend zurück. Das war der schlimmste Anpfiff seit Beginn seiner Laufbahn. Und er kam sich unschuldig vor.

»Schon wieder Ärger?« fragte Frau Singert, setzte sich neben ihren Mann auf die Couch und goß Kaffee in die Tassen. »Hat dir der Ministerialrat Kummer gebracht? Er sah so fröhlich aus, als er hereinkam.«

Singert starrte in die Tasse und rührte klappernd mit dem Löffel herum. »Ich komme mir vor wie eine Maus, die klüger sein will als die Katze«, sagte er. »Kann es nicht möglich sein, daß es so etwas wirklich gibt?«

»Nein«, sagte die kleine, liebe Frau Singert. »Die Katze gewinnt immer.«

»Das ist ein mistiges Leben, wenn man noch an Gerechtigkeit glaubt.« Singert lehnte sich zurück. »Komm, mach mir einen frischen Alkoholumschlag, Liebling!«

»Ich habe wenig Zeit. Ich muß nicht nur mit Tagen, sondern sogar mit Minuten geizen! Also fasse dich kurz, mein Lieber: Wo brennt es?«

»Überall!«

Ostra und Bruckmayer saßen sich wieder in der Hotelhalle gegenüber. Sie hatten wie damals eine Nische gewählt, tranken einen Campari und saßen abseits des Kommens und Gehens, das eine Hotelhalle beherrscht.

Bruckmayer wirkte freier und ungehemmter, eine auffallende Wandlung, die Ostra mit dem Spürsinn des Vorsichtigen bemerkte.

»Wo warst du?« fragte er. »Ich habe dreimal versucht, dich zu erreichen. Immer hieß es, du seist verreist.«

»Ich war in Bonn.«

»Ach!« Ostra beugte sich vor. »Keine dummen Dinge machen, Herbert! Wenn es um den Hals geht, kenne ich keine Freundschaften.«

»Ich war beim Minister.«

»Bist du gekommen, mir einen Tip zu geben?«

»Man weiß in Bonn, daß unter den Kunden Ritas hochgestellte Personen waren.«

»Das kann man wohl sagen!« Ostra lachte tief. Sein männlich-schönes Gesicht glänzte. »Die Tonbänder und Fotos sind an einem sicheren Ort. Am Sonnabend gehe ich damit auf Reisen.«

»Ich habe den Auftrag, das zu unterbinden.«

»Bitte, tue es, mein Freund«, sagte Ostra belustigt.

Bruckmayer sah seinen Freund voller Verachtung an. »Du bist ein Schwein, Fritz!« sagte er laut. »Früher brauchtest du für deine Aufträge wirklich Mut und Geist, jetzt bist du nur ein erbärmlicher Zuhälter, der Wissen und Geld mit den Matratzen verdient.«

»Die Zeiten wandeln sich. Heldentum ist nicht mehr gefragt. Früher lohnte es sich, Eisenhower oder Churchill nach dem Leben zu trachten. Da hätte sich die Welt geändert! Aber heute? Was ändert sich, wenn ich diesen oder jenen Minister umbringe? Also muß man schäbig werden und mit Bettgeflüster Politik machen.« Ostra trank seinen Campari aus und sah demonstrativ auf seine Uhr. »Was willst du mir also sagen, Herbert?«

»Daß ich dich nicht mehr schützen kann.«

»Das ist lächerlich!«

»Man weiß, wer du bist.«

»Unmöglich!« Ostra sagte es sehr selbstbewußt. Doch dann erkannte er an dem Blick Bruckmayers, daß dies nicht so leichthin gesprochen war. »Wer will mich kennen?«

»Major Britton vom CIC.«

Ostra wurde still. Sein Gesicht verwandelte sich. Es hatte plötzlich Kanten und ein fast viereckiges Kinn.

»Was weißt du?« fragte er heiser.

»Was zahlst du für mein Wissen?«

»Mach keinen Blödsinn, Herbert!«

»Du zahlst jetzt für deinen Kopf, Fritz!«

»Ich heiße Peter. Peter Ostra!«

»Nicht mehr lange. Aus Argentinien kommt dein Foto.«

»Du bluffst wie ein Säugling, bei dem man riecht, daß er die Hose voll hat.« Ostra atmete tief ein. »Es gibt kein Foto von mir! Also weiß man gar nichts! Gib es auf, mich zu überlisten, mein Kleiner.«

»Kennst du den Rio Bermejo?«

Die Augen Ostras wurden starr. Er hielt den Atem an und blies dann schnaufend die Luft aus. Mit einem schnellen Blick sah er sich in der Hotelhalle um. Wo sind die anderen, hießen diese gehetzten Augen. Wo haben sich die Polizisten versteckt? Bin ich in der Falle? Ist der Portier nicht neu? Den Oberkellner kenne ich auch nicht! Bin ich umringt?

»Was ist das? Rio Soundso ...«, sagte er gepreßt.

»Du hast Angst, Fritz.« Bruckmayer genoß diese Minuten. Zum erstenmal sah er Ostra entblößt von aller Teufelei. »Du weißt genau, was der Rio Bermejo bedeutet. Die Holzhütte am Ufer, mitten im Gran Chaco ...«

Ostra stand auf. Groß und stark, elegant und stolz stand er vor Bruckmayer, blickte auf den ihm unbekannten Oberkellner und dann zurück zu seinem ehemaligen Freund. »Warum rufst du nicht deine Gesellen?« fragte er.

»Welche? Ich bin allein hier.«

»Du lügst.«

»Du könntest gehen, wenn du wolltest. Ich kann dich nicht halten ... Aber ich weiß, daß du nicht gehst.«

»Es gibt kein Bild von mir!« sagte Ostra steif.

»Doch. Die Mönche auf der Missionsstation El Pintado haben ein Erinnerungsfoto geschossen, als du sie einmal besuchtest. Jetzt sucht man dieses Bild. Die Jungs vom CIC sind sehr clever. Major Britton wartet auf das Bild wie ein Vater auf sein erstes Kind. Er weiß jedenfalls, daß Ostra kein anderer ist als der zum Tode verurteilte SS-Obersturmbannführer Ollenhoff. Er hat es mir selbst gesagt.«

»Das ist eine Sauerei, fürwahr!« Ostra lehnte sich an die Wand der Nische. Sein braunes, kantiges Gesicht lag voll im Schein der Deckenlampe. »Und was willst du nun, Herbert?«

»Ich weiß nicht, was du hier getrieben hast. Aber gib dich mit dem zufrieden, was du schon hast. Hau ab!«

»Unmöglich!«

»Du läßt uns beide hochgehen!« Bruckmayers Stimme war eindringlich. »Jetzt ist noch alles offen, jetzt kannst du noch ungehindert hinaus. Wenn du über die Nordroute fliegst, weiß keiner, wer du bist. Noch kennt nur ein kleiner Kreis den Namen Ostra und niemand den wirklichen Namen Ollenhof. Aber ist das Bild vom Rio Bermejo einmal da, dann bist du hier in der Falle.«

Ostra schien in sich hineinzudenken. Seine Kälte

strömte auf Bruckmayer über und nahm diesem den Atem.

»Wieviel Zeit bleibt mir noch?« fragte er Bruckmayer.

»Wer weiß das? Drei, vier Tage, höchstens.«

»Gut!« Ostra nickte. »In diesen vier Tagen werde ich die halbe Welt aus den Angeln heben.«

»Du bist wahnsinnig!« stotterte Bruckmayer. »Du bist komplett größenwahnsinnig! Was soll das denn heißen?«

»Ich fahre nach Bonn.«

»Bonn?« Nun sprang Bruckmayer auf. »Was willst du denn gerade in Bonn?«

»Tonbänder vorspielen und Fotos zeigen.« Ostra lächelte böse. »Mein Lieber, du redest immer vom Interesse des Staates, das du wahrnehmen mußt. Sieh mal, auch ich habe Interessen eines Staates wahrzunehmen, der mich ausgeschickt hat, Informationen zu sammeln und andere kleine Dinge zu besorgen. Das eine ist so gut wie das andere; ich verstehe dich, aber verstehe mich auch! Dich bezahlt der deutsche, mich ein anderer Steuerzahler. Jeder verlangt, daß wir unsere Pflicht tun. Und daran reiben wir uns nun.«

»Du treibst Spionage?«

»Ja. Aber habt ihr nicht auch eure Agenten in anderen Ländern laufen?«

»Als Selbstschutz. Wir verteidigen Freiheit und Frieden.«

»Oh, welche Heuchelei!« Ostra lachte dumpf. »Und das aus deinem Mund! Bruckmayer, der Mann mit dem Heimatgefühl! Nein, mein Lieber ... Heimat ist da, wo der Rubel rollt! Das habe ich nun in zwanzig Jahren genau studiert.« Ostra winkte mit großer Geste. Ein Boy eilte herbei, breitete den Mantel aus und half Ostra hinein. Er bekam ein Fünfzigpfennigstück, machte eine Verbeugung und ging zurück zur Garderobe. »Ich wohne in Bonn im Königshof, wenn du mich erreichen willst.«

Bruckmayer schluckte. »Laß das sein, Fritz! Es gibt eine Grenze im Glücksspiel.«

»Ich komme aus dem Märchen, mein Guter.« Ostra klopfte Bruckmayer jovial auf die Schulter. »Ich bin einer, der auszog, das Fürchten zu lehren! Und glaube mir ... in Bonn werde ich gelehrige Schüler antreffen.«

Mit verkniffenem Mund sah Bruckmayer dem weggehenden Ostra nach. Er wußte, daß sich auch sein Schicksal entschied, wenn Ostra eine einzige Unvorsichtigkeit beging.

Mit schweren Schritten ging er zur Bar, kletterte auf einen Hocker, bestellte einen Kognak und starrte in den Spiegel der Rückwand. Ein bleiches, ratloses Männergesicht starrte ihn an. Sein Gesicht. Das Gesicht eines Ängstlichen.

»Zahlen!« sagte Bruckmayer hart, warf ein Fünfmarkstück auf die Bartheke und fuhr hinauf zu seinem Zimmer. Als er die Tür aufschloß, wunderte er sich, daß die Jalousien und Vorhänge schon heruntergelassen waren. Die Zimmermädchen taten das sonst immer erst am späten Nachmittag, aber jetzt war noch heller Tag. Na ja, dachte Bruckmayer, vielleicht hat das Zimmermädchen heute abend frei und hat vorgearbeitet. Er trat ein, schloß die Tür ab und knipste das Licht der kleinen Diele an. Er zog seinen Rock aus, hängte ihn an einen Haken, ging ins Zimmer und griff nach dem Lichtschalter. Eine Frauenstimme ließ ihn mitten in seiner Bewegung innehalten. Eine Stimme mit einem südländischen Akzent.

»Laß das Licht aus, bitte …«

Bruckmayer blieb in der Tür stehen. Der Klang kam aus der Nische, wo sein Bett stand.

»Wer sind Sie?« fragte er.

Es war eine dumme Frage. Er hatte die Stimme längst erkannt. Schon beim ersten Ton.

»Mach die Tür zu und komm …«

Eine unwiderstehliche Lockung lag in der Stimme. Bruckmayer drehte das Licht in der kleinen Diele aus und tappte im Dunkeln zu seinem Bett. Es ist verrückt, was ich tue, sagte er sich. Es ist Selbstmord! Aber was soll diese Moral noch? Ist nicht jetzt schon alles verloren? Bin ich nicht ein Spielball in den Händen Ostras? Wozu stärker sein, als man kann?

Er stieß gegen die Bettkante, setzte sich und fühlte, wie warme Hände nach ihm tasteten. Ein nackter Arm schlang sich um seinen Hals, zog seinen Kopf herunter. Er roch ein betörendes Blütenparfüm, und eine Hand streichelte seinen Nacken.

»Wie bist du hier hereingekommen?« fragte Bruckmayer willenlos. Seine Finger glitten den heißen nackten Körper entlang, der sich neben ihm bewegte und tief atmete.

»Es gibt keine Tür, die vor mir verschlossen bleibt.«

»Hat dich jemand gesehen?«

»Aber nein.«

»Du bist schön«, flüsterte Bruckmayer. »Du bist unwahrscheinlich schön.«

»Nicht unwahrscheinlich. Ich bin da … ich gehöre dir …«

Bruckmayer nickte stumm. Seine Kehle verkrampfte sich. Das ist die letzte Waffe Ostras, dachte er. Die beste, die tödlichste, die sicherste. Vor ihr gibt es kein Entkommen. An ihr muß man zugrunde gehen ... und man tut es gern, mit offenen Augen, mit stammelnden Lippen.

Er seufzte, als er sich neben dem warmen Körper ausstreckte. Haut lag an Haut, und dazwischen knisterte es wie Elektrizität.

»Ich liebe dich«, sagte sie leise an seinem Ohr.

»Wir sollten jetzt nicht lügen.« Bruckmayer umschlang den bebenden Körper. »Nicht jetzt ...«

Er sah das Lächeln nicht, mit dem Rita Camargo die Augen schloß und die Arme ausbreitete.

Die Trauer um ihren Ehemann war mit dem Begräbnis für Marlies Duppel vorbei. Zwar trug sie noch schwarze Kleidung und würde sie ein Jahr lang tragen, wie es sich gehörte für eine Witwe, aber innerlich hatte sie sich schon lange von Ludwig Duppel entfremdet gehabt. Sein Tod war nur der sichtbare letzte Akt einer Trennung. Man war jahrelang eigene Wege gegangen oder gemeinsame, die sich – wie bei Volbert – an den verschiedenen Schlafzimmertüren doch wieder trennten. Nur ab und zu fand man sich im Ehebett, nicht aus Leidenschaft, sondern aus Langeweile, und dann entdeckte man, daß es auch miteinander ganz schön sein konnte, so wie man sich nach einer hausgemachten Erbsensuppe sehnt, wenn man zu lange Hotelkost genossen hat. Aber eine innere Bindung war das nicht mehr. Nur die Leiber reagierten noch.

Für Marlies war der Gedanke, nun völlig frei zu sein, geradezu berauschend. Sie hatte Mühe, sich daran zu gewöhnen, daß nun alles, was sie tat, ganz allein ihre Initiative war. Keiner redete ihr dazwischen, keiner kam am nächsten Morgen und wollte sie aushorchen, wie es

Ludwig immer getan hatte, der mehr von den Erzählungen hatte als vom eigenen Erleben, wo er schnell erlahmte. Sie war frei wie ein Vogel. Und sie wollte auch so leben wie ein Vogel.

»Oh, ist das himmlisch!« sagte sie zu Ostra, der sie am sechsten Tag nach der Beerdigung besuchte, um ihr beim Sortieren der Kondolenzkarten zu helfen. Marlies lag auf der Couch, hatte nur ein durchsichtiges Baby-Doll-Nachthemdchen an und genoß es, daß Ostra sie unverhohlen bewunderte. Ihre reife Schönheit war ein krasser Gegensatz zu Ritas katzenhaftem Reiz oder Eva Volberts rothaariger Wildheit. Sie war wie ein schwerer Wein, wo jeder Schluck auf der Zunge die Sonne wiedergibt. »Ich stecke voller Pläne, Liebling. Ich platze vor Tatenlust!«

»Ich sehe es«, sagte Ostra trocken und sah auf ihre Brüste. »Wir fahren in die Schweiz. Nach St. Moritz! Zum Skilaufen. Oh, wird das herrlich! Wir werden uns ein kleines Chalet mieten. Nackt werden wir in der Sonne liegen, und wir werden uns umschlingen und uns im Schnee lieben.« Marlies sah Ostra aus flimmernden Augen an. »Hast du schon im Schnee geliebt?«

»Nein.« Ostra sah sie ehrlich verblüfft an. »Das ist etwas Neues.«

»Es macht einen fast wahnsinnig, wenn man im Schnee liebt. Die Sonne brennt auf die Haut, und unter einem schmilzt der Schnee, und man hat das Gefühl, als löse man sich auf vor lauter Liebe.«

»Das muß wirklich herrlich sein.« Ostra setzte sich neben Marlies auf die Couch. Er nahm ihre Hand, die nach ihm tastete, und hielt sie fest. »Nur mußt du umdenken, mein Mädchen ... ich kann nicht mit in die Schweiz fahren.«

»Warum nicht?« Marlies sprang auf. Wie ein Gummiball flog sie gegen Ostra und drückte ihn auf die Couch nach hinten. Sie lag auf ihm, ein praller, liebeshungriger Körper. Ihre Beine hakten sich an ihm fest. Sie schüttelte die Locken und riß das Oberteil ihres hauchdünnen Hemdes über den Kopf weg. »Faß mich an!« keuchte sie. »Küß mich! Tu etwas! O Gott, ich zerreiße dich, ich beiße dich, ich kratze dich blutig, wenn du weiter so ruhig daliegst! Du Teufel! Du Kerl! Du! Du!« Sie griff in seine Haare und zog daran, bis er leise aufschrie.

Mit aller Kraft, und er brauchte wirklich alle Kraft, um diesen wilden Körper abzuwehren, warf Ostra Marlies von sich und erhob sich tief atmend. Marlies hockte auf der Couch, die Hände in die Polster gekrallt. Ihre Augen hatten einen irren Glanz. Ihr schöner, kleiner Mund zitterte wie im Frost.

»Hör mich an!« sagte Ostra heiser.

»Du bist ein Hund! Ein Hund! Ein seelenloses Tier! Warum läßt du mich so leiden! Siehst du nicht, wie ich leide?« Ostra trat einen Schritt zurück. Plötzlich bewunderte er den toten Duppel. Er hatte mit dieser Frau fast zwanzig Jahre lang gelebt. Er hatte sie ertragen können, er hatte die Stürme bremsen können, er hatte es fertiggebracht, Marlies – und sei's nur die ersten Jahre über gewesen – zu bändigen. Das war eine tolle Leistung, vor der jeder Mann den Hut ziehen mußte. So, wie sie jetzt vor Ostra kniete, ein Vulkan kurz vor dem Ausbruch, ein schöner, wohlgeformter Berg weißen Fleisches, jagte sie jedem Mann den Schrecken ein, bei ihr zu versagen und sich lächerlich zu machen.

»Ich muß geschäftlich weg«, sagte Ostra tief atmend. Marlies dehnte sich. Es war wie das Grollen, bevor der Vulkan ausbricht.

»Du lügst, du Schuft!«

»Ich fahre morgen weg. Für vier Tage vielleicht.«

»Lüge!«

»Du kannst es ja nachprüfen.«

»Du liebst mich nicht! Du liebst nur diese Rita! Was ist schon an ihr dran? Ist sie schöner als ich?« Sie sprang auf, riß auch den Slip herunter und wiegte sich vor Ostra hin und her. »Sei ehrlich!« zischte sie. »Ist sie hübscher? Hat sie so schöne Brüste? Hat sie so einen flachen Leib? Hat sie die vollen Schenkel? Sind ihre Hüften so rund? O nein, nein! Knochig ist sie! Ein Gerippe mit ein paar Pfündchen Fleisch darauf! Und das liebst du? Das ziehst du mir vor? Komm her ... faß mich an!«

Ostra blieb stehen. Er dachte daran, was Bruckmayer ihm gesagt hatte. Das Bild konnte von der Missionsstation El Pintado schon unterwegs sein. Dann begann der CIC zu arbeiten, dann wurde sein Gesicht in vieltausendfachem Druck über die ganze Welt verstreut, dann gab es kaum noch ein Entrinnen ... es sei denn, man war wieder drüben in Südamerika und tauchte unter in die Gebiete, die auf den Landkarten noch weiß waren. Unerforschte Riesenräume, nur bewohnt von Indianern, Jaguaren, Riesenschlangen und Krokodilen. »Wir müssen vernünftig sein, Marlies«, sagte er laut.

Marlies' Kopf flog in den Nacken. »Ich will nicht vernünftig sein! Ich liebe dich! Ich bin nun frei! Ich habe jetzt ein Recht auf dich! Ich will, daß du mich liebst! Jetzt! Sofort!« Sie warf sich auf die Couch. »Warum quälst du mich so?« schrie sie wieder.

Was soll noch daraus werden, dachte Ostra. Er ging in dem großen Zimmer herum, gefolgt von Marlies' flatternden Augen. Ihr fülliger, weißer Körper glänzte im Mittagslicht.

»Wir können nach Weihnachten in die Schweiz fahren«, sagte er begütigend.

»Nein! Morgen!«

»Begreif es doch, Marlies ... es geht nicht!«

»Ich begreife nur, daß du nicht willst! Aber ich will! Ich! Und du weißt nicht, was es bedeutet, wenn ich will!« Ostra ging zur Tür. Ein helles Lachen Marlies hielt ihn zurück. »Die Tür ist zu!« rief sie triumphierend. »Abgeschlossen! Du kannst nicht einfach weglaufen.«

»Gib den Schlüssel her!« sagte Ostra ruhig. Er hielt seine Hand hin.

Marlies schüttelte wild die Locken. »Nein!«

»Es wird dir leid tun, wenn du den Schlüssel nicht hergibst.«

»Hol ihn dir!« Marlies' Körper straffte sich. »Er liegt unter mir! Hol ihn dir, du Feigling. Erobere ihn dir, mein Ritter!« Ihr nackter Leib zitterte heftig. »Du mußt ihn dir erstürmen wie eine Burg ...«

Einen Augenblick zögerte Ostra. Dann wandte er sich ab, zog den Kopf ein, drückte die Arme an sich, nahm Anlauf und warf sich mit aller Wucht gegen die Zimmertür. Das starke Holz warf ihn zurück, Schmerz durchzuckte seine Schulter, aber noch einmal lief er an, warf sich auf die Türfüllung und hörte, wie das Holz splitterte. Da hob er das Bein und trat dagegen, zerfetzte das Türblatt und stieß mit beiden Fäusten die splitternden Hölzer ein.

»Adieu!« sagte er, als er jenseits der Trümmer stand. Er blickte durch die zerstörte Tür in das Zimmer. Marlies hatte ihre Haltung nicht verändert, nur ihre Augen waren dunkel, fast schwarz. Quer über die Brüste fiel ein Strahl der kalten Wintersonne. »Wir reden in einer Woche wieder darüber.«

»Das vergesse ich dir nie!« sagte Marlies, als die letzte Tür, die Wohnungstür, zuklappte. »Nie vergesse ich das!« Und dann sprang sie auf, raste durch das Zimmer und schlug alles mit den Fäusten auf den Boden, was oben stand. Tischlampen, Karaffen, Leuchter, Aschenbecher, eine Gebäckschale, zwei Vasen mit Blumen. Wie eine Furie tobte sie herum, bis sie zuckend auf die Couch fiel und laut weinte.

Unterdessen hatte Ostra im Büro des toten Duppel mit einem Nachschlüssel die linke Schublade des Schreibtisches geöffnet. Drei Pässe lagen dort, die Duppel noch kurz vor seinem Tode besorgen mußte. Sie waren ausgefüllt und mit Ostras Porträtfotos versehen.

Douglas Smith.

Dr. René Valeur.

Kuoni Bäderli.

Man hatte die Auswahl, Engländer, Franzose oder Schweizer zu sein.

Peinlich genau musterte Ostra die falschen Pässe. Es war nichts auszusetzen. Zufrieden steckte er sie in die Brusttasche, verschloß die Schublade wieder und verließ mit ruhigen Schritten durch den Privateingang die Druckerei.

Von oben, aus der Wohnung, hörte er Scheppern und Klirren.

Der Vulkan Marlies war ausgebrochen.

Die Villa in Bogenhausen war amtlich verschlossen und versiegelt worden. Das hatte Bruckmayer nicht verhindern können. Zwar konnte Rita nach ihrer Freilassung aus der Untersuchungshaft noch zwei Tage in der Villa wohnen, aber dann wurde diese endgültig gesperrt. Rita hatte sich deshalb eine kleine Wohnung in Schwabing gesucht, eine typische Atelierwohnung unterm Dach, mit einer schiefen Glaswand nach Norden. Sie war frei geworden, weil der Vormieter, ein schwedischer Maler, wegen Leberschrumpfung ins Krankenhaus gekommen war.

Von dieser Wohnung wußte keiner. Weder Volbert noch Bruckmayer ahnten, daß Rita sich in Schwabing aufhielt, wenn sie angeblich beim Friseur war, bei der Schneiderin oder draußen in Geiselgasteig, wo man sie – wie sie stolz erzählte – zu Probeaufnahmen hinbestellt habe. »Ist das lustig«, sagte sie zu dem ständig eifersüchtigen Volbert. »Sie glauben alle, ich sei ein armes Mädchen. Man sollte nicht glauben, was einem armen Mädchen alles für Angebote gemacht werden!«

»Du solltest dich da heraushalten!« sagte Volbert. Seit dem Abtransport der Steuergeräte für Raketen war er nervös und fahrig geworden. Er wußte nicht, wo die Geräte waren und wie sie aus Deutschland herauskommen sollten. Ostra schwieg darüber. »Man soll sich nicht unnötig mit Wissen belasten«, war eine seiner Antworten.

»Es macht Spaß, die Männer zu betrügen«, sagte Rita keck. »Du weißt, daß wir alles tun müssen, um nicht aufzufallen.« Volbert ging zur Hausbar und goß sich einen Kognak ein. Er trank jetzt mehr als früher. Sein Verhältnis zu Rita hatte sich geändert. Bis zu dem Tage, an dem er sie in den Armen hielt, hatte er sie angebetet wie eine unerreichbare Göttin; jetzt füllte sie ihn völlig aus, machte ihn zum Hampelmann, zu einem Sklaven. Volbert wußte das, er sah seine Schwäche wie in einem Spiegel, aber er wehrte sich nicht dagegen. Wenn Rita begann, sich vor ihm auszuziehen, hätte er morden können, wenn es von ihm verlangt wurde.

Was in dieser Wohnung in Schwabing geschah, wußte

keiner. Die Polizei, die Rita überwachte, kannte den Unterschlupf natürlich, aber nie sah man Besuch zu ihr kommen. Auch Kriminalmeister Ratzel, der wieder in seine Monteurkluft schlüpfte und die Wohnung inspizierte, fand nichts Verdächtiges. »Mir kommt das vor wie ein Ablenkungsmanöver«, sagte er zu Kommissar Singert, der noch immer zu Hause auf dem Sofa lag und untätig sein mußte. »Während wir die Schwabinger Wohnung bewachen wie einen Banktresor, geschieht woanders eine Schweinerei Ostras nach der anderen. Ich sage Ihnen, Herr Kommissar, das Luder hält uns zum Narren.«

Und genauso war es.

Die Beschatter Ritas zogen mit ihr nach Schwabing. Um die Villa in Bogenhausen kümmerte sich keiner mehr. Groß, dunkel, verwittert, mit geschlossenen Läden lag sie in dem verwilderten Park, schneite ein. Eine lose Dachrinne klapperte nächtelang, bis der Wind sie vollends abriß, ab und zu kontrollierte eine Isar-Wagen-Besatzung die Siegel, ob sie noch unverletzt waren, und fuhr dann weiter.

Keiner kam auf den Gedanken, daß Ostra stundenlang in den dunklen, kalten Räumen herumging, eingemummt in einen dicken Pelzmantel, am Schreibtisch in der Bibliothek saß und die Tonbänder langsam abspielen ließ und auf einer Schreibmaschine alles niederschrieb. In dem Fotolabor, das nicht ausgeräumt worden war, weil man für einen Prozeß und einen Lokaltermin alles so lassen mußte, wie es am Tage der Schließung war, entwickelte und vervielfältigte Ostra stundenlang Fotos, vergrößerte sie, machte Ausschnittvergrößerungen und stellte eine Kollektion von Bildern her, die zu den scheußlichsten gehörten, die je aus einer Entwicklerwanne gekommen waren. Vor allem bei den Ausschnittsvergrößerungen zeigte Ostra geradezu künstlerische Begabung. Was er aus Szenen herausnahm und wie er es vergrößerte, war von der Gemeinheit eines Teufels geprägt.

Das ist eine stille Atombombe, dachte Ostra, als er eine neue Kollektion zusammengestellt hatte: Foto und Tonbandabschrift. Bundestagsabgeordneter Werner Sch., Mitglied des Verteidigungsausschusses.

Das hebt Bonn aus den Angeln, wenn es bekannt wird. Aber es wird nie bekannt werden. Die Betroffenen werden dafür sorgen und zahlen. Zahlen mit Wissen.

Über einen Kellereingang verließ Ostra dann immer in der Dunkelheit die Bogenhausener Villa. Es war ein Weg, den die Polizei nicht entdeckt und deshalb auch nicht versiegelt hatte: von der Waschküche durch den Weinkeller in einen langen Gang, der im Keller des Geräteschuppens endete. Dort war der Ausstieg. Die Polizei konnte es nicht wissen: Vor der Tür zum Gang stand ein Weinregal auf Rollen. Der Unbefangene sah nur Flaschen und ging weiter.

So hatte also die Wohnung Ritas in Schwabing wirklich nur den Sinn, die Polizei abzulenken von der alten Villa. Und immer, wenn Ostra sich in dem Labor befand oder die Tonbänder abschrieb, saß Rita in ihrem kahlen Atelier, las Romane oder Illustrierte und schlug die Zeit tot. Sie wußte dann, daß auf der Straße zwei Kriminalbeamte standen und Ostra in Sicherheit war.

Um so mehr wunderte sie sich, als es an diesem Tage an der Tür klingelte. Es war das erste Mal, daß Rita überhaupt eine Klingel in dieser Wohnung hörte. Sie legte den Roman weg, sah schnell in einen alten Spiegel, ordnete ihr langes, schwarzes Haar und öffnete. In dem engen Treppenhaus stand in einem schwarzen Persianermantel Marlies Duppel.

»Du hier?« sagte Rita betroffen. »Woher weißt du denn, daß ich hier eine Wohnung habe? Komm rein!«

Marlies Duppel sah an Rita vorbei in den weiten Atelierraum.

»Ich bin dir einmal nachgegangen«, sagte sie. »Zufällig sah ich dich auf der Leopoldstraße. Da bin ich dir gefolgt.« Sie trat in die Wohnung, die Hände in den Taschen des Pelzmantels. »Wo ist Peter?«

»Peter? Wieso? Wo soll Peter sein?«

»Er wollte verreisen.«

»Das kann sein. Peter ist oft auf Reisen. Er ist ja schließlich zu Geschäften nach Europa gekommen.«

»Er will vier Tage wegbleiben.«

»Warum nicht, wenn es nötig ist?«

Rita trat zur Seite. Mit starrem, gerötetem Gesicht ging Marlies Duppel an ihr vorbei und sah sich um. Auf ihrer Pelzkappe schmolz der Schnee und tropfte über den Kragen und die sich ringelnden nassen Locken, die unter der Kappe hervorkamen.

»Wo ist er?« fragte sie wieder.

»Was ist denn mit dir los?« Rita faßte Marlies am Ärmel. »Komm, zieh dich aus. Da du nun einmal da bist, koche ich uns eine Kanne Tee.«

»Peter ist bei dir«, sagte Marlies unbeirrt. »Er ist nicht verreist! Das war eine Lüge! Er lebt hier mit dir! Ich rieche ihn. Er hat geraucht ...«

»Ich habe eben eine Zigarette geraucht. Mein Gott, was soll das alles? Stell dich doch nicht so an, Marlies! Peter ist wirklich nicht hier.«

Marlies schüttelte die Hand Ritas ab und ging in der Wohnung herum. Sie schien nun selbst überzeugt zu sein, daß Ostra nicht da war. Ihr Mund lächelte, aber ihre Augen hatten einen fanatischen Glanz. Sie blieb unter dem großen Nordfenster stehen und musterte Rita, die Wasser in einen Kochkessel laufen ließ.

Sie ist wirklich schön, dachte Marlies Duppel neidisch. Sie ist schlank und langbeinig. Ihr Gesicht ist wunderhübsch. Ihre schwarzen Haare glänzen wie Seide.

»Ich liebe Peter!« sagte Marlies in die quälende Stille, die plötzlich im Raum lag.

»Viele Frauen lieben Peter.« Rita lachte. »Wir sind doch alle freidenkende Menschen.«

»Und du?« fragte Marlies.

»Ich weiß, daß Peter nur mich liebt. Wir werden bald nach Argentinien zurückkehren, und dann ist alles nur noch Erinnerung. Dann habe ich ihn wieder allein. Das ist mein ganzer Zukunftstraum.«

»Er ist ein Irrtum!« Marlies' Stimme war plötzlich hart. Erstaunt sah Rita Camargo hoch. Sie blickte in ein von Leidenschaft verzerrtes Gesicht, das nicht mehr Marlies gehörte. Sie war kaum wiederzuerkennen. »Peter wird mit mir gehen. In die Schweiz. Ich werde den Betrieb verkaufen und mit Peter leben.«

Rita schwieg. Aber ihr Schweigen war nur das Sammeln aller Kraft zum Widerstand. Und plötzlich lächelte sie ... das Lächeln der Wissenden, der Stärkeren. Ein für Marlies ekelhaftes Lächeln.

»Weiß Peter das schon?« fragte sie spöttisch.

»Ja.«

»Und was sagte er?«

»Er ist einverstanden.«

»Ach!« Ritas Lächeln wurde stärker. »Man muß Ostra kennen, so gut kennen wie ich, um zu wissen, wann er die Wahrheit sagt und wann er lügt. Bei dir hat er gelogen. Ich weiß, daß wir zusammen nach Argentinien fliegen.«

»Er kommt mit mir in die Schweiz.« Marlies Duppel kam langsam näher. Von ihrem schwarzen Persianermantel tropfte die Nässe auf den Dielenboden. »Ich liebe ihn! Und du gibst ihn frei, du Urwaldschlange!«

Sie standen dicht voreinander, und nichts als Haß war nun zwischen ihnen. Blanker Haß, der zu allem fähig ist. Ihre Blicke kreuzten sich wie Klingen.

»Nein!« sagte Rita Camargo laut. Und plötzlich schrie sie hell: »Nein!«

»Ich verzichte nicht auf Peter«, sagte Marlies dunkel.

»Raus!« schrie Rita. Sie wollte zur Tür rennen und sie aufreißen, aber Marlies hielt sie fest und krallte sich in ihren Arm.

»Du Hure!« sagte sie. »Du erbärmliche Indianerhure! Mit deinem Gesicht machst du die Männer verrückt! Aber jetzt nicht mehr! Jetzt nicht mehr!«

Ihre Hand, die sie bisher in der Tasche des Pelzmantels gehalten hatte, zuckte hoch. Eine kleine Glasflasche, etwas größer als eine Medizinflasche, blinkte auf. Instinktiv riß sich Rita los, schloß die Augen und hob beide Hände vors Gesicht. Es war den Bruchteil einer Sekunde zu spät ... sie spürte, wie Flüssigkeit auf ihre Haut spritzte, ein Brennen und Jucken entstand, und dann schrie sie auf, hieb und trat mit geschlossenen Augen um sich, taumelte zum Waschbecken, drehte den Hahn auf und hielt ihr Gesicht in den Wasserstrahl.

»Hilfe!« schrie sie dabei. »Hilfe! Hilfe!«

»Du wirst aussehen, daß die Männer entsetzt wegrennen!« sagte Marlies Duppel an der Tür. Ihr Gesicht war das einer Wahnsinnigen. »Wie eine Hexe wirst du aussehen.«

Dann warf sie die Tür zu, rannte die Treppen hinunter, stieg in ihren Wagen, der vor dem Haus parkte, und fuhr davon. Die Polizisten, die nur männlichen Besuch im Hause registrierten, beachteten sie nicht.

Oben rauschte das eisige Wasser über Ritas Gesicht. Sie hatte ein Handtuch vom Haken gerissen und rieb und rieb und hatte doch immer das Gefühl, als verbrenne ihre Haut. Zweimal rannte sie mit dem Handtuch vorm Gesicht zum Spiegel, um sich anzuschauen, aber sie hatte nie den Mut, die Augen zu öffnen.

Sie hat mich entstellt, sie hat mir Säure ins Gesicht geschüttet, ich bin verbrannt …

Schwankend kehrte Rita zum Wasserhahn zurück und legte ihr Gesicht wieder in das nasse Handtuch. Und dann, als sie mit den Fingern über ihr Gesicht fuhr und glaubte, Runzeln und Schründe zu ertasten, überfiel sie eine wilde Panik. Sie schrie hell auf, rannte aus der Wohnung, hetzte die Treppen hinunter und lief so, wie sie war, mit tropfnassem Haar und durchweichtem Kleid, über die Straße zu dem Kriminalbeamten, der in einer Haustürnische stand und eine Zeitung las.

»Helfen Sie mir!« schrie sie. »In ein Krankenhaus! Schnell in ein Krankenhaus! Bitte, bitte …«

Sie klammerte sich in höchster Verzweiflung an dem Mann fest und sank in sich zusammen, ehe der Kriminalbeamte begriff, was geschehen war. Als er Rita erkannte, wurde er sehr tatkräftig.

Er drückte die Tür auf, schleifte die Ohnmächtige in den Hausflur, legte sie auf den Boden und rannte dann um die Ecke, um seinen Wagen zu holen.

Zehn Minuten später lag Rita auf einem Tisch. Eine starke Lampe bestrahlte ihr nasses Gesicht. Instrumente klapperten.

»Es war Salzsäure«, sagte der Arzt. »Ein Glück, daß nichts in die Augen gekommen ist.«

»Und mein Gesicht?« fragte Rita kaum hörbar. »Doktor ... mein Gesicht ...«

Der Arzt schwieg. Rita spürte, wie man ihr Gesicht vorsichtig abtupfte. Dann wurde eine dicke Salbe aufgetragen, die wie fauliges Moos roch.

Hier ist also die Nummer eins, dachte Ostra. Er sah auf das vielstöckige Haus, einen der glatten Neubauten mit kleinen Appartementwohnungen, bezahlte den Taxichauffeur und stieg aus.

In Bonn war es noch warm um diese Jahreszeit. Während in München Schnee lag, gingen hier die Leute noch im offenen Mantel herum. Ostra hatte nach seiner Ankunft in Bonn einen Bummel gemacht. Zuletzt hatte er Bonn im Jahre 1944 gesehen. Eine kleine Stadt mit berühmter Universität. Eine Stadt mit Tradition, aber ohne Zukunft. Nun, 1967, platzte sie aus den Nähten. Die Ministeriumsbauten an der Koblenzer Straße, die Neubaublocks, die Warenhäuser, die enge Innenstadt mit den eleganten Geschäften, die sich im Schritttempo vorwärtsschiebenden Autos, die verzweifelten Fahrer, die einen Parkplatz suchten: Bonn war in den letzten Jahren ein Riese geworden, dem man den alten kindlichen Anzug überziehen wollte. Nur der Rhein war so geblieben wie früher. Graugelb, schmutzig. Das Siebengebirge lag in der Wintersonne. Ostra erinnerte sich daran, daß er mit einem Esel den Drachenfels hinaufgeritten war. In SS-Uniform, als Sturmbannführer, und der Eselführer hatte zu ihm gesagt: »Wenn isch dat fotojrafieren könnt' ... dat jlaubt mir nachher keiner! 'ne SS-Sturmbannführer mit 'nem Esel –«

Ostra mußte lächeln. Das sind dreiundzwanzig Jahre her. Fast ein halbes Menschenalter. Wie die Zeit vergangen ist. Nun stand er auf dem Bürgersteig, sah die Fassade des Neubaublocks hinauf und war entschlossen, dieses Bonn, das sich so stolz und unnahbar gab, in die Luft zu sprengen.

Mit einer Aktentasche.

Mit ein paar Fotos. Mit einem Tonbandprotokoll.

Nummer eins der Liste: Ministerialdirektor Dr. Walther von Stubbenhausen. Dreiundfünfzig Jahre. Seit sechsundzwanzig Jahren glücklich verheiratet. Drei Kinder. Familie wohnt in einem Landhaus bei Bingen. Er selbst benutzt eine Appartementwohnung. Dritter Stock. Nummer neunundvierzig. Von Montag bis Freitag.

In München hat er mit der blonden Dolly geschäkert.

Peter Ostra trat an den Eingang des Neubaus heran und überblickte die Klingelschilder. Sie waren alle einfarbig in vornehmem Messing gehalten. Ap.-Nr. 49. Es stimmte: Stubbenhausen.

Ostra dachte einen Augenblick an die Fotos in seiner Aktentasche. Auch ein biederer Ministerialdirektor wird munter und jung, wenn die blonde Dolly mitspielt. Da werden sechsundzwanzig müde Jahre weggewischt. Da knacken die morschen Knochen noch einmal. Da wird das lahme Herz wieder jung, und der Puls rast.

Ostra legte den Finger auf den Klingelknopf. Es war sechs Uhr abends. Stubbenhausen war in seiner Wohnung. Er zog sich gerade um. Das tat er immer, wenn er abends in der Stadt, in einem renommierten altdeutschen Lokal, essen ging. Das ist alte Schule: abends dunkler Anzug.

»Nanu?« sagte Stubbenhausen und sah auf seine

Armbanduhr. Er knöpfte gerade seine Hose zu. »So früh schon?«

Er erwartete einen Kollegen vom Außenministerium, der ihn zum Essen abholen wollte.

Mit ruhigen, festen Schritten ging er zur Tür, drückte auf den Summerknopf und band sich in der Diele seinen Schlips um, während Ostra mit dem kleinen Fahrstuhl hinauffuhr.

Dritter Stock. Der Fahrstuhl stand. Ostra drückte die Glastür auf. Appartement 49 lag hinten am Ende des Flures. In der offenen Tür wartete eine hohe, imponierende Gestalt. Weiße Haare umkränzten einen klugen, vornehmen Kopf.

Das ist er, dachte Ostra und streichelte seine Aktentasche unter dem Arm. Auf den Bildern ist sein weißes Haar sehr zerzaust.

»Guten Abend, Herr Ministerialdirektor«, sagte Ostra höflich und nahm den Hut ab. »Es freut mich, Sie so gesund zu sehen.«

»Guten Abend.« Stubbenhausen musterte den fremden Besucher. »Woher kennen wir uns? Ehrlich, ich hatte einen anderen Herrn erwartet. Ich muß Ihnen sagen, ich bin sehr in Eile. Darf ich fragen, wer Sie ...«

»Sie wohnen schön hier.« Ostra war an dem verblüfften Stubbenhausen vorbei in die Wohnung getreten. Der Ministerialdirektor folgte ihm. Sein Gesicht rötete sich nach der ersten Verwunderung.

»Was erlauben Sie sich, mein Herr!« rief er empört. »Ich habe Sie nicht gebeten, bei mir einzutreten!«

Ostra lächelte milde und legte seine Aktentasche vorsichtig, als enthalte sie zerbrechliches Material, auf einen niedrigen Tisch mit Glasplatte. Er sah sich um. Sie waren allein, was Ostra sehr beruhigte.

»Herr von Stubbenhausen!« sagte er und betonte jedes Wort. »Ich komme aus München. Ich habe Grüße zu überbringen. Von Putzi, wie Sie Dolly nannten. Oder Mauseöhrchen.«

Ministerialdirektor von Stubbenhausen schloß schnell die Flurtür, die er noch offengehalten hatte. Über sein aristokratisches Gesicht zuckte es wie Wetterleuchten.

»Ich kenne keine Dolly!« sagte er steif. »Aber ich werde Sie sofort der Polizei übergeben!«

Er griff zum Telefon, das neben der Tür hing, und nahm den Hörer ab. Dabei sah er Ostra voll Verachtung an.

»Sie sind bei mir an der falschen Adresse!«

Es gibt im Leben Augenblicke, in denen man glaubt, der sonst so harte Boden der Erde werde weich und rolle unter einem weg. Man ist dann hilflos und von einer kindlichen Ratlosigkeit.

Nicht anders erging es Peter Ostra in diesen Minuten. Er zögerte, er umklammerte seine Aktentasche, und immer wieder sagte er sich: Das kann kein Irrtum sein! Der Name stimmt, die Fotos zeigen diesen distinguierten Herrn in durchaus nicht korrekten Posen – und doch steht er nun da und ruft die Polizei.

Sekunden dehnten sich wie Stunden. Ministerialdirektor von Stubbenhausen hielt den Hörer in der Hand, der Zeigefinger steckte in einem der Nummernlöcher der Wählscheibe, und seine Finger zitterten vor Empörung. Aber er drehte keine Rufnummer; er wartete, was Ostra tat, und starrte seinen Besucher feindselig an.

Es dauerte verhältnismäßig lange, bis Ostra erkannte, daß er geblufft wurde. Daß man ihm Angst einjagen wollte. Daß man nur darauf wartete, daß er die Flucht ergriff. Daß Stubbenhausen gar nicht daran dachte, die Polizei zu rufen. Hoheitsvoll, in blütenweißem Hemd, dunkelblauer Hose und stahlblauem Schlips stand er an der Tür, ein Bild der Empörung.

Über das Gesicht Ostras lief ein leises Lächeln. So stirbt ein Preuße, dachte er fast mitleidig. Mit wehenden weißen Haaren und durchgedrücktem Kreuz. So gehen Kapitäne mit ihren Schiffen unter. Es fehlt nur noch, daß er die Hand an eine imaginäre Mütze legt. Hurra! Hurra! Hurra! Nur schade ist's, daß dieses Heldentum im Bett von Dolly endet …

Mit einem leichten Kopfschütteln setzte sich Ostra hinter den gläsernen Tisch, holte seine goldene Zigarettendose aus der Tasche und brannte sich mit einem Streichholz eine Zigarette an. Sein goldenes Feuerzeug, ein Geschenk von Rita Camargo, hatte er in München vergessen. Schon im Zug hatte er es bemerkt. Wird im grauen Anzug sein, dachte er. Und vergaß es wieder.

Ministerialdirektor von Stubbenhausen bekam große Kinderaugen. Sein Zeigefinger drehte die erste Zahl, aber dann sank seine Hand schlaff herunter.

»Ich rufe die Polizei«, sagte er noch einmal. Diesmal war seine Stimme weniger forsch.

Ostra winkte ihm höflich zu, wie eine Einladung. »Bitte!« Stubbenhausen legte den Hörer auf. Als er jetzt in den Lichtkreis der Deckenlampe trat, hatte sein Gesicht eine fahle Farbe. »Sie wollen mich erpressen?« sagte er dumpf. »Sie wissen etwas – angeblich – und machen es zu Kapital. Das ist schmutzig!«

»Was ist nicht schmutzig, Herr von Stubbenhausen?« Ostra nickte, als der Ministerialdirektor mit zitternden Händen und stummer Frage eine Kognakflasche hochhielt. »Unsere Generation hat nur Dreckiges erlebt.

Zwei Weltkriege, der Inbegriff des Drecks! Eine Politik, die wie Teer klebt! Eine Moral, die vor Heuchelei stinkt wie Schwefelwasserstoff: Das ganze Leben ist eine Kloake. Da nützt es auch nichts, wenn man dieses Scheißhaus mit Seide und Pelzen verkleidet.«

Stubbenhausen blieb stehen, während Ostra sein Glas Kognak austrank und zurück auf den Tisch stellte.

»Ich weiß nicht, warum ich Sie nicht wirklich von der Polizei abholen lasse«, sagte er krampfhaft nach Stärke ringend. »Warum ich mich überhaupt mit Ihnen unterhalte.«

»Sie haben Angst, Herr von Stubbenhausen.«

»Vor Ihnen? Was wissen Sie schon? Gerüchte, Verleumdungen, weiter nichts. Gut, Sie mögen ein Mädchen namens Dolly kennen ... Sie glauben doch nicht, daß in einem Gerichtsverfahren die Aussage einer Dirne mehr gilt als das Wort eines hohen Staatsbeamten?«

»Bei der Auffassung deutscher Gerichte, daß Beamtenworte immer mehr wert sind als die Worte des Durchschnittsbürgers, ist das möglich.« Ostra klappte seine Tasche auf und entnahm ihr einen Schnellhefter. »Um diesem deutschen Beamtendenken vorzugreifen, habe ich mir erlaubt, Ihnen einige interessante Einzelheiten in Wort und Bild mitzubringen.« Er schlug den Schnellhefter auf und zog ein Bild heraus. »Sie sind deutlich zu erkennen, Herr von Stubbenhausen ...«

Der Ministerialdirektor beugte sich etwas vor und betrachtete kurz das Foto, ohne es anzufassen. Röte stieg in sein Gesicht, seine Mundwinkel begannen zu zucken.

»Wo ... woher haben Sie das?« fragte er tonlos.

»Automatische Kameras. Dolly, Ihr Putzi oder Mauseöhrchen, brauchte nur auf einen Knopf im Kopfteil des Bettes zu drücken. Wie Sie sehen, sind die Aufnahmen äußerst scharf.« Ostra wühlte in einigen Fotos herum und lächelte breit. »Im Detail sind die Dinge noch frappanter. Darf ich Ihnen eine Detailaufnahme zeigen, Herr von Stubbenhausen ...«

»Danke.« Der Ministerialdirektor wandte sich ab. Er stand dicht vor der Wand, so wie man in der Schule einen Schüler in die Ecke stellt, weil er im Unterricht gestört oder nicht aufgepaßt hat. »Was bezwecken Sie damit?«

»Ich bin bereit, Ihnen die Negative zu übergeben – und das Tonband ...«

»Ein Tonband gibt es auch?« Die Stimme des Mannes zerbrach fast.

»Unter dem Bett und im Bett waren Mikrofone eingebaut. Von der ersten Begrüßung im Zimmer, als Sie Dolly ein keckes Mädchen nannten, bis zum Abschied – da waren Sie etwas außer Atem, Sie neigen zu Asthma, Herr von Stubbenhausen – können Sie alles noch einmal hören.«

»Um Gottes willen, nein!« Stubbenhausen starrte noch immer die nahe Wand an. Dieser Situation war er nicht gewachsen, das wußte er. Ein Fehltritt, gut ... Erna, seine Frau, würde es vielleicht verzeihen, wenn auch immer ein Dorn in ihrem Herzen zurückbleiben würde. Im Amt würde man es totschweigen. Aber was auf dem Tonband war, wußte Stubbenhausen sehr genau. Dafür gab es keine Entschuldigungen mehr. In den Armen Dollys hatte er alles ausgesprochen, was ihn seit Jahren bedrückte. Es war, als habe man eine Stauschleuse geöffnet, und nun rauschten die Wasser ins Freie. Er hatte sich über seine lieblose Ehe beklagt, über die Herrschsucht seiner Frau, einer Professorentochter, die steifen hanseatischen Geist zelebrierte; er hatte von seinem Minister geredet, von der Parteipolitik, von der Vetternwirtschaft und der Vorherrschaft von Parteibuch und Konfession; er hatte seinen Staat, dem er in hoher Stellung diente, ein korruptes Rattennest genannt und sich beklagt, daß das deutsche Volk so dumm geblieben war wie eh und je und das glaubte, was man ihm mit frommem Augenaufschlag oder eindringlichen, einstudierten Worten vorsetzte.

Ja, in Dollys weichen Armen, die jahrzehntelang vermißte Wärme der Liebe und der Hingabe wie Honig genießend, hatte er sich alles von der Seele geredet. Und die Mikrofone unter und in dem Bett hatten es übertragen auf ein schmales, braunes Magnetband.

»Ich bin nicht reich«, sagte Stubbenhausen gepreßt. »Wenn Sie auf Geld hoffen ... bitte, vernichten Sie mich.«

»Ich brauche kein Geld.« Ostra schlug den Schnellhefter wieder zu. »Ich brauche Informationen.«

»Unmöglich!« Stubbenhausen wirbelte herum. Zum letztenmal flammte Mut in ihm auf. Er machte wieder einen Schritt zum Telefon, aber Ostras Sicherheit hielt ihn gleich wieder zurück. Mit einem Kugelschreiber klopfte Ostra auf die gläserne Tischplatte, als wolle er in einer Sitzung das Wort ergreifen. Herhören, meine Herren ...

»Denken Sie an meine Frau, an meine Kinder!« sagte Stubbenhausen stockend.

»Nun, an sie denke ich gerade. Erhoffen Sie von mir keinerlei moralische Regungen; aber ich bin nicht so grausam, daß Ihre Gattin in ihren gesetzten Tagen noch zu einer Tragödie verleitet wird.« Ostra faltete die Hände und lehnte sich in den Sessel zurück. »Wie viele Jahre Staatsdienst haben Sie noch bis zur Pensionierung vor sich?«

»Zwölf Jahre.«

»Und dann beginnt erst Ihr zufriedenes, schönes Leben. Ein Mann mit guter Pension. Ein Häuschen im Grünen. Reisen in den warmen Süden. Das Leben genießen. Wollen Sie das alles opfern?«

»Ich verrate mein Vaterland nicht!« keuchte Stubbenhausen.

»Das Vaterland wird es Ihnen niemals danken. Sehen Sie sich die deutsche Geschichte an! Wo ist Dank? Es gibt nichts Unmoralischeres als das Vaterland, mein Guter. Ich habe da meine Erfahrungen. In zwölf Jahren dürfen Sie endlich leben, sorgenfrei und ohne Vorgesetzte ... Sie sollten sich das erhalten und nicht daran denken, ob Sie es wert sind. Diese Skrupel hat Ihr Vaterland nicht. Es treibt die Steuern seiner Bürger ein, bis zum letzten Blutstropfen gewissermaßen, um dann die Millionen zu verschenken, nur, um in der Welt ein Gesicht zu haben. Mit dem Geld des Volkes kauft es sich das Ansehen in der Welt. Ein käufliches Ansehen! Ist das Vaterland besser als eine Hure? Mein Lieber, es ist miserabler. Es ist wie der häßliche Strichjunge, der nicht einen Groschen dafür nimmt, sondern einen Groschen dafür bezahlt, daß man ihn anfaßt. Und vor diesem Vaterland haben Sie moralische Bedenken?«

Ministerialdirektor von Stubbenhausen riß den Schlips herunter und knöpfte sich den Kragen auf. Im gleichen Augenblick klingelte es. Ostra sprang auf und preßte die Tasche an sich.

»Wer ist das?« fragte er.

»Ich sagte Ihnen doch: Ich erwarte Besuch. Wir wollten essen gehen.«

»Eine Dame?«

»Nein. Ein Kollege vom Auswärtigen Amt.«

»Öffnen Sie nicht!«

»Aber ich habe doch gesagt, daß ich ...«

»Drehen Sie das Licht aus!« Die Stimme Ostras war kalt und hart. Ein Kommandoton, der Stubbenhausen maßlos irritierte. So können nur ehemalige Offiziere sprechen!

Es klingelte wieder. Stubbenhausen wischte sich den Schweiß von der Stirn.

»Licht aus!« schrie Ostra. »Sie sind schon weggegangen.«

»Er kommt aber pünktlich.« Der Ministerialdirektor sah auf seine Uhr. »Peinlich pünktlich.« Mit schleppenden Schritten ging er zum Lichtschalter und drehte die Beleuchtung aus. Fahle Dunkelheit umgab sie. Durch das Fenster kroch der Widerschein der Straßenbeleuchtung.

Noch dreimal klingelte es, das letzte Mal anhaltend. Dann war es ein paar Minuten still. Ostra und Stubbenhausen saßen sich in der Dunkelheit gegenüber, schweigend und mit jagenden Gedanken.

Ich öffne, dachte Stubbenhausen. Ich opfere mich dem Vaterland. Lieber ein Abschied frühzeitig, aber in Ehren, als bis zum Lebensende mit dem Bewußtsein herumzulaufen: Du hast dein Volk verraten. Ich würde daran zugrunde gehen.

Er entgleitet mir, dachte Ostra. Mit der Feinfühligkeit eines Tieres erriet er den inneren Zweikampf Stubbenhausens. Vor drei Minuten war er zu allem bereit, aber jetzt saugt er wieder Kraft aus seinem deutschen Gewissen.

Sie schraken zusammen, als es erneut schellte. Stubbenhausen beugte sich vor.

»Die Wohnungsklingel«, flüsterte er. »Er ist mit dem Fahrstuhl heraufgekommen und steht vor der Tür.«

Ostra legte den Finger auf die Lippen. Zweimal klopfte es sogar an der Tür ... dann dehnte sich die Ruhe qualvoll über Minuten aus. Stubbenhausen wollte aufstehen, aber Ostra winkte energisch ab.

»Er ist gegangen«, sagte der Ministerialdirektor. »Kann ich das Licht wieder anknipsen?«

»Nein! Lassen Sie es aus! Wir können uns auch ohne Licht verständigen.« Ostra beugte sich über dem Tisch vor. Wie eine Mumie, starr und faltig, saß Stubbenhausen ihm gegenüber im fahlen Dämmern des Straßenlichtes. »Ich brauche von Ihnen Auskünfte über den Bau des Regierungs-Atombunkers, in dem bei der Übung Fallex 66 das Notparlament tagte, und bis morgen mittag Angaben über weitere Atombunker, die dem Schutz von staatlichen Stellen dienen und der Einlagerung von Regierungsakten. Habe ich mich klar ausgedrückt?«

»Ja –«

»Fangen wir also bei Fallex 66 an. Beschreiben Sie mir die technische Einrichtung des Bunkers.«

Ministerialdirektor von Stubbenhausen schwieg. Sein Kopf sank auf die Brust, dann fiel er nach vorn und schlug mit der Stirn auf die Glasplatte des Tisches. Schluchzen schüttelte den schweren Körper.

Der Mann weinte wie ein kleines Kind.

Mitleidlos holte Ostra ein kleines Batterietonbandgerät aus seiner Aktentasche und schaltete das Mikrofon ein.

»Ich habe Ihnen nichts zu sagen. Bitte, lassen Sie mich in Ruhe! Ich möchte schlafen.«

Rita Camargo lag in einem Einzelzimmer des Krankenhauses und drehte nun den Kopf weg, um klar damit anzudeuten, daß sie nichts weiter sagen würde.

An ihrem Bett saßen Kriminalmeister Ratzel und Kommissar Singert. Dieser trug einen Gehgips und hatte, als er von Ratzel über die merkwürdige Säure in Ritas Gesicht verständigt wurde, befohlen, ihn sofort abzuholen und zu Rita Camargo zu bringen. So sehr Frau Singert schimpfte und drohte, den Hausarzt anzurufen oder ihren Mann einfach ans Bett zu fesseln, Singert hatte keine Ruhe mehr, untätig zu Hause zu hocken und seinen Knöchel zu begießen.

»Hier kann eine Stelle sein, wo ich den Hebel ansetzen kann, der die ganze Bande aushebt!« rief Singert, als Ratzel mit einem Polizeiwagen vorfuhr. »Eine Frau, die ihr Gesicht verliert, ist zu allem fähig! Das muß man ausnutzen!«

Aber das war ein großer Irrtum. Die Salzsäure hatte dem Gesicht Ritas nicht geschadet. Ihre Geistesgegenwart, sofort den Kopf unter das fließende Wasser zu halten, hatte ihr schönes Gesicht gerettet. »Wir haben die Salbe nur aufgetragen«, sagte der Arzt nach der Untersuchung, als er Rita im Zimmer besuchte, »um mögliche Spritzerchen, die schon in die Poren eindrangen, zu neutralisieren. Das einzige, was zurückbleiben kann, sind winzige weiße Flecken auf der Haut. Außerdem war es gut, daß Sie ein fetthaltiges Make-up trugen. Sie hatten ungeheures Glück ...«

Nach dieser Mitteilung kam Rita aller Lebensmut zurück. Sie lag, randvoll mit Rachegedanken gegen Marlies Duppel, das Gesicht dick verbunden, regungslos im Bett, als Singert und Ratzel erschienen. Sie hatten vom Stationsarzt schon erfahren, daß die Seelenmassage »Wie schrecklich, für immer entstellt zu sein ...« nicht anzuwenden sei.

»Was wollen Sie von mir?« hatte Rita gesagt. Durch

die Sehschlitze des Verbandes leuchteten ihre schwarzen Augen. »Ist es jetzt auch schon strafbar, wenn man einen Unfall hat?«

»Es war ein Unfall?« fragte Singert zurück.

»Natürlich.«

»Was wollten Sie denn mit der Salzsäure?«

»Das Spülbecken säubern. Es hatte Flecke. Immer ärgerten sie mich. Mein Vorgänger in der Wohnung war ein Mensch, für den Dreck zum Leben gehörte. Mich ekelt Dreck an.«

»Welch ein schönes Bekenntnis, gerade von Ihnen.« Singert beugte sich zu Rita vor. »Wer hat Ihnen die Salzsäure ins Gesicht geschüttet?«

»Ihre Frage ist dumm, Herr Kommissar.«

»Wir kennen den Täter!«

»Dann verhaften Sie ihn.« Rita lächelte, aber durch den Verband sah es keiner. Singert zog die Augenbrauen hoch. Er beobachtete die Finger Ritas. Da das Gesicht verbunden war, mußten es die Hände sein, die sie verrieten. Ruhig lagen sie auf der Bettdecke. Lange, braune Finger mit dunkelroten, gelackten schmalen Nägeln.

»Säureattentate auf Frauen werden in der Regel nur ausgeführt von Frauen. Die Kriminalgeschichte kennt genug Fälle dieser Art. Und auch wir kennen die Täterin. Sie ist beobachtet worden, als sie Ihr Haus verließ.«

Die Hände Ritas blieben ruhig. Ihre Beherrschung war bewundernswert. Was Singert jetzt erzählte, konnte wahr sein. Marlies Duppel hatte keinerlei Vorsicht walten lassen. Sie war vorgefahren, hatte Rita entstellt, wie sie glaubte, und war mit der gleichen Kaltblütigkeit wieder weggefahren. Warum sollten die Beobachter Ritas sich nicht die Nummer des Wagens gemerkt haben?

»Dann verhaften Sie sie, wenn Sie unbedingt eine Blamage wollen«, sagte Rita mit spöttischer Stimme. Singert stand auf. »Ich werde wegen vorsätzlicher schwerer Körperverletzung Eva Volbert verhaften.«

Zum erstenmal zeigte Rita Camargo eine Regung. Ihre Finger tanzten über die Bettdecke, ihr Körper bebte. Verblüfft und ärgerlich erkannte Singert, daß dies ein lautes Lachen war.

»Viel Glück!« sagte sie. »Worauf ein ehrgeiziger Kriminalkommissar alles kommt ...«

Dann spielte sie die Müde, drehte sich zur Seite und gab keine Antworten mehr. Die Beamten verließen wütend das Krankenzimmer.

»Man sollte dem Weib den blanken Hintern verhauen!« sagte Ratzel im Flur. »Jawohl!«

»Und selbst das wäre noch ein Vergnügen.« Kommissar Singert klopfte seinem Mitarbeiter auf die Schulter. »Jetzt bin ich nur gespannt, wie unser Ministerialrat aus Bonn reagiert.«

Studienrat Bentrob und seine Tochter Julia hatten sich ausgesprochen. Tränen waren geflossen, moralische Reden waren gehalten worden, das Andenken der toten Mutter, die sich im Grabe umdrehen würde, wenn sie das erführe, wurde beschworen, die ganze lange bürgerliche Litanei ergoß sich über Julia, aber dann hatte sich Studienrat Bentrob erschöpft. Auch Moral macht schließlich müde.

»Wir müssen nun mit diesem dunklen Punkt leben«, sagte er weise. »Und wir müssen schnell handeln, so sehr ich Eile in Dingen, die ein ganzes Leben formen, hasse. Deine Mutter und ich kannten uns fünf Jahre, bis ich sie ansprach, drei Jahre waren wir verlobt, und dann erst wußten wir sicher, daß wir zueinander paßten. Aber die heutige Zeit hat ja ein Leben auf Raketen aufgebaut! Da kommen die Kinder schon bei den Kindern.«

»Vater!« sagte Julia still. »Wir wollten uns doch keine Vorwürfe mehr machen.«

»Ja.« Studienrat Bentrob putzte seine Brille. Seit er wußte, daß er Großvater wurde, kam er sich ein wenig hilflos vor. Die Zeit, als er selbst einen schreienden Säugling auf den Armen wiegte, war so weit weg wie Alexanders Schlacht bei Issus. Nun kam es wieder auf ihn zu. Ein kleines, krähendes Bündel Mensch. Der Enkel. Ein Kind seiner Julia. Oh, es war schwer, sich daran zu gewöhnen, daß die eigene Tochter nun genauso Mutter sein sollte, wie seine Frau es damals gewesen war. Ein merkwürdiger, im Herzen schwer lastender Gedanke. Ein Gedanke voller Enttäuschung. Ein Wegweiser ins Alter, Großvater –

Die Aussprache mit Ernst Fallers war jetzt familiär. Naturereignisse muß man hinnehmen, das wußte Bentrob aus der Physik. »Also, dann heiratet zu Weihnachten!« sagte er.

Damit war die technische Seite erledigt. Studienrat Bentrob hatte seinen Segen gegeben und würde auch noch das ersparte Geld von der Kasse holen, um Julia eine schöne Wohnung einzurichten. »Das ist Sache des Brautvaters«, sagte er, als Fallers auch von seinen Ersparnissen sprach. »Und die Erstausstattung meines Enkels übernehme ich ebenfalls. Samt Kinderwagen.«

Dabei glänzten seine Augen zum erstenmal.

»Er darf es nie erfahren, nie!« sagte Julia später, als sie mit Fallers allein war. »Es würde ihn umbringen. Die Wahrheit wäre für ihn unbegreiflich. Ich … ich begreife es ja selbst kaum.«

Ernst Fallers atmete tief durch. Der Gedanke an diesen einen Sonnabend war wie Gift in ihm. Wenn ihm der Name Ostra ins Gehirn sprang, ballte er die Fäuste und stöhnte leise auf. Und dann mußte er sich sagen: Es war deine Schuld. Du hast auf die Zeitungsanzeige geschrieben. Du warst neugierig. Du warst hungrig nach Erleben. Du hast das junge Leben Julias verkauft.

Es war ein Mittwoch, an dem Fallers frei hatte, als sie mit einem Wagen, den sich Fallers von der Firma lieh, hinausfuhren an den Tegernsee. Dort lag schon hoher Schnee, man konnte mit der Kabinenbahn den Wallberg hinaufschweben und dann durch die Schneisen des Bergwaldes abfahren ins Tal, in stiebendem Pulverschnee und durch gestreifte Sonnenstrahlen, die zwischen den Tannen hervorbrachen. In der Sonne konnte man liegen und träumen, Pläne machen und Hand in Hand das selige Gefühl genießen, miteinander glücklich zu sein.

Es wurde ein schöner Tag. Sie aßen zu Mittag auf dem Wallberg, brieten in der Sonne, in Decken vermummt in den Liegestühlen an der Hauswand des Hotels, fuhren dann eine nicht so schwere Abfahrt hinab nach Rottach und wanderten langsam durch die schweigenden, dicht verschneiten Wälder. Ab und zu blieben sie stehen, umarmten und küßten sich wie ein junges Liebespaar, das es nötig hat, jede unbeobachtete Minute auszukosten.

»Da sieht uns jemand zu!« sagte Julia und drückte Fallers weg, als er sie auf einem engen Waldweg wieder küssen wollte.

»Wo denn?« Fallers sah sich um. »Und wenn schon … neidisch soll er werden.«

»Es sind Soldaten!« Julia zog ihre lustige rotgelbgestreifte Pudelmütze über die zerwühlten Haare. »Da. Im Wald. Es sieht aus, als hätten sie sich versteckt. Da … siehst du nicht das große Auto …«

Ernst Fallers folgte ihrem ausgestreckten Zeigefinger.

Im dichten Wald, kaum zu erkennen durch die graugrüne Tarnfarbe, stand ein Militärlastwagen. Nur weil die Sonne auf der Frontscheibe funkelte, war Julia auf ihn aufmerksam geworden. Der stumpfe, bullige Kühler war mit einer Schneehaube verziert. Auf der Plane lagen dicke Zweige und ein grobmaschiges, mit bunten Flecken durchsetztes Netz.

»Die haben sich wirklich getarnt«, sagte Fallers. »Und jetzt küsse ich dich erst recht! Soldaten haben das besonders gern.« Er lachte, aber Julia glitt mit den Skiern von ihm weg.

»Du bist unmöglich!« rief sie und machte Anstalten davonzufahren.

Fallers sah hinüber zu dem getarnten Militärlastwagen. Irgend etwas kam ihm seltsam vor. Die Stille. Keine Stiefelspuren im Schnee. Kein Laut. Keine Bewegung. Auch Radspuren waren nicht zu sehen, und es hatte vor zwei Tagen zum letztenmal geschneit. Ein so schwerer Wagen kann doch nicht fliegen, dachte Fallers. Das ist verdammt merkwürdig.

»He! Kameraden!« rief er in den Wald.

Keine Antwort.

Julia war stehengeblieben und sah ihren Verlobten erstaunt an.

»Komm«, sagte sie. »Vielleicht darfst du das gar nicht. Wenn das eine Übung ist ... wir stören hier nur ...«

Fallers machte ein paar Schritte auf den Wagen zu und blieb dann wieder stehen. Jetzt konnte er es ganz deutlich sehen: Auch um den Wagen herum war unverletzter Schnee. Keine Trittspuren. Keine Regung.

»So etwas gibt es nicht!« sagte Fallers laut. »Eine fliegende Engelskompanie ist noch nicht da.«

Er schlurfte weiter durch den Schnee und rief noch einmal laut: »Hallo! Ergebt euch, Jungs! Hier kommt ein schwerer Panzer!«

»Laß den Quatsch. Komm zurück, Ernst!« rief Julia vom Wege her. »Das ist verboten, was du machst ...«

Ernst Fallers hatte den Militärlastwagen erreicht. Er zwängte sich durch die herunterhängenden Tannenzweige, hob das Tarnnetz hoch und sah in die Führerkabine. Dann ging er nach hinten, sah unter die Plane und erkannte Kisten und Deckenrollen und einen Berg Schlafsäcke. Manövergut. Und weit und breit kein Mensch. Kein Soldat. Kein Laut. Und keine Fußspur.

Fallers kehrte zurück zum Führerhaus und öffnete die Tür. Er mußte mit aller Kraft an der Klinke reißen, weil die Tür zugefroren war, aber dann ging sie doch mit einem knackenden Laut auf. Er beugte sich vor und sah auf die Pedale. Sie waren fast sauber, so, als habe man sie nicht mit schneeverkrusteten Stiefeln bearbeitet. Auch Schneewasser lag nicht auf dem Gummiboden. Nur Staub.

Staub, wenn draußen Schnee fällt?

Fallers schob sich halb mit dem Oberkörper in das Führerhaus und wollte das Ablagefach des Beifahrers ausräumen, als er etwas in der Ritze der Polsterbank glitzern sah. Es war eingeklemmt zwischen Rücken und Sitz.

Ein Feuerzeug. Ein goldenes Feuerzeug. Zierlich, mit vielen Verzierungen, mehr ein Spielzeug.

Fallers wog das Feuerzeug in der Handfläche. Es wurde immer merkwürdiger. Soldaten mit goldenen Miniaturfeuerzeugen dürften zu den wirklichen Seltenheiten gehören. Er drehte das kleine Ding in den Fingern und stutzte plötzlich.

Auf der Unterseite war etwas eingraviert. Klein, verspielt, kaum lesbar war die Schrift. Fallers hielt sie gegen die Sonne und entzifferte sie Wort für Wort: *Denke … immer … an … Rita …*

Seine Hand schloß sich und umkrampfte das Feuerzeug. Das ist zu verrückt, dachte er und schüttelte den Kopf. Das ist absolut verrückt. Es muß eine andere Rita sein! Rita Camargo in einem deutschen Bundeswehrlastwagen … das ist vollendeter Blödsinn! Das fällt selbst einem Romanschreiber nicht ein. Aber dann öffnete er wieder die Finger und starrte das kleine goldene Ding an. Es war eine ausländische Arbeit. Die Gravierungen sahen aus wie indianische Muster.

Denke immer an Rita …

Erinnerungen, die er begraben wollte tief unten in seinem Herzen, kamen wieder hoch.

Der Abend bei Direktor Volbert. Das Abendessen. Die Stunden an der Bar. Die Tänze. Peter Ostra, wie er neben ihm auf dem Barhocker sitzt und ihm Feuer für eine Zigarette gibt. Mit einem kleinen goldenen Feuerzeug. Das war ihm damals aufgefallen. Es ist so klein, daß man glaubt, das Feuer flammte aus seinem Handballen auf, hatte er noch gedacht. Er hatte es sogar gesagt, und Ostra hatte gelacht und das winzige goldene Feuerzeug in die Luft geworfen und geschickt wieder aufgefangen.

Denke immer an Rita …

Das war das Feuerzeug! Es war Ostras Feuerzeug! In einem Militärlastwagen! Versteckt im dichten Wald.

»Ernst!« rief Julia vom Wege her. »Ernst? Wo bist du?«

»Gleich, Liebling! Ich komme gleich!« Fallers steckte das Feuerzeug in seinen Anorak, warf die Wagentür wieder zu und kroch unter dem Tarnnetz hervor. Ich werde es Julia nicht erzählen, dachte er dabei. Aber ich werde nun Gelegenheit haben, mit Ostra abzurechnen. Irgendeine Schweinerei ist hier im Gange, von der niemand etwas weiß. Das Feuerzeug aber ist der Schlüssel, und ich werde ihn benutzen, bei Gott – auch wenn ich damit eine Höllentür aufschließe!

Mit langen Schritten kam er zu Julia zurück, die ängstlich geworden war und nun schmollte. »Nichts!« sagte Fallers mit gespielter Fröhlichkeit. »Tatsächlich ein Militärlastwagen. Die Jungs sind sicherlich im Gelände. Arme Hunde. Wir können uns küssen, und sie müssen Krieg spielen ...«

Er zog Julias Kopf zu sich herüber und küßte sie lange trotz ihrer Gegenwehr.

»Lump!« sagte sie hinterher atemlos. »Ich wäre bald erstickt, du Mörder!« Dann gab sie sich einen Schwung und sauste den Weg zurück ins Tal. Sie winkelte die Arme an, ging in die Hocke und raste in Schußfahrt abwärts.

»Julia!« schrie Fallers hinter ihr her. »Paß auf, Julia! Denk an das Kind! Das Kind!«

Er gab sich auch einen Schwung und sauste hinter ihr her. In zwei in der Sonne glitzernden Schneewolken erreichten sie das Tal, lachend und rot vom Fahrtwind.

Am Abend dieses Tages wimmelte es in Rottach von Uniformen. In Jeeps, Privatwagen und Lastwagen rollten sie durch den Ort und verschwanden in den Wäldern. Der Neumeiselbauer, der Holzstangen aus seinem Wald holen wollte, wurde angehalten und umgeleitet. Militärpolizei sperrte den Weg zu seinem Forst ab. Sie gaben keine Auskunft, als der Neumeiselbauer auf sein

Recht pochte, in einer Demokratie sein eigenes Land zu betreten.

»Hau ab!« sagte ein Feldwebel grob. »Bis morgen ist das Gebiet gesperrt.«

»Mei Wold?! G'sperrt?! Beschwer'n werd i mi beim Landtag! Jawoll!«

Stur wie ein bayerischer Bauer nur sein kann, blieb er vor den Militärpolizisten stehen und beschimpfte jeden Offizier, der an ihm vorbeifuhr in seinen Wald. »So vüll Offiziere!« schrie der Neumeiselbauer hell und hob die Fäuste. »Bezahl'n tun wir's! Und in mein Wold komm i net rein!«

Ein anonymer Anruf hatte beim Wehrkreiskommando wie eine Bombe eingeschlagen. Der General, der gerade nach Hause gehen wollte, vergaß, daß heute Opernabend war. »Das ist doch nicht wahr!« sagte er zu seinem Adjutanten, der die Meldung von der Telefonzentrale heraufbrachte, wo man sie säuberlich niedergeschrieben hatte. »Der geklaute Wagen ist gefunden? Bei Rottach? Im Wald? Und ein anonymer Anruf ... Bertrams, ist das eine Sauerei?«

»Jawohl, Herr General. Das ist eine Riesensauerei.«

Dieser Ansicht waren alle, die in der Abenddämmerung im Wald um den gefundenen Wagen standen. Major Haymes, Kommandeur des 3. Panzerschützenbataillons, dessen zweiter Kompanie man den Wagen im Erdinger Moos gestohlen hatte, konnte das Fahrzeug als das seinige identifizieren. Auch Oberleutnant Gartenberg erkannte den Wagen wieder. Taktische Zeichen, Nummer, alles stimmte. Am glücklichsten war der Gefreite Sulzig, den man gleich mitgenommen hatte. Seine Gitarre lag hinten im Wagen. Unversehrt.

»Nichts ist geklaut, Herr General«, sagte er freudestrahlend. »Sogar meine Gitarre ist da. Und die Marschverpflegung des zweiten Zuges. Alles ist noch da.«

»Drei Pfund Butter, Wurst und harter Käse«, sagte der Hauptfeldwebel leise und seufzte. »Das gibt ja wieder eine Schreiberei mit der Verwaltung.«

Obwohl der Wagen nun wieder da war, wurde er nicht abtransportiert. So schnell ist ein Fall nicht erledigt. Die Tatsache des Diebstahls war schon unangenehm genug – aber wenn man einen gestohlenen Gegenstand unversehrt wiederfindet, so ist das noch aufregender. Bei dem Wagen blieb zunächst eine Wache zurück und fror die ganze Nacht durch. Dann erschienen Offiziere des Militärischen Abschirmdienstes und Beamte des Bundesnachrichtendienstes aus Pullach und begannen, den Wagen fast zu demontieren.

Sie suchten nach Spuren. Nach Fingerabdrücken. Nach kleinen Hinweisen, was mit dem Wagen gemacht worden sei. Umsonst stiehlt keiner einen Lastwagen. Da der Inhalt unversehrt und unangerührt war, wurde das Rätsel sehr politisch. Mißtrauen ist das Brot des Geheimdienstes.

Und sie fanden etwas. Fünf wunderbare, klare Fingerabdrücke. Mit aller Sorgfalt wurden sie abgenommen.

Es waren die Fingerabdrücke Ernst Fallers'.

Am nächsten Tag schon besuchte Fallers, gewappnet mit der Stärke des Überlegenen, seinen verhaßten Wochenendfreund Friedrich Volbert.

Ostra war gerade aus Bonn zurückgekehrt. Fröhlich, zufrieden, ein Sieger, der sich selbst den Triumphmarsch bläst. Er küßte Eva, die ihn sehr vermißt hatte, mit südländischer Glut, umarmte auch Volbert, als sei man noch so eng befreundet wie ehedem, und breitete die Arme aus.

»Kinder, bin ich froh, wieder hier zu sein. Die Luft in Bonn ist miefig. Wo so viele Beamte atmen, muß es stickig sein! Eva, mein Schätzchen, ich habe oft an dich gedacht, wenn ich allein in meinem kalten Bett lag. Und du, Friedrich? Warum so ernst? Wo ist Rita?«

Volbert hatte es übernommen, Ostra von dem Unfall zu unterrichten, aber Ostra hörte ihn gar nicht an, küßte Eva noch einmal und rannte die Treppe hinauf zu seinem Zimmer.

»Ich sage es ihm.« Eva strich sich die roten Haare aus der Stirn. Sie lauschte nach oben. Die Badezimmertür klappte zu. Wasser rauschte. Ostra stand jetzt nackt vor der Wanne. Ein Kribbeln überzog ihren Rücken. »Ich gehe nach oben ...«

»Laß ihn wenigstens baden«, sagte Volbert giftig. »Das erfrischt ihn, und du hast nachher mehr von ihm.«

»Neidisch?« fragte Eva schnippisch. »Dein Püppchen ist leider im Krankenhaus. Ich halte dich nicht. Leg dich daneben. Man sagt ja, Durchblutungen fördern die Heilung.«

»Du bist ein impertinentes Aas!« zischte Volbert.

Da klingelte es an der Straßenpforte. Volbert ging in die Diele und nahm den Hörer der Sprechanlage ab.

»Ja? Bitte?« fragte er.

»Fallers.«

Volbert drückte auf den elektrischen Knopf und rannte in das Wohnzimmer zurück. »Denk dir, der Fallers steht draußen!« rief er. »Unser schüchterner Ehemann! Eva ...«

Eva Volbert war nicht mehr im Zimmer. Von oben hörte er ihr Lachen und dazwischen die sonore Stimme

Ostras. Nicht einen Funken Scham hat sie mehr, dachte Volbert dumpf. Sie läßt sogar die Badezimmertür dabei offen.

»Tür zu!« brüllte er hinauf.

Das Lachen wurde gedämpfter. Eine Tür schlug zu. Es hörte sich an, als habe man sie mit dem Fuß zugetreten, weil man die Hände nicht mehr frei hatte …

»Das ist eine Überraschung!« sagte Volbert voll Freundlichkeit und streckte Fallers beide Hände entgegen. »Und allein? Wo hast du deine entzückende Julia gelassen? Kinder, warum seid ihr nicht mehr gekommen? Es war noch so gemütlich an den folgenden Abenden. Wir haben lebende Bilder dargestellt … Rita war die Königin der Liebe … und Marlies gab eine Putte ab, zum Wimmern war's …«

»Ist Ostra hier?« fragte Fallers kurz. Er übersah die Hände Volberts und kam in die große Diele. Er hatte seine Hand in der Tasche des Mantels und umklammerte das kleine, goldene Feuerzeug.

»Peter ist eben gekommen. Vor zehn Minuten. Er badet gerade. Aber komm doch rein, Ernst.«

»Danke.« Fallers sah, daß Volberts Freundlichkeit gespielt war. »Rufen Sie bitte Ostra.«

»Das wird schlecht möglich sein.« Volbert schluckte. »Wenn er gerade in der Wanne sitzt …«

»Dann soll er sich abtrocknen und herunterkommen. Ich habe wenig Zeit und muß mit ihm sprechen.«

»Warum so förmlich?« Volbert griff Fallers Arm. »Tritt doch näher, mein Junge. Wie ich Eva kenne, wird sie heute abend besonders aufgedreht sein. Ich werde Marlies anrufen, die kommt bestimmt. Leider fällt Rita aus. Da ist ein Ding passiert, direkt rätselhaft. Sie liegt im Krankenhaus.«

»Holen Sie mir bitte Ostra herunter«, sagte Fallers laut. »Oder ich begehe die Unhöflichkeit und suche ihn mir selbst. Die oberen Zimmer kenne ich ja.«

Volbert hob die Schultern und winkte ab. »Ich weiß nicht, was du hast und warum du so auftrittst wie ein Holzhacker, aber bitte – ich rufe Peter. So wie du aussiehst, blicken Mörder drein. Vergiß nicht, daß wir das gleiche Boot rudern. Wenn du mit Peter etwas auszumachen hast, dann tu das außerhalb meines Hauses.«

»In diesem Haus hat es angefangen«, sagte Fallers steif. »Und hier soll es auch aufhören.«

»Ich bitte dich – mach keine Dummheiten, Junge!« Angst sprang in Volberts Augen. »Man kann unter Männern alles in Ruhe arrangieren.«

»Genau das will ich.« Fallers trat einen Schritt vor. Mit aller Kraft brüllte er die geschwungene Treppe hinauf. »Ostra! Peter Ostra! Kommen Sie herunter!«

Und dann standen sie sich gegenüber. Ostra in einem Bademantel, noch nicht von Wasser benetzt, aber doch mit Schweiß auf der Stirn. Unter dem Mantel war er nackt. Ein Hauch von süßem Parfüm umwehte ihn. Oben klappte eine Tür ... ein Schatten huschte über den Flur, ein blanker Schatten, nacktes glänzendes Fleisch. Fallers sah es deutlich. Auch die roten Haare erkannte er.

»Es freut mich, daß ich Sie gestört habe«, sagte Fallers hart. »Ich will es kurz machen. Ich kenne die Spiele in diesem Hause ja.«

»Unser verlorener Sohn ...«

Ostra war jovial und überlegen. Nur in seinen Augen lag das Lauern eines Tieres. »Und hier? Ich hätte nicht gedacht, daß wir uns ...« Fallers schob seine Hand aus der Manteltasche, streckte die geballte Faust Ostra unter die Augen und öffnete dann die Finger. Im Licht der kristallenen Kronleuchter funkelte es. Volbert beugte sich neugierig vor.

»Ein Feuerzeug!« sagte er, bevor Ostra reagieren konnte. »Verdammt, dein Feuerzeug, Peter.«

»Nein!« Die Stimme Ostras war schneidend, wie ein Peitschenhieb. »Dummheit! Mein Feuerzeug ist oben in meinem Rock.«

»Bestimmt?« Fallers lächelte Ostra spöttisch an.

»Spielen Sie hier kein dummes Theater, Ernst!« Ostra sah auf das kleine blitzende Ding. Er hatte es sofort erkannt. Ich habe es also nicht in einem anderen Anzug vergessen, dachte er schnell. Ich habe es irgendwo verloren, und Fallers hat es gefunden. Wo aber, in Teufels Namen, kann ich es verloren haben? Nicht eine einzige Stelle gibt es, wo ich war und die auch Fallers besucht haben könnte. »Ich kenne dieses Spielzeug nicht.«

»Das ist aber merkwürdig.« Fallers nahm das goldene Feuerzeug zwischen Daumen und Zeigefinger und drehte es so, daß Ostra unter den Boden sehen konnte. »Denke immer an Rita ... Man kann es gut lesen ...«

»Es ist wirklich deines!« rief Volbert ahnungslos. »Ich habe es selbst schon in der Hand gehabt.« Dann schwieg er. Der Blick Ostras sagte ihm, daß er ein großer Idiot sei. Und plötzlich sah das auch Volbert selbst ein.

»Wo hast du das gefunden, Ernst?« fragte er stockend.

»Sollen wir die Frage nicht lieber Ostra stellen? Wo kann er es verloren haben?«

Ostra schwieg. Sein Gesicht hatte wieder die kantige Form, die ausdrückte, daß Gewissen und Skrupel ihn nicht belasteten. Aber während er schwieg, arbeitete sein Gehirn wie eine Maschine, wie ein Roboter. Kühl, nüchtern, seelenlos.

Was will er? dachte dieses Gehirn.

Erpressung? So sieht er nicht aus.

Was weiß er?

Mit wem hat er schon darüber gesprochen?

Wäre es klug, ihn zu töten? Jetzt, sofort, auf der Stelle?

Ist es klüger zu verhandeln? Zu warten? Zu bluffen?

»Wo?« fragte Ostra knapp.

»Es lag auf einem Autositz.« Fallers ließ die Hand zuschnappen und steckte das Feuerzeug wieder ein. Das ist sein Todesurteil, dachte das Gehirn nüchtern. Das war ein Fehler. So behandelt man keinen Ostra.

»Autositz?« fragte Ostra gedehnt.

»In einem Lastwagen der Bundeswehr.«

»Hm«, machte Ostra. Er sah, wie Volbert erbleichte und zu zittern begann.

Memme, dachte das eiskalte Gehirn. Hosenscheißer! Siehst du nicht, daß ein schon Toter spricht?

»In einem Wald bei Rottach am Tegernsee. Getarnt mit Zweigen und einem Tarnnetz. Und während wir hier stehen, wird der Wagen von der Bundeswehr wieder abgeholt.«

»Das ist gut.« Ostra lächelte grausam. »Es wäre mir peinlich gewesen, wenn man das Feuerzeug nicht gefunden hätte. Ich danke dir, Ernst, für den Freundschaftsdienst.« Ostra streckte die Hand aus. »Und nun gib mir mein Feuerzeug.«

Wenn ich es habe, erschieße ich ihn, dachte das Gehirn. Die Pistole ist oben in meinem Rock. Ich werde ihn also erst mit einem Handkantenschlag betäuben müssen.

Fallers schüttelte langsam den Kopf. »Sie bekommen das Feuerzeug morgen um 10.23 Uhr auf dem Flughafen Riem. Um 10.23 Uhr geht eine Maschine nach Marseille mit Umsteigemöglichkeit nach Rio de Janeiro. Ich gebe Ihnen das Feuerzeug auf der Gangway.«

Volbert wich zurück. Er sah, wie sich die Hände Ostras spreizten. Auch Fallers sah es und lächelte schief.

»Ich habe das Feuerzeug fotografieren lassen«, sagte er heiser. »Wenn ich heute abend um 10 Uhr nicht bei dem Fotografen anrufe, bringt er das Bild, auf dem man die Widmung sieht, zum Polizeipräsidium.« Fallers begann, rückwärts zur Tür zu gehen. Erst, als er an die Blumenbank neben dem Eingang stieß, blieb er stehen. Ostra war ihm nicht gefolgt. Groß, hoch aufgerichtet, die Hände in den Taschen des Bademantels, stand er mitten in der Halle. »10.23 Uhr«, sagte Fallers laut. »Und wundern Sie sich nicht, wenn ich Ihnen vor allen Reisenden eine runterhaue! Das ist das einzige, was ich tun kann, Sie Schwein! Oder ist es Ihnen lieber, wenn ich frage, wie ein goldenes Feuerzeug in einen gestohlenen Bundeswehrwagen kommt?«

»Morgen früh, 10.23 Uhr. Ich werde am Flugzeug sein.« Ostra nickte kurz. Volberts Augen sprangen fast aus den Höhlen. »Was haben Sie davon, wenn ich abfliege?«

»Die Gewißheit, daß Julia Sie nie mehr wiedersehen wird. Wir werden erst wieder glücklich und unbefangen sein, wenn Sie endgültig aus unserem Leben getreten sind.«

»Sie sind ein Phantast, Fallers!« Ostra wandte sich ab und ging zur Treppe. »Aber Phantasten sind gefährlich.«

Volbert wartete, bis das rote Licht an der Sprechanlage erlosch, ein Zeichen, daß Fallers das Tor zugedrückt und das Grundstück verlassen hatte. Mit hohlem Blick ging er zu Ostra, der an der Bar lehnte und einen Whisky trank.

»Was nun?« fragte er. »Willst du wirklich abfliegen?«

»Kein Gedanke.«

»Er hat den Wagen gefunden. So ein saublöder Zufall.«

»Es war ein unverschämtes Glück. Das Feuerzeug ...« Ostra trank einen tiefen Schluck. »Wir wären alle in die Luft gegangen.«

»Nun läßt uns Fallers hochgehen.« Volbert raufte sich die Haare. »Ich habe es geahnt! Ich habe es geahnt! Ich habe dich immer gewarnt.«

»Der Junge kommt vier Tage zu früh.« Ostra stellte sein Glas auf die Ablage. »Benimm dich nicht wie ein Idiot! Noch ist gar nichts verloren. Wo ist Rita?«

»Im Krankenhaus.«

»Im ...« Ostras Augen wurden starr. Volbert hob abwehrend beide Hände.

»Wir wollten es dir sofort sagen. Aber du bist gleich nach oben gerannt ... und dann kam auch schon Fallers.«

Mit kurzen Worten berichtete Volbert, was er wußte. Unfall. Salzsäure. Wollte das Becken reinigen. Ostra sah ihn nachdenklich an, aber er schwieg.

»Man muß umdenken«, sagte er dann.

Und das Gehirn dachte um. Es dachte teuflisch.

Eine halbe Stunde später verließ Ostra das Haus Volberts. Alle Liebe Evas konnte ihn nicht zurückhalten. Als sie ihn zu sehr bedrängte, wurde er sogar grob und schob sie einfach weg wie ein lästiges, sich anschmeichelndes Tier.

Es war ein Anblick, der Volbert gut tat. Genußvoll trank er auf diese Niederlage Evas eine halbe Flasche Kognak.

Wohin Ostra ging, wußte niemand. Auf keinen Fall

war er im Krankenhaus bei Rita Camargo, wie Eva, glühend vor Eifersucht, durch einen Anruf in der Klinik feststellte.

An diesem Abend kam Julia Bentrob von ihrer Stelle in der Papiergroßhandlung nicht nach Hause.

Studienrat Bentrob wartete bis neun Uhr mit dem Abendessen, dann rief er Fallers an. Aber Julia war nicht bei ihm.

Die ganze Nacht warteten sie gemeinsam, bis sich Fallers gegen Morgen entschloß, die Polizei zu benachrichtigen. Außerdem klingelte er Volbert aus dem Bett.

»Ist Ostra da?« fragte er kurz.

»Ja, verdammt noch mal. Auf seinem Zimmer.«

»Kann ich ihn sprechen?«

Es knackte ein paarmal, als Volbert umstellte.

»Ostra?« fragte Fallers.

»Ja. Was wollen Sie denn schon wieder? Es ist noch nicht 10.23 Uhr.«

»Danke.«

Fallers legte auf. Sein Gesicht war fahl. Sie hat es nicht ertragen können, dachte er. Sie hat sich solche Mühe gegeben …

»Was nun?« fragte Studienrat Bentrob. »Was nun? Wo kann Julia sein?«

»Die Polizei sucht sie schon.« Fallers vergrub seinen Kopf zwischen den Händen. »Ich weiß es auch nicht, Vater …«

Am Morgen, als die Wintersonne über den Dächern glänzte, brach Studienrat Bentrob zusammen.

Ein Polizeirevier hatte angerufen.

Aus der Isar, in der Gegend von Harlaching, hatte man eine weibliche Leiche gefischt.

Es war ein schwerer Gang, der schwerste seines Lebens, den Ernst Fallers an diesem Morgen gehen mußte. Gleich zwei Wagen hielten vor dem Einfamilienhaus des Studienrats Bentrob. Ein Krankenwagen mußte den zusammengebrochenen alten Mann, der nach Luft rang und dessen Herz versagte, mit heulender Sirene und kreisendem Blaulicht in das nächste Krankenhaus bringen, wo man ihn sofort unter ein Sauerstoffzelt legte. Und der kleine grüne Polizeiwagen fuhr Ernst Fallers in das Gerichtsmedizinische Institut.

»Wie sieht sie aus?« fragte Fallers während der Fahrt. »Was hat sie denn an?«

Der Fahrer, ein junger Polizist, hob die Schultern. »Ich habe sie nicht gesehen«, antwortete er. »Ich soll Sie nur abholen.«

»Kann ... kann es denn meine Braut sein? Ist sie jung? Julia war zweiundzwanzig Jahre alt ...«

Er hielt erschrocken inne. Grauenhaft kam ihm zu Bewußtsein, daß er von Julia schon in der Vergangenheit sprach. Er senkte den Kopf und starrte auf den Gummibelag unter seinen Füßen. »Hat man Ihnen denn nichts erzählt?«

»Nein.«

Der junge Polizist sah kurz zur Seite. Armer Kerl, dachte er. In ein paar Minuten stehst du vor einer verzinkten Wanne und mußt sie dir ansehen.

Sie sprachen nicht mehr miteinander, bis sie durch das Tor des Gerichtsmedizinischen Instituts fuhren. Hier erinnerte nichts mehr an Polizei. Weiße Türen, kaum ein Laut, aus einem Büro das monotone Klappern einer Schreibmaschine, ein paar Männer in weißen Mänteln, wie in einer Klinik. Das blankgebohnerte Linoleum knirschte unter ihren Schritten, als sie zum Sekretariat gingen. Eine Tür stand offen ... Fallers wagte einen schnellen Seitenblick und erwartete eine Reihe von Leichen. Aber nichts dergleichen. Ein Labor war es. Lange Tische mit gläsernen Kolben, Retorten, Glasschlangen, verchromten Ständern, Glasschalen und Flaschen. Lautlos arbeiteten ein paar Laborantinnen, schüttelten Flüssigkeiten oder erhitzten Reagenzgläser über leise zischenden Bunsenbrennern.

Hier ist alles lautlos, dachte Fallers beklommen. Das ist ein Haus des Todes. Die Stille des Grabes ist hier vorweggenommen. Er zuckte deshalb zusammen, als er aus einer Tür helles Lachen hörte. Eine fröhliche Mädchenstimme. Sie wirkte völlig fremd in dieser Umgebung.

»Der Mann, der die Ertrunkene identifizieren soll«, sagte der junge Polizist amtlich zu der bebrillten Sekretärin, die in einem Zimmer saß, an dessen Tür »Vorzimmer – Direktor« mit goldenen Buchstaben stand.

Fallers empfand es als qualvoll, daß man nun auch noch einen Fragebogen ausfüllte. Er hielt sich an der Tischkante fest, während die Sekretärin nüchtern und ohne aufzublicken die Daten abfragte und in den Fragebogen eintrug.

Name. Vorname. Geburtstag. Ort. Religion. Mit der zu Identifizierenden verwandt und wie? Verlobt. Verheiratet. Verschwägert. Nur bekannt. (Nichtzutreffendes durchstreichen.) Wann zuletzt gesehen?

Mit dumpfer Stimme gab Fallers Auskunft. Auch die Toten haben ihre eigene Bürokratie, dachte er. Auch bei ihnen ist es notwendig zu wissen, ob man evangelisch oder katholisch ist.

Dann stand er endlich vor dem Direktor des Gerichtsmedizinischen Institutes, einem Professor Dr. Hohmann, einem jovialen, gütigen, kleinen, weißhaarigen, stillen Mann, den der ständige Umgang mit Toten bescheiden gemacht hatte. Wer jeden Tag das Elend der Menschen sieht, das Elend in seiner grauenvollsten Form, Erdrosselte, Erschossene, Erhängte, Vergiftete, Erschlagene, Gespaltene, Erwürgte und Ertränkte, Verbrannte und Zerstückelte, der wird ruhig und weise und bedauert die Menschheit.

»Wann haben Sie Ihre Braut zum letzten Male gesehen?« fragte Professor Hohmann und bot Fallers eine Zigarette an. Seine Stimme war väterlich und beruhigend.

»Gestern morgen. Wir trafen uns auf dem Stachus, wo wir uns immer morgens treffen, ehe wir in unsere Straßenbahnen umsteigen.«

»Was hatte Ihre Braut an?«

Fallers sah an die Decke. Was trug Julia an diesem Morgen? Einen Mantel, natürlich. Es war ja kalt. Der Schnee war gefroren.

»Einen Kamelhaarmantel mit einem Fuchspelz«, sagte Fallers stockend. »Und eine Strickmütze. Ja. Eine maisfarbene Strickmütze. Wir haben sie zusammen in Rottach gekauft … vorigen Mittwoch …«

»Das Mädchen, das wir aus der Isar geborgen haben, trug weder Mantel noch Kopfbedeckung.« Professor Hohmann blätterte in einer Akte. Der erste Bericht der Polizei. Der Todesbericht Julias …? »Welches Kleid hatte sie an?«

»Das … das habe ich nicht gesehen, Herr Professor.«

»Ein blaues Wollkleid? Mit Rollkragen?«

»Ich weiß es nicht.«

»Trug sie Sportschuhe, braune Sportschuhe? Und dicke Strümpfe?«

Fallers' Lippen zitterten. »Ich weiß es nicht …«, stammelte er. Trug Julia dicke Strümpfe? Es war ja kalt.

Professor Hohmann lächelte bitter. »Da sieht man wieder, wie wenig man beobachtet und die Alltagsdinge hinnimmt ... selbst bei seiner Braut.« Er klappte die Akte zu und steckte die Hände in die Taschen seines weißen Arztmantels. »Gehen wir, Herr Fallers. Vorher noch einen Kognak?«

Fallers schüttelte stumm den Kopf. Es würgte ihn in der Kehle, sein Magen schien sich zu drehen.

»Eine Wasserleiche ist kein schöner Anblick.« Professor Hohmann sagte es ganz sanft. »Aber leider kann ich es Ihnen nicht ersparen.«

»Ich weiß«, murmelte Fallers. »Ich ... ich kann mich zusammennehmen, Herr Professor.«

Sie gingen über lange Flure, fuhren mit einem Fahrstuhl in den Keller und blieben vor einer Tür stehen, auf der »Pathologie – Eintritt verboten« stand. Professor Hohmann holte sein Schlüsselbund aus der Tasche und schloß die Tür auf.

»Sie hatte auch keinerlei Papiere bei sich«, sagte er dabei. Er sah sich zu Fallers um. »Nach den bisherigen Untersuchungen liegt eine Selbsttötung vor. Keinerlei äußere Gewaltanwendung. Hatte Ihre Verlobte Grund zur Schwermut oder dergleichen?«

»Ja.« Fallers' Kopf sank herab. »Sie ... sie ist schwanger.«

»Und zu Hause Krach deswegen?«

»Das ist vorbei. Ihr Vater hat sich jetzt beruhigt. Wir ... wollten Weihnachten heiraten.«

Professor Hohmann schüttelte den Kopf und stieß die Tür auf. Ein leises Rauschen kam ihnen entgegen. Die Kühlanlage. Unter einem Fenster, das zum Garten hinausging, da der rückwärtige Teil des Kellers fast zu ebener Erde lag, sah Fallers eine flache, verzinkte Wanne auf einer Art Bock stehen. Über den Körper hatte man ein weißes Laken gebreitet. Nur die Beine ragten hervor. Durchnäßte Schuhe, Wollstrümpfe. Schlanke Fesseln.

Julia …

Fallers biß die Zähne zusammen und folgte Professor Hohmann, der zu der Zinkwanne ging. »Sie brauchen nur das Gesicht zu sehen«, sagte er. Mehr konnte er auch nicht zeigen. Vom Schlüsselbein bis zum Schambein war der Körper aufgeschnitten worden, eine riesige, klaffende Wunde, aus der man alle inneren Organe herausgenommen hatte. Das Herz, die Lunge, den Magen, die Blase, die Därme, die Leber, die Galle. In den Labors wurde jetzt der Mageninhalt untersucht. Die Darmrückstände wurden analysiert. Der Erstickungstod stand schon fest: In der Lunge, in den feinen Luftbläschen, hatte man Wasser gefunden. Das Mädchen lebte also noch, als es ins Wasser fiel.

»Bitte!« sagte Professor Hohmann leise. Er zog das Laken vom Gesicht der Toten und sah dabei Fallers an.

Ein bleiches, gelbliches, etwas aufgedunsenes, junges, einmal kindlich-hübsches Gesicht. Braune Haare, nun naß an den schmalen Kopf geklebt. Der Mund wie zum letzten Schrei etwas geöffnet und dann im Tode erstarrt.

Ernst Fallers schwankte leicht, aber dann hatte er sich wieder in der Gewalt.

»Es ist nicht Julia …«, stammelte er kaum hörbar. »Nein, es ist nicht Julia … Julia ist ganz anders …«

»Danke, Herr Fallers.« Professor Hohmann zog das Laken wieder über das gelbbleiche Gesichtchen. »Es mußte sein … auch wenn ich fast sicher war, daß dies nicht Ihre Verlobte ist. Das Mädchen ist höchstens achtzehn Jahre, und es sollte auch ein Kind bekommen … Gehen wir.«

Schwankend verließ Fallers die Pathologie. Ihm war speiübel. Im Fahrstuhl begann er zu würgen.

»Jetzt einen Kognak, nicht wahr?« sagte Professor Hohmann, als sie wieder in seinem Zimmer waren.

Und Fallers nickte mit leeren Augen.

Wo ist Julia? dachte er. Wird man sie eines Tages auch so finden? Warum hat sie das getan?

Und dann dachte er an Ostra und an das Flugzeug um 10.23 Uhr. München – Marseille – Rio de Janeiro.

Ich bringe ihn um, dachte Fallers und spürte, wie sein Herz hüpfte. Bei Gott, ich bringe ihn um! Wenn Julia sich etwas angetan hat, ist auch mein Leben nichts mehr wert. Und das von Ostra nicht einen Pfennig mehr ...

In der Halle des Flughafens München-Riem stand Ostra und wartete auf Fallers. Er lehnte an der Glasscheibe eines Blumenstandes, den Pelz seines Mantels elegant hochgeschlagen, eine Biberfellmütze auf den graumelierten Haaren. Wie ein reicher Müßiggänger, der es sich leisten kann, heute in Rom und morgen in Stockholm zu sein, musterte er die anderen Flugreisenden, rauchte eine Zigarette und schlug ab und zu mit seinen pelzgefütterten Handschuhen gegen seine Schenkel, als halte er eine Reitpeitsche in der Hand.

Als er Fallers durch die Glastüren kommen sah, drückte er seine Zigarette in einem der großen Aschenbecher auf den Theken aus und kam ihm entgegen.

»Sie haben keinerlei Zeug, ein Preuße zu sein!« sagte Ostra mit unheimlicher Freundlichkeit. »10.35 Uhr. Die Maschine nach Marseille befindet sich längst in der Luft. Es war nicht möglich, meinetwegen den Start zu verschieben. Ihr Plan hat nur ein Loch, mein Bester! Was machen wir jetzt mit dem Feuerzeug?«

Ostras Stimme troff von schleimiger Freundlichkeit. Er hatte sich alles genau überlegt. Wenn Fallers pünktlich gekommen wäre, hätte er eine große Komödie gespielt. Er wäre wirklich in das Flugzeug gestiegen, er wäre abgeflogen, aber nur bis Frankfurt, wo die Maschine eine Viertelstunde Aufenthalt hatte und neue Passagiere aufnahm. Mit der nächsten Maschine wäre er dann nach München zurückgekommen. Diese Jungen haben ein Spatzengehirn, hatte er gedacht. Man kann doch einen Ollenhoff nicht aufs Kreuz legen. Das hat der CIA nicht gekonnt und auch nicht der Secret Service.

Doch nun war alles anders. Nun fand der Zweikampf auf der Erde und im Hellen statt, und dafür hatte Ostra eigentlich keinen Plan. Machen wir es wie damals in Tunis, dachte er. Da ritt ich als dreckiger Araber durch die Wüste und suchte das Hauptquartier der britischen Armee. Und plötzlich stand ich davor, und die Funkstation und zwei Millionen Liter Benzin gingen in die Luft. Das waren Zeiten, lieber Ollenhoff …

»Ihr Feuerzeug übergebe ich der Polizei«, sagte Fallers mit von Haß erstickter Stimme.

»Das ist klug.« Ostra lächelte milde. »Dann wird man mich verhaften. Und dann? Was soll ich verbrochen haben?«

»Das gestohlene Militärauto …«

»Wenn das nun ein Bierscherz war? Sie haben die anderen Abende bei Volberts leider nicht miterlebt. Da ging es hoch her! Die Ideen purzelten nur so aus den gekitzelten Gehirnen. Man sollte nicht glauben, wie phantasieanregend so ein Schlüsselspiel ist. Es muß nicht immer Erotik sein. Nicht immer ist Rita ein Raubtier. Nicht immer Fleischbeschau. Wir haben neckische Spielchen getrieben. Unter anderem klauten wir einen

Militärwagen, fuhren in den Wald und setzten die nackte Marlies als Kühlerfigur auf die Haube.«

Ostra lachte leise. Gelobt sei die Phantasie, dachte er. Sie ist eine meiner hervorstechendsten Eigenschaften. Fallers atmete tief auf. Seine Augen hatten einen wirren Blick.

»Sie lügen!« sagte er laut.

»Zeigen Sie mich an! Unser ganzer Kreis wird als Zeuge aussagen, daß es nur ein Bierscherz war. Grober Unfug. Urteil: Dreihundert Mark fürs Rote Kreuz. Auf den Rücken fallen Sie!«

»Wieso?« Fallers sah sich um. Hunderte von Menschen waren in der Halle. Er umklammerte in der Manteltasche einen kurzstieligen Hammer, den er sich auf dem Weg zum Flughafen in einer Eisenhandlung gekauft hatte. Ob ein Schlag genügt? dachte er. Gegen die Schläfe. Schnell muß es gehen, blitzschnell. Hand aus der Tasche, zuschlagen und treffen. Und während er fällt, noch einmal ... hinten, auf das Kleinhirn. Was dann kommt, ist mir gleichgültig.

Er hat das Leben Julias auf dem Gewissen.

Er hat es verdient, erschlagen zu werden wie ein tollwütiger Hund.

Fallers atmete noch einmal tief auf.

»Wissen Sie, daß Julia verschwunden ist?« sagte er. Es war, als schwinge Schluchzen in diesen Worten. »Daß sie tot ist?«

»Ja ...«, sagte Ostra ruhig. Fallers zuckte zusammen wie unter einem Peitschenhieb.

»Ja?« schrie er.

»Mein Gott, mäßigen Sie sich! Die Leute sehen ja schon her. Ich will gleich einen Irrtum berichtigen: Julia lebt.«

»Sie ... sie lebt?« stotterte Fallers. Er ließ den kurzstieligen Hammer los und fuhr sich mit beiden Händen über das Gesicht. »Woher wollen Sie das wissen?«

»Ich habe mich ein wenig um Julia gekümmert.«

»Sie –«

Ostra klopfte Fallers auf die Schulter. Es war die Geste eines gönnerhaften Siegers.

»Wilder Knabe! Es ist ein Irrtum, wenn man denkt, einen Ostra so behandeln zu können, wie es in Romanen steht oder in Filmen zu sehen ist. Dort sind die großen Gangster dumm und die jungen Helden kleine Götter. Im Leben ist es umgekehrt, genau umgekehrt. Die großen Gangster werden wie die Helden gefeiert, denn von ihren Gangsterstücken profitieren ganze Regierungen – und diejenigen, die ihnen ans Fell wollen, werden als weltferne Idioten verlacht und in falsche Richtungen geschickt. Sie werden in einigen Tagen vielleicht in allen Zeitungen lesen, wer dieser Ostra ist. Wundert es Sie nicht, wie ehrlich ich zu Ihnen bin? Ich kann es ohne Furcht, denn Julia ist in sicherer Obhut, und wenn der wilde Knabe Ernst den Mund aufmacht und den lieben Onkel Ostra stört, wird Julia das schreckliche Erlebnis haben, zu verhungern und zu verdursten, denn nur ich kenne ihren Aufenthaltsort.«

»Sie Satan! Sie Teufel!« keuchte Fallers. Schweiß rann ihm über die Augen. »Man wird Sie zwingen, das zu sagen.«

»Wie?« Ostra lächelte mokant. »Durch Verhöre? Darf ich einmal herzhaft lachen? Ich möchte den Kriminalbeamten sehen, der mir die Seele aus dem Leib fragt! Verschärfte Verhöre, Druck, sogenannte dritte Grade sind in Deutschland verboten. Früher, zu meiner Zeit, mein idealistischer Knabe, war das anders. Da hatten wir Methoden, den Stummsten zum Solosänger zu machen. Da gab es Abspritzen mit eiskaltem Wasser, elektrisch geladene stählerne Zellenböden, den berühmten Bock, das Aufhängen mit dem Kopf nach unten ... man gestand alles, auch was man nie getan hatte.« Ostra schüttelte den Kopf. »Seien Sie vernünftig, Fallers. In ein paar Tagen haben Sie Julia gesund und unversehrt wieder, wenn Sie schweigen.«

»Ich bringe Sie um!« sagte Fallers dumpf. »Ja, ich bringe Sie um.«

»Das wäre noch dümmer. Mein Hirn ist das einzige, das weiß, wo Julia ist. Der dumme Zufall, der Sie mein Feuerzeug finden ließ, kam zu früh. Aber ich verspreche Ihnen: Sie können zu Weihnachten Julia heiraten. Mein Ehrenwort.«

»Ehrenwort ...«, sagte Fallers bitter.

»Zweifeln Sie nicht an meiner Ehre, Fallers! Sie ist anders als Ihre, aber für mich ebenso wertvoll. Wissen Sie, daß ich mich eine kurze Zeit in Julia verliebt hatte? Richtig verliebt wie ein Jüngling? Daß ich Sie beneidete um dieses Mädchen, das wie ein Engel ist? Doch dann siegte wieder meine Vernunft. Zu mir paßt Rita besser. Wir zelebrieren keine Moral, wir setzen sie ein als Spielmarke auf dem Roulette unseres Lebens. Jeder nach seiner Fasson ... verstehen wir uns?«

»Ja«, sagte Fallers. »Ja.« Er starrte Ostra in die kalten, dunkelblauen Augen. »Julia geht es gut?«

»Sie hat alles, was sie braucht.«

»Ihr Vater ist zusammengebrochen. Er liegt unter einem Sauerstoffzelt. Er glaubt, Julia ist tot.«

»Gehen Sie hin, klären Sie den Irrtum auf und trösten Sie ihn. Oder nein ... warten Sie noch ein paar Tage. Wir können ja keine Erklärungen abgeben. Warten Sie ab.«

»Und wann … wann sehe ich Julia wieder?«

»Ich gebe Ihnen Nachricht.« Ostra zog seine pelzgefütterten Handschuhe an. Es war deutlich: Er beendete das Gespräch. »Mein Ehrenwort gilt nur, wenn Sie völlig schweigen.«

»Was bleibt mir anderes übrig«, stammelte Fallers.

»Das ist das erste vernünftige Wort von Ihnen.« Ostra blinzelte Fallers zu. »Soll ich Julia etwas bestellen? Ich sehe sie nachher.«

»Sagen Sie ihr, daß ich sie liebe und daß sie Mut haben soll.«

»Sehr schön.« Ostra wandte sich ab. »Sie wird sich sicherlich darüber freuen.«

Julia hörte Radiomusik und lag auf einer mit silbernem Damast bezogenen Couch, als Ostra eintrat. Auf dem Tisch standen unberührt eine Obstschale, kaltes Geflügel in Aspik, kalte Pökelzunge, Roastbeef mit Remouladensoße und drei verschiedene Salate. Von dem besten Feinkostgeschäft Münchens hatte Ostra das Essen besorgt. Dazu hatte er eine Flasche Bordeaux gekauft. Auch das reich geschliffene venezianische Glas stand unberührt neben der Flasche.

»Hungerstreik ist das Dümmste, was man tun kann, Julia«, sagte Ostra und warf seinen dicken Mantel ab. »Es verbraucht Kräfte, die man später viel nutzvoller einsetzen kann. Ich habe nie verstanden, warum indische Politiker in Hungerstreik traten und damit auch noch Erfolg bei den Engländern hatten. Ich hätte sie verhungern lassen.«

»Wo haben Sie mich hingebracht?« fragte Julia. Sie zeigte keinerlei Angst, nur Abscheu. Den Mann zu sehen, der sie zwischen seinen Händen zerbrochen hatte und dessen Kind sie nun in sich fühlte, bereitete ihr unerträglichen Ekel. Sie schüttelte sich, als sich Ostra vor ihr in einen Sessel warf und die Beine ausstreckte.

»Sie befinden sich in einer alten, ehrwürdigen Villa im Stadtteil Bogenhausen. Von außen sind alle Eingänge von der Polizei plombiert, und keiner wird sie betreten, bis es zum Prozeß gegen Rita Camargo kommt. Sie staunen? In dieser Villa hatte Rita ein Liebesnest. Hier gingen Diplomaten, Wirtschaftler, Politiker ein und aus, fanden für einige Stunden Entspannung und redeten sich ihre Seele frei. Aber um das zu begreifen, sind Sie zu jung und zu unverdorben, kleine Julia. Ich bin ein schlechter Mensch, das wissen Sie ...«

»Was wollen Sie von mir?« fragte Julia hart. Ihr Gesicht glühte plötzlich.

»Von Ihnen will ich, daß Sie sich wohl fühlen, daß Sie gut essen und trinken, traumlos schlafen und sich, wenn auch unfreiwillig, erholen. Dagegen verlange ich von Ihrem Bräutigam, daß er den Mund hält! Ihr Ernst ist ein heller Kopf. Er hat etwas entdeckt, was meinen ganzen Plan stört, und an diesem Plan hängen Millionen und die Zukunft einer südamerikanischen Regierung. Sie sehen: Alles ist sehr politisch, und wo es um Politik geht, hat es noch nie Skrupel gegeben! Da heiligt der Erfolg alle Mittel ... von der Bombardierung Dresdens bis zur verbrannten Erde in Algerien, von Coventry bis zur Atombombe von Hiroshima. Recht hat zu allen Zeiten der Sieger. Und ich bin es gewöhnt, immer der Sieger zu sein. Deshalb die Vorsichtsmaßnahme: Julia in einen goldenen Käfig – nur ein paar Tage – und Schnabel zu für den zwitscherfreudigen Vogel Ernst.«

»Und Ernst macht das schmutzige Spiel mit?« Julia sprang auf. »Wie infam Sie lügen können!«

»Was bleibt Ernst anderes übrig, als still zu sein? Er liebt sie, und ich soll es Ihnen ausdrücklich sagen.«

»Sie haben mit Ernst gesprochen?« Julia lehnte sich gegen die Wand. Ihre Knie wurden weich. Was sie in den vergangenen Stunden erlebt hatte, lastete noch zentnerschwer auf ihr.

Der Bürochef in der Papiergroßhandlung. »Fräulein Bentrob, unten wartet ein Kunde, der fünf Tonnen Druckpapier bestellt hat. Für die Druckerei Duppel. Er kann nicht gehen, hat sich den Fuß verstaucht. Gehen Sie runter und lassen Sie sich die Bestellung quittieren.«

Duppel, dachte sie. Sie zögerte. Aber Dienst ist Dienst. Wie soll sie sich entschuldigen?

Unten der Wagen, vor der Tür. Ein Mann hinter dem Steuer. Sonnenbrille, hochgeschlagener Mantelkragen. Sie macht die Tür auf, beugt sich hinein – da drückt ihr der Mann etwas widerlich Süßes gegen das Gesicht, sie atmet es ein, die Welt wird so leicht, die Welt wird zum Traum …

Und dann wacht sie auf. In einem Kellerraum. Eingerichtet wie ein Filmboudoir. Auf dem Tisch ein kaltes Büfett. Rotwein. Obst. Leise Radiomusik. Aber die Tür ist verschlossen, und ihr Schreien erstickt in den dicken Wänden …

Ostra nickte und nahm ein Stückchen Huhn in Aspik. »Vor einer halben Stunde noch«, beantwortete er Julias Frage. »Sie sollten auch essen. Ich habe Ernst gesagt, daß es Ihnen gut geht. Enttäuschen Sie mich nicht. Ich habe ihm mein Ehrenwort gegeben.«

»Was ist draußen für ein Tag?« fragte Julia leise.

»Ein sonniger Wintertag. Ungefähr halb zwölf mittags. Glauben Sie mir, ich habe lange überlegt, ob ich das tun soll, was ich jetzt getan habe.« Ostra putzte seine

Finger an einer Damastserviette ab. »Es wäre sicherer gewesen, Sie und Ernst zu töten. Ich habe gelernt, daß Endgültigkeiten immer nützlich sind. Halbheiten bringen unbekannte Gefahren. Aber ich habe ein Herz für Sie, Julia. Auch Männer wie ich können fühlen. Die Nacht damals ...«

Julia preßte die Hände gegen die Ohren und wandte sich ab. »Hören Sie auf!« schrie sie. »Ich hasse Sie! Ich hasse Sie!«

»Das weiß ich.« Ostra erhob sich, zog seinen Mantel an und ging zur Tür. »Drehen Sie nachher den Sender Stuttgart an. Opernkonzert. Aida von Verdi. Ich liebe diese Oper. Und wenn Sie durch die Tür dort hinter dem Schrank gehen, kommen Sie in ein WC. Das war hier früher eine Hausmeisterwohnung ...«

Peter Ostra verbeugte sich höflich, sah Julia aus strahlenden Augen an, verließ das Kellergewölbe und schloß hinter sich ab. Sein Schritt verhallte irgendwo auf einer steinernen Treppe.

Herbert Bruckmayer saß am Bett Ritas. Er hatte einen großen Strauß weißen Treibhausflieders mitgebracht und dafür einen ehrlichen, herzlichen Kuß kassiert.

Es ist alles Blödsinn, was ich mache, dachte er schon bei der Hinfahrt zum Krankenhaus. Was ist sie schon, diese Rita Camargo? Eine billige, wenn auch wunderschöne Hure! Und obgleich er sich das immer wieder vorsagte, drängte es ihn, sie zu besuchen, nachdem er von Volbert erfahren hatte, was mit ihr geschehen war. Das Erlebnis mit Rita in dem abgedunkelten Hotelzimmer wirkte in Bruckmayer nach. Er konnte sich nicht von dem Gefühl lösen, das sie ihm gegeben hatte: ein Gefühl nie gekannter Seligkeit. Wann hatte ich jemals

Zeit, wirklich zu lieben, hatte er sich gesagt. Immer waren es flüchtige Bekanntschaften. Auch Rita ist ein Wesen, das sich in kürzester Zeit zu einer bloßen Erinnerung verflüchtigen wird ... aber in ihren Armen zu liegen war etwas anderes als alle bisher genossenen Zärtlichkeiten.

Sie hatte ihn glücklich gemacht, nur einen Nachmittag lang, aber das war unvergeßlich. Es machte ihn hörig. Es ließ ihn hungrig werden nach ihren Lippen, nach dem Blütenduft, der aus den Poren ihrer braunen Haut strömte.

Nun saß er auf der Bettkante, sie sahen sich tief in die Augen, und was sie sprachen, war Alltagskram und gar nicht wichtig. Was in ihren Blicken lag, das Unausgesprochene, nur das erfüllte sie ganz.

Der Verband war am Morgen abgenommen worden, und das Gesicht hatte man gereinigt. Nun konnte man sehen, ob die Salzsäure Schäden hinterlassen hatte. Der Oberarzt hatte selbst einen runden Spiegel vor Ritas Gesicht gehalten und ihr zugenickt, als sie Angst hatte hineinzublicken.

»Nichts, gnädige Frau«, hatte der Oberarzt gesagt. »Aber auch nicht ein Fleckchen! Ihre Haut ist makellos wie vorher. Jetzt kann ich ehrlich sein: Ich hätte das nicht erwartet. Sie hatten ungeheures Glück. Von mir aus steht nichts im Wege, daß Sie morgen entlassen werden.«

Das war vor einer Stunde gewesen. Nun saß Rita in einem goldgelben, mit Spitzen reich besetzten Nachthemd im Bett, die langen, schwarzen, seidig glänzenden Haare lose über die Schultern fallend, die Lippen schwach geschminkt; mit einer Farbe, die zu ihrem braunoliven Ton aufreizend und magisch anziehend wirkte. Bruckmayer konnte nicht anders als sie bewundern, so sinnlos es auch war.

»Rita –«, sagte er und kannte seine eigene Stimme nicht mehr wieder. »Ich muß dir etwas sagen.«

»Ich weiß, was es ist.« Sie legte ihm die Hand auf den Mund, und er küßte ihre Innenfläche. »Sag es nicht. Es macht alles nur noch komplizierter. Ich gehöre zu Peter. Er hat mich aus dem Dreck gezogen und zu einer Dame gemacht. Weißt du, daß ich ganz unten war? In Buenos Aires stand ich auf der Straße. Im Hafen. Ich habe gehungert, denn ich war dürr und verdiente nicht viel, eben weil ich so dürr war. Da kam Ostra und nahm mich mit. Zuerst in sein Hotel. Drei Tage lang habe ich gegessen und geschlafen, nur gegessen und geschlafen. Und er ließ mich in Ruhe, pflegte mich wie einen zugelaufenen Hund. Bis ich zu ihm ins Bett kroch und mich so geborgen fühlte wie ein Vogel im warmen Nest. Das vergesse ich ihm nie. Und ich werde bei ihm bleiben, auch wenn ich einen anderen Mann lieben könnte, so wie dich. Verstehst du das?«

»Ja«, sagte Bruckmayer und sah auf den Fliederstrauß. »Ja, das verstehe ich. Sprechen wir nicht mehr davon.«

»Traurig.« Rita beugte sich vor und umfaßte Bruckmayers Nacken.

»Ein wenig, Rita.«

»Was sollte ich bei dir? Der Ministerialrat … und ein hergelaufenes Mädchen aus dem Hafendreck von Buenos Aires! Das würde nie gut gehen.«

Bruckmayer nickte. »Du bist vernünftiger als ich. Aber es ist so schwer, vernünftig zu sein, wenn man liebt.«

Sie küßten sich. Und dieser Kuß war so innig und betäubend, daß sie erschrocken auseinanderfuhren, als sich jemand laut im Zimmer räusperte.

»Guten Appetit!« sagte Ostra und lachte in seiner sonoren Art. »Ich bitte um Entschuldigung, daß es nur beim Horsd'œuvre bleibt, aber wer konnte das ahnen ...«

Er hielt einen großen Strauß roter Nelken hoch und winkte Rita damit zu. Bruckmayer sprang entsetzt auf.

»Bist du verrückt?« rief er.

»Verzeihung, ich habe dreimal angeklopft. Aber so ein Dauerbrenner legt sich auch aufs Ohr.«

»Wie kannst du hier erscheinen? Bist du lebensmüde? Du mußt dir doch denken, daß die Polizei Rita beobachtet.«

»Die Angst ist der After der Seele. Schön was? Stammt von mir. Ab und zu philosophiere ich.« Ostra legte den Nelkenstrauß neben die weißen Fliederzweige Bruckmayers, beugte sich zu Rita hinunter und küßte sie kurz, mehr höflich als zärtlich. Er sah, daß Angst in ihren schwarzen Augen lag, und schüttelte kaum merkbar den Kopf. Du bist ein Schäfchen, dachte er. Kennen wir uns so wenig? Untreue, das Wort gibt es doch nicht zwischen uns. Man wäscht sich, und der Körper ist wieder so rein wie vorher. Moral ist für die erfunden, die einen Mantel für ihre Impotenz haben müssen ...

»Was machst du, wenn jetzt ein Kriminalbeamter kommt?« rief Bruckmayer und rannte ans Fenster. Er folgte damit einer plötzlichen Eingebung und hatte genau das Richtige getan. Er sah, wie der Kriminalmeister Emil Ratzel im Hof in seinen Wagen stieg und davonfuhr. Man brauchte kein Rätsel zu lösen, um zu wissen, wohin er fuhr. »Da haben wir es! Ratzel holt Kommissar Singert.«

Rita Camargo warf die Bettdecke weg und sprang aus dem Bett. Ihr brauner, schlanker Körper in dem durchsichtigen langen Spitzennachthemd war berauschend schön.

»Du mußt weg, Peter!« rief sie. »Du mußt sofort weg!«

»Sieh dir das an.« Ostra winkte Bruckmayer zu sich heran. »Ist eine schöne Frau nicht der Gipfel der Schöpfung? Wenn die Welt öd und leer wäre und nur die Frauen wären so herrlich wie Rita, so wäre doch überall das Paradies!«

»Deine Nerven möchte ich haben.« Bruckmayer begann zu schwitzen. »Hau ab! Sofort! Du übertreibst das Spiel.«

»Wer kennt mich? Ich war in Bonn. Niemand weiß, wer dieser Ostra ist. Ich habe sogar einen Kunden Ritas besucht, der einen direkten Draht zum CIA und CIC hat. Dein Major Britton sitzt noch auf glühenden Kohlen und läßt sich den Popo schmoren. Das angebliche Bild aus El Pintado ist noch nicht da. Die guten Mönche scheinen auf eine Erinnerung an mich wenig Wert zu legen.«

»Das weißt du genau?«

»Ganz genau. Ich habe in den drei Tagen in Bonn mehr erfahren als die Geheimdienste in einem Jahr. Du glaubst nicht, welche Wirkung Nackedeifotos auf ehrbare Beamte und Familienväter haben. Die Fassade ihres Wesens ist ihnen mehr wert als die Ehre.« Ostra setzte sich und schlug gemütlich die Beine übereinander. »Warum also die Aufregung?«

»Singert hat ein Bild von dir«, sagte Bruckmayer.

Die Augenbrauen Ostras hoben sich. »Woher?«

»Vom Friedhof. Sie haben alle heimlich fotografiert,

die an Duppels Grab traten. Auch dich, als du die Witwe festhieltest. Nun sind sie dabei, alle Personen auf den Fotos zu untersuchen.«

»Das ist allerdings Mist.« Ostras Gesicht wurde ernst. »Und du hast nichts unternehmen können?«

»Ich habe Singert gesagt, du seist eine für den Staat wichtige Persönlichkeit, hießest Erich Weber und würdest in Frankreich wohnen. Das war das einzige, was ich tun konnte. Wenn aber Singert jetzt ins Krankenhaus kommt und sieht dich, erkennt er dich sofort wieder.«

Ostra erhob sich. »Dann ist es besser, ich gehe.« Er beugte sich wieder zu Rita und gab ihr einen Kuß. »Du sollst morgen entlassen werden?« fragte er. »Die Schwester sagte es. Richte es so ein, mein Engel, daß es am Nachmittag ist. Vormittags bin ich beschäftigt. Ich muß mich um Marlies Duppel kümmern.«

»Marlies?« Die Augen Ritas sprühten plötzlich Feuer. »Was willst du mit der Furie, Peter?«

»Sie wird zu aufdringlich.« Ostra sah kurz zu Bruckmayer. »Sie wird zu einer Gefahr. Liebestolle Frauen sind wie tollwütige Katzen. Ich werde mit ihr morgen früh ins Gebirge fahren. Da man Schnee gemeldet hat, wird man sie erst nach Wochen finden.«

Rita hob schaudernd die Schultern hoch und legte sich ins Bett zurück. Was Ostra tat, war richtig ... ein anderes Denken gab es nicht bei ihr. Aber manchmal wehte es sie an wie aus einem Grab, wenn sie seine blauen, mitleidlosen Augen sah.

»Du bist kälter als ein Eisberg«, sagte Bruckmayer dumpf. »Ein Mensch bedeutet dir nichts.«

»Wenig. Wäre er ein edles Wesen, wie ein Pferd etwa ... aber ist der Mensch ein edles Wesen? Diesen Irrtum hat selbst Gott eingesehen. Hätte er sonst die Sintflut geschickt und nur die Tiere gerettet? Daß er auch Noah überleben ließ, war ein neuer, nun nicht mehr reparabler Irrtum.«

Es klopfte. Hart, kurz, dienstlich. Ostra und Bruckmayer sahen sich schnell an.

»Zu spät«, sagte Bruckmayer leise. »Sie sind da.«

»Aus dem Fenster kannst du nicht«, flüsterte Rita. »Wir sind im zweiten Stockwerk.« Ihr Gesicht zuckte vor Angst.

Mit festen Schritten ging Ostra zur Tür und öffnete sie. Draußen stand Kommissar Singert und war etwas atemlos. Es ist eine Kunst, mit einem Gehgips wie ein Sprinter zu rennen.

»Wie geht es unserer Verletzten?« fragte er, an Ostra vorbeisehend. »Ah, der Verband ist ab, und alle Schönheit glänzt. Und der Herr Ministerialrat ist auch da! Es ist rührend, wie sich Bonn um alles kümmert.« Das war eine schallende Ohrfeige, aber so elegant serviert, daß Bruckmayer nichts entgegnen konnte als ein schiefes Lächeln.

Singert deutete ein Kopfnicken an und sah dabei forschend auf Ostra. Der Mann auf dem Friedhofsbild, durchfuhr es ihn. Der Witwentröster. Das Gesicht, das Bruckmayer zerriß. Mein Lieber, das gibt noch ein Nachspiel. Ich habe den Generalstaatsanwalt davon unterrichtet.

»Singert«, sagte er. »Kriminalpolizei.«

»Weber. Erich Weber.« Ostra sagte es so gleichgültig, als habe er sich schon immer so vorgestellt. »Darf ich etwas sagen, Herr Kommissar?«

»Bitte.«

»Sie enttäuschen mich. Bisher war ich der Meinung, Kriminalkommissare trügen immer Trenchcoatmäntel und rauchten Pfeife. Bei Maigret ist es so, bei Durbridge, bei Sherlock Holmes und auch bei der guten Agatha Christie. Sie sehen so schrecklich allgemein aus.«

Singert wußte nicht, ob er lachen oder diese Bemerkung einfach schlucken sollte.

»Schneit es in Frankreich auch?« fragte er unvermittelt.

Ostra hob die Schultern. »Als ich abfuhr, schien die Sonne. Bei uns schneit es selten. Es regnet viel, aber Schnee ist schon eine Besonderheit.«

»Interessant. Sie wohnen im Süden Frankreichs?«

»In Châlon-sur-Save.«

»Ein kleiner Ort?«

»Wie man's nimmt. 7000 Einwohner, mit Landbezirk. Eine Art Clochemerle. Ein wenig trostlos. Die Camargue beginnt im Süden.«

»Ach! Da ist es.«

Ostra und Singert sahen sich groß an. Zwischen ihnen knisterte die Spannung, aber sie entlud sich nicht. Singert hatte keine Handhabe, weiterzugehen als bis hierher. Ostra hütete sich, weiter zu provozieren. Er sah bei einem Seitenblick, wie Bruckmayer mühsam seine Fassung behielt. Rita lag flach im Bett. Ihr Kinn zitterte vor gedrosselter Erregung.

»Sie reisen bald wieder zurück nach … nach …«

»Châlon-sur-Save«, sagte Ostra milde.

»Ja.«

»Vielleicht nächste Woche. Ich möchte Frau Duppel, der Ärmsten, noch behilflich sein, den Nachlaß zu ordnen.«

Ostra beugte sich zu Rita, küßte ihr galant die Hand und nickte Bruckmayer zu, wie man einem flüchtigen Bekannten zunickt.

»Wir sehen uns heute abend bei Herrn Volbert?« fragte er.

»Vielleicht«, antwortete Bruckmayer dunkel. Geh hinaus, Mensch, dachte er. Hau ab! Singert ist kein Idiot!

Noch einmal machte Ostra eine kleine höfliche Verbeugung und verließ dann das Krankenzimmer. Rita atmete auf, auch Bruckmayer fühlte sich erleichtert. Kommissar Singert zog sich einen Stuhl heran und setzte sich zu Rita ans Bett.

»Wir haben in Ihrer Wohnung die Flasche gefunden, die mit Salzsäure gefüllt war. Ein wenig war noch drin«, sagte er. »Und da ist ein Rätsel aufgetaucht, das Sie uns lösen können, Rita. Auf der Flasche haben wir zwei verschiedene Fingerabdrücke sichergestellt. Die Abdrücke des auf dem Etikett angegebenen Drogisten, der die Säure verkauft hat, und die Abdrücke einer Frauenhand. Aber es sind nicht Ihre Finger! Ist das nicht merkwürdig?«

Rita Camargo sah wie hilfesuchend zu Bruckmayer. Aber dieser hatte sich abgewandt und sah aus dem Fenster. Er beobachtete Ostra, wie er das Krankenhaus verließ und die Straße hinunterbummelte, ohne Eile. Er hat Nerven wie Drahtseile, dachte Bruckmayer. Er ist das gefährlichste Raubtier in Menschengestalt.

»Ich kann nur sagen, daß es ein Unfall war«, sagte Rita laut.

»Dann muß die Flasche freischwebend im Raum gestanden haben, als Sie mit Säure das Waschbecken säuberten.«

»Ich hatte Gummihandschuhe an. Wegen der Säure, Gummihandschuhe.«

»Leider hat man keine gefunden. Oder haben Sie die Handschuhe in den Ofen gesteckt und sind dann erst auf die Straße gelaufen? Es sah nicht so aus ... Sie waren in einer panikartigen Angst.«

»Ich weiß es nicht.« Ritas Gesicht verschloß sich. »Ich bin kein Kriminalbeamter. Ich kann nur sagen, daß es ein Unfall war. Warum glaubt man mir nicht?«

Kommissar Singert erhob sich und schob den Stuhl weg. Bruckmayer kam vom Fenster zurück.

»Finden Sie das nicht auch merkwürdig, Herr Rat?« fragte Singert anzüglich. »Keine Fingerabdrücke. Dafür eine fremde Frauenhand.«

»Ich bin Regierungsbeamter und kein Kriminalist«, sagte Bruckmayer steif. »Aber manchmal glaube ich, daß kriminalistisches Denken zu Übersteigerungen führt ...«

Singert verzichtete auf eine Diskussion mit Bruckmayer und ging. Es hat keinen Zweck, dachte er. Er sitzt am längeren Hebel. Hier helfen nur Beweise weiter. Klare Beweise.

Von seiner Dienststelle aus ließ er nachsehen, wo der kleine Ort Châlon-sur-Save lag. Auf den besten Karten war er nicht zu finden, vor allem nicht in der Nähe der Camargue.

Singert rief das kartographische Institut der Universität an. Aber auch dort kannte man Châlon-sur-Save nicht. Selbst auf den Generalkarten Frankreichs gab es diesen Ort nicht.

»Ferngespräch Paris!« sagte Singert zu Kriminalmeister Ratzel. »Polizeipräsidium.«

Nach einer Stunde stand es fest, bestätigt aus der Pariser Zentrale der französischen Polizei: Es gab kein Châlon-sur-Save. Es war ein Phantasiename.

»Das habe ich gewußt«, sagte Singert zufrieden und trank eine Tasse starken Kaffee. »Aber weiter bringt es uns nicht. Ich habe ihn nicht dienstlich gefragt. Und privat einen zu belügen ist nicht strafbar. Alles in allem: Zum Kotzen!«

Über Friedrich Volbert ging ein goldener Regen nieder. Auf das Konto einer Privatbank in einem kleinen Nachbarort, eingerichtet auf den Namen Eva Hämmerling, wie Volberts Frau mit Mädchennamen hieß, wurde aus dem Staat Honduras die erste Rate für die gestohlenen Relais der Raketenfernsteuerung überwiesen.

Fünfhunderttausend Mark.

Kommentarlos.

Ostra hatte Wort gehalten. Fünfzig Prozent bei Lieferung, fünfzig Prozent zwei Tage nach Verschiffung in Hamburg, wenn das Schiff unbehindert auf hoher See ist.

Auf dieses Geld hatte Volbert mit Schmerzen gewartet. Ganz im stillen hatte er eine Reihe von Plänen gemacht, sie wieder verworfen und durch neue ersetzt. Nur eines war in allen Plänen geblieben: Rita Camargo. Von ihr wollte sich Volbert nicht mehr trennen. Eva gönnte er mit Freuden Ostra, ja, er war bereit, selbst die schäbigste Art der Problemlösung zu praktizieren: einfach wegfahren, Rita mitnehmen und Eva auf dem trockenen lassen. Mit einer Million Mark im Rücken, dazu noch das Vermögen, das heimlich auf drei Schweizer Banken lag. Man war fünfzig Jahre alt. Was blieb noch viel vom Leben? Das Herz war schon müde, ein wenig Blutzucker hatte man auch, in der Liebe wurde man kurzatmig und erschöpfte sich schnell ... Zugreifen, dachte Volbert, zugreifen, solange man es noch kann und sich nicht über das Versagen seines Körpers beklagen muß. Was kann es Schöneres geben, als diese kurze Spanne Zeit an der Seite Ritas zu genießen. Ein letztes Feuer, ehe der Vulkan für immer erlischt.

Sein Plan, bei dem er hängenblieb, war einfach, aber sicher. Zunächst sprach er mit Eva.

»Durch ein Geschäft mit Peter habe ich fünfhunderttausend Mark verdient«, sagte er ehrlich. »Dieses Geld, auf deinem Konto, muß in die Schweiz. Im Überweisungsverkehr geht das nicht, das fiele auf. Ich habe nun gedacht, daß du morgen schon in die Schweiz fährst, nach Zürich, und dort ein Bankkonto eröffnest. Mit zehntausend Mark in bar, die ich dir mitgebe. Du bleibst dann in Zürich, ungefähr drei Wochen, und in dieser Zeit schicke ich dir durch einen Boten weiteres Geld, immer in kleineren Beträgen, bis das Konto leer ist. Sind die fünfhunderttausend Mark eingezahlt in der Schweiz, kommst du zurück.«

»Und Peter?« fragte Eva mit saurer Miene. Drei Wochen ohne Ostra schienen ihr unausdenkbar.

»Mein Gott, Peter! Drei Wochen wird es auch ohne ihn gehen. Ich kann dir ja ab und zu Peter als Boten schicken, wenn's so dringend ist. Es hängen fünfhunderttausend Mark dran!«

Das sah Eva Volbert ein. Geld regt Frauen zu logischem Denken an. Nur wußte Eva nicht, daß Volbert gar nicht daran dachte, ihr über die zehntausend Mark Handgeld hinaus noch mehr zu schicken. Während sie in Zürich sitzen würde und wartete, flog er längst mit Rita nach Südamerika, die Taschen voller Geld.

So sicher war sich Volbert, daß er seine Schweizer Banken hintereinander anrief und ihnen ankündigte, daß er in Kürze seine Konten auflösen werde. Alles nach Südamerika, dachte er geradezu enthusiastisch. Und alles für die Liebe mit Rita! Habe ich denn bisher etwas vom Leben gehabt? Nur Schuften, Geldverdienen, Termine ... und ja, ab und zu die Schlüsselspiele. Aber was war das schon? Nicht mehr als ein Ventil. Und ein Ventil hat der älteste Fahrradschlauch.

Eva Volbert packte ihre Koffer. Am Abend telefonierte sie mit Marlies Duppel. »Du, denk einmal«, sagte sie zu ihrem Mann, als Volbert nachsah, was Eva alles mitnahm. »Marlies will mitfahren. Sie hat Angst. Kannst du das verstehen? Marlies und Angst. Der Tod von Ludwig hat sie doch sehr mitgenommen. Sie will nicht allein im Haus sein. Sie fühlt sich bedroht. Die Arme, es sind natürlich die Nerven. Hast du etwas dagegen, wenn ich Marlies mitnehme?«

»Natürlich nicht.« Volbert freute sich innerlich. Wenn Marlies mitfuhr, fiel Eva das Warten nicht so schwer. Sie wurde abgelenkt vom Denken. So wie Marlies veranlagt war, gab es für Eva keine Langeweile in der Schweiz. Da zählt man nicht die Tage, da fragt man nicht: Was ist in München los? Wo bleibt der Bote?

Und ehe Eva etwas merkte, ehe sie mißtrauisch wurde, war man längst in Südamerika.

»Das ist ein guter Gedanke«, sagte Volbert sehr zufrieden. »Marlies ist wirklich runter mit den Nerven. Und auch mir tut eine Erholung gut. Weißt du was? Wenn alles abgewickelt ist, kommen wir alle in die Schweiz. Vier Wochen Lugano und faulenzen, davon träumte ich schon immer.«

Noch nie hatte Volbert so glatt und vollendet gelogen. Er bewunderte sich selbst und verließ beschwingten Schrittes das Zimmer seiner Frau.

Mit Ostra über seinen genialen Plan zu reden war leider unmöglich. Ostra kam nicht zum Abendessen. Er kam auch nicht in der Nacht; die Volberts blieben bis ein Uhr auf.

»Wo mag er wohl wieder sein?« fragte Eva unruhig.

Deutliche Eifersucht quälte sie. »Dieses Warten ist schrecklich. Hat er dir nichts gesagt?«

»Als ob Peter jemals sagt, wohin er geht!« Volbert rauchte genußvoll eine Zigarre.

Morgen fährt sie weg, dachte er. Übermorgen fliege ich nach Südamerika. Verdammt, man fühlt sich wieder jung wie ein Zwanzigjähriger. Es kribbelt in den Gliedern. Das große Abenteuer – man sollte es jedem Mann einmal im Leben gönnen!

Um ein Uhr gingen sie zu Bett. Getrennt, wie seit Wochen. Wenig später schnarchte Volbert schon. Zufriedenheit ist eine gute Schlafpille.

Um die gleiche Zeit saß Ostra in der plombierten Villa in Bogenhausen und arbeitete die letzten Tonbänder und Fotografien durch. Unten im Keller schlief Julia. Er hatte sich auf Zehenspitzen überzeugt. Sie hatte gegessen und getrunken und lag auf der Couch, blond, kindlich und schön wie ein Gemälde im Jugendstil.

Noch drei Besuche, dachte Ostra. Ein amerikanischer Oberst, ein Bauunternehmer, der eine Raketenstellung der Bundeswehr gebaut hatte, ein Regierungsrat im Bayerischen Innenministerium, der Auskunft über geheime Stellungen des Grenzschutzes geben konnte. Und dann Feierabend!

Übermorgen lief der Handelsdampfer »Eisenstein« von Hamburg aus, Richtung Mittelamerika, Endhafen Colon auf Panama. An Bord fünfzig Steuergeräte für ferngelenkte Raketen.

Der Lebensabend Peter Ostras, der einmal Fritz Ollenhoff war, schien gesichert.

Zurück in Deutschland blieben neun erpreßte, hochgestellte Persönlichkeiten. Ein kleiner, aber sicherer Agentenring, aufgebaut auf Angst vor dem Skandal, auf

Feigheit und Schwäche. Neun zitternde Menschen, die weiter reden würden, wenn man sie fragte.

»Man kann zufrieden sein!« sagte Ostra laut und rieb sich die Augen. Das Arbeiten bei abgeschirmtem Licht strengte an. »Und jetzt will ich endlich Privatmann sein ...«

Noch einmal gingen die Zollbeamten die Lagerschuppen durch, in denen die Kisten, Säcke und Kartons sich stapelten, die am Morgen auf die »Eisenstein« verladen werden sollten. Die Begleit- und Zollpapiere waren in Ordnung und bereits gestempelt und unterschrieben. Auf den Kisten glänzten die Haken der Kontrolle. Daß nun doch noch einmal zwei Beamte des Zolls durch den Lagerschuppen gingen, war ganz allein die Schuld des jungen Zollinspektors Möllers.

Bei der Durchsicht der Deklarierungen hatte er gestutzt und dann den Kopf geschüttelt. »Zweitausend Tauchsieder für Panama, via Colon?« sagte er und sah seinen Kollegen, einen älteren Obersekretär, an. »Das ist eine verrückte Ladung.«

»Da habe ich schon Dümmeres erlebt.« Der alte Obersekretär brannte sich seine Pfeife an. »Sie sind noch jung, Herr Inspektor. Was man hier so alles erlebt! Miederwaren für den Kongo. Skier für Ostafrika. Einmal sogar Kühlschränke für Grönland! Wir haben erst gedacht, das sei ein Witz – aber es stimmte. Warum sollen sie in Panama nicht Tauchsieder haben?«

Inspektor Möllers nickte. Aber Ruhe ließ ihm die Sendung nach Panama nicht. »Machen wir eine Stichprobe«, sagte er am Nachmittag. »Dazu sind wir berechtigt.«

»Natürlich, Herr Inspektor.« Der Obersekretär verzog den Mund. Immer die jungen Schlipse. Forsch bis zum Gegen-den-Wind-Pinkeln. Aber auch Möllers wird noch lernen, daß Beamter sein bedeutet, eine ruhige Kugel zu schieben. Auch Ehrgeiz schleift sich im Behördendienst ab.

Vorerst aber standen sie mit dem Ersten Offizier der »Eisenstein« vor den sauber vernagelten und mit den schwarzen Buchstaben »Panama-Colon« verzierten neuen Kisten der »Vereinigten Elektrowerke«. Der Obersekretär klopfte mit Hammer und Meißel gegen die Kisten und sah seinen jungen Inspektor an.

»Aufmachen?«

»Ja.« Möllers sah in die Zollpapiere. »Es sind siebzehn Kisten? Sehen wir bei vier Kisten nach.«

Es dauerte eine Weile, bis der Obersekretär die Bandeisen aufgekniffen und den Kistendeckel so gelockert hatte, daß er die Nägel ziehen konnte. Wortlos, deutlich ausdrückend, was er von dieser behördlichen Kleinigkeitskrämerei hielt, stand der Erste Offizier der »Eisenstein« daneben.

Holzwolle.

Pakete aus gutem Packpapier. Mit Klebestreifen verschlossen.

Möllers nahm ein Paket aus der Holzwolle und riß es auf.

Tauchsieder. Immer fünf zusammengepackt.

»Einwandfreie Tauchsieder«, sagte der Obersekretär. Er konnte es sich nicht verkneifen. Der Erste Offizier grinste unverhohlen.

Möllers bekam einen roten Kopf und tippte auf die Kiste. »Auspacken!« sagte er. »Ganz. Bis auf den Grund. Ich habe schon Pferde kotzen sehen.«

In einer Wolke aus Staub und Holzwolle arbeitete der

Obersekretär und legte Paket neben Paket auf den Schuppenboden. Tauchsieder ... Tauchsieder ... Tauchsieder.

Dann stutzte er und brachte, als unterste Schicht, mit Holzwolle besonders umwickelt, ein Paket heraus, das nicht den anderen glich. Es war schwerer, größer, länger.

»Größere Tauchsieder«, sagte der Obersekretär.

»Sicherlich.«

Möllers riß die Verpackung auf. Ein Kasten aus gespritztem Metall kam zum Vorschein. Oben war eine Plexiglasscheibe eingelassen. Ein Gewirr von Drähten, Transistoren und Sicherungen. Silberdrähte, Spulen und Kontakte. Winzige Relais.

Über den Rücken Möllers' lief ein Jucken.

»Ist das ein Tauchsieder?« fragte er.

Der Erste Offizier und der Obersekretär sahen sich entgeistert an. »Nein!« sagte als erster der Offizier. »Das sieht eher wie ein kompliziertes Schaltgerät aus.«

Möllers legte das Steuergerät vorsichtig in den Berg Holzwolle zurück. »Die ganze Sendung Panama ist beschlagnahmt!« sagte er amtlich. »Pinneberg« – so hieß der Obersekretär – »Sie bleiben bei der Ladung. Ich benachrichtige sofort die Kriminalpolizei. Wer weiß, wem wir da auf die Spur gekommen sind ...«

Drei Stunden später lagen fünfzig der geheimnisvollen Geräte fein säuberlich und ausgerichtet auf dem Boden der Lagerhalle. Der Leiter der Zollfahndung kniete davor und hatte einen roten Kopf.

»Das ist Eigentum der Bundeswehr«, sagte er stockend. »Jedes Gerät hat eine Nummer und einen Abnahmestempel. Leute, das wird ein Ding!«

Eine Lawine begann von Hamburg aus nach München zu rollen.

Noch ahnte man in München nicht, welche Gefahr sich hoch oben im Norden zusammenballte. Gleich nach der Entdeckung dieses unglaublichen Schmuggels deutscher Geheimwaffen legte sich Schweigen über alles. Zollinspektor Möllers, Obersekretär Pinneberg, der Offizier der »Eisenstein« und alle, die in dem Lagerschuppen um die aufgebrochenen Kisten versammelt waren, wurden sofort vom Wehrkreiskommandanten Nord gesondert durch Handschlag vereidigt. »Kein Wort darüber!« sagte der erschütterte General. »Das hier kann kein einzelner Mann getan haben. Dahinter steckt eine ganze Organisation. Meine Herren, wir werden noch alle staunen, was sich hinter dieser Entdeckung verbirgt.«

So war es auch möglich, daß nach einer fast schlaflosen Nacht Eva Volbert und Marlies Duppel ungehindert nach Zürich abfliegen konnten. Vergeblich hatte Eva auf Ostra gewartet – nun stand sie mißmutig in der Abfertigungshalle des Flugplatzes Riem und nahm Abschied von ihrem Mann. Ein Kuß von Ostra wäre ihr lieber gewesen. Marlies hielt sich etwas abseits – ihr war es recht, daß Ostra nicht kam. Sie ahnte, daß Rita ihm die Wahrheit über ihren »Unfall« gesagt hatte, und sie kannte Ostra schon so gut, daß sie Grund hatte, ihn jetzt zu fürchten. Nur aus Furcht flog sie auch mit in die Schweiz. Weg aus seiner Nähe, das war ihr einziger Gedanke. Die Alpen zwischen ihn und mich. In ein paar Wochen sieht alles anders aus. Sie beobachtete, wie Volbert, der sich selbst übertraf, rührenden Abschied von Eva nahm und so tat, als würden in wenigen Minuten Welten zwischen ihnen liegen. Wie wahr das war, ahnte ja niemand.

»In Abständen von drei Tagen kommt der Bote«, sagte Volbert noch einmal. Die Fluggäste des Fluges nach

Zürich wurden aufgerufen. Am Ausgang zum Flugfeld warteten zwei Stewardessen. Die Maschine, eine zweimotorige Douglas, glänzte draußen in der kalten Wintersonne. Das Gepäck wurde auf den Elektrokarren weggefahren. »Und erhole dich gut, Schatz. Mit der letzten Rate komme ich selbst. Oder soll ich Ostra schicken?«

»Deine Witze sind fade.« Eva Volbert nahm ihren kleinen Handkoffer hoch. Noch immer hoffte sie, daß Ostra in letzter Minute in die Halle stürmen würde. Ihr Herz klopfte schwer. Was vor Wochen als Spiel begonnen hatte, war nun eine schreckliche Liebe geworden. Alle Gedanken kreisten nur um Ostra. Es gab nichts, was sich nicht mit ihm verband. Und wie in einer Art Fata Morgana glaubte sie ihn überall zu sehen … in den Sesseln, in den Räumen, in den Betten. Wie Wahnsinn hatte die Leidenschaft sie ergriffen – sie hätte so etwas vorher nie für möglich gehalten. Jetzt, fünf Minuten vor dem Abflug, war es ihr, als verbanne man sie und sie müsse laut aufschreien: »Nein! Ich bleibe! Ich kann ohne ihn nicht atmen.«

»Noch einmal – alles Gute!« sagte Volbert. Eva reichte ihm die Wange hin. Marlies Duppel kam näher, küßte Volbert auf den Mund und spielte das fröhliche Häschen.

»Hast du keine Angst?« fragte sie kokett.

»Wovor?«

»In der Schweiz gibt es auch schöne Männer.«

»Es tröstet mich, daß es in München auch schöne Mädchen gibt«, sagte Volbert. Sein Lächeln war echt. Er fühlte sich frei wie nach einem Saunabad. Fettlos. Die Vergangenheit floß von ihm ab wie überflüssiger Schweiß.

Er begleitete Eva und Marlies bis zur Barriere, dann blieb er stehen und winkte ihnen nach, weil sie sich dreimal umdrehten. Mit klopfendem Herzen wartete er, bis sie das Flugzeug bestiegen hatten, bis man die Gangway wegrollte und sich die Stahltür schloß. Die Motoren heulten auf.

»Auf Nimmerwiedersehen!« sagte er leise, als die Maschine langsam zur Startbahn rollte. »Unser Leben war ganz schön, Eva ... aber was jetzt kommt, ist das Paradies! Du bist hübsch genug, um wieder auf die Beine zu fallen.«

Er wartete den Start des Flugzeuges nicht ab, sondern ging aus der Halle zu seinem Wagen.

Es war noch viel zu tun.

Die Liquidation der deutschen Bankkonten.

Das Leeren der Tresore, in denen Evas Schmuck lag. Der Besuch bei Rita im Krankenhaus.

Und vor allem das große Spiel vor Ostra: Ich bin dein Freund! Ich bewundere dich!

Es war zu schön, einen Menschen wie Ostra zu betrügen. Es war fast ein Meisterwerk, auf das man stolz sein konnte. Während Volbert zurück in die Stadt fuhr und Eva und Marlies den Alpen entgegenflogen, verließ Ostra übermüdet die versiegelte Villa in Bogenhausen.

Julia Bentrob schlief. Auf Zehenspitzen hatte er sich davon überzeugt. Die ganze Nacht hindurch hatte Ostra gearbeitet, hatte zwei Tonbänder überspielt auf eine neue Rolle, hatte den Text mühsam abgeschrieben – denn er tippte auf der Schreibmaschine nur mit zwei Fingern – und hatte Bilder vergrößert und entwickelt. Als er nun das Haus durch den Gärtnerschuppen verließ, wußte er in seiner Aktentasche eine Bombe für den amerikanischen Oberst Robert Hammesby, der dreimal

Gast in der Villa gewesen war. Was dabei die unsichtbare Kamera aufgenommen, was das Mikrofon auf die Tonbänder übertragen hatte, genügte, um Oberst Hammesby entweder zum Selbstmord zu treiben oder von Ostra abhängig zu machen.

Wie ein fröhlicher Hochzeiter fuhr Volbert von Bank zu Bank. Erst um elf Uhr erschien er in seinem Werk. Seine Sekretärin empfing ihn bleich und mit zitternden Lippen.

»Sofort zur Vorstandssitzung, Herr Direktor!« rief sie und half Volbert aus dem Mantel. »Die Herren warten schon seit einer Stunde. Eine Sondersitzung.«

Volbert spürte es unter seiner Kopfhaut jucken. Betont lässig ging er zu seinem Schreibtisch und wühlte in der Post herum. Dabei sah er seine Sekretärin aus den Augenwinkeln an.

»Haben Sie schlecht geschlafen, Müllerin?« fragte er.

»Bei uns ist eingebrochen worden.«

»Nein, so was! Was haben die Diebe denn mitgenommen?«

»Nicht bei mir, Herr Direktor … hier im Werk! In dem Bunker! Um 9 Uhr kam das Fernschreiben aus Hamburg. Der Herr Generaldirektor hat sofort …«

Volbert trat an das große Fenster. Sein Gesicht glühte plötzlich. Nun ist es soweit, dachte er. Nun rettet nur noch Kaltblütigkeit. Jetzt müßte man Ostra warnen … aber wo ist er? Ob er es schon weiß und sich aus dem Staub gemacht hat?

Die Sekretärin sprach weiter, aber Volbert hörte keine Worte mehr, nur noch Geräusche. Erst nach Minuten legte sich die innere Lähmung. Aus Angst wurde Verzweiflung. Er schrak zusammen, als das Telefon läutete. Fräulein Müller nahm ab.

»Der Herr Generaldirektor fragt an, ob Sie schon ...«

Friedrich Volbert nickte und winkte ab. »Sagen Sie den Herren, ich komme sofort ... ich bin schon auf dem Wege zu ihnen.«

Mit unsicheren, fast tastenden Schritten verließ Volbert sein Büro. Erst auf dem Flur, auf dem Weg zum Sitzungssaal, fand er seine normale Haltung wieder.

Sie haben keine Beweise, dachte er. Ja, verdammt noch mal ... sie haben keinerlei Beweise.

Bruckmayer schnellte aus dem Bett hoch, als neben ihm auf dem Nachttisch das Telefon schrillte. Ein Blick auf die Armbanduhr, die neben dem Telefon lag, machte die Störung noch unverständlicher.

Fünf Uhr morgens. Wer ruft um diese verrückte Zeit an?

Bruckmayer setzte sich im Bett auf und riß den Hörer ans Ohr. Er erwartete die Stimme Ostras und hatte sich vorgenommen, ihn nicht länger als zehn Sekunden anzuhören. Gerade so lange, um ihm zuzuschreien: »Laß mich in Ruhe, du Idiot!«

Aber dann saß Bruckmayer steif im Bett und rieb sich mit dem linken Handrücken den Schlaf aus den Augen. Deutlich über sechshundert Kilometer hinweg hörte er die Stimme seines Vorgesetzten in Bonn.

»Sie, Herr Ministerialdirigent?« sagte er fassungslos. »Um diese Zeit? Was ist denn –«

Dann schwieg er und hörte die Nachricht, die unglaublich klang. Mit zitternder Stimme breitete der Ministerialdirigent in Bonn die Ungeheuerlichkeit aus, die am Abend durch Zufall entdeckt worden war.

»Fünfzig automatische Raketensteuergeräte, Bruckmayer! Aus dem Geheimlager der Bundeswehr! Wissen

Sie, was das bedeutet? Das ist eine Katastrophe! Das darf nie bekannt werden! Das muß unter der Hand, mit aller Eleganz, bereinigt werden! Ich habe den Herrn Minister aus dem Bett geholt – er ist der gleichen Ansicht. Morgen früh tritt der Verteidigungsausschuß des Bundestages zu einer außerordentlichen Geheimsitzung zusammen. Hier ist der Teufel los, glauben Sie mir. Was mithelfen kann, Licht in diese Schweinerei zu bringen, ist alarmiert. Der CIC, der Bundesnachrichtendienst, der Militärische Abschirmdienst, die Fachleute des Verfassungsschutzes. General Ebenhart ist schon unterwegs nach München. General Gehlen hat zwei der besten Abwehrmänner abgestellt. Um die Vereinigten Elektrowerke ist ein Absperring gezogen worden. Natürlich unauffällig. Aber jeder, der das Werksgelände betritt, wird fotografiert. Heute mittag um zehn Uhr kommen alle Herren im Sitzungssaal der VEW zusammen. Fünfzig Steuergeräte. Das Geheimste, was wir überhaupt haben! Bruckmayer ... jetzt zeigen Sie, was Sie können und was Sie gelernt haben! Das ist Ihr Spezialgebiet, ich weiß. Ich verlasse mich ganz auf Sie. Auch der Herr Minister. Wenn ich pathetisch wäre, würde ich sagen: Das deutsche Volk blickt auf Sie, Bruckmayer! Stellen Sie sich vor, was passiert wäre, wenn man die Steuergeräte nicht entdeckt hätte ... Finden Sie die Hintermänner, Bruckmayer! Sie haben vom Minister uneingeschränkte Vollmacht.«

Tief atmend legte Bruckmayer den Hörer zurück. Er blieb im Bett sitzen und starrte gegen die Gardine. Sie bewegte sich leicht im Nachtwind. Das Fenster stand offen. Hinter der heruntergelassenen Jalousie vermischten sich die Töne einer nie schlafenden Großstadt. Das Kreischen einer Straßenbahn. Autohupen. Das Rattern großer Lastwagen. Von ferne das heulende Martinshorn eines Polizeistreifenwagens.

»Nun ist es soweit«, sagte Bruckmayer in die Stille seines Zimmers. »Das ist zuviel, Fritz Ollenhoff. Und wenn du es auch leugnen wirst: Wir kennen uns zu gut. *Dieser* grandiose Streich trägt ganz und gar deine Handschrift. So etwas bekommt nur ein Ollenhoff fertig.«

Er sprang aus dem Bett, duschte sich kalt, um die Müdigkeit aus dem Körper zu treiben, zog sich an und aß eine Apfelsine, denn um diese Zeit gab es noch keinen Kaffee im Hotel.

Um halb sechs rief der Nachtportier aus der Halle Bruckmayer an und meldete einen Herrn, der ihn unbedingt sprechen wollte. Der Besucher war ein großer, schlanker Mann in einem pelzgefütterten Mantel und einer Fellmütze. Er ging aufrecht und forsch, so wie man es oft bei alten Offizieren sieht.

»Manfred Thiebes«, stellte sich der Besucher vor und wartete vor der Tür auf dem stillen, halbdunklen Flur.

»Bruckmayer.«

»Kann ich Ihren Paß sehen?«

»Bitte.« Bruckmayer griff in die Rocktasche und zeigte seinen Paß. Der Mann, der sich Thiebes nannte, überflog die Eintragungen und gab ihn dann zurück. An Bruckmayer vorbei betrat er das kleine Hotelappartement und wartete, bis Bruckmayer die Tür wieder geschlossen hatte. Mit einer fast zackigen Bewegung nahm er seine Fellmütze ab.

»Ich komme vom BND. Man hat Sie von Bonn schon informiert, wie dem ›Chef‹ mitgeteilt wurde. Ich bin beauftragt, Ihnen das Fernschreiben Ihres Ministeriums mit dem genauen Sachverhalt zu übergeben.«

Bruckmayer nickte stumm. Der »Chef«. Jeder wußte,

wer das war – aber noch keiner hatte ihn selbst gesehen. Den geheimnisvollsten Mann in Deutschland. General Reinhardt Gehlen, den Leiter des Bundesnachrichtendienstes.

Bruckmayer las Wort für Wort des Fernschreibens. Es war ein Glanzstück Ostras, das sah er immer mehr. Und während er die Zeilen las, rekonstruierte sein Gehirn den genialen Plan ... angefangen mit der Brieffreundschaft mit Volbert über die Schlüsselspiele bis zu dem gestohlenen Lastwagen der Bundeswehr. Eine so einfache und doch phantastische Kette von Logik und Gemeinheit, von Kaltblütigkeit und Teufelei, daß es Bruckmayer schauderte. Wie einfach hat es doch ein Verbrecher, dachte er, wenn er das Format eines Ollenhoff hat. Aber trotz aller Genialität macht auch er Fehler. Da sind die Frauen, auf die man nie bauen sollte, und da sind die Zufälle, die so dumm sind, daß man sie nie einkalkuliert. Und gerade sie werden zum Galgen.

»Ein tolles Ding, was?« sagte Manfred Thiebes, als Bruckmayer gelesen hatte und das Fernschreiben zusammengefaltet einsteckte. »Das ist der größte Knall bei uns seit Kriegsende! Fünfzig Fernsteuergeräte klauen, da gehört was dazu! Aus einem verschlossenen Bunker!«

Bruckmayer aß die beiden letzten Stückchen seiner Apfelsine.

»Ist die Kriminalpolizei verständigt?« fragte er leichthin. »Nein. Die Sache ist zum Staatsgeheimnis erklärt worden. Nur die Geheimdienststellen sind eingeschaltet. Bei der allgemeinen Polizei wäre die völlige Geheimhaltung nicht garantiert.«

Bruckmayer nickte. Kommissar Singert wußte also nichts. Das war viel wert. Für ihn wären jetzt die Zusammenhänge leicht zu klären gewesen, aber man schaltete ihn aus. Das war typisch: Wenn es um Staatsgeheimnisse ging, wurde es Sache der Spezialisten. Der kleine Mann war nicht gefragt.

Noch eine Galgenfrist, dachte Bruckmayer. Die Spezialisten, die jetzt kommen, kennen überhaupt keinen Zusammenhang und tappen im dunkeln wie blinde Hunde. Der einzige, der jetzt die Wahrheit kennt, bin ich. Und ich werde sie ausspielen wie eine Trumpfkarte. Mit ihr werde ich mich freikaufen von allen Jugendsünden. Freikaufen von der schwarzen Uniform mit dem Totenkopf, die ich einmal trug.

»Wir treffen uns alle im Sitzungssaal der Vereinigten Elektrowerke«, sagte Manfred Thiebes. »Alle Herren, die den Schlüssel zum Geheimbunker haben, werden zugegen sein. Die Schlösser der tresorähnlichen Tür sind nämlich völlig unverletzt.«

»Eine harte Nuß.« Bruckmayer sah auf die Uhr. Gleich sechs Uhr. Das Hotel erwachte. »Aber erst trinken wir Kaffee, mein Guter. Ich habe einen Heißhunger auf ein knackfrisches Brötchen mit Butter und Orangenmarmelade.«

»Endlich!« sagte der Generaldirektor etwas konsterniert, als Friedrich Volbert in den Sitzungssaal kam und sich zu dem besetzten Tisch hin leicht verneigte. Außer den bekannten Direktorengesichtern waren es alles fremde Herren. Dann bemerkte er Bruckmayer in der Menge der Köpfe und senkte den Blick. »Nun sind wir komplett und können anfangen.«

Volbert ging zu seinem Stuhl und straffte sich. »Ich habe meine Frau zum Flugzeug gebracht«, sagte er laut. »Sie ist in die Schweiz gereist, Herr Dr. Lennig. Zum

Winterurlaub mit einer Freundin. Wenn ich allerdings gewußt hätte ...«

»Wenn wir das alle gewußt hätten!« rief Generaldirektor Dr. Lennig. »Sie sind informiert worden, Herr Volbert?«

»Nur, daß eine Sondersitzung einberufen worden ist.« Volbert sah sich um. Viele fremde, ernste Gesichter. Fünf Uniformen. Drei Generäle, zwei Obersten der Bundeswehr. Auch der Oberst, der einen Schlüssel zum Tresor verwaltete. Er sah besonders blaß aus. »Meine Sekretärin sagte es mir soeben.« Generaldirektor Dr. Lennig holte tief Luft. Dann kam es aus ihm heraus wie ein Schrei. »Fünfzig Steuergeräte wurden gestohlen und sollten ins Ausland gebracht werden!«

»Nein!« Volbert zuckte zusammen wie unter einem Schlag. Mit weiten Augen starrte er die Herren um den Tisch an. Bruckmayer lächelte still vor sich hin. Er spielt es etwas übertrieben, dachte er. Wie ein Schmierenkomödiant. Aber man glaubt es ihm, das ist die Hauptsache.

Einer der Generäle erhob sich. Mit knappen Worten berichtete er, was Bruckmayer als Fernschreiben bereits in der Tasche trug. Unten, im Bunkerraum, untersuchten zehn Fachleute die Schlösser der Tür und suchten Kisten und Wände nach Fingerabdrücken ab. Das Telefon im Sitzungssaal klingelte in kurzen Abständen. Dann ging ein Mann vom BND hin und hörte sich an, was man aus dem Bunker meldete.

Nach einer Stunde war man am Ende aller Weisheiten. Herbert Bruckmayer übernahm es, die Schlußfolgerungen zu ziehen.

»Alle Schlösser sind unversehrt. Keinerlei Fingerabdrücke. Die Herren, die einen Schlüssel haben, werden es sich gefallen lassen müssen, daß man sie genau und ohne Rücksicht auf ihre Person in den nächsten Tagen durchleuchtet. Bis jetzt steht fest, daß keiner von ihnen den Schlüssel aus der Hand gegeben hat. Es gibt nur zwei Möglichkeiten: Entweder befindet sich jetzt unter uns ein Landesverräter, der gegen viel Geld die Steuergeräte herausgegeben hat, oder es existiert ein Nachschlüssel. Dann erhebt sich die Frage: Wie konnte er hergestellt werden? Den Tathergang kennen wir jetzt: Ein Lastwagen der Bundeswehr wird gestohlen, jemand fährt mit ihm zur Fabrik, wird vom Pförtner als unverdächtig durchgelassen, man lädt die Steuergeräte in aller Ruhe ein und verläßt wieder die Fabrik. Ungeschoren. Denn es ist ja ein Militärlastwagen, und der Fahrer trug eine Uniform. Und wie der Deutsche ist: Uniform ist Ausweis genug für völlige Harmlosigkeit.«

Die Offiziere der Bundeswehr bekamen einen roten Kopf, schwiegen aber.

»Der Lastwagen wird später wiedergefunden, unversehrt.« Bruckmayer ging vor dem langen Tisch hin und her. Seine Stimme klang über die Köpfe, als rezitiere er eine Ballade. »Wir haben somit ungefähr den Zeitraum, in dem die Steuergeräte gestohlen worden sind. Es wird den Herren, die einen Schlüssel besitzen, nicht erspart werden, für diesen Zeitraum genaue Alibis vorzulegen. Auch wird festzustellen sein, woher die Kisten kommen, an wen man die Tauchsieder, die als Tarnung dienten, lieferte, wer die Kisten nach Hamburg brachte, wer die Güterpassage buchte und die Zollpapiere ausfüllte ... ich erwarte jede Minute die ersten Meldungen aus Hamburg.« Bruckmayer sah sich im Saal um. Er ließ sich Zeit. Sein Blick glitt über die Direktoren, über die Generäle und Obersten. Sogar die Herren vom BND, vom Verfassungsschutz und die drei Offiziere des Militärischen Abschirmdienstes sah er an. Zuletzt blickte er zu Major Britton vom CIC, der nachdenklich eine Pfeife rauchte und die Luft mit nach Feigen riechendem Tabaksqualm erfüllte.

»Wenn wirklich einer der Herren hier seinen Schlüssel ausgeliehen haben sollte, bitte ich ihn, zu mir zu kommen. Ich warte im Zimmer von Herrn Direktor Volbert auf ihn. Um es unauffällig zu machen, schlage ich vor, eine Pause einzulegen. Ich gebe Ihnen die Chance einer Stunde. Guten Tag, meine Herren.«

Bruckmayer verbeugte sich ruckartig und verließ den Saal. Er ging geradewegs in das Büro Volberts und setzte sich dort auf den Direktorenstuhl. Er nahm den Hörer des Telefons ab und wollte die Privatnummer Volberts wählen, in der Hoffnung, Ostra in der Villa anzutreffen, als Volbert eintrat. Bruckmayer ließ den Hörer zurückfallen.

»Das haben Sie fabelhaft gemacht, Bruckmayer«, sagte Volbert und zog hinter sich die Tür zu. »Das war genial!« Er setzte sich auf die Schreibtischkante und wischte sich den Schweiß von der Stirn. »Das nennt man bluffen!«

»Ich verstehe Sie nicht.« Bruckmayer sah Volbert scharf an. »Ich erwarte den Schuldigen wirklich. Wenn er noch einen Funken Charakter und Ehrgefühl hat, kommt er.«

Volbert sah grinsend auf Bruckmayer hinab. Dann schüttelte er den Kopf.

»Warum spielen Sie vor mir das Theater weiter?«

Bruckmayer sprang auf. Röte überzog sein Gesicht. »Was erlauben Sie sich?« rief er. Volbert winkte mit beiden Händen ab. Sein Lächeln war schief und böse.

»Ich weiß doch, wer Sie sind«, sagte er. »Ostra hat es mir gesagt –«

In dieser Stunde war das Schicksal Peter Ostras entschieden.

Die Sitzung brachte gar nichts ein. Als man spät nachmittags die Klausur des Saales verließ, müde, mit verzerrten Gesichtern, in die Mißtrauen und Ärger Runen gegraben hatten, und zwei Sekretärinnen die Fenster aufrissen, um die zum Schneiden dicke Luft hinauszulassen, wußte man nur eins: Der große Unbekannte, der diesen genialen Streich gegen die Sicherheit Deutschlands geführt hatte, war zu einer Gefahr geworden, die gar nicht hoch genug einzuschätzen war. Major Britton vom CIC sprach es ganz deutlich aus: »Das ist ein streunender Hund, der überall seine Flöhe abschüttelt. Verdammt nein – eine Ratte ist er, die uns allen die Pest bringt! Fünfzig ferngesteuerte Raketen auf die USA ... da lohnt es sich, wild zu werden! Wissen Sie, mein Freund, was ich glaube?«

»Nein.« Bruckmayer lächelte breit. »Wer kann einem CIC-Mann ins Hirn blicken?«

»Dahinter steckt dieser Ollenhoff.«

»Das habe ich auch schon gedacht. Wenn man nur ein Foto hätte. Es sollte doch eins aus Südamerika kommen?«

»Die Sache im Urwald ist schiefgegangen. Die Mönche finden den Film nicht mehr. Den haben vielleicht die Termiten gefressen.« Britton faßte Bruckmayer unter und schob ihn aus dem Zimmer auf den breiten Flur. »Was haben Sie als nächstes vor?«

»Ein schönes kühles Bier trinken.«

»Bravo!« Britton stieß Bruckmayer in die Rippen. »Ich schließe mich an. Bis zum Abend wissen wir mehr, hoffe ich. Es sausen ja jetzt genug Leute rum und sammeln Material.«

Auch Volbert fuhr nach Hause.

Er hatte erst vorgehabt, Rita im Krankenhaus zu besuchen und ihr zu gestehen, daß es eine neue Zukunft gäbe, fern von Abenteuern und Ostraschen Launen, eine Zukunft voll Liebe und Seligkeit. Wie alle alternden Männer schwelgte er in diesen Gedanken und baute Luftschlösser wie ein Primaner.

Aber nach dieser Sitzung siegte die Vernunft. So wichtig für ihn die Zukunft mit Rita war – jetzt war Ostra wichtiger. Das Netz der Fahndung war ausgeworfen, aber noch reichte es von Hamburg bis München. Wann zog es sich zusammen? Wann zappelten sie wie armselige Fische in den Maschen? Noch war es Zeit, durch Lücken hindurchzuschlüpfen.

Als Volbert seine stille Villa betrat, sah er schwaches Licht aus dem Salon.

Ostra saß an der Bar, rauchte und sah gelangweilt in das Halbdunkel. Er rutschte vom Barstuhl, als Volbert die Tür aufriß und ins Zimmer stürmte.

»Du sitzt hier gemütlich und trinkst, und draußen ist die Hölle los!« schrie er. »Wo warst du die ganze Nacht und den Tag?« Er warf seine Aktentasche gegen die Wand und ließ sich in einen Sessel fallen. »Du wirst gleich aufhören, hochmütig zu lächeln!« brüllte Volbert. »Alles ist hochgegangen!«

Ostra setzte sein Whiskyglas auf die Bartheke zurück. Sein Gesicht veränderte sich erschreckend. Die Augen wurden kalt und eisgrau.

»Was heißt das?« fragte er hart.

»Das heißt, daß man in Hamburg die fünfzig Steuergeräte unter den Tauchsiedern gefunden hat.«

»Das ist nicht wahr«, sagte Ostra kalt.

»Und ob es wahr ist!« schrie Volbert. »Ich komme von einer Sondersitzung. Alles, was zum Geheimdienst gehört, bevölkert unser Werk. Wir sind geplatzt!«

Ostra machte drei Schritte auf Volbert zu. Dann griff er zu, faßte ihn vorn an der Brust und riß ihn aus dem Sessel hoch wie eine fauchende Katze.

»Was ist passiert?« sagte er gefährlich leise. »Du erbärmlicher Feigling, was ist passiert? Los, sprich schon, du Hosenscheißer!«

»Die Kisten wurden kontrolliert. Ein übereifriger Zollinspektor …« Volbert versuchte, sich aus dem Griff zu lösen, aber die Finger Ostras waren wie eiserne Krallen.

»Weiter.«

»Was weiter? Das andere war ja leicht. Nur wir stellen die Geräte her. Jetzt rollt man alles auf. Es ist nur eine Frage von Stunden, bis sie wissen, wer den Bunker aufgeschlossen hat und wer der große Unbekannte ist. Du mußt sofort Deutschland verlassen! Ich komme morgen nach. Ich werde mich auch um Rita kümmern! Nur weg mußt du!«

Ostra ließ Volbert zurück in den Sessel fallen. Die Erkenntnis, daß sein großer Plan mißlungen war, seine letzte große Tat, nach der er sich zurückziehen wollte in das anonyme Leben eines reichen und sorglosen Pensionärs, traf ihn härter, als er es nach außen zeigte. Vor allem die Konsequenzen erkannte er ganz klar: Eine Rückkehr nach Argentinien war nicht mehr möglich. Dort würden ihn seine Auftraggeber erwarten und Rechenschaft fordern … für die bereits gezahlten 500 000 Mark Provision an Volbert, für alle Auslagen, für die Blamage, die die Aufdeckung des Geheimauftrages mit sich brachte. Er, der schon legendenumwobene Fritz Ollenhoff, hatte kläglich versagt. Daß es nur ein Zufall war, über den er gestolpert war, wer fragte danach! Im gnadenlosen Spiel der Geheimdienste gibt es keine Entschuldigungen für Mißerfolge. Entweder man hat Erfolg, oder man muß für seine Niederlage büßen.

»Wer untersucht den Fall?« fragte Ostra gepreßt.

»Bruckmayer.«

Ostra wirbelte herum. »Herbert? Und da schreist du die Wände an? Du Idiot! Wo ist Herbert jetzt?«

»Ich weiß es nicht. Er ging mit Major Britton vom CIC essen. Das habe ich noch gehört.«

Ostra lief unruhig, wie ein gefangenes Tier, in dem großen Salon hin und her. Draußen begann es zu schneien. Wie ein Märchenwald sah der Garten aus. Vor dem Lichtschein der Außenlampen tanzten die weißen Flocken, als begleite sie eine lautlose, nur für sie hörbare Musik.

»Auch Bruckmayer kann nur verzögern.« Volbert tupfte sich wieder den rinnenden Schweiß von der Stirn. Angstschweiß. »Wir werden wie die Hasen sein, die von Bluthunden gehetzt sind.«

»Spar dir diese Übertreibungen!« Ostra sah hinaus in den Schnee. »Wir müssen umdenken.«

»Das ist leicht gesagt.«

»Laß mich allein.«

»Peter – ich ...«

»Laß mich allein!« schrie Ostra. »Geh ins Schlafzimmer, in die Küche, in die Bibliothek, nur laß mich allein! Wenn ich dich ansehe, habe ich den Geruch von vollgeschissenen Hosen in der Nase!«

Volbert erhob sich ächzend und verließ den Salon. Er ging in seine Bibliothek und setzte sich dort im Dunkeln an den Schreibtisch. Mein Gott, dachte er und rang die Hände, was soll nun werden? Wie lange halten das meine Nerven aus? Soll ich in dieser Nacht noch flüchten? Ohne Rita? Zunächst in die Schweiz zu Eva und dann weiter über den Ozean?

Er starrte in die Dunkelheit und kam zu keinem Entschluß. Der Gedanke, Rita zurückzulassen, war ihm unerträglich. Verzweifelt suchte er andere Auswege, aber er fand keine mehr. Wer Angst hat, panische Angst, verliert jegliche Vernunft.

Kühler und logischer dachte Ostra. Für ihn gab es keinerlei Illusionen mehr. Bei ihm ging es jetzt um das Leben.

Die Welt ist groß, dachte er. Außer Europa und Südamerika gibt es noch Australien und Asien. Vor allem Asien. Hinter dem Bambusvorhang wimmelt es von Geheimnissen. Wer weiß, daß Kamerad Peltzer Militärberater einer asiatischen Macht geworden ist? Wer hat davon Kenntnis, daß der Geheimdienst eines anderen Staates von Hans Keller geleitet wird? Hinter den Fassaden goldener Pagoden und märchenhafter Paläste gab es genug Raum für einen Menschen wie Ostra.

Er ging zur Bar, schüttete sich noch einen Whisky ein, zündete sich eine Zigarette an und trat dann wieder an das große Fenster. Lautlos, wie Flaumfedern, tanzte der Schnee im Lampenlicht.

Zunächst nach Indien, dachte er. Oder nach Afghanistan. In Kabul sitzt Kamerad Leßfeld vom SD. Er hat dort offiziell einen Eisenhandel, aber wer glaubt ihm das? Leßfeld konnte ihn weiterreichen. Er kannte Asien so gut wie damals die Keller in der Prinz-Albrecht-Straße, wo die Gefolterten sich die Lunge ausschrien und in letzter Verzweiflung sich die Köpfe an den Mauern einrannten.

Berlin 1944.

Leßfeld hatte ihn einmal mitgenommen in die Keller. Bleich war er damals wieder ans Tageslicht gestiegen ... auch einem Ollenhoff riß der Anblick, zwei Stockwerke unter der Erde, an den Nerven. Aber Leßfeld lachte jungenhaft. »Mit dieser Methode wird der Unmusikalischste zum Sänger«, scherzte er.

Kabul. Karatschi. Später vielleicht China. Wer weiß es? Einen Platz wird es schon geben, wo man leben kann. Nur Geld muß man haben.

Ostra zerdrückte die halbgerauchte Zigarette. Sein Kapital lag in einem Tresor in der Bogenhausener Villa. Die Tonbänder und Fotos von liebestollen Männern. Namen, die geehrt und beneidet wurden. Namen, die wie eine Seifenblase zerplatzen würden, wenn die Wahrheit an die Öffentlichkeit kam.

»Also gut, kassieren wir!« sagte Ostra laut zu sich selbst. Er ging zur Bibliothek und klopfte an die Tür. »Ich gehe!« rief er. »Wenn Bruckmayer kommen sollte, halt ihn hier fest!«

Aus der Bibliothek stürzte Volbert. Er sah wie verwildert aus. Sein Haar war zerzaust. Froschähnlich glotzten die Augen Ostra an. »Wo gehst du hin?«

»Mich um die Zukunft kümmern.«

»Du verschwindest also?«

»Blödsinn, ich komme wieder. Gegen Morgen bin ich wieder da.« Ostra sah verächtlich auf den zitternden Volbert hinunter. Das war einmal ein gepflegter, distinguierter Direktor, dachte er. Ein Mann der Gesellschaft. Ein geachteter Mensch. Ein Vorbild für viele, die nicht hinter seine Fassade schauten. Und was ist von ihm geblieben? Ein Frosch, der einen Storch kommen sieht. Ein wabbelndes Stück Fleisch mit aufgeweichten Knochen. Ein gegorener Kloß. »Und du wartest, bis ich komme!« sagte er hart. »Solange Bruckmayer den Mund hält, haben wir Zeit. Wir brauchen nichts zu überstürzen. Es gibt auf der ganzen Welt nur drei, die die Wahrheit kennen: du ... ich ... und Bruckmayer! Das ist eine kleine Kette, und ich schlage dir den Schädel ein, wenn du darin das schwache Glied bist!«

Volbert nickte stumm. Seine Kehle war wie zugeschnürt. Die kalten Augen Ostras sagten ihm alles: Er schlägt mir wirklich den Schädel ein.

»Und wenn sie zum Verhör kommen?« stammelte er leise.

»Dann sei der unnahbare Direktor der Elektrowerke, du Schlappschwanz. Zeig ihnen, daß jeglicher Verdacht eine Beleidigung ist. Spiel den tief Gekränkten! Rufe das Vertrauen deines Vorgesetzten an! Schlag auf den Tisch! In Deutschland hat von jeher Schneid gesiegt, auch wenn dahinter pure Dummheit stand.« Ostra schlüpfte in seinen pelzgefütterten Mantel und schlug den Kragen hoch. Als er zur Haustür ging, trippelte ihm Volbert nach wie ein ängstliches Hündchen. »Es kommt darauf an, daß uns Bruckmayer noch achtundvierzig Stunden Zeit läßt.« Ein Gedanke schien ihm aufzutauchen. Er legte Volbert die Hand auf die bebende Schulter. »Ruf Bruckmayer an. In seinem Hotel. Sag ihm, er solle hierherkommen. Sag ihm, ich wolle ihn sprechen. Wie ich Herbert kenne, kommt er sofort. Auch ihm muß verdammt ungemütlich in seiner Haut sein. Und – noch einmal – reiß dich zusammen, Friedrich! Mir geht es mehr an den Kragen als dir, das scheinst du gar nicht zu begreifen ...«

Ostra drückte seinen Hut tief ins Gesicht und verließ das Haus. Er lief zur Garage, holte Volberts Wagen heraus und fuhr langsam auf die stille, von den dicken Schneeflocken übertanzte Straße. Der Wagen rutschte ein wenig, als ihn Ostra in Richtung der Innenstadt einschwenkte, dann griffen die Winterreifen in den Neuschnee, und die Stahlspikes krallten sich in die darunter liegende Eisschicht.

Volbert löschte die Außenlichter und tappte wie verloren in seiner stillen, dunklen Villa herum. Er trank noch drei Kognaks, ehe er Bruckmayer im Hotel anrief. Aber Bruckmayer war nicht da. Er war noch gar nicht aufgetaucht, wie der Portier sagte.

Ohne seinen Namen zu nennen, legte Volbert wieder auf.

Und die Angst stieg.

Was geschah, wenn Bruckmayer nicht mehr mitspielte ...?

Als Peter Ostra durch die Ausfahrt schlidderte und mit Volberts Wagen in die Grünwalder Straße einbog, drehte Ernst Fallers die Standlichter aus. Dunkel stand der kleine Wagen am Straßenrand. Eine hohe Schneehaube lag auf dem Dach. So stehen Tausende von Wagen nachts am Straßenrand. Garagen sind knapp in München. Die Laternengarage ist der einzige Ausweg.

So achtete auch Ostra nicht auf den verschneiten Wagen, als er vorbeifuhr. Es fiel ihm auch nicht auf, daß hinter ihm plötzlich Lichter aufblendeten und durch den Schnee schwankten. Er hatte trotz der Spikes genug mit der glatten Straße zu tun, mußte entgegenkommenden rutschenden Wagen ausweichen und hatte keine Zeit, im Rückspiegel auf ein Auto zu achten, das hüpfend hinter ihm herfuhr und immer den gleichen Abstand hielt.

Drei Stunden hatte Fallers draußen auf der Straße gewartet. Es war bitterkalt, schon während der Fahrt hatte die Heizung des gebrauchten und von einem Verleih gemieteten Wagens versagt, die Scheiben vereisten von außen und innen. In seinen Mantel gedrückt, beobachtete Fallers das Haus Volberts. Er hatte Ostra hineingehen sehen, er hatte Volberts Rückkehr erlebt, und nun hielt ihn das dumpfe Gefühl fest, daß Ostra das Haus wieder verlassen und noch einmal wegfahren würde.

Ein paarmal stieg Fallers aus, lief um den Wagen herum, schlug die Arme gegen den Körper, löste das Eis von der Frontscheibe durch ein Spray und kroch dann wieder in sein eisiges Blechgehäuse.

Seit der Aussprache mit Ostra auf dem Flughafen Riem hatte Fallers keinen anderen Gedanken, als zu erfahren, wo Julia versteckt worden war. Ihr Vater, Studienrat Bentrob, lag noch immer in einer Art Halbstarrkrampf unter dem Sauerstoffzelt im Krankenhaus. In den wenigen Minuten, während deren er aus der Besinnungslosigkeit auftauchte, rief er den Namen seiner Tochter, um dann wieder in Ohnmacht zu fallen. Sein Körper krümmte sich dabei. Es war schrecklich, diesen Nervenschock anzusehen und kaum helfen zu können. Außer reinem Sauerstoff zur Vorbeugung eines Infarktes gaben ihm die Ärzte krampflösende Injektionen, aber es war, als sauge der gequälte Körper diese Medizin auf wie ein Schwamm, ohne sie zu verarbeiten. Es blieb selbst für die Mediziner nur noch eine letzte Hoffnung: Sie warteten auf ein Wunder.

Bei seinem Betrieb hatte sich Fallers krank gemeldet. Dann hatte er etwas getan, woran er früher nie gedacht hatte: Durch Schulfreunde, die im Leben »abgerutscht« waren, wie man es so im Volksmund nannte, kam er in

Berührung mit jenen Kreisen Münchens, die nicht arbeiteten, aber doch genug Geld verdienten. Zuhälter und Ganoven waren es, Einbrecher und Hehler, Gauner und Trickdiebe. In einem Kellerlokal in Schwabing traf er sie, bei Bestmusik und bravem Münchner Bier.

»Ich brauche eine Pistole«, sagte er. »Könnt ihr mir eine besorgen?«

»Kaliber?« Man war nicht erstaunt über diese Bestellung. So etwas kam täglich vor. »Vom Taschenpuffer bis zur Maschinenpistole ... alles auf Lager.«

Fallers schluckte mehrmals. Es ist gar nicht so leicht, sich an den Gedanken zu gewöhnen, daß man einen Menschen umbringen muß.

»Eine einfache Pistole. Weiter nichts. Ich will keine Bank ausräumen. Es ist eine Privatangelegenheit.«

»Gut. Dann kannste so'n Spielzeug haben, das in der Hand verschwindet. Dreihundert Piepen kostet's.«

Fallers bezahlte die dreihundert Mark. Er bekam dafür eine kleine Pistole, verchromt und mit einem Griff aus Perlmutt. Kalt lag sie in seiner Hand. Ein merkwürdiges Gefühl durchrann ihn damals. So wenig braucht man, um ein Leben auszulöschen, dachte er. Wie ein Feuerzeug sieht sie aus ... man hält sie hoch, drückt ab, und ein Riese wie Ostra ist nicht mehr.

Wie lächerlich ist doch ein Mensch! Ein Stück Stahl, kleiner als ein Fingernagel, genügt, und alle Herrlichkeit und Kraft ist vorbei.

Im Englischen Garten probierte er die kleine Pistole aus. Zweimal schoß er damit in einen Baumstamm. Der Knall war dünn und hell wie ein Peitschenhieb und zerflatterte in der kalten Luft. Aber in dem Baumstamm waren zwei tiefe Löcher, kreisrund und nicht größer als der Durchmesser eines fünfzölligen Nagels. Man kann wirklich damit töten, dachte er wieder erstaunt. Und dabei sieht es aus wie ein Spielzeug …

Nun hatte er den ersten Erfolg hinter sich. Ostra fuhr vor ihm her, und er folgte ihm, klammerte sich an das Steuerrad und blickte durch die von dem vielen Besprühen schmierige Frontscheibe. Die Kälte fraß sich durch seinen Mantel bis auf die Knochen; es war ihm, als müßten die Hände am Steuer festfrieren. Dreimal rutschte er fast von der Straße, denn Ostra fuhr schnell mit seinen Spikesreifen, und Fallers hatte Mühe, in seiner Nähe zu bleiben, als sie in die Stadt kamen und die Autos von allen Seiten herandrängten, Ampeln sie trennten und sogenannte »Springer« sich zwischen sie schoben. Aber Fallers verlor Ostra nicht aus den Augen. Als sie über die Isar fuhren, um die Siegessäule herum, hatte er ihn wieder erreicht und fuhr kaum drei Meter hinter ihm. Er sah Ostras Kopf, den starken Nacken, die breiten Schultern in dem pelzgefütterten Mantel und einmal sogar das Profil, als Ostra zur Seite blickte, weil ihn jemand mit schlitternden Reifen überholte.

Bogenhausen, dachte Fallers, als sie auf eine mit Bäumen eingerahmte Straße kamen. Wo will er bloß hin?

Dann hielt Ostra plötzlich, und Fallers mußte vorbeifahren, um keinen Verdacht zu erregen. Er bog in eine Seitenstraße ein, hielt, sprang aus dem Auto und rannte zurück.

Ostra hatte den Wagen verlassen. An die Mauer eines Gartens gedrückt, sah sich Fallers um. Hinter den Jalousien einiger Villen schimmerte Licht. Gegenüber lag eine große, alte Villa in einem verwilderten Park. Sie war völlig dunkel und schien unbewohnt.

Ernst Fallers zögerte. Wohin? dachte er. Ostra kann nicht wie ein Geist verschwunden sein. Wenn er eines der bewohnten Häuser betreten hat, muß er noch vor der Tür stehen. So schnell, wie Fallers gelaufen war, konnte auf ein Klingeln nicht geöffnet werden.

Er schlich sich an der Mauer weiter und zuckte zusammen, als er gegenüber aus dem Garten der unbewohnten Villa das Zuschlagen einer Tür hörte. Mit weiten Sätzen hetzte er über die Straße, duckte sich unter den schneebehangenen Büschen und lauschte. Aber nun war alles still; nur seinen eigenen Atem hörte er, laut und röchelnd vor Erregung.

Vorsichtig betrat Fallers durch das angelehnte Eisentor den Garten der dunklen Villa. Er hielt den Atem an, als er frische Fußspuren im Schnee sah. Vom Tor führten sie schräg durch den Garten zu einem niedrigen Schuppen. Dort war die Tür, deren Zuklappen er gehört hatte. Sie pendelte im Nachtwind hin und her, schief und nur an einer Angel hängend.

An den Büschen vorbeischleichend, erreichte Fallers das verfallende Gärtnerhaus. Hier hörten die Fußspuren auf, verloren sich in der Finsternis im Inneren. Fallers holte die kleine Perlmuttpistole aus der Manteltasche, schob den winzigen Sicherungsflügel herum und öffnete die schiefe Tür.

Jetzt, dachte er. Wenn Ostra im Dunkeln lauert, kann er mich gegen den hellen Schnee abschießen wie einen Hasen.

Mit einem Sprung hetzte er in die Hütte und warf sich gegen die Wand. Sein Herz trommelte wild. Warum geschieht nichts? dachte er nach ein paar Sekunden lähmender Angst. Die Dunkelheit war vollkommen. Auch die windschiefe Tür schlug wieder zu … nur ein Streifen Schneehelle lag wie ein Strich auf dem Boden.

Fallers wartete. Ab und zu knackte es im Holz, sonst

war kein Laut. Er ist hier, dachte er. Die Fußspuren enden in der Hütte. Irgendwo in der Finsternis steht er und atmet kaum. Was will er hier? Hat er hier Julia versteckt? Gibt es einen Hinterraum, in dem sie jetzt hockt?

Er wandte eine List an. Er nahm sein Taschenmesser und warf es links von sich in die Dunkelheit. Irgendwo prallte es gegen einen Eimer. Der scheppernde Laut war in dieser Stille wie eine Explosion.

Nichts rührte sich.

»Spielen wir nicht Indianer miteinander, Ostra!« sagte Fallers gepreßt. »Ich weiß, Sie sind kein Feigling. Machen Sie Licht – ich tue Ihnen nichts.«

Stille. Nur wieder das Knacken im Holz. Die Schneelast auf dem alten Dach. Die morschen Balken ächzten.

Fallers hielt den Atem an. Lautlos nestelte er sein Feuerzeug aus der Tasche, und dann, wild entschlossen, hob er die Hand hoch empor, streckte den Arm aus und ließ die kleine Gasflamme aufleuchten.

Ein großer Raum. Angefüllt mit Gartengeräten, Eimern, Säcken und alten Möbeln. Matratzen verfaulten in der Ecke. Eine Maus huschte lautlos über den feuchten Dielenboden. Spinnweben glitzerten im Licht.

»Ostra!« sagte Fallers laut. »Warum verstecken Sie sich?«

Er wartete, aber niemand antwortete. Da ging er herum, leuchtete die alten Möbel ab, wühlte sich durch den verfaulenden Plunder.

Leer. Die Hütte war leer. Die Fenster waren vernagelt, es gab nur die eine, schief in den Angeln hängende Tür. Durch sie war Ostra hereingekommen, einen anderen Weg hinaus gab es nicht ... aber die Hütte war leer.

»Das ist nicht möglich«, sagte Fallers. »Das gibt es nur im Märchen. Es kann kein Mensch verschwinden.«

Wieder ging er in der Hütte herum und suchte. Aber auch diesmal sah er nicht die Falltür, durch die man den Gang zum Haupthaus erreichte. Er konnte sie nicht sehen, zwei alte Strohballen waren darüber geklebt, so widerlich verschimmelt, daß Fallers sie nicht anrührte und untersuchte.

Verwirrt verließ er die Gärtnerhütte und ging durch den großen Garten. Er umkreiste die alte Villa und wußte plötzlich, daß hier der Ort war, wo Julia versteckt wurde. Nur hier konnte es sein, in dieser hohen, dunklen Villa. Irgendwo hinter diesen Mauern saß sie, vor Angst zusammengekauert.

Es war, als pumpe sein Herz statt Blut Feuer in die Adern. Glühendheiß durchrann es ihn. Er umklammerte seine kleine Pistole und rannte die Freitreppe zur Eingangstür hinauf. Wo auch immer Ostra seinen eigenen Eingang hatte – Fallers wollte das Haus von vorn betreten, laut, lärmend, so daß es alle hörten: Hier hat der Satan sein Versteck! Aber auch einen Teufel kann man ausräuchern!

Die große Tür war verschlossen. Über dem Schloß klebte ein Siegel mit dem Stempel der Münchner Polizei. Verschiedene Klebestreifen führten von der Tür zu den Zargen. Die Streifen waren unversehrt. Niemand hatte bisher die polizeilichen Siegel verletzt.

In Fallers war der Begriff des Verbotenen abhanden gekommen. Die Nähe Julias, er spürte sie förmlich körperlich, ließ keinerlei Bedenken mehr zu.

Mit beiden Händen zerfetzte er die Klebestreifen, riß das Siegel von der Tür und warf sich gegen die schwere Füllung. Nach fünfmaligem Anlauf sah er die Sinnlosigkeit ein; die Türen alter Häuser sind wie Festungstore, dick und stark, als seien sie für Rammböcke gemacht. Da rannte er zurück in den Garten, holte einen der herumliegenden dicken Äste und zerschmetterte das gläserne Oberlicht der Tür. Es klirrte hell, als die Scherben innen auf den Marmorboden fielen. Wie eine Katze kletterte Fallers zum Oberlicht hinauf, zog sich empor, schwang sich durch den Rahmen und ließ sich jenseits der Tür ins Haus fallen.

Mit zwei Sprüngen war er bei den Lichtschaltern und drehte daran. Kronleuchter und geschliffene Wandlampen flammten auf. Er schloß geblendet die Augen und sah sich blinzelnd um.

Weißer Marmor, Kristall, rote Orientteppiche, eine weitgeschwungene Treppe, Türen wie in einem Rokoschloß, verziert mit goldenen Ornamenten, bemalte Decken, Möbel mit Damast überzogen ... Fallers ging umher, die kleine Pistole in der Hand, und staunte wie ein Kind im Märchenland.

Er rannte durch alle Zimmer, riß die Türen auf und drehte die Lampen an.

Der Salon in Rot und Silber. Das Speisezimmer in Gold. Die große Bibliothek mit den geschnitzten Möbeln und den riesigen Bücherregalen. Das große Wohnzimmer mit den französischen Möbeln. Die Küche. Die kleine Wohnung der Köchin. Ein Boudoir, zierlich wie ein Bild gewordenes Menuett. Venezianische Spiegel an allen Wänden. Vasen aus Murano. In Nischen marmorne Liebesgöttinnen.

»Julia!« schrie Fallers in die Stille des großen Hauses. »Julia!! Hörst du mich?! J-u-l-i-a!«

Er blieb stehen und lauschte. Zweimal hörte er seine Stimme als Echo. Es war die einzige Antwort.

Die obere Etage.

Zimmer an Zimmer. Alle Schlafzimmer wie in einem

Puppenkönigreich. Aber alle leer. Mit Staub überzogen. Seit Wochen nicht bewohnt. Ein eingemottetes Märchen.

»Julia!« schrie Fallers verzweifelt. Er stand oben an der Treppe und sah hinab auf die große Diele. »Julia ... du bist doch hier! Julia!«

Er rannte in den Keller. Aber auch hier war keine verschlossene Tür. Nur Mäuse huschten weg, als er die Lichter anknipste und in die Kahlheit starrte.

»Das ist nicht möglich!« stöhnte Fallers. Er lehnte sich an die Wand und war nahe daran zu weinen. Die Kristalleuchter glitzerten. Es war, als lache die Pracht ihn an. Da explodierte es in ihm; er nahm einen Stuhl und schleuderte ihn in einen der Lüster, das Kristall zersplitterte und regnete auf den Marmorboden der Diele. »Du Saukerl!« brüllte Fallers in ohnmächtiger Wut. »Du Schwein von einem Menschen! Gib sie heraus! Ostra, gib Julia heraus! Du erbärmlicher Hund! Du Vieh! Gib sie heraus, oder ich zerschlage alles, alles!«

Der zweite Stuhl zertrümmerte einen herrlichen alten Spiegel. Mit einem silbernen Tischleuchter rannte Fallers wie ein Irrer herum und zerschlug die Wandlampen aus Muranoglas.

»Gib Julia heraus!« brüllte er schrill. »Ich stecke das Haus in Brand! Bei Gott! Ich räuchere dich aus! Wie eine Ratte verbrenne ich dich!«

Schwer atmend blieb er in der Bibliothek stehen. Er warf den Leuchter gegen die Bücher und breitete die Arme aus, um tief Luft zu holen. Es ist alles sinnlos, dachte er plötzlich klar. Ich würde Julia verbrennen. Er wird sich retten, aber sie verbrennt hilflos. Schwankend, mit bleischweren Beinen, ging er wieder in die Diele und schob einen Tisch heran, stellte ihn vor die Tür, kletterte hinauf und verließ durch das Oberlicht wieder das Haus. Die Lichter ließ er brennen.

Die nächste Polizeistreife wird Alarm schlagen, dachte er. Ich werde auf der Straße warten, bis sie kommt. Solange Ostra in dem Haus ist, wird Julia nichts geschehen. In einer Falle ist er. Wie eine Katze liege ich vor der Tür. Wenn er herauskommt, läuft er mir in die Arme.

Und einmal muß er herauskommen!

»Hören Sie ihn toben, Julia?« fragte Ostra mit ruhiger Stimme. »Er zerschlägt die wertvollen Kronleuchter. Wie ein Vandale benimmt er sich. Ich wiederhole es noch einmal: Er ist nicht der richtige Mann für Sie. Er ist unreif und zu impulsiv. Im Leben aber braucht man kalte Überlegung. Nur die eisgekühlte Vernunft hat noch Chancen. Es ist wirklich schade, daß mir nicht mehr die Zeit bleibt, Ihnen die Welt zu zeigen, wie sie in aller Schönheit nur für Frauen geschaffen wurde, die lieben.«

Ostra lehnte an der Tür in dem Kellerraum und rauchte lässig. Julia hockte auf ihrer Couch und hatte den Kopf lauschend erhoben. Irgendwo im Haus waren Geräusche, fern, dumpf, abgeschirmt durch die dicken Mauern.

»Ich hasse Sie!« sagte sie voll Ekel.

Plötzlich sprang sie auf, stellte sich auf die Couch und schrie: »Hilfe! Hilfe!« Mit einem Lächeln schnippte Ostra die Asche von seiner Zigarette.

»Es ist doch sinnlos, Julia! Hören Sie das ferne Gepolter? Ihr heldenhafter Ernst demoliert gerade ein Vermögen. Ich habe ihn hinter der Bücherwand der Bibliothek beobachtet, er sieht aus wie ein Irrer. Und nun rufen Sie um Hilfe. Gegen den Krach oben im Haus ist Ihr Schreien wie ein Wiegenlied.« Ostra drückte seine

Zigarette aus und knöpfte den Mantel zu. »Dabei ist alles in vierundzwanzig Stunden vorbei.«

Julia sank auf die Couch zurück. Angst verzerrte ihr schmales, kindliches Gesicht.

»Was haben Sie vor, Sie Scheusal ...«

»Sie beleidigen mich, und ich bin gerade dabei, Ihnen Gutes zu sagen. Morgen, nein, übermorgen früh wird Ihr Geliebter im Briefkasten ein Kuvert mit einem Schlüssel zu diesen Räumen finden. Er wird wie ein Wahnsinniger hierherkommen und Sie befreien. Und er wird Sie so wiederfinden, wie Sie ihn verlassen haben. Sie müssen zugeben, daß dies die Handlungsweise eines Gentlemans ist. Weder Sie noch Fallers interessieren mich noch. Nur die Stunden, die ich gewinne, sind wertvoll.« Ostra verbeugte sich korrekt. »Julia, ich verlasse Sie jetzt. Für immer. Wir sehen uns nicht mehr in diesem Leben. Darf ich Ihnen ehrlich Glück wünschen?«

Julia schwieg. Panische Angst lähmte sie. Sie glaubte Ostra nicht. Aus seinen Worten hörte sie vielmehr ihr Urteil: Er kam nicht wieder, und sie würde hier qualvoll verhungern.

»Ich habe mir einen Augenblick lang einen Luxus geleistet«, sagte Ostra mit milder Stimme. »Ich hatte mich in Sie verliebt, Julia. Das ist so widersinnig, daß ich selbst darüber lächeln muß – aber das Herz fragt nicht nach der Vernunft. Doch das ist vorbei, Gott sei Dank. Ich bin wieder Ostra. Aber sehen Sie bitte daraus, daß auch ein Mensch wie ich unlogisch sein kann.« Er schwieg und lauschte nach oben. Dumpfes Poltern drang durch die dicke Decke. »Er tobt noch immer, der wilde Knabe«, sagte er spöttisch. »Daß die Erfolglosen immer zur Zerstörung neigen ... ein wirkliches Rätsel ist das. Darf ich Ihnen noch einen Rat geben, Julia?«

Julia wandte den Kopf ab. Sie weinte leise.

»Wenn unser Kind ein Junge wird«, sagte Ostra, seine Stimme war völlig verändert, zärtlich und dunkel, »dann sorge dafür, daß er nie lernt, die Menschen in ihrer schrecklichen Wahrheit zu sehen. Erziehe ihn zum Romantiker ... breche mit Strenge alle Ansätze zum Heldenhaften ... Wenn er meinen Charakter geerbt hat, wenn er beginnt, den Menschen als hohles Gefäß zu erkennen, in das man ungehindert jede Jauche und jeden Müll schütten kann, hätte das schreckliche Folgen ... Viel Glück mit unserem Kind, Julia.«

Er wollte zu ihr kommen, ihr die Hand geben und sie auf die Stirn küssen, aber sie sprang auf und ballte die Fäuste. Da hob er die Schultern, sah sie fast traurig an und verließ schnell die Kellerwohnung.

Zweimal drehte sich klirrend der Schlüssel im Schloß.

Ernst Fallers klopfte den Schnee von seinem Mantel und strich sich die zerwühlten Haare zurück. Beim Verlassen des Hauses durch das Oberlicht war er in den Schnee gefallen. Dann schlug er den Kragen hoch und rannte auf die Straße, um sich neben den Wagen Ostras zu stellen.

Und wenn ich die ganze Nacht dastehe, dachte er, einmal kommt er aus dem Haus.

Er riß das eiserne Gartentor auf und stürmte auf die Straße. Mit einem dumpfen Aufschrei prallte er zurück.

Die Straße war leer. Wo der Wagen gestanden hatte, war ein matschiger Fleck.

Und die Schneeflocken tanzten im Schein der Straßenlaterne.

Im Haus Volberts erwartete Ostra eine neue Überraschung. Nicht nur Bruckmayer war da – das hatte er gehofft – sondern auch Rita Camargo saß an der Bar und trank einen Champagner-Cocktail. Volbert hockte wie ein kranker Affe in einem Sessel. Seine Augen waren gerötet, als habe er geweint. Er wandte den Kopf weg, als Ostra eintrat und fröhlich winkte.

»Mein Stern des Südens zurück aus dem Krankenhaus!« rief Ostra. »Seit wann finden Entlassungen in der Nacht statt?« Er warf Rita eine Kußhand zu und sah dabei zu Bruckmayer. »So blaß, mein Freund? Erinnerst du dich: Es gab schon einmal eine ähnliche Situation, 1944 bei Baranowitsche. Partisanen hatten uns eingeschlossen, und der mit uns eingekreiste Wehrmachtspfarrer hörte schon die Beichten ab und erteilte den letzten Segen. Und was haben wir getan? Wir haben in die Hände gespuckt und haben den Durchbruch gewagt! Von zweihundertneununddreißig Mann erreichten siebenundvierzig die eigenen Linien. Das ist zwar wenig, aber immerhin ... wir zwei waren dabei, was, Herbert?!«

Ostra sah sich um. Keiner antwortete. Die Stille wurde zu einer Spannung, die bis zu den Haarspitzen knisterte.

»Mach wenigstens du den Mund auf, Ritalein, wenn die beiden Knaben Antisprechpillen genommen haben. Was ist hier los?«

»Friedrich hat mich aus dem Krankenhaus geholt.« Rita Camargo sog an ihrem Strohhalm. »Als wir zurückkamen, war Herbert schon hier.«

»Ungeheuer intelligent. Daß er nicht der Kaiser von China ist, sehe ich.« Ostra wandte sich Volbert zu. »Bist du beim Abholen deines Schätzchens beobachtet worden?«

»Ich weiß nicht«, antwortete Volbert heiser.

»Er weiß es nicht! Himmel und Arsch! Die Kripo ist das letzte, was wir jetzt gebrauchen können. Singert wäre der einzige, der die Zusammenhänge aufklären könnte. Aber Gott sei Dank weiß er nichts von der Schweinerei in Hamburg.«

»Er braucht es auch nicht zu wissen«, sagte Bruckmayer in diesem Augenblick laut. Ostra fuhr herum.

»Aha! Du kannst wieder Laut geben?« Ostra warf seinen Mantel ab und ließ ihn einfach auf den Boden fallen. »Macht sich hier alles in die Hose? Solange Herbert schweigt, haben wir Zeit genug, unsere Zelte in aller Ruhe abzubauen.«

»Wenn er schweigt.« Bruckmayer zog das Kinn an. »Ich schweige aber nicht.«

»Sag das noch einmal!« Ostras Stimme wurde dunkel. Zitternd nahm Rita den Strohhalm aus dem Mund. Diesen Ton kannte sie. Ihre Augen bettelten Bruckmayer an: Sei vorsichtig! Bitte, bitte, sei kein Held. Gegen Ostra kommt keiner an. Laß ihn laufen! Sieh weg, wenn er geht ... Tu es um unsertwillen. Sieh mich an, lies es in meinen Augen ... Wenn du es willst: Ich werde bei dir bleiben. Nur laß ihn gehen!

»Ich bin gekommen, um dich zu verhaften«, sagte Bruckmayer fest.

Über das Gesicht Ostras zuckte es wie Wetterleuchten. »Kinder – habt ihr schon viel gesoffen heute abend?« fragte er gepreßt. »Leg dich ins Bett, Herbert.«

»Ich nehme dich hiermit fest, SS-Obersturmbannführer Fritz Ollenhoff.«

Es war wie ein Bombeneinschlag. Rita sprang vom Barhocker, auch Volbert schnellte aus dem Sessel hoch.

»Wer bist du?« rief Rita schrill.

»Er ist verrückt!« Ostras Gesicht war maskenhaft

starr. Er sah Bruckmayer mit einer Kälte an, die nichts Menschliches mehr hatte. Es war der Blick eines Eisbären, ausdruckslos und voll Todesnähe.

Bruckmayer vermied es, Rita anzusehen. »Du kannst mich nicht mehr erpressen«, sagte er zu Ostra. »Mein Entlassungsgesuch ist schon geschrieben und wird morgen abgeschickt. Ferner stelle ich mich der Staatsanwaltschaft Bonn ...«

»Du bist wirklich verrückt! Rita, sag ihm, daß er ein Idiot ist!« Ostra zog das Kinn an.

Unbeirrt sprach Bruckmayer weiter. »Es gibt Grenzen, Fritz Ollenhoff. Was du damals als z. b. V. getan hast, alle diese Kommandounternehmen und Sabotagen, diese Morde, die man Heldentaten nannte, könnten noch, wenn man kreisrund denkt, Kriegstaten genannt werden, zum Wohle des Vaterlandes, obgleich das Lüge ist. Du hast nie ans Vaterland gedacht – du hast getötet, weil es dir Spaß machte. Bei dir war Mord nur ein Abenteuer. Jetzt aber warst du dabei, dein eigenes Volk in den Abgrund zu stürzen. Ein Volk, das sich mühsam wieder emporgearbeitet hat; das bereit ist, die Sünden der Väter zu tilgen; das gelernt hat, anders zu denken; das ein Freund in der Völkergemeinschaft einer freien Welt sein will – dieses Volk wäre durch dich beinahe in tödliche Gefahr gekommen. Nur der Zufall hat es verhindert.«

»Willst du Politiker werden? Welche Partei? Partei der ehrlichen Deutschen? PED! Das klingt billig ... nach Schweißfüßen!« Ostras Stimme war rauh. »Soll ich mir diesen moralischen Quatsch anhören? Noch vierundzwanzig Stunden, mein Freund, und du kannst dem Flugzeug nachwinken und später deine Beamtenpension kassieren.«

»Nein!« Bruckmayer schüttelte langsam den Kopf.

»Ich will endlich Ruhe haben! Zwanzig Jahre Lüge ... und jetzt das dazu? Das ist zuviel, Fritz Ollenhoff! Es soll endlich Ruhe sein in Deutschland ...«

»Wie recht!« Ostra nickte. »Es soll endlich Ruhe sein! Wirkliche Ruhe!« Blitzschnell fuhr seine Hand in die Rocktasche. Noch ehe der Schrei Ritas ertönte, noch ehe Volbert die Arme entsetzt hochriß, bellte der Schuß.

Durch die Tasche, geübt und sicher, mit ausdruckslosem Gesicht, schoß Ostra. Zweimal drückte er ab, schnell hintereinander, und er sah deutlich, wie die Kugeln in den Körper Bruckmayers einschlugen und ihn zweimal aufzucken ließen.

Dann fiel Bruckmayer lautlos um, mit dem Gesicht auf den dicken Teppich, die Hände an den Seiten, als habe er vorher strammgestanden wie bei einer Exekution.

Durch die beiden Löcher in Ostras Anzugstasche quoll dunkelgrauer Rauch. Es roch verbrannt.

»Nun ist Ruhe!« sagte er laut. »Rita, hol mir einen Kognak.«

Mit einem schrillen Aufschrei warf sich Rita Camargo über den Körper Bruckmayers und krallte sich an ihm fest. Volbert stand mit hängenden Armen hinter dem Sessel. Schweiß glänzte auf seinem Gesicht.

»Bring mich doch auch um!« schrie Rita. Sie drehte den Kopf Bruckmayers zur Seite und legte ihr Gesicht an seine Wange. »Schieß doch! Schieß! Du räudiger Hund! Er war der einzige Mensch, den ich geliebt habe! Du Aas, du! Bring mich um!«

Sie heulte auf wie ein Schakal, preßte sich an den schlaffen Körper und streichelte das blonde Haar. Dann sprang sie plötzlich auf, drehte seinen Kopf noch mehr zur Seite, beugte sich vor, legte ihre Lippen auf die Lippen Bruckmayers und umfing ihn mit ergreifender Zärtlichkeit.

»Einen Arzt!« stammelte sie. »Friedrich ... hol einen Arzt! Schnell! Er lebt noch. Er lebt ...«

Volbert setzte sich in Bewegung. Das Telefon stand sechs Schritte weit entfernt. Die harte, kalte Stimme Ostras aber hielt ihn nach dem ersten Schritt fest.

»Du bleibst! Stehenbleiben! Weg vom Telefon!«

Volbert sank in sich zusammen. Der Lauf von Ostras Pistole war auf seinen Leib gerichtet.

»Er lebt noch ...«, stammelte Volbert. »Mein Gott, er atmet doch noch! Man muß einen Arzt holen ... oder willst du zum Mörder werden?«

Volbert begriff noch nichts. Er hielt sich an der Wand fest, als sei die Tapete eine Eisenstange, die man umfassen könne. Vier Schritte von ihm entfernt stand das Telefon auf einem Tischchen aus bemaltem Holz. Italienische Arbeit. Nachgemachtes Rokoko. Nur vier Schritte bis zum Leben.

»Du bleibst stehen!« Die Stimme Ostras war kalt. Seine Pistole blieb auf Volbert gerichtet. Dann wandte er sich Rita Camargo zu, die noch immer neben Bruckmayer kniete und seinen Kopf streichelte. »Laß ihn los!«

»Nein!« schrie sie wild. »Nein! Nein!«

»Steh auf!« Die Pistole schwenkte herum. Volbert schielte zum Telefon. Er war nie ein Held gewesen, aber jetzt hatte er das wahnsinnige Gefühl, etwas tun zu müssen. Ostra schien diesen inneren Kampf zu bemerken. »Laß dich nicht verleiten, zum Telefon zu greifen, lieber Friedrich ...«, sagte er spöttisch. »So schnell, wie ich schieße, bekommst du keine Verbindung.« Er sah wieder zu Rita: »Los, steh auf.«

Rita starrte in die runde, kleine, schwarze Pistolenmündung. Wer Ostra kannte, wußte, daß dies kein Bluff mehr war. Der Finger lag gekrümmt am Abzug.

Vorsichtig ließ Rita den Kopf Bruckmayers auf den Teppich gleiten und erhob sich. Ihre schwarzen Augen funkelten voll Haß.

»Geh zur Bar!« kommandierte Ostra hart.

»Warum –«

»Geh!« Es war ein Befehl wie ein Peitschenschlag. Rita wich zurück, bis sie an die Barhocker stieß. Mit einem bösen Lächeln, das seinem Gesicht einen fremden, satanischen Ausdruck gab, verfolgte Ostra ihren Rückzug von dem Schwerverwundeten. »Du liebst ihn also?« fragte er.

»Ja.« Rita warf die schwarzen Haare mit einem wilden Ruck über die Schultern. »Ich liebe ihn! Und ich werde bei ihm bleiben.«

»Das wäre schade.« Ostra sah auf den langhingestreckten Bruckmayer. Er mußte kurz daran denken, wie sie sich kennengelernt hatten, damals in Polen. Und daß sie sich einmal Freunde genannt hatten. Was war davon übriggeblieben? Ein eiskalter Selbsterhaltungstrieb. Ein Mord. Das Leben ist seltsam, dachte Ostra. Es zwingt uns zu nie geahnten Taten. Mit einem Ruck wandte er sich wieder Rita zu: »Übermorgen fliegen wir nach Panama!«

»Nie! Ich bleibe bei Herbert.« Rita Camargo wollte wieder zurück zu Bruckmayer laufen, aber Ostra hob drohend die Pistole.

»Das wäre ein falscher Weg, Püppchen. Dazu bist du noch zu jung und zu schön.« Ostras Stimme war von grauenhafter Gleichgültigkeit. Er dozierte die Worte fast. »Solange dein Fleisch fest und deine Haut glatt sind, hast du andere Aufgaben zu erfüllen.«

»Ich hasse dich!« schrie Rita und ballte die Fäuste.

»Welch eine vergeudete Leidenschaft.«

Ganz langsam, als vollziehe er einen weihevollen Akt, trat er an Bruckmayer heran. Er bückte sich und drehte den Ohnmächtigen auf den Bauch. Dann zog er ihm den Jackenkragen etwas herunter und stellte sich breitbeinig über den ausgestreckten Körper.

»Peter!« stammelte Volbert heiser. Nun war er es, der zuerst begriff. »Um Gottes Barmherzigkeit willen ... bitte nicht!« Die Augen quollen ihm fast aus dem Kopf. Schweiß rann ihm in den halboffenen Mund, in dem ein Entsetzensschrei vor Grauen erfror. Als Ostra die Pistole hob, fiel Volbert ächzend auf die Knie, drückte das Gesicht gegen die Wand und heulte auf.

An der Bar ergriff Rita in höchster Not eine Flasche und schleuderte sie gegen Ostra. Sie flog an ihm vorbei und zerschellte an der Wand. Klebrig floß der Likör auf den Boden. Roter Likör. Kirsch. Es sah wie dickes Blut aus.

Ruhig beugte sich Ostra etwas vor und hielt die Pistole fünfzig Zentimeter über den Nacken Bruckmayers. Noch ehe Rita Camargo grell aufschreien konnte, drückte er ab. Die Hand zuckte beim Rückschlag hoch, durch den Körper Bruckmayers lief ein Rucken, die Gestalt streckte sich vollends. Dort, wo der Kopf in den Nacken übergeht, floß aus einer runden Öffnung Blut und Hirnmasse.

Ostra trat zurück und steckte die Pistole ein. An der Bar lehnte Rita. Ihr Gesicht war verzerrt. Volbert kniete noch an der Wand und weinte laut. Ein Häufchen Elend.

»Das ist das beste Mittel, um Ruhe zu haben«, sagte Ostra kalt. »Ein Genickschuß ist immer etwas Endgültiges.« Er sah auf den blutenden Nacken Bruckmayers.

»Ich habe es tatsächlich noch nicht verlernt. Sieh dir das an, Rita. Genau nach Vorschrift. Schräg nach oben ins Gehirn. Es gibt nichts Sichereres.«

»Du Teufel!« flüsterte Rita tonlos. »Du Schwein von einem Teufel!«

»Es hat keinen Sinn, über die Qualitäten eines Menschen zu diskutieren. Den Luxus der Moral kann sich nur ein Priester, ein Milliardär oder ein Irrer leisten. Alle anderen müssen für ihr Fortkommen arbeiten. Das hier ist meine Arbeit! Je größer Einsatz und Gewinn, um so weniger Gewissen – das ist eine Faustregel des Erfolges. Der erfolglose Mensch ist immer ein Feigling. Ihr wißt beide, worum es bei uns geht.« Ostra blieb vor dem knienden, weinenden Volbert stehen und stieß ihn mit dem Fuß an. »Hör auf zu flennen! Steh auf und hilf mir, Bruckmayer wegzuschaffen.«

»Nein! Nein!« Volbert sprang auf und wich vor Ostra in das Speisezimmer zurück. »Rühr mich nicht an! Laß mich in Frieden!«

Mit heruntergezogenen Mundwinkeln musterte Ostra den völlig verstörten Volbert. Von dem eleganten Direktor war nichts übriggeblieben, nicht einmal ein Schatten. Wie ein Verblödeter schwankte er durch das Zimmer und lallte vor sich hin.

»Wir bringen Bruckmayer in den Wald und begraben ihn dort. Wenn du Lust hast, kannst du sogar ein Gebet an seiner Grube sprechen.« Ostras Stimme klang klar in die schreckliche Stille hinein. »Komm! Faß an!«

»Nein!« brüllte Volbert und rannte um den Eßtisch herum. »Ich kann ihn nicht anfassen! Ich kann keine Leiche anfassen! Das konnte ich noch nie! Selbst meinen Vater habe ich nicht ...«

»Hierher!« kommandierte Ostra mitleidlos. Er hob

wieder die Pistole aus seiner Tasche. »Es ist für mich nur eine Schießübung, auch deinen Nacken zu treffen. Benimm dich wie ein Mann, zum Teufel noch mal! Und auch du, Rita, faß mit an. Bruckmayer hat ein ganz schönes Gewicht, 185 Pfund, schätze ich. Tote zu transportieren, ist immer schwer. Sie hängen durch …«

Er trat wieder an Bruckmayer heran und schob die Arme unter dessen Oberkörper. Stumm, wie eine aufgezogene Puppe, kam Rita näher. Ihr Gesicht war eine braunfahle Maske. Nur die Augen lebten darin, aber sie hatten keinen Glanz mehr.

»Du stützt die Mitte«, sagte Ostra mit beklemmender Ruhe. »Friedrich, nun mach schon! Du nimmst die Beine. Da kann man ihn am besten tragen. Los!«

Volbert schwankte heran. Kurz vor dem Toten, beim Anblick des Fleckens von Blut und Hirn im Nacken, warf er sich herum, stützte sich an die Wand und übergab sich. Ächzend und würgend, grünlich im Gesicht, griff er dann nach den Beinen, hob sie hoch. »Wohin?« röchelte er.

»In die Garage. In den Kofferraum deines Wagens. Wir fahren ihn sofort weg!« Ostra stieß mit dem Fuß die Tür zur Kellertreppe auf. »Du begreifst wohl immer noch nicht, daß jetzt der Wettlauf mit der Zeit begonnen hat …«

Zehn Minuten später verließ der Wagen Volberts in schneller Fahrt das in völliger Dunkelheit liegende Grundstück und fuhr nach Süden, das Isartal hinauf, davon.

Der tägliche Streifenwagen – heute war es Isar 19 – bemerkte zuerst, daß etwas mit der versiegelten Villa in Bogenhausen nicht stimmte. Normalerweise begnügte man sich damit, mittels Handscheinwerfer vom Straßenrand aus den Eingang des Hauses abzuleuchten. Da die Villa leer war, sparte man sich die Mühe, bis zur Tür zu gehen und die Siegel zu kontrollieren. Das Aufbrechen eines polizeilichen Siegels wurde überhaupt als unmöglich angesehen; nicht, weil diese Siegel etwa aus Stahl gewesen wären, sondern weil es bei dem Obrigkeitsdenken der Deutschen einfach unfaßbar war, daß jemand eine Anordnung der Polizei mißachtete. Siegelbruch, das war undenkbar. Aber jetzt brannte im Haus Licht!

Der Strahl des Scheinwerfers glitt über den Eingang, stockte plötzlich. Etwas zitternd glitt der leuchtende Finger höher.

»O Scheiße!« sagte der Oberwachtmeister Huntzel. »Das Oberlicht der Tür ist eingedrückt. Hans, ruf das Präsidium an. Da ist jemand eingestiegen.«

Während die Besatzung von Isar 19 noch fassungslos vor den abgerissenen Siegeln stand, trafen schon Kommissar Singert, Kriminalmeister Ratzel und drei Beamte des Einbruchsdezernates und der Spurensicherung ein.

Und Spuren gab es genug.

Schuhabdrücke im Schnee. Erst im Garten, vom Gartentor zu dem alten Gärtnerschuppen, dann zurück zur Tür. Im Haus fanden sie eine zerschlagene Einrichtung vor. Stühle und Tische waren an der Wand zertrümmert, Vasen zerbrochen, Sofas aufgeschlitzt. Ein wertvoller Kronleuchter aus Venedig sah aus wie ein abgenadelter Tannenbaum. Nur noch die Kette und ein paar armselige Kristallperlen hingen von der Decke. Das andere Kristall bedeckte wie glitzerndes Eis den Parkettboden.

»Hier hat ein Irrer gehaust«, sagte Ratzel kopfschüttelnd. »Er hat nichts getan als alles zerschlagen.«

Singert ging durch alle Räume. Sogar die oberen Zimmer, die zahlreichen kleinen Schlafkammern, in denen vor einigen Wochen noch liebesselige Prominente Staatsgeheimnisse in die Kopfkissen und über die nackte, glänzende Haut der Mädchen geflüstert hatten, untersuchte er genau. Lange hielt er sich in der Bibliothek auf. Aber er entdeckte nicht das schwenkbare Bücherregal, hinter dem man in den unbekannten Keller kommen konnte. Nur etwas fiel ihm auf. In allen Räumen lag jetzt Staub, über die Tische legte sich ein schwacher, grauer Belag – nur der Schreibtisch in der Bibliothek war sauber! Die blanke Platte war geputzt.

»Hier waren zwei Personen«, sagte Singert. Er mußte noch am Stock gehen, denn die elastische Binde gab seinem verstauchten Knöchel noch nicht genügend Halt. »Einer machte die Möbel zu Kleinholz, und einer hat hier in aller Ruhe gearbeitet. Haben Sie nicht gesehen, daß im Garten zwei Spuren waren?«

»Ja, Herr Kommissar.« Ratzel blickte auf seine Notizen. »Ich habe geglaubt, daß es einer der Polizisten war, denn die Spur kam nicht wieder vom Tor zurück.«

»Seit wann können Polizisten fliegen? Selbst in München ist man noch nicht so weit. Wenn es keine Spur zurück gibt, dann ist nur ein Schluß logisch.«

»Sie meinen, Herr Kommissar?« Ratzel riß die Augen auf.

»Ich meine, daß wir uns den Schuppen genau ansehen.«

Aber auch der Schuppen war eine Enttäuschung. Zwar leuchteten drei starke Handscheinwerfer jeden Winkel aus, aber was Singert gehofft hatte, war nicht: Es lag keine Leiche unter dem Gerümpel oder im verfaulenden Stroh. Es gab auch keine Anzeichen eines Kampfes. Es leuchtete kein Blutfleck auf. Es war nichts als ein feuchter, muffiger, bald zusammenfallender Schuppen.

»Er konnte anscheinend doch fliegen«, sagte Ratzel trocken.

»Lassen Sie die dummen Bemerkungen!« Singert war wütend. Spuren, die plötzlich aufhören, sind der Alptraum jedes Kriminalbeamten. So etwas hat es einfach nicht zu geben, weil es nicht logisch ist. Auch in der Kriminalistik gibt es keine Wunder. »Hier ist nur eine Überlegung richtig«, sagte Singert, als sie wieder draußen im Garten standen und auf die einzige Spur sahen, die vom Schuppen wieder wegführte zum Tor. »Der zweite Mann wurde vom ersten im Schuppen erwartet, überrascht und entweder betäubt oder getötet. Dann lud er sich den Mann auf den Rücken und kehrte zur Straße zurück. Ob er vorher oder nachher die Einrichtung zerschlagen hat, ist noch unklar. Auf jeden Fall: Hier ist ein Ding gedreht worden! Und ich habe so eine Ahnung, als wenn sich einer der Erpreßten hier gerächt hat. Ist das der Fall, können wir den Fall Ostra abschließen, denn dann gibt es ihn nicht mehr. Aber erst müssen wir den Toten haben.«

Bis zum Morgengrauen sicherten die Spezialbeamten alle Spuren im und um das Haus herum. Man fotografierte die Zerstörungen aus allen möglichen Winkeln und Perspektiven. Man goß die Fußabdrücke am Schuppen aus, man puderte den Rahmen des Türoberlichtes ein und fand nur verwischte Fingerabdrücke.

Noch einmal stöberte Singert in der alten Villa herum. In dem kleinen Fotolabor fand er bestätigt, was er längst ahnte: Hier hatte Ostra noch gearbeitet, als die Villa längst plombiert war. Die Entwicklungsschalen waren voll frischer Flüssigkeiten. Ein neuer Karton mit Vergrößerungspapier war angerissen, die Schutzhaube vom Vergrößerungsapparat war abgenommen.

»Das ist eine Schweinerei!« schrie Singert. Er ließ die Polizisten von Isar 19 kommen, aber was nutzte alles Brüllen? Jeden Tag fuhren andere Wagen Streife.

»Da läßt man das Haus überwachen, und der Mann, den wir suchen, sitzt unter den Augen der Polizei ruhig hier in der Bibliothek und arbeitet und vergrößert säuische Bilder! Man sollte sich die Haare einzeln ausreißen!« Singert ließ sich in einen der geschnitzten Renaissancestühle fallen und hieb mit seinem Stock auf den Boden. »Hat denn keiner das Haus kontrolliert?«

»Nur von außen. Es war ja versiegelt.« Der Polizeioberwachtmeister von Isar 19 war beleidigt. Da wird man angepfiffen und kann nichts dafür. Plombiert ist plombiert. Auch für die Polizei.«

»Aber hier war jemand drin, zum Teufel.«

»Das Oberlicht ist erst seit heute abend kaputt.«

»Also gibt es noch einen Eingang.«

»Rundherum ist alles zu. Zwei Kellereingänge versiegelt und unverletzt. Alle Fenster unversehrt.« Der Polizist sah den Kommissar voll Schadenfreude an. Nun beiß dir die Zähne aus, dachte er. Ihr von der Kripo habt immer die große Schnauze und kommt euch wie Genies vor.

»Suchen!« sagte Singert trocken. »Suchen bis zur Vergasung! Verdammt, ich bin doch kein Idiot!«

Aber sie fanden nichts. Wer konnte ahnen, daß vom Schuppen aus ein Kellergang ins Haus führte?

Durch dicke Wände getrennt, hörte Julia Bentrob Geräusche und Klappern. Ein paarmal schrie sie laut, dann hieb sie mit einem abgerissenen Stuhlbein gegen die Mauern.

Doch niemand hörte sie, denn im gleichen Augenblick klopften oben die suchenden Beamten alle Wände nach Geheimtüren ab. Wer hört da ein leises, kaum wahrnehmbares Pochen aus der Tiefe?

Gegen Mittag brach Singert die Suche ab. Er war so wütend, daß niemand es wagte, ihn anzusprechen. »Mahlzeit!« sagte man bloß und machte, daß man möglichst schnell wegkam. Als letzter ging Singert und sah zu, wie Ratzel wieder die Tür mit mehreren Siegeln versah.

»Ist das nicht zum Kotzen?« fragte Singert rauh und schlug den Mantelkragen hoch. Es schneite wieder.

»Ja, Herr Kommissar.« Ratzel kontrollierte den Sitz der Siegel. »Es ist zum Kotzen. So etwas haben wir noch nie gehabt.«

»Da haben Sie recht.« Singert humpelte durch den Schnee zu seinem Wagen. »Sonst wäre ich schon längst bei meinem Schwager in den Lebensmittelgroßhandel eingestiegen ...«

Sie fuhren über eine Stunde durch die Nacht. Schweigend. Keiner blickte den anderen an. Als es zu schneien begann, schaltete Ostra die Nebellampen an. Nur nicht auffallen. Eine Polizeikontrolle konnte zur Katastrophe werden.

Neben Ostra, der den Wagen lenkte, saß Rita. Zusammengesunken, in ihrem herrlichen Ozelot, die Haare unter einer Wollmütze verborgen. Hinter Ostra kauerte Volbert in den Polstern wie ein kranker Affe. Er fror trotz seines Pelzmantels. Die Zähne klapperten aufeinander.

Ostra hatte die Sitzordnung so verteilt. »Du kommst neben mich, Püppchen!« hatte er in der Garage gesagt, als man die Leiche Bruckmayers in dem großen Kofferraum bequem untergebracht hatte. »Da bist du sicher und machst keine Dummheiten. Du, Friedrich, auf den Rücksitz. Denk daran, daß ich die Pistole durchgeladen griffbereit habe. Reiß dich zusammen! In achtundvierzig Stunden ist alles vorbei. Da fliegen wir der Sonne des Pazifiks entgegen. Kinder, benehmt euch! Ohne Risiko kein Gewinn!«

Zweimal wurde es kritisch auf der Fahrt. Außerhalb Grünwalds und bei Wolfratshausen begegneten sie Polizeistreifen. Langsam, es war wegen des Neuschnees sehr glatt auf der Chaussee, fuhren sie aneinander vorbei.

»Vorsichtig, Kinder!« sagte Ostra deutlich durch die Zähne. »Reißt euch am Riemen! Es knallt ohne Warnung! Ihr habt jeder ein Leben zu verlieren – ich nichts mehr! Ich bin schon verurteilt. Und Rita weiß, wie wenig mir am Leben liegt, wenn es sinnlos geworden ist. Bedenkt also: Zuerst seid immer ihr dran!«

Sie fuhren vorbei. Ostra grüßte sogar die Polizisten, und sie grüßten höflich, wie deutsche Beamte sind, zurück. Dann nahm sie wieder die Dunkelheit auf, das Schneetreiben, die Glätte der Straße, die Kälte. In einem Waldgebiet bog Ostra von der Straße ab, schaltete die Scheinwerfer aus und fuhr auf einem Holzeinschlagweg in die Tiefe des Waldes.

Volbert drückte die Nase an die Scheibe. Ob er wollte oder nicht – er mußte Ostra bewundern. Der Kerl kann fahren, dachte er. Ich sehe nichts. Eine schwarze Wand prallt gegen uns. Aber der Kerl fährt unbeirrt in diese Schwärze hinein, als sei sie hell erleuchtet.

Mitten im Wald hielt Ostra und schaltete das Standlicht an. Ruhig, fast weihnachtlich schwebten die dicken Schneeflocken vor dem schwachen Lichtschein auf den Waldboden. Völlige Stille war um sie, nur im Motor knackte die Wärme, auf die jetzt von außen die Kälte wirkte.

Ostra stieg aus und dehnte sich. Er winkte Rita und Volbert und stapfte hin und her. »Ein schöner Platz«, sagte er. »Wir gehen noch hundert Meter in den tiefen Tann und heben dort die Grube aus.« Es klang alles so fröhlich und war doch von einer grauenhaften Ironie. »Ein romantischer Ort. Hohe Fichten, im Sommer ein duftender Humusboden. Oben der blaue Himmel, hier ein grüner Dom. Bruckmayer kann zufrieden sein. So schön liegt er in keinem städtischen Friedhof. Und Bruckmayer, oh, ich kenne ihn ja von früher, war immer etwas romantisch.«

Volbert stolperte zum Kofferraum und holte zwei Spaten. Rita Camargo lehnte am Kühler und starrte in die Finsternis des Waldes. Jedes Wort, das Ostra jetzt sprach, war wie Gift, das sie innerlich zerfraß. Sie wußte, daß sie jetzt machtlos war. Sie hatte mitgeholfen, den Spionagering aufzuziehen. Sie hatte die Tonbänder eingestellt, die Fotos gemacht. Sie hatte Bruckmayer durch ihren Körper ausgeschaltet. Als sie merkte, daß sie ihn wirklich liebte, war es zu spät. Und nun begrub sie ihn auch noch. Mithilfe zum Mord.

Aber sie dachte an später, als sie stumm zusah, wie Ostra und Volbert ihre Spaten schulterten, als gingen sie in fröhlicher Runde einen Schrebergarten umgraben. Hier in Deutschland war sie ein Nichts, aber drüben, in Südamerika, würde ihre Stunde kommen. Da galten andere Gesetze. Da kümmerte sich niemand darum, wenn man eines Tages zwischen Felsen eine Leiche fand, die man nicht mehr erkennen konnte. Man begrub sie. Ein Toter mehr. Madre de Dios – es gibt so viele Unbekannte auf der Welt.

Warte, dachte sie und starrte Ostra an, der ihr vom Waldrand aus zuwinkte mitzukommen. Du kennst mich nicht. Du hast mich behandelt wie ein Handtuch, an dem du dich abtrocknen konntest. Du hast mich nie erkannt. Aber du sollst mich noch kennen, und das wird deine letzte Sekunde sein. Und das ängstliche Staunen in deinen Augen wird zerplatzen wie ein Luftballon …

Hundert Meter tief im Wald zeigte Ostra auf eine Stelle im Schnee. »Hier! Hier liegt er gut.« Der Wald war da lichter. Ein Windbruch hatte vor Jahren einen kahlen Kreis geschlagen, man hatte die geknickten Stämme abtransportiert, und dann hatte sich der Wald selbst ausgesät, aus den gesplitterten Stümpfen wuchsen neue Reiser, und der runde Kreis belebte sich mit kleinen Fichten. Die Narben der Natur wuchsen zu.

Drei Stunden gruben Ostra und Volbert. Und auch hier zeigte sich, welche Kraft in Ostra steckte. Unermüdlich stach er in die harte Erde und warf die Schollen zur Seite. Ohne Müdigkeit grub er sich in die Tiefe, wie eine Maschine, die sich in die Erde fraß. Volbert machte öfter eine Pause. Er schwitzte, röchelnd pfiff sein Atem, ein paarmal griff er sich ans Herz.

»Das machen die vielen Zigarren«, sagte Ostra. »Die Puste hast du dir verqualmt. Das hier ist die richtige Arbeit für dich. Das lüftet die vermieften Lungen aus.«

Der Schnee rieselte lautlos auf sie hinab. Rita stand neben dem wachsenden Grab und träumte von der Zukunft. Es war eine schreckliche Zukunft. Mit der Grausamkeit ihrer indianischen Vorfahren, deren Blut jetzt wild in ihr rauschte, malte sie sich den Tod Ostras aus. Eine Kugel, das war zu wenig. Man mußte ihn niederschlagen, fesseln und dann zu einem Fluß bringen, wo es von Piranhas wimmelte. Handgroße Fische mit einem

Gebiß aus rasiermesserscharfen, spitzen Zähnen. Raubfische, die nichts leben ließen, was ins Wasser fiel. Die ein Schwein in zehn Sekunden bis auf die Knochen abnagten.

Und er, Ostra, würde am Ufer liegen, bei voller Besinnung, und das Gewimmel der Piranhas anstarren. Und dann würde sie einen Pfahl nehmen und ihn langsam, ganz langsam das Ufer hinabrollen, dem Fluß zu, den Piranhas entgegen, die sich zu schäumenden Haufen sammelten, als ahnten sie die blutige Beute. Und Ostra würde schreien und wimmern, um sein Leben betteln und heulen, an den Fesseln zerren und irrsinnig werden. Und sie würde ihn weiterrollen, wie einen sich windenden Wurm. Dann der letzte Stoß, ein Aufspritzen des Wassers, ein unmenschlicher Aufschrei … und das Wasser kochte plötzlich und wurde rot, und tausend gierige Mäuler schnappten zu …

»Woran denkst du, Püppchen?« Ostra stieg aus dem Grab. Er schüttelte die Erde von seinen Schuhen.

»An etwas Schönes.« Die Stimme Ritas war leidenschaftslos. »Ich habe Heimweh …«

»Übermorgen fliegen wir, Schätzchen.«

»Gott sei Dank.«

Auch Volbert kletterte aus dem Grab. Er war so erschöpft, daß er wie betrunken hin und her schwankte. Er warf den Spaten weg, bückte sich und rieb sich das Gesicht mit frischem Schnee ein. »Ich bin am Ende«, stöhnte er. »Mein Herz ist ein Trommelwirbel.«

Ostra ging um das Grab herum und fand es gut. Bruckmayer paßte genau hinein, ohne anzustoßen.

»Er wird bequem liegen«, sagte er.

»Mein Gott, laß diese schrecklichen Bemerkungen.« Volbert schnappte nach Luft wie ein gefangener Fisch. »Hast du überhaupt kein Gefühl?«

»Da mußt du Rita fragen.«

Ostra blinzelte ihr zu. Wortlos wandte sich Rita ab und ging zum Wagen zurück. Sie lief immer schneller voraus ... und als Ostra und Volbert endlich auch ankamen, hatte sie schon den Kofferraum geöffnet und sich hineingebeugt zu Bruckmayer.

»Ich werde dich nie vergessen, Liebster«, hatte sie gesagt. Es war der letzte Abschied. Jetzt trat sie zurück und steckte die Hände in die Taschen des Mantels. Ostra sah sie kurz an.

»Benimm dich nicht wie ein Kind, dem der Kanarienvogel gestorben ist«, sagte er rauh. »Mach das Licht aus, wenn wir ihn wegtragen.«

Volbert schwankte noch immer. Das Erlebnis dieser Nacht grub sich in seine Seele ein, so wie man Buchstaben in einen Stamm schnitzt. Aber während die Bäume überlebten und vernarbten, glaubte er daran zu verbluten.

»Gleich ist alles vorbei«, sagte Ostra ruhig. »Und es wird immer wieder Tag. Selbst die Sintflut hört einmal auf. Komm, Friedrich. Wieder die Füße. Jetzt geht es besser. Jetzt ist er steif.«

Rita Camargo löschte das Standlicht. Im fahlen Widerschein des weißen Schnees tappten Ostra und Volbert zurück in den Wald. Zwischen ihnen, wie ein Brett, wippte der Körper Bruckmayers.

In wenigen Minuten war alles vollendet. In einer Anwandlung von Pietät deckte Ostra dem toten Freund noch ein paar abgebrochene Fichtenzweige über das starre Gesicht, damit die Erde nicht unmittelbar darauf falle. Dann spuckte er in die Hände, gab Volbert einen Rippenstoß und begann, das Grab zuzuschaufeln. Ein paarmal stieg er in die Grube und stampfte die Erde fest.

Dann, als der Boden wieder glatt war, legte er die vorher säuberlich abgestochene Humus- und Grasschicht wieder über das Grab und stampfte sie flach. Schon begann der Schnee, ein weißes Tuch des Friedens über das schreckliche Rechteck zu breiten.

Ostra trat zurück vom Grab und schlug die Hände gegeneinander ab. »Will noch jemand beten?« fragte er.

Volbert wandte sich ab und torkelte durch den Wald zum Wagen zurück. Rita blieb am Grab stehen.

»Du?« fragte Ostra gedehnt. »Ausgerechnet du? Zur büßenden Magdalena hast du kein Talent.«

»Ich werde eine Tanne pflanzen«, sagte sie leise.

»Wie romantisch! Ewiges Gedenken! Wachse, du Stamm, mit seiner Kraft! Aber es ist eine gute Idee. Ich pflanze auch ein Bäumchen. Man kommt dann gar nicht auf den Gedanken, daß hier ein Grab sein könnte.«

Und so taten sie es. Rita pflanzte ihre Tanne mit tiefer Liebe, und was niemand sah: Sie betete wirklich dabei. Ostra setzte einen Baum ans Fußende, wie ein Gärtner, der die letzte, noch freie Ecke seines Gartens verschönert.

Dann gingen auch sie zum Wagen zurück, wo Volbert in den Polstern hockte und weinte.

Stumm fuhren sie zurück nach München.

Und der Schnee, der bis zum nächsten Abend fiel, verdeckte alle Spuren.

Ostra schlief bis gegen Morgen. Tatsächlich, er konnte schlafen, ruhig, fest, zufrieden, als habe er ein gutes Werk getan. Rita hatte sich zum erstenmal seit Jahren geweigert, mit ihm ins Bett zu gehen. Seine körperliche Nähe erzeugte Brechreiz in ihr. »Auch gut«, sagte Ostra, ohne beleidigt zu sein. »Die Hungernden kommen von selbst zu den Trögen.« Er ging hinauf, legte sich unter die Daunendecke und schlief sofort ein.

Wortlos saßen sich Rita Camargo und Volbert in der großen Wohnhalle gegenüber. Der Blutfleck auf dem Teppich war getrocknet und braun geworden. Aber es war ihnen, als liege Bruckmayer noch dort und atmete noch immer. Wenn sie unruhig herumwanderten, machten sie um den Blutfleck einen großen Bogen.

Volbert beobachtete Rita scharf. Er hatte sich etwas erholt. Als sie wieder zu Hause waren, hatte er den Kopf unter die Dusche gesteckt, so, als sei er betrunken gewesen. Aber es half auch diesmal. Die Gedanken wurden klarer. Die Erregung ebbte ab, wenn auch das Grauen blieb. War es mit Rita ebenso? Volbert wartete, bis sie das erste Wort sprach. Er wußte nur eines sicher: Ostra war im Herzen Ritas gestorben.

»Was hast du vor?« fragte sie, als das Schweigen zur Qual wurde. Mit zitternden Fingern mixte sie sich einen Cocktail an der Bar. »Du fliegst zu deiner Frau in die Schweiz?«

»Nein.« Volbert atmete tief auf. »Ich habe zwei Flugkarten nach Rio de Janeiro bestellt. Für morgen. Abflug 9.17 Uhr von Riem. Über London.«

»Nach Rio?« Die Augen Rita Camargos glänzten. »Rio ist eine wunderbare Stadt.«

»Das habe ich mir auch sagen lassen.« Volbert setzte sich neben sie auf einen Barhocker. Seine Stimme schwankte etwas. »Alle Bankkonten sind aufgelöst. Ich habe rund fünfhunderttausend Mark hier. Drüben im Safe. Bares Geld. Weitere zweihunderttausend Mark werden in diesen Tagen auf eine Bank in Rio überwiesen, von meinen Schweizer Konten. Das ist eine Masse Geld, Rita. Damit kann man irgendwo etwas Neues anfangen.

Eine kleine bürgerliche Existenz, ruhig, zufrieden, unauffällig, glücklich.«

Rita nickte. »Ich beneide Eva darum. Ich werde nie ein ruhiges Leben haben. Du triffst dich mit ihr in London?«

»Nein. Eva bleibt in der Schweiz. Vorläufig. Ich fliege ohne sie.«

»Aber du hast doch von zwei Karten gesprochen?«

»Allerdings.« Volbert tastete nach Ritas Hand. Sie war kalt wie eine Totenhand. »Ich habe auch gesagt: Ich fange ein neues Leben an. Ganz neu. Ohne Eva! Rita –«, er schluckte mehrmals, ehe er weitersprach. »Willst du mir dabei helfen?«

»Ich?« Ritas Gesicht war eine einzige große Frage.

»Ja. Die zweite Karte ist für dich ...«

»Ich soll mit dir –«

»Nur, wenn du willst.« Er zog die Hand an sich und küßte sie innig. »Ich liebe dich, Rita.«

»Ich kann keinen mehr lieben. In mir ist alles tot.«

Sie schloß die Augen und beugte den Kopf in den Nacken. »Ich bin mit ihm gestorben. Er hat auch mir ins Genick geschossen.«

Volbert legte den Arm um ihre zuckende Schulter. Was soll man jetzt noch sagen, dachte er. Ich weiß ja, daß sie mich nie geliebt hat, daß ich nur ein Partner in dem Schlüsselspiel war, eine einfältige Schachfigur im Spiel Ostras.

»Das Leben geht weiter, Rita«, sagte er heiser. »In ein paar Wochen oder Monaten wird auch diese Wunde vernarben. Aber es liegen noch Jahre vor uns. Jahre, die wir glücklich sein können. Irgendwo in einem Winkel der Welt, wo wir ganz allein sind. Rita, ich bete dich an.«

»Ich weiß es, Friedrich. Aber ich liebe dich nicht.« Es klang, als bitte sie um Verzeihung.

»Wir werden uns aneinander gewöhnen. Ich habe alle Brücken hinter mir abgebrochen. Deinetwegen. Morgen früh startet das Flugzeug in eine neue Welt ... in unsere Welt, wenn du willst. Rita!« Er nahm ihren Kopf zwischen seine Hände, und sie ließ es geschehen mit geschlossenen Augen. Ihre Lider zitterten dabei. »Wir wollen gemeinsam vergessen. Gemeinsam ist es leichter. Wir werden nicht üppig leben können, aber wir werden zufrieden sein. Wenn du das ertragen kannst ...«

»Wo komme ich denn her?« sagte sie leise. »Mit vierzehn Jahren hat mich meine Mutter zum erstenmal an einen Mann verkauft. Von diesem Tage an war mein Körper nur Ware. Willst du mit so etwas zusammenleben?«

»Ja. Das will ich. Die vom Leben Verpfuschten gehören zusammen.« Volbert küßte sie zart auf die Lippen. »Komm mit. Was willst du sonst tun?«

»Ostra töten!« antwortete sie dumpf.

»Er wird seiner Strafe nicht davonlaufen können. Warum willst du alles in dir zerstören?« Er nahm das Glas mit dem Cocktail und setzte es ihr an den Mund. »Sollen wir es nicht versuchen, wir zwei?«

»Und Eva?«

»Sie wird Ersatz finden. Ich bin ihr gar nichts. Nur ein volles Portemonnaie. Ob ich Volbert, Schmitz oder Schnickschnack heiße, das ist ihr egal. Für Eva beginnt ein Drama nur, wenn kein Geld da ist. Fliegen wir?«

Rita Camargo antwortete nicht.

Am Morgen, nach dem Kaffee, verließ Ostra das Haus Volberts. »Kassieren!« sagte er fröhlich. »Bevor ich das teure Vaterland wieder verlasse, sollen einige hohe Herren für die Abende in Bogenhausen zahlen. Ich bin mittags wieder da. Gehen wir in Geiselgasteig essen?«

»Ja!« Rita nickte ihm zu. »Kann ich noch etwas für dich tun?«

»Ist sie nicht ein braves Mädchen?« lachte Ostra und blinzelte Volbert zu. »Du kannst schon die Koffer packen, mein Süßes.«

»Das werde ich«, sagte Rita.

Volbert atmete auf, als Ostra das Haus verlassen hatte und mit Volberts Wagen, als sei das selbstverständlich, in die Stadt fuhr. Dann sah er auf die Uhr.

»Noch eine Stunde, Rita. Ich rufe sofort ein Taxi.« Er lief Rita nach, die schnell zur Treppe ging. »Ist alles fertig?«

»Alles.« Sie drehte sich um und legte die Hände auf Volberts Schultern. Ihre Augen hatten einen matten Samtglanz. »Überleg dir, was du tust. Du wirst mich als Gepäck mitschleppen müssen ...immer!«

»Ich bin wie ein Blinder ohne dich, Rita.« Er atmete tief auf, wandte sich dann ab und lief zum Telefon.

Und zum erstenmal ging er über den eingetrockneten Blutfleck. Er merkte es gar nicht.

Pünktlich um 9.17 Uhr rollte das vierstrahlige Düsenflugzeug in München-Riem auf die Startbahn. Die Düsen heulten auf, ein Zittern flog durch den riesigen silbernen Leib, dann rollte die Erde unter den Rädern weg, versank, die Wolken kamen näher, ein blauer Winterhimmel, eine kalte, weißgelbe Sonne. Eine weite Schleife ... unten, klein wie ein Spielzeug, glänzte die Riesenstadt im Morgenlicht. Die Frauenkirche, das Rathaus, der Alte Peter, die Theatinerkirche, das schimmernde Band der Isar ... eine herrliche Stadt im weißen Schneekleid.

Volbert starrte hinunter auf München und tastete nach der Hand Ritas, die auf seinem Knie lag. Sein Herz zuckte.

Lebe wohl, dachte er. Das da unten sehe ich nie wieder. Nie! Wir nehmen Abschied für immer.

»Ist es schwer?« fragte Rita leise.

Volbert lehnte sich zurück und blickte an die gewölbte Kabinendecke mit der Klimaanlage.

»Nur ein bißchen«, sagte er stockend. »Nicht viel ... du bist ja bei mir –«

Dann starrte er in den Himmel und nicht mehr zurück auf die Erde, die für ihn keine Bedeutung mehr hatte.

Eine Stunde später landete Eva, von Zürich kommend.

Es war ihr unheimlich geworden in der Schweiz. Kein Telefongespräch, kein Brief, keine neue Überweisung, kein Bote. Zehnmal hatte sie in München angerufen – es meldete sich niemand. Sie schickte ein Telegramm: Sofort anrufen! Aber auch darauf erfolgte keine Reaktion.

»Es ist etwas passiert«, sagte sie zu Marlies Duppel, die schon am ersten Tag einen Verehrer eingefangen hatte. Einen Engländer, der selbst noch in Unterhosen »sorry« sagte, ehe er sich zu Marlies legte. Aber er war ein zäher Bursche, indienerprobt und safarierfahren, an Strapazen gewöhnt. »So etwas habe ich lange gesucht!« jubelte Marlies und ließ Eva von da an allein mit ihren Sorgen.

»Dann sieh nach«, antwortete Marlies. »Ich fahre ohnehin mit James nach Brissago. Du kannst ja nachkommen, meine Liebe.«

»Ja, natürlich. Ich komme bestimmt nach.«

Noch einmal versuchte Eva ein Telefongespräch, dann nahm sie das erste Flugzeug von Zürich nach München.

Sie fand das Haus in unheimlicher Stille vor. Der Kaffeetisch war noch für drei Personen gedeckt und gebraucht. Das beruhigte sie etwas. Sie waren also vor ganz kurzer Zeit noch hier. Warum sind sie nicht ans Telefon gegangen? Warum – das war für Eva eine ganz wichtige Frage – war die Putzfrau nicht da? Jeden Morgen um acht Uhr kam sie sonst. Alles war unaufgeräumt. Benutzte Gläser standen herum, volle Aschenbecher, schiefgeschobene Sessel.

Eva Volbert wurde von einer merkwürdigen Unruhe erfaßt. Der feine Instinkt, den alle Frauen haben, ließ sie eine Gefahr ahnen. Die Fabrik anzurufen, wagte sie nicht. Dort konnte sie eine Katastrophe auslösen, wenn sie nach ihrem Mann fragte und er nicht dort war.

Voller Ahnungen lief sie ins Schlafzimmer und riß die Schränke auf. Dort quoll ihr ein Durcheinander von Wäsche und Hemden entgegen, so, als habe jemand schnell das Nötigste und Wichtigste zusammengerafft. Im Anzugschrank fehlten drei Anzüge. Auch der Pelzmantel Friedrichs war nicht da.

Hinüber zum Kofferwandschrank.

Der leichte Flugkoffer fehlte. Die Reisetasche.

Hinunter zum Safe. In den Keller.

Die Stahltür war nur angelehnt. Die Fächer des Panzerschrankes waren leer. Nur unwichtige Papiere lagen darin. Eva ergriff sie, schleuderte sie an die Decke und ließ sie herabregnen.

»Das ist doch unmöglich«, stammelte sie. »Das hat er doch nicht getan: So etwas kann er doch nicht tun ...«

Sie taumelte die Kellertreppe hinauf und ließ sich in einen Sessel fallen. In ihrem Kopf kreiste das Zimmer, als säße sie in einer Riesenradgondel.

»Was nun?« sagte sie so laut, daß sie vor ihrer eigenen

Stimme in der Stille des Hauses erschrak. »Sie können mich doch nicht allein lassen! Das gibt es doch gar nicht.«

Aber je länger sie im Sessel saß, um so mehr wurde ihr klar, daß sie allein war. Völlig allein. Friedrich Volbert war gegangen. Wohin, das wußte noch keiner.

War er allein geflüchtet?

Wo waren Rita und Ostra?

Was war hier geschehen, als sie in der Schweiz war?

Ihr Blick fiel auf den dunklen Fleck im Teppich, und ihre Augen wurden starr. Sie erkannte sofort, was es war. Und dann schrie sie auf, rannte aus dem Zimmer und flüchtete nach oben in ihr Schlafzimmer.

Sie haben ihn umgebracht, dachte sie. Ostra hat Friedrich umgebracht! O Gott – soweit sollte es nicht kommen. Sie fiel auf das Bett und starrte an die mit Seide bespannte Decke.

Für sie war auf einmal alles klar. Nun wußte sie auch, warum keiner ans Telefon gegangen war. Das verlassene Haus ... es hatte keine Geheimnisse mehr. Ostra und Rita waren unterwegs, um die Leiche Volberts wegzubringen.

»Das habe ich nicht gewollt«, sagte sie leise und zog schaudernd die Daunendecke über sich. »Es wäre auch anders gegangen, Peter. Man hätte mit Friedrich reden können ... wegen uns ...«

So lag sie bis gegen Mittag. Dann schreckte sie von einem Geräusch unten in der Halle hoch. Schritte. Gläserklirren. Die Stimme Ostras.

»Hallo! Rita! Zum Essen bereit? Ich habe einen Bärenhunger.«

Mit wackeligen Beinen kam Eva die Treppe herunter. Sie mußte sich am Geländer wie eine alte Frau festhalten, so schwankte sie. Entgeistert sah Ostra sie an. Er saß fröhlich an der Bar.

»Du?« fragte er gedehnt. »Ich denke, du bist in Zürich?«

»Wo habt ihr Friedrich hingebracht?« Evas Stimme war rostig vor Grauen. »Habt … ihr ihn erschossen? Warum?«

Ostra stellte sein Glas hin. Sein Gesicht war ratlos. »Was redest du da? Kind, wie siehst du denn aus? Bist du krank? Du torkelst ja!«

»Wo ist Friedrich?«

»Ich denke, hier?! Wieso?«

Eva klammerte sich an das Geländer.

»Der Blutfleck …«

»Ach der!« Ostra lächelte breit. »Ein guter Freund –«

»War er gleich tot?«

»Erst beim zweiten Schuß.«

»Warum hast du das getan?«

»Es mußte sein. Aber das begreift ihr Frauen nicht.« Ostra trank einen tiefen Schluck Kognak mit Soda. Es war ein guter Vormittag gewesen. Drei Kunden hatte er besucht. Seine Taschen waren voll Geld.

»Und was nun?« fragte Eva heiser.

»Nun gehen wir in Geiselgasteig essen. Liebling, mir knurrt vielleicht der Magen.«

»Wir? Wo ist Rita?«

»Oben.«

»Oben ist keiner. Wir sind allein, du und ich …«

Ostra sprang auf. Das Glas fiel um. Der Kognak lief über die Bartheke. »Das kann doch nicht sein! Rita!«

»Du brüllst vergebens. Oben war nur ich.« In die Augen Evas trat neues Grauen. »Hast du auch Rita … Peter …«

»Blödsinn!« Ostra stürmte an Eva vorbei nach oben. Sie hörte, wie er Möbel umwarf, dann fluchte er fürchterlich und brüllte wie ein Stier.

»So ein Aas! Alles hat sie mitgenommen. Alles! Oh, dieses verfluchte Luder! Ich bringe sie um! Ich werfe sie gegen die Wand wie eine junge Katze! Diese Hure! Alles, alles ist weg!«

Eva wich aus, als Ostra die Treppe hinunterstürzte, als habe man ihn oben hinabgestoßen. Sein Gesicht war schrecklich verzerrt. Mit Fußtritten traktierte er die Sessel und warf sich dann auf das Ledersofa, den Kopf weit in den Nacken.

Ruhe, dachte er. Fritz Ollenhoff, nur Ruhe! Das ist wie damals, als du Eisenhower und Montgomery in die Luft sprengen solltest und alles schiefging. Auch damals bist du heil herausgekommen, und es stank mehr nach Schwefel als jetzt.

Klarer Kopf, Junge! Nicht toben! Tief atmen! Immer wieder. Tief einatmen ... ausatmen ... Brüllen hilft nichts mehr. Du mußt eine Entscheidung treffen.

»Friedrich ist weg«, sagte er, ohne Eva anzusehen, die leise, auf Zehenspitzen, durchs Zimmer ging und den Blutfleck im Teppich anstarrte. »Nicht tot ... höchst lebendig. Mit Rita. Auf und davon! Und sie hat alles mitgenommen. Alle Tonbänder, alle Fotos ... sie hat ... oh, diese Hure!«

»Welche Tonbänder?« fragte Eva erstaunt.

»Das verstehst du nicht.« Ostra sprang auf. »Begreifst du nicht? Friedrich ist mit Rita weg! Sie haben sich aus dem Staub gemacht und uns zurückgelassen!«

Ostras Gesicht verzog sich. Dann lachte er, rauh, häßlich, schrill zuletzt.

»Das muß mir passieren! Mir! Ich werde überspielt.

Von einer Karikatur wie Friedrich Volbert! Man sollte sich selbst zum Tode verurteilen und hinrichten! Fritz Ollenhoff wird getrampelt –«

»Wer ist …«

Ostra winkte wild ab. »Halt den Mund, Schatz! Was nützen jetzt noch Fragen? Wir müssen handeln. Handeln!« Er griff Eva an den Arm, als sie an ihm vorbeiging. Sie schrie auf, als wolle er sie abstechen. Angst stand in ihren großen, grünen Augen.

»Wieviel Geld hast du?«

»In der Schweiz liegen fünfhunderttausend Franken.«

»Fünfhunderttausend! Ist das alles?«

»Ich habe in Deutschland noch privat hunderttausend Mark!«

»O Himmel!«

»Und meinen Schmuck!«

»Auf den spucken die Händler in Südamerika.« Er griff in die Taschen und legte einen Haufen Geldscheine auf den Tisch. »Das sind hunderttausend Mark! Zusammen mit deinen Kröten ganze siebenhunderttausend Mark! Kommen wir damit um die Welt?«

»Nein«, stotterte Eva. Sie begriff endlich, daß sie im Mittelpunkt einer Katastrophe stand. »Aber Friedrich …«

»Dein Friedrich ist weg!« schrie Ostra. »Begreif es endlich! Ruf seine Banken an … du wirst die Konten leer finden! Und Rita, das Luder, hat mir ein Vermögen gestohlen! Ich stehe da wie ein nackter Neger im Regen! O verdammt, verdammt!«

Eva sank auf die Couch und begann zu schluchzen. Das Gefühl, allein zu sein und nicht mehr im Geld zu schwimmen, erlebte sie zum erstenmal. Es war schrecklich für sie. Hinzu kam, daß sich Ostra völlig verändert hatte. Er war wie ein Tier.

»Es hat keinen Zweck zu heulen«, sagte er grob. »Hast du eine Rückflugkarte nach Zürich?«

»Ja, Peter.« Sie sah ihn voll neuer Hoffnung an.

»Dann flieg ab! Mit der nächsten Maschine. Starr mich nicht so an ... ab zum Flugplatz!«

»Und du?«

»Ich werde verschwinden.«

»Ohne mich?«

»Was soll ich mit dir?«

»Ich liebe dich, Peter.«

»Das ist ja nicht zum Aushalten!« Ostra raufte sich die Haare. »Eva, Goldmädchen, nun begreif es doch: Es ist aus! Alles! Auch das Turnen im Bett. Es geht um meinen Kragen! Und um das, was darüber sitzt. Ich muß mich in Nebel auflösen, wie schon einmal vor zwanzig Jahren. Flieg nach Zürich, lach dir einen Millionär an und werde glücklich.«

»Peter!«

Eva sprang auf. Ihre Arme fuhren vor. Sie wollte Ostra umarmen, aber er schlug ihr grob die Hände herunter.

Nach Rom, dachte er. Sein Gehirn arbeitete wieder. Es klickte in ihm wie in einem Computer. In Rom gab es noch Freunde. Wer damals geholfen hat, hilft auch jetzt. Zunächst in den Vorderen Orient. Kairo vielleicht. Auch da gab es genug Freunde. Überall suchte man Spezialisten, wie es Fritz Ollenhoff einer war.

»Pack noch ein, was du brauchst!« rief Ostra und hob das Telefon hoch. »Ich rufe ein Taxi für dich. In zehn Minuten bist du weg.«

»Peter –« Sie hob wieder die Arme.

»Geh packen!« schrie Ostra.

Eva Volbert schwankte zur Treppe. Tränen gruben Bahnen durch ihr gepudertes Gesicht. Ein kleiner, trauriger Clown tappte durch den Raum. Ostra drehte die Nummer der Taxizentrale.

In diesem Augenblick klingelte es draußen.

Ostra ließ den Hörer fallen und griff in die Tasche. Auf der Treppe wandte sich Eva um und wollte zurückkommen.

»Hinauf!« zischte Ostra. »Und rühr dich nicht!«

An die große, gläserne Eingangstür klopfte jemand.

Laut, hart, energisch.

Der Kies im Garten knirschte. Ein Auto fuhr vor und bremste.

Und wieder klopfte und klingelte es zugleich. Gegen das dicke, undurchsichtige Glas hämmerte jemand mit der Faust.

Der Einbruch in die verlassene Villa in Bogenhausen, die beiden Fußspuren im Schnee, von der plötzlich eine verschwand, die Demolierung des Mobiliars, der Beweis, daß die Bibliothek und das kleine Fotolabor noch nach der Plombierung durch die Polizei benutzt wurden – dieses ganze Durcheinander, das scheinbar überhaupt keinen Sinn ergab, zwang Horst Singert, sein Mißtrauen beiseitezuschieben und Herbert Bruckmayer zu benachrichtigen.

Sein ungutes Gefühl gegen den Ministerialrat aus Bonn hatte sich nicht verflüchtigt. Wenn Singert gewußt hätte, was gerade in diesen Tagen zwischen Bonn, München, Hamburg und Washington geschah, welche Aufregung bei den Geheimdiensten herrschte, wie unerklärlich der Skandal war, daß geheimste Waffenteile der Bundeswehr aus einem vielfach gesicherten Bunker verschwanden und in Kisten für Tauchsieder auftauchten, und welche Rolle gerade Bruckmayer hierbei spielte –

dann wären seine Fragen auf einen Schlag beantwortet worden. So aber ermittelten zwei Behörden aneinander vorbei. Der Hochmut der Geheimdienste, die in den kleinen Polizeibeamten nur beamtete Idioten sehen, rächte sich jetzt.

»Es hat keinen Zweck, um den Brei herumzuschleichen«, sagte Singert laut, als er seinen Bericht noch einmal durchgelesen hatte. »Wir müssen die hochnäsigen Kollegen aus Bonn und Köln einschalten. Ratzel – rufen Sie mal unseren Bruckmayer an. Er müßte um diese Zeit im Hotel sein.«

Es war gegen 10 Uhr morgens.

Im Hotel meldete sich der Chefportier. Er sah auf das Schlüsselbrett, der erste Blick, wenn nach jemandem gefragt wird. Hing der Schlüssel brav am Haken, war die Lage völlig klar.

»Bedaure«, sagte der Portier, der nicht wußte, wer anrief. »Der Ministerialrat ist nicht im Hause.«

»Nicht mehr oder noch nicht?« fragte Ratzel.

»Wer sind Sie?« Die Stimme des Portiers war kühl. Frager solcher Art sind nirgendwo beliebt.

»Kriminalpolizei.«

»Ach so.«

»Ja.« Ratzel wollte weitersprechen, aber Singert nahm ihm den Hörer aus der Hand.

»Hier Kommissar Singert. Es ist dringend. Ist Herr Bruckmayer wirklich nicht im Haus?«

»Sein Zimmerschlüssel hängt am Brett. Im allgemeinen ...«

»Danke.« Singert legte auf. Er kannte Hotelportiers genug. Es war sinnlos, nach Einzelheiten zu fragen. Ein am Brett hängender Schlüssel ist etwas Endgültiges. Eine Woge von Menschen spült Stunde um Stunde durch die Hotelhalle – wie soll man da gerade auf einen einzigen Menschen achten, auch wenn er Ministerialrat aus Bonn ist?!

»Fahren wir hin, Ratzel!« sagte Singert, einer Eingebung folgend. »Verdammt, ich kriege das komische Gefühl nicht los, daß Bruckmayer mehr weiß, als er sagt. Ich sehe mir das Zimmer einmal an.«

»Das kann Schwierigkeiten geben, Herr Kommissar.« Ratzel streichelte seine Nase. Er tat das immer, wenn er nachdachte oder erregt war. »Ohne Haussuchungsbefehl …«

»Begeben wir uns auch einmal ›etwas außerhalb der Legalität‹. Was Minister bei Nichtigkeiten können, sollte uns bei wichtigen Dingen auch erlaubt sein. Los, Ratzel, kein Herz in die Hose, sondern in die Hand! Wir fahren!«

Mit Singerts Privatwagen, so unauffällig wie möglich, fuhren sie zum Hotel. Der Chefportier bekam einen harten Blick, als er in der hohlen Hand Singerts kurz die Polizeimarke aufblitzen sah.

»Bitte ohne Aufsehen«, sagte er gedämpft. »Sie sehen, die Halle ist voll. Worum handelt es sich?«

Singert lehnte sich an die gläserne Theke der Rezeption. In der Halle bemerkte er einige durch die Zeitungen bekannte Gesichter. Konzernherren, durch deren Hände Milliarden liefen. Es fiel ihm auf, daß die Reichsten unter ihnen die am schlechtest sitzenden Anzüge trugen.

»Ich möchte das Zimmer von Herrn Bruckmayer sehen«, sagte er halblaut.

»Unmöglich.« Der Portier hob abwehrend die Hand.

»Warum?«

»Das fragen Sie, Herr Kommissar? Ohne richterliche …«

»Halten Sie keinen Vortrag über Staatsbürgerkunde.« Singert drehte sich zu dem Portier. »Ich nehme es auf meine Kappe. Sagen Sie, ich hätte Sie dazu gezwungen. Ich verspreche Ihnen, daß Sie keinerlei Nachteile haben werden ...«

»Ich weiß von nichts.« Der Portier machte ein zerknittertes Gesicht, ging zum Schlüsselbrett und gab Singert den Zimmerschlüssel. »Was ich jetzt tue, ist ungeheuerlich. Wissen Sie das, Herr Kommissar? Alle Kollegen, die das erführen, würden mich aus der Zunft ausstoßen!«

»Sie werden bald sehen, wie notwendig es war, daß Sie einmal aus der Reihe tanzten.« Singert steckte den Schlüssel in seinen dicken Wintermantel, nickte Ratzel zu, der am Zeitungsstand die Illustrierten studierte, und ging zum Lift. Ratzel folgte ihm schnell. Seufzend sah der Portier, wie sie nach oben entschwanden.

Schon beim Aufschließen des Zimmers hörten sie, wie das Zimmertelefon läutete. Einen Augenblick zögerte Singert, dann rannte er durch den kleinen Flur ins Zimmer und nahm den Hörer ab.

»Ja?« sagte er kurz. Wer auch anrief, er mußte denken, es sei Bruckmayer. Aber am anderen Ende war nur der Hotelportier.

»Eben ist vom Präsidium ein Bote für Sie gekommen. Mit einem Brief. Soll ich ihn ...«

»Herauf zu mir!« Singert warf den Hörer zurück. Er sah sich kurz um. Das Bett war noch vom Vorabend aufgedeckt, der Schlafanzug neckisch entfaltet aufs Laken drapiert. »Er hat gar nicht hier geschlafen«, sagte Singert zu Ratzel, der an der Tür stand, als müsse er einen Staatspräsidenten bewachen. »Und vom Präsidium kommt jemand.«

Es klopfte. Ein junger Beamter des Dezernates wedelte mit einem länglichen Brief. »Kam soeben an, Herr Kommissar. Als ich den Absender sah, dachte ich mir, daß es am besten sei ...«

»Zeigen Sie mal!« Singert nahm den Brief und las den Absender. »Rita Camargo!« sagte er laut. Er drehte den Brief um. »Abgestempelt auf dem Flugplatz Riem. Kinder, eine solche Sauerei!«

Er riß mit zitternden Fingern das Kuvert auf. Ratzel blieb ruhig und lächelte nur schief.

»Wir haben doch ihren Paß, Herr Kommissar ...«, sagte er breit.

»Solch internationale Luder haben mehr Pässe. Aber der Herr Ministerialrat aus Bonn! Freilassen, als Köder! Wäre es nach mir gegangen, säße diese heiße Rita noch in Stadelheim. Nun haben wir den Teufelssalat! Hier ...« Singert schlug mit der flachen Hand auf den Brief. »Sie ist weg! ›Wenn Sie diesen Brief erhalten, sind wir längst irgendwo gelandet ...‹ Himmelkreuzdonnerwetter! Das kostet den Herrn aus Bonn die Karriere!«

Laut las er weiter, aber je weiter er las, um so leiser wurde seine Stimme. Auch Ratzel atmete immer schwerer.

»›... Ich bin in Begleitung von Friedrich Volbert. Wir beginnen irgendwo ein neues Leben. Zum Abschied und zum Dank, daß Sie mich so höflich behandelt haben, sollen Sie Ihren großen Fisch bekommen: Peter Ostra, der Mann, den Sie suchen, wohnt in der Villa Volberts. Sie haben ihn selbst im Krankenhaus an meinem Bett gesprochen ...‹«

»Der Geschäftsmann aus Frankreich«, sagte Ratzel heiser. »Ostra heißt gar nicht Ostra. Er ist der von den Alliierten gesuchte und in Abwesenheit zum Tode verurteilte ehemalige SS-Obersturmbannführer Fritz Ollenhoff –«

Singert warf den Kopf in den Nacken. »Meine Ahnung!« rief er. »Als ich ihn zum erstenmal sah, dachte ich: Woher kennst du ihn? Wo hast du dieses Gesicht schon gesehen? Jetzt weiß ich es: auf der internationalen Fahndungsliste der Kriegsverbrecher.«

»Prost Mahlzeit!« sagte Ratzel rauh.

»› ... Ostra ist nicht nur ein Agent, er ist auch ein Mörder‹«, las Singert laut weiter. »›Er hat gestern Herbert Bruckmayer ermordet –‹«

Singert ließ den Brief sinken und starrte auf das unberührte Bett. Er hörte, wie Ratzel laut seufzte.

»Wenn das stimmt, Herr Kommissar. Wenn das keine falsche Spur ist ...«

»Das nicht mehr. Das ist Wahrheit. Ich habe Rita Camargo richtig eingeschätzt. Wenn sie so etwas schreibt, ist es Tatsache. Mein Gott!« Singert setzte sich auf die Bettkante. Ein übles Gefühl drängte vom Magen zur Kehle. Ermordet! Dann war Bruckmayer doch ein ehrenwerter Mann? Dann war er ermordet worden, weil ihn der Ehrgeiz trieb, allein diesen Ostra zur Strecke zu bringen.

Der junge Beamte, der Ritas Brief gebracht hatte, machte in diesem Augenblick eine neue Entdeckung. Vor dem Spiegel in der Garderobe lag ein Kuvert. Es war so hingestellt, daß man es sehen mußte, wenn man sich im Zimmer genau umsah.

»Hier ist noch ein Brief«, sagte er. »An Sie, Herr Kommissar.«

»Auch an mich?« Singert sprang auf und riß das Kuvert aus der Hand des jungen Beamten. Ein Kuvert des Hotels, aber die Handschrift meinte er zu erkennen.

»Bitte weitergeben an Kommissar Horst Singert, Polizeipräsidium. Sonderkommissariat II. Nicht vor dem ...« Es folgte ein mit Bleistift hinterher eingetragenes Datum.

»Das wäre morgen.« Ratzel trat näher. Singert riß den Umschlag auf. Ein mit Schreibmaschine geschriebener Brief. Papier des Hotels. Es war ein knappes Schreiben. Beamtentrocken. Aktengemäß.

»›Wenn Sie diesen Brief öffnen, lebe ich nicht mehr. Mein Mörder ist der gesuchte ehem. SS-Obersturmbannführer Fritz Ollenhoff alias Peter Ostra. Er ist die von mehreren Regierungen gesuchte Kontaktperson aus Südamerika, die Geheimwaffen und Spionagematerial nach Kuba und San Domingo liefern soll. Ostra-Ollenhoff wohnt in der Villa des Direktors Volbert in Grünwald. Ich selbst erkläre hiermit, daß ich ehemaliger SS-Sturmführer aus dem Stabe des Reichsführers SS Heinrich Himmler war und Ollenhoff wiedererkannte. Ich war mit ihm befreundet. Deshalb hat er mich jetzt auch getötet. Herbert Bruckmayer.‹«

Es war totenstill im Raum, als Singert den Brief sinken ließ. Jeder der Männer hielt den Atem an. Mit steifen Beinen ging Singert langsam zum Telefon. Er hatte viel erlebt in seiner fast zwanzigjährigen Praxis als Kriminalbeamter, aber nichts hatte ihn so ergriffen wie diese Situation. Ein Fall, ein großer Fall war jetzt gelöst ... aber es lag wie Blei in seinen Gliedern.

»Das Präsidium!« sagte er, als sich der Portier meldete. »Mordkommission.«

»Um Gottes willen!« Der Portier setzte sich erschüttert. »Die Konferenz ... so diskret wie möglich ... Ist ... ist die Leiche ...«

»Niemand wird etwas merken. Und eine Leiche ist

auch nicht hier.« Singert atmete ein paarmal tief ein, der innere Druck löste sich nur langsam. »Hören Sie mal zu … wählen Sie in folgender Reihenfolge weiter, wenn ich auflege: CIC-Zentrale, München … Bundesnachrichtendienst, Pullach … Militärischer Abschirmdienst, Bonn … Innenministerium, Bonn … Bundesverfassungsschutz, Köln … Alles Blitzgespräche –«

Es war Mittag, als Singert das Hotel wieder verließ. Die Mordkommission war gar nicht erst hereingekommen, sie wartete zur Erleichterung des Portiers draußen vor dem Haus. Aber, unbemerkt von allen, lief eine riesige Maschine des Staates an. In Bonn saß man wie gelähmt im Zimmer des Ministerialdirigenten. Auch der Staatssekretär war herübergekommen. Bleich, ratlos.

»Bruckmayer …«, sagte er stockend. »Ein grundsolider, pflichtbewußter Beamter …«

»Mein bester Mann.« Der Ministerialdirigent wischte sich über die Augen. »Das ist nicht zu fassen!«

In München trafen sich vier Wagen auf der Straße nach Grünwald. Der schwere Straßenkreuzer von Major Britton, der schwarze Dienstwagen aus Pullach von General Gehlen, der Kombiwagen der Mordkommission und der alte VW Horst Singerts. In einigem Abstand fuhren zwei Mannschaftswagen der Polizei mit zweiundzwanzig Mann. Hintereinander bogen sie in das Grundstück von Friedrich Volbert ein und hielten vor dem schönen, langgestreckten Haus. Die Polizisten sprangen in den Schnee und rannten auseinander. In wenigen Minuten war das gesamte Grundstück abgeriegelt.

Der letzte Akt begann.

Die gnadenlose Jagd auf einen Menschen, der eine Bestie war.

Es klopfte noch immer an der gläsernen Eingangstür der Villa von Friedrich Volbert. Eva Volbert war nach oben geflüchtet, aber sie spähte die Treppe hinunter, was Ostra tun würde. Als sie ihn unschlüssig herumlaufen sah, lief sie zu einem Dachfenster, klappte es einen Spalt auf und sah hinaus in den Garten.

Am Zaun, am Schwimmbecken, an der Einfahrt, rund um das Grundstück sah sie Uniformen zwischen den Büschen. Sie ließ das Dachfenster zuklappen und lief zur Treppe zurück.

»Polizei! Überall Polizei!« rief sie hinunter. »Peter … man hat das Haus umstellt! Was soll das alles?«

Ostra stand mitten im Zimmer, die Hände in den Hosentaschen, und rauchte eine Zigarette.

»Geh in dein Zimmer und schließ dich ein!« sagte er mit einer merkwürdig milden Stimme, die völlig verwandelt war gegenüber dem Ton, den er noch vor wenigen Minuten angeschlagen hatte. »Es ist kein schöner Anblick, den Zusammenbruch eines Mannes zu sehen, der bisher gewohnt war, nur zu siegen. Es wäre auch weiterhin so gewesen, aber ich habe einen großen Fehler begangen. Einen Fehler, der schon immer tödlich war: Ich habe Frauen in mein Spiel gezogen! Frauen sind der Untergang in unserem Metier. Ich wußte es, tat es trotzdem … und nun werde ich dafür büßen. Eva, mach schnell, schließ dich ein. Ich möchte jetzt allein sein …«

Eva Volbert ging zurück zu ihrem Zimmer, öffnete die Tür, warf sie zu, drehte den Schlüssel herum, aber von außen. Dann schlich sie auf Strümpfen zurück zur Treppe und legte sich auf den oberen Podest. Den ganzen Raum und die Eingangshalle konnte sie überblicken.

Ostra ging ruhig zur Bar, goß sich einen Whisky ein und trank ihn langsam und mit Genuß. Das Klopfen und

Hämmern an der Tür hörte auf. Dafür hörte er viele Schritte, die sich der Terrasse näherten. Dann tauchten sechs oder acht in Wintermäntel gehüllte Gestalten auf und preßten die Gesichter an die große Glasschiebetür.

Ostra lächelte und hob sein Glas.

»Prost!« sagte er laut. »Meine Herren, ein Mann wie ich ist kein Hase, der im Zickzack zu entfliehen sucht.«

Mit ruhigen Schritten ging er zu der großen Schiebetür und erkannte beim Näherkommen zunächst Singert und Ratzel, dann sah er Major Britton in seiner amerikanischen Uniform. Das Gesicht Ostras wurde kantig und etwas fahl. Für ihn drehte sich jetzt die Zeit zurück. Zwanzig Jahre versanken in der Vergangenheit. Er sah sich wieder durch Europa flüchten, und er war herausgekommen aus dem Kreis, der sich um ihn gelegt hatte. Jetzt gab es keine Flucht mehr ... noch nicht ... Aber es folgten ja noch viele Tage und Nächte und Hunderte von Gelegenheiten.

Warum sich aufregen? Die Panik ist für die Memmen.

Er schloß die Tür auf und schob sie zur Seite. Dann trat er zurück und sah den Männern entgegen, die mit einer Wolke von Kälte in den großen Raum kamen. Ratzel, der Korrekte, schob die Tür hinter ihnen wieder zu.

»Einen Drink, Major?« fragte Ostra und ging zur Bar. Major Britton folgte ihm und setzte sich auf einen der Barhocker. »Einen guten alten Bourbon? Heimatduft, Major ...«

»Bitte.« Britton sah sich um. Die deutschen Beamten standen wie zur Parade nebeneinander. Gleich mußte Singert vortreten und sagen: »Im Namen des Gesetzes ...«

Ostra folgte dem Blick des amerikanischen Majors. »Meine deutschen Brüder«, sagte er sarkastisch. »Sie haben keinen Sinn für Humor. Für schwarzen Humor schon gar nicht. Sie können nicht verstehen, daß ein Spieler, der sein Spiel verloren hat, noch einen Drink nimmt, statt weinend auf den Knien zu liegen. Okay, Sie haben gesiegt, Major.«

»Ich nicht. Ich sitze hier beglückt wie eine Jungfrau nach dem ersten Kuß. Der Kommissar hat Sie zur Strecke gebracht.«

»Sie, Singert?« Ostra hob sein Glas. »Alle Achtung! Ich hielt Sie für einen Tränensack.«

»Nicht ich ... Bruckmayer hat Sie geschafft.« Die Stimme Singerts war rauh vor Erregung. »Ich verhafte Sie wegen Mordes an Bruckmayer, Fritz Ollenhoff!«

»Das wäre zu beweisen.« Ostra reichte Major Britton seinen Bourbon-Whisky. Kurz dachte er an das einsame Grab mitten im Wald. Zwei Tännchen wuchsen darüber. Die einzigen Zeugen, Rita und Volbert, waren irgendwo in einem Winkel dieser Welt. Er wollte gar nicht wissen, wo. Wie kann man einen Mord beweisen ohne Zeugen, ohne Leiche? »Sie reden große Worte, Singert.«

»Ich habe die Beweise.«

»Das ist interessant.« Ostra lächelte mokant. »Das Verhör wird mir ein Vergnügen sein. Soviel ich weiß, lebt Bruckmayer und ist mit Rita und Volbert davongeflogen. Ich nehme an, Sie wissen, daß mein Goldvögelchen sich abgesetzt hat.«

»Ja.«

»Und mein Freund Bruckmayer ist dabei. Im Leben geht es hin und her. Mal hat der eine Glück, mal der andere. Vor diesem Schicksal soll man nicht resignieren.« Ostra setzte sein Glas ab. Es klang wie ein Schlag. »Werde ich jetzt gefesselt? Ich hasse diese deutschen Polizeiketten und die sogenannte Acht!«

»Bei Ihnen besteht in verstärktem Maße Fluchtgefahr!«

»Ich gebe Ihnen mein Ehrenwort, daß ich Ihnen folgen werde, wohin Sie mich führen.« Ostra lächelte matt. »Wohin sollte ich fliehen, lieber Herr Kommissar? Um die nächste Ecke? Das wäre planlos. Trauen Sie mir Planlosigkeit zu? Das wäre geschmacklos. Bei einem guten Poker soll man nicht hasten.«

»Wo ist Bruckmayer?« Horst Singert trat nahe an Ostra heran. Major Britton trank mit Genuß seinen Whisky. Es war eine gute, teure Marke aus Kentucky.

»In der Luft, auf dem Wasser ... was weiß ich?«

»Oder in der Erde.«

»Ein Maulwurf war er nie.«

»Ich verbitte mir Ihre makabren Witze!« Singerts Stimme schwoll an. »Sie haben Bruckmayer getötet. Wenn Sie der große, überlegene Mann sind, den Sie uns hier vorspielen, dann stehen Sie auch zu Ihrer Tat und geben einen klaren Hinweis.«

Ostra drehte sich halb zu Major Britton und zeigte auf Singert. »Sehen Sie, Major, das ist deutsches Beamtentum! Korrekt bis zum Arschwisch! Nur einmal benutzen – dann wegwerfen! Man will mir einen Mord andrehen.«

»Wie Sie wollen.« Singert griff in die Tasche und holte die beiden Briefe heraus. Nachdenklich sah Ostra zu, als er sie entfaltete.

»Von wem?« fragte er.

»Der erste ist von Rita Camargo.«

»O weh!« Ostra verzog das Gesicht. »Kommissar ... lesen Sie nicht vor, ich weiß, was darin steht! Ist das Ihr ganzer Beweis? Die billige Rache eines kleinen Betthäschens? Darauf fußt Ihr Verdacht? Singert, ich hätte Sie für logischer gehalten. Rita wußte, daß ich sie nicht mehr zurück nach Südamerika begleite. Wir wollten uns trennen. In Freundschaft ... aber bei Frauen ist das nicht möglich. Sie machte eine Szene, sie drohte ... bitte, Sie haben es in der Hand, Kommissar. Rita wußte, daß ich mit Eva Volbert weiterleben wollte.«

Auf der Treppe kroch Eva in sich zusammen. Trotz des geheizten Raumes fror sie plötzlich. Einmal war das ihr größter, schönster, sehnlichster Wunsch gewesen. Mit Ostra allein weiterleben. Nun liefen Schauer über sie. Er ist ein Mörder, durchrann es sie. Ich habe mit einem Mörder die wildesten Stunden meines Lebens verlebt. Die Hände, die mich wahnsinnig machten, wenn sie über meinen Körper strichen, waren voll Blut. O Gott, mein Gott ... Sie drückte das Gesicht in den dicken Teppich, mit dem die Treppe belegt war, und erstickte damit einen Aufschrei.

»Wo ist Frau Volbert?« fragte Singert hart.

»Oben. In ihrem Zimmer. Bitte, nehmen Sie Rücksicht auf ihre Nerven. Sie weiß nichts von dem, was hier geschehen ist und geschehen sein soll. Es wird ein großer Schock für sie sein ...«

Eva Volbert krümmte sich wie ein getretener Wurm. Sie weinte und drückte beide Hände gegen den Mund, damit man sie nicht unten hörte.

»Sie bestreiten also die Wahrheit dieses Briefes?« fragte Singert kurz.

»Entschieden!« Ostra schüttelte den Kopf. »Ritas Rache ist billig. Bruckmayer ist vielleicht schon jenseits des Teiches. Ich nehme an, daß Volbert und sie in eine andere Richtung davonflogen, um etwaige Spuren auseinanderzuziehen. Sie ist nicht dumm, die kleine Wildkatze. Und Bruckmayer. Na, meine Herren – ich brauche

Ihnen die großen Qualitäten meines Freundes nicht zu schildern.«

»Ihr Freund hat uns selbst geschrieben, daß Sie sein Mörder seien.« Singert lächelte matt und hielt den zweiten Brief hin. »Bitte, lesen Sie, Ollenhoff!«

Ostra überflog die wenigen Zeilen. Sein markantes Gesicht war maskenhaft unbeweglich. Dann gab er den Brief an Singert zurück.

»Sehr wirksam. Die beiden Briefe ergänzen sich. So etwas könnte lückenlos wirken, wenn es nicht doch eine Lücke gäbe: Bruckmayer lebt! Sie sehen doch ein, Kommissar, daß beide Briefe aufeinander abgestimmt waren!« Ostra hob wie resignierend die Schultern. »Ich weiß, es wird schwer sein, Sie zu überzeugen. Ich brauche den lebenden Bruckmayer – Sie brauchen den toten Bruckmayer. Keiner ist greifbar! Zerstechen wir diesen Luftballon, Herr Kommissar.«

»Darüber unterhalten wir uns.« Major Britton nahm den letzten Schluck. »Sie sind von einem alliierten Gericht verurteilt, Ollenhoff. Ich werde alles versuchen, daß man Sie nicht in Deutschland aburteilt, sondern Sie an die USA ausliefert. Der Antrag geht noch heute zur Botschaft und nach Bonn.« Major Britton rutschte vom Barhocker und klopfte Ostra freundschaftlich auf die Schulter. »Glauben Sie nicht, Ollenhoff, daß wir zwei doch noch den toten oder den lebenden Bruckmayer finden?«

Das Gesicht Ostras verfärbte sich etwas. Es wurde gelblich.

»Das ist unfair, Major«, sagte er gepreßt. »Ich bin Deutscher! Ich bestehe auf einem deutschen Gericht. Die Kriegszeiten sind vorbei!«

»Das wird ein Expertenstreit zwischen den Juristen

sein. Auf jeden Fall bleibe ich Ihnen im Nacken wie ein Floh.« Major Britton sah sich um. »Können wir gehen, Boys?«

Singert nickte. »Ja. Hausdurchsuchung, erstes Verhör von Frau Volbert und alles andere macht die Mordkommission. Wohin fahren wir? Ins Präsidium?«

In diesem Augenblick sprach zum erstenmal ein großer, schlanker Mann, der bisher still im Kreise gestanden und zugehört hatte. Er war Mitte der Fünfzig und von der straffen Haltung alter Stabsoffiziere.

»Bitte nach Pullach«, sagte er. »Der Chef möchte ihn selbst sehen. Er glaubt, Ollenhoff von früher zu kennen.«

Ostra wirbelte herum. Zum erstenmal trat Unsicherheit in seine Augen. »Wer sind Sie?«

»Oberst Reiners. Bundesnachrichtendienst. General Gehlen möchte Sie verhören.«

»Der liebe Gehlen!« Ostra-Ollenhoff atmete tief auf. »Wissen Sie, daß er auf meiner Abschußliste stand? 1945. Befehl vom Reichssicherheitshauptamt. Sein Wagen sollte bei einer Fahrt zum Dienstsitz explodieren.«

»Wir wissen es.« Oberst Reiners lächelte mokant. »Der General fuhr von da ab jeden Tag mit einem anderen Wagen –« Singert trat zur Schiebetür. Ratzel schob sie wieder auf. Eisige Kälte flutete in den Raum. Draußen standen die Polizisten um das Grundstück und froren erbärmlich.

»Können wir?«

Ostra nickte. »Wir können. Aber bevor ich noch weitere Worte sage, verlange ich die Gegenwart eines Anwaltes. Ich möchte den besten. Empfehlen Sie mir einen, Kommissar.«

Er nahm seinen Mantel, zog ihn an und klappte den

Kragen hoch. Dann blickte er noch einmal zurück zur Treppe.

»Leb wohl, Eva.«

Mit einem Ruck wandte er sich und ging Singert nach, der schon die Terrasse betreten hatte. Oberst Reiners und Major Britton folgten ihm.

Kurz vor den wartenden Wagen verhielt Ostra den Schritt.

»Ehe ich es vergesse, Kommissar: Die versiegelte Villa in Bogenhausen ist noch bewohnt.«

»Bewohnt?« Singert und Ratzel riefen es gleichzeitig.

»In einem netten Appartement lebt ein Fräulein Julia Bentrob. Ich mußte sie isolieren, weil ihr jugendlicher Leichtsinn meine Pläne störte.«

»Aber wir haben alles abgesucht ...«, stotterte Ratzel fassungslos. »Alle Wände abgeklopft.«

Ostras Lächeln wurde breit. Er sah Ratzel an wie einen Jungen, der beim Aufsagen des Geburtstagsgedichtes steckenblieb. »In der Bibliothek, Regal der Klassiker, befindet sich hinter der illustrierten Sonderausgabe von Schillers einzigem Roman ›Der Geisterseher‹ eine eingelassene Klinke. Sie öffnet eine Tür zu einem Seitenkeller. Ich habe, als ich das Haus übernahm, diese Tür mit den Bücherregalen verblenden lassen.« Ostra steckte die Hände in die Manteltaschen. Es begann wieder zu schneien. »Ist das nicht ein charmanter Gag, meine Herren, eine Geheimtür hinter Schillers ›Geisterseher‹ zu verstecken?«

Er stieg in den Wagen aus Pullach und machte es sich in den Polstern bequem. Und zum erstenmal sagte jemand etwas, es war einer aus der Begleitung von Oberst Reiners, was allen anderen schon lange auf der Zunge lag:

»Ich glaube, der Kerl ist wahnsinnig.«

Die Befreiung Julias aus dem Kellergewölbe war eine Sache von Minuten. Durch Funk befahl Singert einen Streifenwagen – Isar 7 – nach Bogenhausen. Die Polizeibeamten stürmten den Keller gerade in der Minute, in der Julia auf dem doppelflammigen Gaskocher sich eine Suppe aus Büchsen kochte.

Mit einem Aufschrei fiel sie den Polizisten um den Hals, und die Suppe kochte über.

Mit Isar 7 fuhr sie sofort ins Krankenhaus, wo Studienrat Bentrob dahindämmerte. Die Schwermut hatte ihm allen Lebensmut, alle Kraft genommen.

Als Julia ins Zimmer trat, die Arme ausbreitete und »Guten Tag, Väterchen!« rief, bekam er einen neuen Schock, aber einen heilsamen. Wie eine Gasflamme, die bisher auf Sparflamme gedreht war und nun volle Kraft bekam, lebte Studienrat Bentrob auf. Was zunächst unmöglich schien, geschah: Nach einer Stunde ging er am Arm Julias durchs Zimmer spazieren und sagte zu der Stationsschwester: »Ich habe einen Bärenhunger.«

Bisher hatte er nur wenige Bissen gegessen, und auch diese nur nach langem, gütigem Zureden.

Nach drei Tagen konnte Studienrat Bentrob entlassen werden. Ernst Fallers holte ihn ab, und sie betraten das Haus wie zu einer einmaligen Feier. Haustür, Diele, alle Zimmer waren mit Blumen und Tannenzweigen geschmückt. Der sprechende Beo, ein schwarzer, starähnlicher Vogel in einem großen weißen Bauer, den Bentrob sich nach dem Tode seiner Frau gekauft hatte, spreizte das Gefieder und rief krächzend: »Dummkopfs Sei lieb! Iiiiidiot!«

»Kinder, das Leben ist schön!« sagte Studienrat Bentrob, als er wieder in seinem alten Sessel saß, Pantoffeln an den Füßen, und die Wohnung nach Kaffee duftete.

»Wenn ihr verheiratet seid ... das eine sage ich euch: Ihr zieht hierher! Ich brauche nur ein Bett und meinen Schreibtisch. Ich habe doch nie gewußt, wie sehr mir Menschen fehlen und wie schrecklich es ist, plötzlich einsam zu sein –«

Im Januar, an einem glasklaren, kalten Tag voller Sonne und leuchtendem Schnee, heirateten Julia und Ernst in der schönen romantischen alten Kirche von Rottach am Tegernsee. Dann fuhren sie auf ihren Skiern hinein in die Berge und Täler, in die schweigende weiße Einsamkeit und die vom Schnee vermummten Wälder. In einer Skihütte, ganz allein, verbrachten sie die erste gemeinsame Woche.

Das Kind, das Julia in sich trug, die Erinnerung an jene schreckliche Nacht, die mit dem Suchen von Autoschlüsseln im Dunkeln begonnen hatte, war ihr gemeinsames Kind geworden. »Es soll ein anständiger Mensch werden«, sagte sie, als sie nebeneinander unter den dicken Decken lagen und draußen der Nachtwind um die Skihütte tobte. »Und es wird nicht allein bleiben ...«

»Bestimmt nicht, Julia.«

»Ich bin glücklich, Ernst.«

»Ich auch, Julia.«

»Ich liebe dich –«

Über das flache Hüttendach trieb der Schnee.

Man wird fragen: Was geschah mit Rita Camargo und Friedrich Volbert? Man weiß es nicht. Sie stiegen in Rio de Janeiro aus, nahmen ein Taxi, fuhren in die Millionenstadt und blieben von da an verschwunden. Sie wurden aufgesaugt wie von einem riesigen Schwamm.

Eva Volbert mußte ausziehen. Die Villa wurde gepfändet. Die Vereinigten Elektrowerke als Gläubiger kauften sie auf der Auktion. Zum nächsten Sommer zog ein neuer Mieter ein. Der Nachfolger Volberts. Direktor Friedhelm Weiße. Er war ein vertrauenswürdiger Mann und Landtagsabgeordneter. Er führte eine gute Ehe und hatte sieben Kinder. Der Gedanke an ein Schlüsselspiel würde ihm nie kommen. Das war unmöglich.

Eva Volbert zog sich in die Schweiz zurück. Marlies Duppel erzählte später, daß sie dort einen Bankier kennengelernt habe. Dreißig Jahre älter als Eva. Mit zu hohem Blutdruck. Ein Witwer.

Wie hatte Friedrich Volbert gesagt: Ein Mensch wie Eva geht nicht unter. Sie hat die Sonne des Lebens gepachtet.

Und die neue Sonne in der Schweiz war fünf Millionen Fränkli wert ...

Von da an war es still.

Ob man Fritz Ollenhoff, der sich einmal Peter Ostra nannte, den Prozeß machte, ob er an die USA ausgeliefert wurde, ob er deutsche Richter bekam, ob er gestand oder elegant wie immer leugnete ... keiner hat es je erfahren. Die Geheimhaltungsstufe I war vollkommen. Das letzte, was man von ihm sah, waren seine weißen Schläfen, die durch die Scheiben des Autos leuchteten, als es durch das Tor in der großen Mauer fuhr, die um den Gebäudekomplex in München-Pullach gezogen war.

Es kann sein, daß er irgendwo in einem Zuchthaus Versandhauskataloge in Kuverts steckt, ein kleines Gärtchen pflegt und ab und zu einen Artikel in der Zuchthauszeitung schreibt. Nicht politisch oder religiös, sondern erdkundlich. »Unbekannter Urwald« etwa. Oder: »Reise auf einem Fluß, der auf keiner Karte steht.«

Auf keinen Fall hat er den Mord an Bruckmayer gestanden, denn das stille Waldstück blieb unberührt, und im Frühjahr setzten die Tännchen auf dem Grab hellgrüne Spitzen an und gediehen prächtig.

Auch der Blutfleck auf dem Teppich, den man sofort in den Labors des Bundeskriminalamtes in Wiesbaden untersuchte, konnte Ostra nicht überführen. Ohne Leiche keine Blutvergleiche ... man drehte sich im Kreise. »Es kann mein Blut sein«, sagte Ostra kühn und hoffte, daß Bruckmayer die gleiche Blutgruppe gehabt hatte. »Ich hatte mich vor kurzem an einem kaputten Cocktailglas geschnitten.« Und er zeigte sogar eine frische Narbe am linken Handgelenk vor.

Das Glück – es hat oft solche Anwandlungen – war ihm treu: Der Blutfleck auf dem Teppich gehörte zur Blutgruppe A. Ostra lächelte mokant. »Meine Gruppe, meine Herren! In meinen SS-Papieren können Sie es nachlesen ... Ich glaube, die Sinnlosigkeit, mich in einen Mord an Bruckmayer zu verwickeln, ist klar.«

Und die Staatsanwaltschaft begrub die Anklage, so wie Ostra und Volbert in einer Schneenacht Bruckmayer begraben hatten.

Und das Leben ging weiter.

Wer ahnte, in welch tödlicher Gefahr Millionen Menschen geschwebt hätten, wenn das Spiel Ostras 1967 gelungen wäre ... ein satanisches Werk, das mit einem Schlüsselspiel für drei Paare begann.

Aber überall auf der Welt kann es möglich sein, daß sich etwas Gleiches oder Ähnliches wiederholt.

Nach acht Tagen kehrten Julia und Ernst nach Rottach zurück. Die Sonne glänzte über dem Land, der See spiegelte silbern. Von der Höhe sahen See und Ort wie Teile aus einem Spielzeugkasten aus. Darüber spannte sich ein Himmel von unendlicher Bläue.

Da ergriffen sie sich bei den Händen und gingen langsam ins Tal hinab.

Das Glück zu leben machte sie stumm …